Lilian Thuram, né en Guadeloupe en 1972, a connu une carrière prestigieuse de footballeur international : champion du monde en 1998, champion d'Europe en 2000, vice-champion du monde en 2006, ainsi que de nombreux titres en club. Il a détenu jusqu'au 28 octobre 2008 le record de la sélection en équipe de France. En 2008, il a créé la Fondation Lilian Thuram-Éducation contre le racisme.

Lilian Thuram

Avec la collaboration de Bernard Fillaire

MES ÉTOILES NOIRES

De Lucy à Barack Obama

Philippe Rey

Les illustrations des pages 20, 30, 36, 44, 52, 64, 68, 74, 84,
102, 110, 116, 120, 129, 142, 196 et 256 ont été réalisées
par Isabelle Sauvé.

Les références des ouvrages cités figurent
dans la bibliographie en fin de volume.

L'éditeur remercie Christian Séranot-Sauron
d'avoir contribué à la publication de cet ouvrage.

TEXTE INTÉGRAL

ISBN 978-2-7578-2032-2
(ISBN 978-2-84876-148-0, 1re publication)

© Éditions Philippe Rey, 2010

À ma première étoile, ma mère Marianna
À mes sœurs Martine et Liliana
À mes frères Gaëtan et Antonio
À mes fils Marcus et Khephren
À Alya et à Karine
Et à tous les enfants du monde

Introduction

Quand avez-vous entendu parler pour la première fois des Noirs dans votre cursus scolaire ? Lorsque je pose cette question, la grande majorité, pour ne pas dire la totalité de mes interlocuteurs, répond : à propos de l'esclavage.

Je me souviens de la première fois où l'on m'en a parlé à l'école. J'étais le seul Noir dans ma classe. Choqué, je me suis demandé ce qu'avait bien pu être l'histoire de mes ancêtres avant l'esclavage. Je n'ai pas eu le courage de poser la question tant je me suis senti estampillé, marqué au fer, et bien seul dans cette classe que je regardais désormais autrement et qui me regardait aussi peut-être d'une autre façon. L'esclavage alors se résumait pour moi à ces mots : « Les Blancs ont réduit les Noirs en esclavage. »

Pour comprendre cette réaction, il suffit de se mettre à ma place. Imaginez un jeune Blanc qui, durant sa scolarité, n'aurait jamais entendu parler de scientifique blanc, ni de souverain, ni de révolutionnaire, ni de philosophe, ni d'artiste, ni d'écrivain(e) de sa couleur ! Un univers où tout ce qui est beau, profond, délicat, sensible, original, pur, bon, subtil et intelligent serait uniformément noir, et où Dieu, l'Être suprême,

serait aussi un Noir. Imaginez la tempête qui se soulè-
verait en lui. L'enfant se demanderait si une fois, dans
l'univers, un Blanc a fait quelque chose de bien. Jusqu'à
ce qu'un jour, programme scolaire oblige, on lui
délivre enfin une information sur lui-même : « Tes
ancêtres étaient esclaves. » Cette seule information,
l'Histoire présentée ainsi, ne pourrait que l'infériori-
ser. Quel modèle pour son avenir, quel regard sur lui-
même !

Pour moi, les années passèrent, les questionnements
étaient de plus en plus présents ; j'entendais les
conversations d'adultes noirs qui affirmaient que les
Blancs étaient racistes, qu'ils ne changeraient jamais.

Dans ma vie, j'ai eu la chance de rencontrer des
personnes qui, chacune à leur manière, m'ont donné
des clés pour comprendre l'Histoire, et m'ouvrir à
d'autres grandes figures de l'humanité que celles présentées dans les manuels scolaires, en particulier des
étoiles noires aux noms, travaux, actions et œuvres
souvent totalement méconnus.

J'ai compris que l'esclavage n'était pas une confrontation entre Noirs et Blancs, mais un système économique, une activité ordonnée, organisée, un commerce
d'êtres humains soigneusement planifié. D'ailleurs,
les Blancs ont aussi connu la condition d'esclaves au
cours de l'Histoire : la preuve, le mot « esclave » est
issu du nom d'une région de l'Europe de l'Est, la Sla-
vonie.

Je vais régulièrement dans les écoles pour parler
du racisme. Je demande aux enfants combien il y a
de races. « Quatre, me répondent-ils malheureusement : la blanche, la noire, la jaune, la rouge. » Rien
que ça, c'est la base du racisme. Il est aberrant que

les enfants ne sachent toujours pas qu'il n'y a qu'une seule espèce d'Homme, l'*Homo sapiens*. Ensuite, je leur demande quelles qualités ils attribuent à ces prétendues races ; j'entends alors : « Les Noirs sont forts en sport, ils dansent et chantent bien… »

Nous sommes en 2010, que peut-on en déduire, sinon que le travail d'éducation n'a pas été fait ? Mais comment en vouloir aux enfants quand on observe notre société ? Dans l'inconscient général, ces représentations sont toujours inscrites. Le jour où il y aura sur les affiches aux murs des écoles, et dans les livres, des scientifiques, des inventeurs… de toutes les couleurs, le jour où l'histoire des grandes civilisations africaines, asiatiques ou amérindiennes, telles que celles du Mali, de l'Inde ou du Mexique, sera enseignée, les mentalités évolueront.

Si nous voulons vraiment changer notre société, lutter contre le racisme, ce n'est pas sur la discrimination positive ni sur le communautarisme qu'il faut compter. Seul le changement de nos imaginaires peut nous rapprocher et faire tomber nos barrières culturelles ; là seulement nous pourrons dépasser l'obstacle majeur qui se cache derrière des mots comme « minorité visible », « diversité » – les « vous » et « nous » déterminés par la couleur de peau.

Tant que nous serons prisonniers de l'idéologie des scientifiques du XIXe siècle qui ont classifié les femmes et les hommes en « supérieurs » et en « inférieurs », nous ne pourrons pas comprendre que l'âme noire, le peuple noir, la pensée noire n'existent pas plus que l'âme blanche, le peuple blanc ou la pensée blanche. Tout cela n'est que jeu de construction. Le noir n'est pas plus que le blanc, le blanc n'est pas plus que le noir, il n'y a pas de mission noire, il n'y a pas de fardeau blanc, pas d'éthique noire, pas d'intelligence blanche. Il n'y a pas d'histoire noire ou d'histoire blanche. C'est tout le passé du monde que nous devons reprendre pour mieux nous comprendre et préparer l'avenir de nos enfants. Par ce livre, j'espère y contribuer.

Notre « grand-mère » africaine

Lucy

– 3 180 000 ans

> « Nous possédons une origine unique.
> Nous sommes tous des Africains d'origine,
> nés il y a trois millions d'années, et cela
> devrait nous inciter à la fraternité. »
>
> Yves Coppens

Pour ouvrir le récit de cette longue marche de la femme et de l'homme noirs, je ne pouvais que commencer par le Premier Homme, puisque l'homme est né en Afrique, tous les chercheurs s'accordent sur ce point. Les quatre-vingts milliards d'*Homo habilis*, *erectus*, *sapiens*... qui ont suivi jusqu'à aujourd'hui, ont la même origine. Ainsi, parler des Noirs, c'est parler des femmes et des hommes de toutes les couleurs. Cela rejoint le projet de mon livre.

L'*Homo*, qu'il soit *habilis* (le premier), *erectus* (le deuxième), ou *sapiens* (le moderne), me plaît bien, parce qu'il symbolise l'esprit de curiosité, d'ingéniosité, de découverte. Mais il me faut remonter plus loin encore, aux pré-humains, à Lucy, née en Afrique orientale il y a 3 180 000 ans, parce qu'elle représente à nos yeux tous les âges préhistoriques.

Lucy n'est certes pas un être humain selon la classification scientifique, mais elle fait partie du vivier des espèces où l'humanité a puisé son ancêtre. Elle est « l'une des fleurs du bouquet » des pré-humains. Lucy est la mascotte de l'humanité, notre grand-mère symbolique à tous, même si elle a depuis été dépassée par un Kenyan de 6 millions d'années, par un Éthiopien âgé de 5,7 millions d'années ou par ce Tchadien surnommé Toumaï, qui vivait il y a environ 7 millions d'années.

Pour que l'on me parle de Lucy je suis allé trouver Yves Coppens, professeur au Collège de France et découvreur de Lucy, en compagnie de Donald Johanson et Maurice Taïeb. Yves Coppens est non seulement un chercheur, mais aussi un pédagogue et un conteur. Il définit l'histoire de Lucy comme l'« histoire de l'histoire de l'héroïne de l'histoire de l'histoire de l'Homme », un grand conte initiatique qui nous apprend beaucoup sur nous-mêmes et nous met à notre juste place dans les temps immémoriaux.

« Au centre d'un rectangle de dix mètres sur deux, à ciel ouvert et dégagé par des eaux de ruissellement, des dizaines de petits bouts d'os affleuraient, préfigurant un squelette presque complet. » Pour les savants, le spectacle de ce premier fossile, découvert le 24 novembre 1974 dans les collines éthiopiennes de l'Afar, reste inoubliable.

Au soir de la découverte de ce merveilleux témoignage qui a miraculeusement résisté à la prédation, aux pressions, érosions et dissolutions, Yves Coppens et ses camarades effectuent sous la tente le marquage de leur trouvaille. La soirée est arrosée au champagne. L'un d'eux met dans le magnétophone une cassette des Beatles, qui chantent *Lucy in the Sky with Diamonds*. Lucy ! Ce petit nom tendre et familier fait aussitôt l'unanimité, c'est ainsi qu'on baptise la découverte. Il est plus doux et plus simple à prononcer que son nom de catalogue, AL 288, ou que son nom savant, *Australopithecus afarensis*. Les Éthiopiens de l'expédition, quant à eux, l'appellent *Birkinesh* : « Tu es merveilleuse ».

Comment décrire Lucy, la première étoile noire de ce livre ? Cinquante-deux petits os déterminables. Cinquante-deux fragments qui suffiront au déchiffrage et à la compréhension de son existence. Les ayant ajustés, les chercheurs vont dire son âge, sa taille, estimer son poids, supputer sa démarche, ses gestes, sa voix ; décrire son régime alimentaire, sa vie sociale et les circonstances de sa mort...

Lucy mesure 1,20 mètre et pèse entre 20 et 25 kilos. La courbure de sa colonne vertébrale confirme qu'elle se tient debout. Elle est bipède, elle marche ! La découverte d'une série d'empreintes de pas de deux individus marchant côte à côte, dans le nord de la Tanzanie, quelques centaines de milliers d'années avant Lucy, le confirme. Les traces révèlent même qu'elle a le talon étroit et les orteils repliés...

Plus précisément, Lucy trottine en roulant des hanches. Sa démarche est rendue chaloupée par l'instabilité des articulations de ses hanches. En fait, Lucy marche comme un humain et grimpe comme un singe dans les arbres, où elle se suspend la moitié du temps.

Son larynx n'est pas suffisamment descendu pour lui permettre de prononcer des discours, aussi préfère-t-elle s'exprimer avec le langage des signes et pousser des cris modulés quand il faut alerter ses congénères. À l'usure de ses dents, on a déterminé qu'elle évoluait dans une savane arborée où elle se nourrissait de fruits ou de jeunes pousses, mais aussi de racines et de tubercules, voire d'insectes ou de petites charognes.

Lucy vit dans un groupe d'une dizaine d'individus qui contrôle un territoire de dix à quatre-vingt-dix kilomètres carrés, souvent hostile. Mais, rusée et inventive, elle sait échapper aux dents recourbées du *Machairodus* (une espèce de félin) et aux défenses des *Dinotheriums* (sorte d'éléphant).

Lucy est donc une « femme », comme l'a démontré l'anatomie des os de son bassin, et une « femme noire ». Pour se protéger des forts rayonnements UV du soleil d'Afrique tropicale, sa peau, peut-être démunie de poils, a sécrété une forte densité de mélanine, un pigment dont la couleur est marron foncé. Ainsi, il n'y a pas de blanc, de jaune ou de noir, mais une couleur unique, le marron, qui va du plus clair quand la production de mélanine est faible, au plus foncé quand elle est élevée. La peau est un parasol biologique qui s'ajuste en fonction des UV susceptibles de passer dans notre corps.

Au fond, rien de plus simple et naturel que cette belle couleur qui a fait couler tant d'encre et surtout tant de sang. Le seul désagrément serait d'avoir une peau très claire dans un pays fortement ensoleillé, ou une peau très foncée dans un pays sans luminosité, engendrant des carences en vitamine D pour la croissance des enfants.

Quant aux cheveux de Lucy, on peut imaginer qu'ils étaient crépus et denses. Dans les pays chauds, les cheveux servent à retenir l'eau qui transpire par la tête, et à limiter la déshydratation. Dans les pays froids, les cheveux sont plus raides et espacés pour que l'eau circule.

Si l'on élimine l'enveloppe corporelle d'un être humain et que l'on plonge à l'intérieur de son corps, on est incapable de déterminer son origine. Quelle que soit sa couleur, il aura toujours 639 muscles, 5 litres de sang et sera génétiquement semblable aux autres à 99,9 %.

On estime que quatre-vingts milliards d'humains se sont succédé sur terre depuis notre origine. À l'exception des vrais jumeaux, aucun d'entre eux n'a jamais eu le même patrimoine génétique : chacun est unique. En appliquant le même raisonnement à tous les caractères variables du patrimoine génétique humain, on montre facilement que le nombre d'individus différents possibles est beaucoup plus grand que le nombre des atomes de l'univers (10^{80}) ! Donc, celui qui s'obstinerait à parler de race devrait dire aujourd'hui que nous sommes « sept milliards de races humaines différentes ».

Que nous soyons tous parents, que toutes les populations humaines aient les mêmes ancêtres lointains explique que nous ayons les mêmes variantes de gènes, quelle que soit notre apparence physique. Tous nos gènes sont les copies des gènes des premiers humains.

Lucy, après avoir mis au monde une demi-douzaine, voire une douzaine d'enfants, allez savoir, est décédée à l'âge de vingt ans, au terme d'une vie bien remplie. Vingt ans est un âge avancé à une époque où l'on est mature à dix ans. Est-ce par faiblesse, par inadvertance, par traîtrise ou par accident qu'elle se noya dans une mare ? Car elle se noya, les scientifiques en ont la preuve. Aucun charognard n'a dispersé ses ossements, et des sédiments lacustres entourent sa « sépulture » naturelle.

Le temps a passé. Depuis la mort de Lucy, des couches de sédiments ont recouvert d'autres couches de sédiments. De génération en génération, les parents ont transmis de nouvelles combinaisons de leurs variantes génétiques à leurs enfants. C'est ainsi que les enfants des enfants de Lucy ont vu leur crâne se développer et sont devenus *sapiens*. Ils ont quitté de plus en plus souvent leur berceau africain pour se risquer au-delà de la savane, ont pénétré dans les forêts, traversé les mers, les déserts et les montagnes. Quand une colline se dressait devant eux, ils avaient envie d'y monter et, une fois au sommet, ils voulaient voir plus loin. C'est ainsi que les enfants de Lucy ont enfanté toute la terre, jusqu'à l'homme moderne, cet « émigré africain ».

Les pharaons noirs

Taharqa
Règne de 690 av. J.-C. à 664 av. J.-C.

Et si la grande majorité d'entre nous avait un autre imaginaire noir, peuplé de grands personnages, des pharaons par exemple ? J'ai appelé l'un de mes fils Khephren, du nom d'un pharaon de l'Ancien Empire égyptien. Je voulais lui donner une vision plus ample de l'Histoire. Qu'il sache, par son prénom, que l'histoire des peuples noirs ne se résume pas à l'esclavage.

En 2003, l'égyptologue Charles Bonnet découvre sur le site de Doukki Gel, en Nubie, une fosse contenant sept statues monumentales, dont celle du plus glorieux des pharaons noirs de la XXVe dynastie : Taharqa.

« Taharqa, écrit l'égyptologue, a un corps de granit noir au grain très fin. Sa chevelure est recouverte d'une calotte ornée de deux cobras. L'un d'eux est coiffé d'une couronne blanche, l'autre d'une couronne rouge, formant un double nœud sur le sommet de son crâne, avant de laisser pendre leur queue jusqu'à sa nuque…

« Son visage a les traits fins et réguliers, ses lèvres légèrement charnues laissent deviner un sourire. Ses

yeux sont fardés, ses sourcils sont épais et rapprochés, son cou est puissant, ses épaules larges et rondes.
Un pagne plissé moule ses hanches. Ses pieds sont
revêtus de sandales décorées d'un scarabée ailé qui
tient le disque solaire dans ses pattes avant. Une cein-
ture entoure sa taille avec ces mots : "Le dieu parfait,
Taharqa, vivant éternellement". »

Lorsque Taharqa est couronné roi d'Égypte à Memphis (à quelques kilomètres du Caire actuel), en 690
av. J.-C., il a déjà derrière lui un passé riche en ancêtres
prestigieux, car il est originaire du grand royaume
noir de Nubie.

La Nubie, pays situé au nord du Soudan actuel,
était alors appelée le « pays de Koush » – mentionné
dans la Bible, livres d'Isaïe XXXVII, 9 et des Rois II,
XIX, 9 –, dont la capitale était Napata.

Bien qu'elle soit peu connue du grand public, la
civilisation nubienne a toujours rivalisé avec les plus
grandes civilisations antiques. Nubie et Égypte, telles
deux sœurs jumelles, n'ont jamais cessé d'être en
contact, comme souvent dans les familles, parfois en
paix, parfois dans la discorde. Les Égyptiens ont besoin
des métaux de la Nubie, de ses gisements de pierres
précieuses, des produits de son bétail et de son génie
militaire. Les Nubiens, quant à eux, profitent des biens
manufacturés égyptiens. Les deux régions ont donc
connu de longues périodes d'échanges, mais aussi de
conflits.

Bien avant l'existence de Taharqa, vers 1560 av. J.-C.,
les Égyptiens colonisent la Nubie, jusqu'en l'an 1000
av. J.-C. Cette coexistence de plus de cinq cents ans
engendre la formation d'une nouvelle civilisation, une
mise en commun, une mixité de cultures où chacun

s'enrichit de l'autre. Tandis que les notables nubiens envoient leurs enfants se former à la cour des pharaons, les Égyptiens apprennent beaucoup des Nubiens : arts de la guerre, religions, croyances s'interpénètrent, d'autant que les puissants prêtres du temple de Karnak sont également d'origine nubienne.

Les Nubiens et les Égyptiens adorent ensemble Amon, dieu de l'air et de la fécondité. Sa statue se dresse dans le grand temple situé au pied de la montagne sacrée du Gebel Barkal, en Nubie, dont une aiguille rocheuse s'élance à soixante-quatorze mètres de hauteur, pareille à un cobra dressé, symbole de la royauté. Suivant l'heure à laquelle on la regarde, elle semble coiffée d'une couronne blanche ou d'une couronne rouge... Touthmôsis III, sixième pharaon de la XVIIIᵉ dynastie, fait inscrire sur une stèle, en 1457 av. J.-C., qu'Amon lui est apparu en songe et qu'il habite le Gebel Barkal. Ainsi la Nubie et l'Égypte sont-elles les deux moitiés d'un même royaume, le royaume d'Amon, uni dans un passé mythique.

Durant des millénaires, l'Égypte traverse périodes fastes et temps de déclin. Dans ses périodes contraires, elle s'effrite en myriades de principautés antagonistes, et sombre dans la décadence politique et culturelle. Ce sont des circonstances propices aux invasions de ses voisins. En 747 av. J.-C., profitant d'un affaiblissement égyptien, le roi nubien Piyé prend le pouvoir dans la vallée du Nil, inaugurant une dynastie de pharaons noirs qui marqua profondément la civilisation égyptienne.

Le roi Piyé conquiert Thèbes, s'empare du grand centre religieux de Memphis. Les récits dont nous disposons décrivent ce nouveau pharaon comme un homme pieux et droit, évitant de verser inutilement le sang, clément avec ses ennemis. Ces qualités lui vaudront des Romains et des Grecs de l'Antiquité le qualificatif de « sans tache ». Une fois le Nord pacifié, il retourne au pays de Koush et s'installe à Napata, où il s'éteint en 716 av. J.-C.

Le frère de Piyé, le pharaon Shabaka, prend sa succession. Il s'installe à Memphis, guerroie victorieusement contre les chefs assyriens et saïtes, réunifie le Sud et le Nord. En même temps, il couvre le pays de temples, redonnant toute sa vitalité au culte des divinités égyptiennes. On peut supposer que les pharaons noirs nubiens se sentaient responsables du maintien des traditions religieuses.

Cette volonté de renaissance propre aux pharaons noirs montre bien que les Nubiens ne se sentent pas « étrangers » en Égypte. Leur conquête ne répond pas qu'à une simple volonté expansionniste. Leurs motifs sont plus profonds, plus religieux aussi. Les Nubiens se pensent et se sentent à la fois « héritiers et ancêtres » des pharaons d'Égypte. Leur domination est dans l'ordre divin des choses, un nécessaire retour à l'âge d'or du royaume unifié d'Amon, qui pourrait apparaître comme le premier monothéisme de l'histoire de l'humanité. Les pharaons noirs de la XXVe dynastie sont, comme l'écrit l'égyptologue Timothy Kendall, « les représentants terrestres que Dieu a choisis pour unifier et protéger son ancien royaume ». On comprend leur souci de rendre à l'Égypte la splendeur de son passé en s'appliquant à faire renaître les traditions de l'Ancien et du Moyen Empire.

Le successeur de Shabaka, Shabataka, neveu de Piyé, est couronné en 702 av. J.-C. à Thèbes. Durant les vingt années de son règne, il assure la paix, consolide les croyances égyptiennes et développe considérablement les arts, dans l'esprit de ses ancêtres. Son frère Taharqa lui succède.

Taharqa, le pharaon noir dont les œuvres sont universellement reconnues, s'inscrit dans la grande lignée des bâtisseurs du Nouvel Empire. Plus encore que ses prédécesseurs, il revient aux anciennes traditions : les pyramides comme monuments funéraires, le style archaïque hiéroglyphique. Son programme de construction reste légendaire. Il construit des temples sur tout le territoire, à Kasr Ibrim, Semna, Bouhen… Il rénove Thèbes, notamment Karnak où il fait agrandir le lac sacré et ériger, dans la première cour du temple, un kiosque aux colonnes hautes de vingt et un mètres. Les édifices qu'il fait construire sont stupéfiants de beauté et d'originalité.

Dans sa Nubie natale, il restaure le temple du Gebel Barkal, sanctuaire souterrain et temple d'Amon, dont les salles creusées à même la roche de la montagne sacrée sont en ruine depuis leur achèvement sous Ramsès II. Il décore les murs d'inscriptions, répare les pylônes, les colonnes, fait venir de très loin des statues géantes, des lions en granit rouge… Il donne un véritable élan à la sculpture qui, tout en affirmant la tradition égyptienne, conserve un caractère nubien. À Méroé, capitale du royaume de Koush au VIe siècle, il subsiste une cinquantaine de pyramides. On en compte près de trois cents au Soudan.

Droit et juste, il mène une politique d'équilibre et d'harmonie, dans le respect de la « loi de Maât ». Le *Livre des morts des anciens Égyptiens*, que l'on considère comme la « Bible de l'ancienne Égypte », en rappelle les préceptes, premiers devoirs du pharaon :

« Pratique la justice et tu dureras sur terre ;

« Apaise celui qui pleure ;

« N'opprime pas la veuve ;

« Ne chasse point un homme de la propriété de son père ;

« Ne porte point atteinte aux grands dans leurs possessions ;

« Garde-toi de punir injustement. »

En proie aux menaces de princes du Nord et des envahisseurs assyriens, Taharqa lutte pied à pied et se montre d'abord assez puissant pour repousser l'invasion, ce qui lui vaut de figurer dans la Bible. Mais il est finalement vaincu à Memphis par le roi d'Assyrie Assarhaddon, en 674 av. J.-C.

Les annales de ce souverain racontent : « À quinze jours de marche de Memphis, sa résidence royale, j'ai combattu quotidiennement sans interruption, au cours d'affrontements sanglants contre Taharqa, roi d'Égypte et de Kuch, que les dieux maudissent. Cinq fois, je l'ai atteint de la pointe de mes flèches, lui infligeant des blessures mortelles. Puis je fis le siège de Memphis, sa résidence royale, et je la conquis en une demi-journée au moyen de mines, de brèches et d'échelles d'assaut. Je l'ai détruite, j'ai abattu ses murailles et j'y ai mis le feu. J'ai saisi comme prise de guerre sa reine, les femmes de son palais, Ushanukhuru, son héritier présomptif, ses autres enfants, ses biens, ses chevaux, son bétail, grand et petit, en nombre incalculable. »

Défait, ayant perdu toute sa famille, son armée et sa capitale égyptienne, Taharqa se replie sur Thèbes d'où il organise la résistance ; deux ans plus tard, il reprend le contrôle de Memphis et d'une partie de la Basse-Égypte. Mais le successeur d'Assarhaddon, le mythique Assurbanipal, décide d'en finir, « en vertu d'un oracle », et écrase l'armée de Taharqa lors d'un grand affrontement en terrain découvert.

Taharqa, contraint de se réfugier de nouveau à Thèbes, médite sur ses terribles échecs. Ceux-ci, conclut-il, s'expliquent par la répétition d'événements mythiques qui annoncent le resurgissement des forces du chaos dans le double pays.

De ses dernières années on sait peu de choses, sauf qu'il veille à ce que le plan des salles souterraines de sa sépulture pyramidale de soixante mètres de haut (la plus haute jamais érigée au Soudan) soit une réplique de la sépulture symbolique d'Osiris, dieu des morts. Foudroyé par les forces du chaos, il s'identifie à ce dieu tué par son frère Seth, puis ressuscité par Isis et Nephthys. Comme lui, il revivra. Les forces du mal seront chassées, il rétablira le Maât et l'unité dans l'empire.

Après sa mort, ses successeurs perpétuent la tradition de l'antique Égypte, convaincus d'être les seuls gardiens légitimes de la Montagne sacrée. Pour les hommes de l'Antiquité qui afflueront bientôt en Égypte, c'est la Nubie qui a engendré la culture égyptienne. Gaston Maspero, professeur au Collège de France, a résumé dans son ouvrage *Histoire des peuples de l'Orient* (1886) la pensée de l'Antiquité sur les Égyptiens : « Au témoignage presque unanime des historiens anciens, ils appartenaient à une race africaine, entendez : nègre, qui d'abord établie en Éthiopie, sur le Nil moyen, serait descendue graduellement vers la mer en suivant le cours du fleuve... »

L'histoire de Taharqa et de la XXVe dynastie fait partie des récits sur les pharaons noirs acceptables par tous. Je n'ai cité comme exemple de « négritude » des pharaons que celui-là, parce qu'il est le seul unanimement reconnu par les chercheurs. Quant à la nature et aux origines de l'héritage de l'Égypte ancienne, elles constituent toujours un sujet de controverse. Évoquer l'Égypte des pharaons noirs soulève toujours autant de passions et une montagne de préjugés.

Le pionnier de l'école africaine, celui par qui le scandale arrive, est Cheikh Anta Diop (1923-1986), scientifique sénégalais dont les recherches contribuent à réintégrer l'Égypte dans l'histoire générale africaine. Sa thèse, selon laquelle la civilisation égyptienne appartient au monde négro-africain – l'impérialisme occidental ayant « blanchi » la prestigieuse Égypte aux seules fins de maintenir la colonisation –, déclenche en 1954 un tollé dans le milieu universitaire français. La position de Cheikh Anta Diop sur l'Égypte noire s'explique par sa rigueur scientifique et ses engagements politiques : combat contre l'apartheid en Afrique du Sud, pour la démocratie et la laïcité au Sénégal. La parution de *Nations nègres et culture*, en 1954, « étendard d'une révolution culturelle que les Nègres agitaient sous le regard d'une puissance coloniale se résignant mal à lâcher ses territoires d'outre-mer » (selon Lilyan Kesteloot, historienne de la littérature africaine), déclencha l'enthousiasme des écrivains de la négritude. Aimé Césaire qualifia ce livre du « plus audacieux qu'un Nègre ait jusqu'ici écrit et qui comptera, à n'en pas douter, dans le réveil de l'Afrique ».

Jusqu'aux années 1950-1960, les historiens européens, occidentaux et arabes n'ont pas cessé de traiter l'ancienne Égypte comme une partie des racines de leur propre histoire et non comme une partie de l'Afrique elle-même. Le résultat, c'est que l'Égypte ancienne a été coupée de l'Afrique noire.

L'attribution des grandes œuvres de la civilisation à une mythique migration blanche n'est pas nouvelle. Au XIXᵉ siècle, la découverte de la magnifique civilisation du Zimbabwe déclencha une vive réaction des savants du monde entier. « La cité n'a pas été construite par des Africains, car le style de construction est trop élaboré : c'est l'œuvre de colons phéniciens ou juifs », affirmait l'Allemand Karl Mauch en 1871. Quant à l'archéologue anglais Theodore Bent, il concluait vers 1890 que la civilisation du Zimbabwe était l'œuvre de « descendants d'envahisseurs blancs venus du Nord ».

Il faudra attendre le XXᵉ siècle pour que des égyptologues comme Jean Leclant, professeur au Collège de France, et Jean Vercoutter, de l'université de Lille, entament un remarquable travail sur l'Antiquité nubienne et déclarent, lors de l'important colloque international du Caire en 1974, que l'Égypte est « africaine dans son écriture, dans sa culture et dans sa manière de penser ». Les thèses de Cheikh Anta Diop sont enfin acceptées, du moins en partie.

En effet, alors qu'aux États-Unis ses travaux sont cités et reconnus, un certain nombre de chercheurs européens les taxent encore d'« afro-centristes ». Ils lui reprochent une posture idéologique et non scientifique ; ils l'accusent d'avoir « noirci » l'Égypte afin de réveiller la conscience des Noirs africains en leur faisant miroiter un illusoire passé prestigieux. N'étant pas expert, il ne m'appartient pas d'établir la part du vrai ; mais il n'empêche que les textes nous montrent que le royaume de Koush et le royaume d'Égypte n'étaient pas étanches, leurs échanges pas seulement marchands, leurs cultures et leurs populations traditionnellement mixées. Quant à la possibilité de règnes alternants, elle est démontrée par le règne de la XXVe dynastie.

Malgré le profond changement de perspective qu'a apporté le travail de Cheikh Anta Diop, l'éloignement dans le temps et la lecture occidentale maintiennent encore l'histoire de l'Égypte dans une certaine obscurité. Les règnes des pharaons noirs n'ont pas livré tous leurs mystères.

Volney, orientaliste et philosophe français, au retour d'un voyage en Égypte en 1783, avait écrit : « Quel sujet de méditation de voir la barbarie actuelle des Coptes, issus de l'alliance du génie profond des Égyptiens et de l'esprit brillant des Grecs, de penser que cette race d'hommes noirs aujourd'hui notre esclave et l'objet de nos mépris est celle-là même à qui nous devons nos arts, nos sciences, et jusqu'à l'usage de la parole… »

Un sage de la Grèce ancienne

Ésope

VIIᵉ-VIᵉ siècle av. J.-C.

Il y a 2 500 ans, un homme dit le « Boiteux » (*aiso-pos* en grec) vit entre Samos et Delphes. Il laisse cent vingt-sept fables en prose que reprend en partie, au XVIIᵉ siècle, Jean de La Fontaine, fables que nous apprenons tous à l'école et dont les morales en vers surgissent encore à la mémoire. Du temps de La Fontaine, les fables d'Ésope avaient une grande importance dans l'enseignement : on étudiait *Le Corbeau et le Renard*, *Le Loup et l'Agneau*, *La Cigale et la Fourmi*, *Le Chêne et le Roseau*, *Le Lièvre et la Tortue*, *Le Pot de fer et le Pot de terre*, et bien d'autres. Les fables d'Ésope étaient en prose et concises, La Fontaine les mit en vers. Le succès fut éclatant et suscita une foule d'œuvres s'en inspirant, en vers, en dessins, en peintures, plus tard en bandes dessinées, en films.

Il existe deux versions de l'histoire grecque. L'une présente la culture grecque comme essentiellement européenne, emblématique de la beauté blanche ; l'autre, reconnue par les Grecs aux époques classiques, décrit le développement métissé de leur culture issue d'une colonisation réalisée autour de 1500 av. J.-C. par les Égyptiens et les Phéniciens.

31

L'historien congolais Théophile Obenga a montré, dans son ouvrage *L'Égypte, la Grèce et l'école d'Alexandrie,* qu'aucun savant grec ne mettait en doute la supériorité intellectuelle et scientifique des prêtres de la vallée du Nil. Homère, Hérodote, Socrate, Platon : tous reconnaissent leur dette à la civilisation égyptienne, à l'origine de bon nombre de leurs propres mythes et coutumes.

Hérodote, par exemple, insiste sur le fait que le calendrier astronomique, avec le découpage de l'année en douze parties, est une invention égyptienne. Homère, vers 850 avant notre ère, affirme que les médecins égyptiens sont les « plus savants du monde ». Aristote écrit que « l'Égypte a été le berceau des arts mathématiques ».

L'historien anglais Martin Bernal, dans son ouvrage célèbre *Black Athena*, établit de manière convaincante les racines afro-asiatiques de l'Antiquité grecque.

La leçon que l'on nous a enseignée à l'école est héritée des préjugés des XVIIIe et XIXe siècles. Il n'était alors pas pensable aux yeux de la plupart des hommes des Lumières, dont la société vivait des revenus de l'esclavage, que la Grèce ait pu être métissée d'Européens et de colonisateurs africains.

Or Ésope, selon les études les plus récentes, aurait été un Nubien emmené comme esclave en Phrygie et ses fables s'inspiraient sans doute des contes de sa région. De tout temps, l'esclave a résisté, pas seulement par des actions spectaculaires à la Spartacus, mais par une rébellion quotidienne, culturelle. Il a développé une stratégie intellectuelle raffinée. D'abord par l'observation permanente du maître qu'il ne quitte jamais des yeux et dont il apprend à connaître les points faibles.

Ainsi Ésope trouve-t-il dans ses courts récits un biais pour transposer les travers de ses maîtres. Il subvertit ce qu'on lui impose pour préserver l'humanité qu'on lui refuse. Grâce à ses fables, il trouve sa dignité et se redresse. Elles contiennent des conseils de prudence, d'habileté, d'ingéniosité. Véritable « livre du savoir-faire avec l'adversité », elles présentent une morale implacable. Dans *Le Lion et la Souris*, la souris est apparemment la plus faible, mais le lion n'est finalement qu'un « lion de papier » puisqu'il a besoin de la souris pour ronger les cordes qui l'emprisonnent.

Si les témoignages de l'époque parlent peu du « Nègre » Ésope, en revanche ils insistent sur son épouvantable laideur : « porc-singe », « marmite à pieds », « cruche atteinte d'une tumeur », « amulette contre le mauvais œil », « erreur du jour ». Il est décrit comme bedonnant, la tête en pointe, le nez camus, voûté, le teint noir, courtaud, cagneux, les bras courts, les jambes arquées, les lèvres épaisses. De surcroît, il a la parole confuse et inarticulée.

Ne nous y trompons pas. S'il était monstrueux, c'était d'intelligence. Le portrait horrible que l'on faisait d'Ésope avait pour effet de le grandir, de souligner le contraste entre son aspect extérieur et son esprit inventif et astucieux. Sous le « masque grotesque » se cachent des « images fascinantes ».

Au cours de sa vie d'esclave, Ésope livre un combat incessant contre son maître Xanthos, dont le nom signifie « Blond ». C'est donc l'histoire d'un maître « blond » constamment humilié par son esclave « noir » que raconte la vie d'Ésope, celle d'un maître contraint à mendier l'aide de son esclave, et même de le laisser agir à sa place…

Lorsque son maître meurt, Ésope est affranchi. À peine libre, il retrouve la parole. Il se rend auprès de Crésus pour une mission diplomatique, qu'il réussit en usant d'une fable. Il se met ensuite au service du « roi de Babylone », qui prend grand plaisir à ses énigmes et à ses historiettes.

Mais, possédé par le désir de voyager, il se rend à Delphes. Là, il se laisse griser par son propre talent et, comme la grenouille de ses fables, il enfle. Pris d'un orgueil démesuré, il place sa statue auprès de celles des Muses. Il renie ses origines au point de traiter les habitants de Delphes de « fils d'esclaves » parce qu'ils n'ont pas suffisamment de terre à cultiver pour en tirer leur subsistance.

Les Delphiens irrités décident de se débarrasser d'Ésope. Ils glissent secrètement une coupe sacrée dans ses bagages. Alors que l'ancien esclave avance sur la route qui mène en Phocide, il est rattrapé et accusé de vol d'objet sacré. Jugé coupable, il est condamné à être précipité du haut d'une roche, près du grand temple de Delphes.

« Comme on le conduisait au supplice, écrit Jean de La Fontaine, il trouva moyen de s'échapper, et entra dans une petite chapelle dédiée à Apollon. Les Delphiens l'en arrachèrent. "Vous violez cet asile, leur dit-il, parce que ce n'est qu'une petite chapelle, mais un jour viendra où votre méchanceté ne trouvera point de retraite sûre, non pas même dans les temples. Il vous arrivera la même chose qu'à l'Aigle, lequel, nonobstant les prières de l'Escargot, enleva un Lièvre qui s'était réfugié chez lui ; la génération de l'Aigle en fut punie jusque dans le giron de Jupiter." »

Peu de temps après sa mort, une peste très violente ravagea la population. Les Delphiens demandèrent à l'oracle par quels moyens ils pourraient apaiser le courroux des dieux. L'oracle leur répondit qu'il n'y en avait point d'autre que d'expier leur forfait, et de satisfaire aux mânes d'Ésope…

Tous les enfants connaissent les fables de La Fontaine. Il serait bon que les professeurs expliquent le lien entre Ésope et La Fontaine, le Noir et le Blanc. Dire aux élèves que l'intelligence n'a pas de couleur, c'est éduquer contre le racisme avec sensibilité, intelligence et humour.

« *Toute vie est une vie…* »

Les chasseurs du Manden
1222

En 1222, soit cinq cent soixante-sept ans avant la Déclaration des droits de l'homme, le jour de l'intronisation de Soundiata Keita comme empereur du Mali, la Charte du Manden (ou Mandé) est chantée au pays Mandingue. L'empire du Mali, alors à son apogée, s'étend de l'océan Atlantique au Niger. Il connaît une grande prospérité grâce à l'intensification des échanges marchands. La paix et la liberté exceptionnelles qui y règnent sont dues, selon les historiens, à cette Charte, modèle d'humanisme et de tolérance.

Toute vie est une vie.
Il est vrai qu'une vie apparaît à l'existence avant une autre vie,
Mais une vie n'est pas plus « ancienne », plus respectable qu'une autre vie,
De même qu'une vie n'est pas supérieure à une autre vie.
Les chasseurs déclarent :
Toute vie étant une vie,
Tout tort causé à une vie exige réparation.
Par conséquent,

Que nul ne s'en prenne gratuitement à son voisin,
Que nul ne cause du tort à son prochain,
Que nul ne martyrise son semblable.
Les chasseurs déclarent :
Que chacun veille sur son prochain,
Que chacun vénère ses géniteurs,
Que chacun éduque comme il se doit ses enfants,
Que chacun « entretienne », pourvoie aux besoins
des membres de sa famille.
Les chasseurs déclarent :
Que chacun veille sur le pays de ses pères.
Par pays ou patrie, faso,
Il faut entendre aussi et surtout les hommes ;
Car « tout pays, toute terre qui verrait les hommes
disparaître de sa surface deviendrait aussitôt nostal-
gique ».
Les chasseurs déclarent :
La faim n'est pas une bonne chose,
L'esclavage n'est pas non plus une bonne chose ;
Il n'y a pas pire calamité que ces choses-là dans
ce bas monde.
Tant que nous détiendrons le carquois et l'arc,
La faim ne tuera plus personne au Manden,
Si d'aventure la famine venait à sévir ;
La guerre ne détruira plus jamais de village
Pour y prélever des esclaves ;
C'est dire que nul ne placera désormais le mors
dans la bouche de son semblable
Pour aller le vendre ;
Personne ne sera non plus battu,
A fortiori mis à mort,
Parce qu'il est fils d'esclave.
Les chasseurs déclarent :

L'essence de l'esclavage est éteinte ce jour,
« D'un mur à l'autre », d'une frontière à l'autre
du Manden ;
La razzia est bannie à compter de ce jour au Man-
den ;
Les tourments nés de ces horreurs sont finis à par-
tir de ce jour au Manden.
Quelle épreuve que le tourment !
Surtout lorsque l'opprimé ne dispose d'aucun
recours.
L'esclave ne jouit d'aucune considération,
Nulle part dans le monde.
Les gens d'autrefois nous disent :
« L'homme en tant qu'individu
Fait d'os et de chair,
De moelle et de nerfs,
De peau recouverte de poils et de cheveux,
Se nourrit d'aliments et de boissons ;
Mais son âme, son esprit vit de trois choses :
Voir ce qu'il a envie de voir,
Dire ce qu'il a envie de dire,
Et faire ce qu'il a envie de faire ;
Si une seule de ces choses venait à manquer à
l'âme humaine,
Elle en souffrirait.
Elle s'étiolerait sûrement. »
En conséquence, les chasseurs déclarent :
Chacun dispose désormais de sa personne,
Chacun est libre de ses actes,
Chacun dispose désormais des fruits de son tra-
vail.
Tel est le serment du Manden
À l'adresse des oreilles du monde tout entier.

Tels sont les grands principes du respect de la vie humaine, de la liberté individuelle, ainsi que l'abolition de l'esclavage, qu'une confrérie de chasseurs proclame à la fin de l'année 1222. Beau sujet d'étonnement pour ceux qui considèrent l'Afrique comme une contrée sauvage, sans véritable histoire ! L'une des théories racistes les plus perverses est de donner à penser que l'histoire de l'Afrique se réduirait à la colonisation et à l'esclavage. Autrement dit, l'histoire des peuples noirs commence le jour où l'Européen les a vus ! Ce travail réducteur occulte des millénaires de civilisations africaines – telles que celles de la Nubie, du Kongo, du Zimbabwe, etc. – et conforte cette idée de l'infériorité intellectuelle, culturelle, morale et politique des peuples noirs.

C'est d'ailleurs ce qu'un président français a déclaré, un jour de juillet 2007, à Dakar, affirmant que l'Africain n'était pas encore « assez entré dans l'Histoire » : « Le paysan africain [...] ne connaît que l'éternel recommencement du temps rythmé par la répétition des mêmes gestes et des mêmes paroles. Dans cet imaginaire où tout recommence toujours, il n'y a de place ni pour l'aventure humaine ni pour l'idée de progrès. »

Le fait que le représentant d'un grand pays comme la France ait pu répéter mot pour mot les écrits racistes des XVIIIe et XIXe siècles : « Le Noir africain est guidé par la fantaisie ; l'homme européen est guidé par les coutumes », de Carl von Linné (*Systema naturae*, 1758), ou : « L'Afrique, ce bloc de sable et de cendre, ce morceau inerte et passif qui depuis six mille ans fait obstacle à la marche universelle... », de

Victor Hugo (1879), illustre la profondeur de ces théories. Je leur oppose ce trésor d'humanité qu'est le « Serment des chasseurs du Manden ».

Ce Serment fut traduit par le chercheur malien Youssouf Tata Cissé à partir du récit que lui fit, en 1965, Fadjimba Kanté, patriarche des forgerons de Tégué-Koro (Mali) et chef de la Confrérie des chasseurs. J'imagine quelques sourires narquois. Pour l'Occidental, la transmission ne passe plus que par l'écrit, et il considère l'oralité avec suspicion.

Or cette transmission orale est en Afrique une tradition majeure. Sa crédibilité, sa force, son impact reposent sur sa précision. L'une des premières conditions de sa vérité est que, dans les sociétés africaines, tout le monde ne peut prétendre transmettre cette parole. Seule la caste des griots en est dépositaire et veille à sa qualité. Ces griots, femmes ou hommes, ont été formés à travers les siècles, au sein de leur groupe, à conserver la mémoire des événements, des musiques, des dits et des non-dits, des mythes.

L'oralité africaine appartient à des « professionnels » qui se transmettent le savoir, avec la science du langage nécessaire pour exprimer les faits, les données, les lieux et les personnages. Personne ne peut venir demain dans un village africain et prétendre raconter telle histoire de son passé. « D'où venez-vous ? » lui demandera-t-on. « De quelle famille ? Comment cet événement vous a-t-il été transmis ? Par qui ? »

Lorsque mon ami sénégalais Doudou Diène – diplomate et rapporteur spécial de l'Onu sur les formes contemporaines de racisme, de discrimination raciale, de xénophobie et d'intolérance – et les chercheurs de l'Unesco ont enquêté, dans le cadre du programme « La Route de l'Esclave », dont Doudou Diène était responsable, sur l'esclavage en Afrique au XVIe siècle, ils se sont d'abord intéressés aux sources écrites. Mais il s'agissait de littérature d'Européens, qui ne faisait que renforcer les préjugés. Les chercheurs de l'Unesco se sont dit qu'il y avait une autre mémoire, non écrite, celle des Africains, qu'ils aient été ou non dans l'esclavage, et ils ont organisé une réunion autour de cette transmission orale. Le savoir qui avait été occulté, il fallait lui redonner sa légitimité.

L'Unesco (Organisation des Nations unies pour l'éducation, la science et la culture, créée en 1945) a établi en 2003 une Convention pour la sauvegarde du patrimoine culturel immatériel de l'humanité, et vient d'inscrire, en 2009, la Charte du Manden sur la liste représentative de ce patrimoine.

Tandis qu'en Occident, comme l'a dit l'anthropologue Claude Lévi-Strauss, « on devient vieux sans être ancien », en Afrique, l'ancien est vénéré pour son savoir de la tradition orale. Répétons les mots que prononça l'écrivain Amadou Hampâté Bâ à l'Unesco en 1966 : « En Afrique, quand un vieillard meurt, c'est une bibliothèque qui brûle. »

Fierté et courage d'une reine

Anne Zingha
Vers 1582 - 17 décembre 1664

Nous sommes en l'an 1622. La princesse Zingha, de la province du Matamba, dernier bastion de l'Angola résistant à l'envahisseur portugais, est en marche vers Luanda, où l'attend le vice-roi du Portugal. Luanda fait partie de ces royaumes portuaires tombés au fil des ans aux mains des Portugais, laissant l'Angola sans façade maritime. Il s'agit, pour la princesse, de négocier un traité dont l'issue se révèle très délicate, vu la terrible défaite que vient de subir son frère, le roi Mani Ngola.

À peine est-elle entrée dans la salle du palais du gouverneur que le regard de la princesse Zingha se glace. Elle voit le vice-roi don Joao Correia da Souza confortablement installé dans un fauteuil. Face à lui, un simple coussin posé sur le sol lui est réservé. Blessée dans sa fierté, elle refuse une telle humiliation. Elle appelle l'une de ses suivantes et, sur son ordre, celle-ci lui présente son dos en guise de siège. L'assistance est effarée et éblouie à la fois. Un artiste immortalise la scène et son dessin fait le tour du monde.

La princesse Zingha garde cette posture tout au long de la négociation. Décontenancé, le vice-roi perd de son assurance. Il essaie de dissimuler son trouble

en se montrant de plus en plus brusque et en multipliant les exigences. Il tente un premier coup à l'emporte-pièce : il faut que ses soldats, prisonniers du roi Mani Ngola, soient libérés sur-le-champ. La princesse, impassible, lui répond calmement qu'elle n'y voit nul inconvénient, mais que dans ce cas les hommes et les femmes de son pays qui ont été réduits en esclavage doivent également lui être rendus ! Mis en échec, le vice-consul pince les lèvres, tergiverse, puis aborde le vif du sujet : il s'agit de dessiner le nouveau tracé des frontières.

Contrairement à toutes ses prévisions, la princesse n'accepte aucune réduction des frontières et mène la négociation d'égale à égal. Au final, elle obtient le recul des troupes portugaises hors des frontières jusque-là reconnues et le respect de la souveraineté de son royaume du Matamba. Elle concède néanmoins qu'elle doit quelque chose en échange. Pour satisfaire les deux parties, elle accepte de libérer des prisonniers portugais et de coopérer raisonnablement dans le commerce de prisonniers que son peuple met en esclavage.

Le vice-roi semble accepter ce traité, non sans chercher à obtenir un profit supplémentaire : treize mille esclaves par an, contre la « protection » du roi du Portugal ! La réponse de la princesse est un camouflet. « Sachez, monsieur, lui dit-elle, que si les Portugais ont l'avantage de posséder une civilisation et des savoirs inconnus des Africains, les hommes du Matamba, eux, ont le privilège d'être dans leur patrie, au milieu de richesses que, malgré tout son pouvoir, le roi du Portugal ne pourra jamais donner à ses sujets ! »

Voilà une leçon que le vice-roi a du mal à contester. En effet, lorsque, au XVIe siècle, leurs premières caravelles sont arrivées sur les côtes de l'Angola, les hommes de troupe ont été accueillis comme des hôtes, choyés, nourris sur place par une population dont ils ont pu constater l'autonomie et la parfaite organisation. « Un véritable Eldorado de huit provinces insolemment fertiles, arrosées de nombreux cours d'eau et dotées d'une agriculture vivrière autosuffisante couplée à l'élevage de bovins, écrit Sylvia Serbin dans *Reines d'Afrique et Héroïnes de la diaspora noire*. Les bourgs, parcourus d'allées d'orangers, de grenadiers et de citronniers, étaient reliés par des pistes bien entretenues. » Au temps de la princesse Zingha, un siècle plus tard, l'endroit vit toujours son âge d'or. « La nature semble prendre plaisir à rassembler ici tous les avantages que les mains bienfaisantes n'accordent que séparément dans les autres contrées, écrit un voyageur européen. Quoique noirs, les habitants du royaume d'Angola sont en général fort adroits et très ingénieux. »

Les Angolais et les Portugais auraient pu continuer à vivre en bonne entente, si les colons n'avaient rapidement découvert l'immense richesse du pays ! Le fleuve Cuanza qui traverse le royaume est chargé de diamants. La nouvelle n'a pas tardé à se répandre…

« Le grand drame historique de l'Afrique a moins été sa mise en contact trop tardive avec le reste du monde que la manière dont ce contact a été opéré ; que c'est au moment où l'Europe est tombée entre les mains des financiers et des capitaines d'industrie les plus dénués de scrupules que l'Europe s'est "propagée" ; que notre malchance a voulu que ce soit cette

Europe-là que nous ayons rencontrée sur notre route et que l'Europe est comptable devant la communauté humaine du plus haut tas de cadavres de l'histoire », écrit Aimé Césaire dans son *Discours sur le colonialisme*.

En effet, seule la convoitise a poussé en 1575 le roi du Portugal à ordonner que l'on s'approprie terres et biens « aussi loin qu'il se pourra ». Cependant, ce n'est pas une poignée de soldats affaiblis par l'éprouvante traversée de l'Océan, épuisés par les privations, qui pourront réussir. Aussi conçoit-on une stratégie d'affaiblissement du pays, avec pour fondement principal la déportation de masse. Vider le pays de ses forces vives, introduire la guerre et la discorde entre les divers petits royaumes, tel est le but du jeu. Pour ce faire, les Portugais nouent des alliances avec certains roitelets de la côte qui acceptent de les servir, et bâtissent avec eux une « vicieuse complicité », appuyée sur l'arme de base de l'esclavage, de la colonisation et de la néocolonisation : la corruption. Les féodaux indigènes capturent aisément leurs voisins qu'ils livrent ensuite comme esclaves aux Portugais contre des armes, de la verroterie et de l'alcool.

Le système de la traite non seulement remplit les coffres des Européens, mais vide le continent africain de sa première richesse : ses femmes et ses hommes les plus jeunes, les plus vaillants. Ce démembrement de l'Afrique s'est poursuivi durant des siècles et continue aujourd'hui encore avec le même mécanisme : la corruption des élites politiques.

La résistance de la princesse Zingha est aussi remarquable qu'emblématique. Son entrée mémorable en diplomatie n'est pas le fait du hasard. Elle a quarante ans lorsqu'elle mène la fameuse négociation et une longue expérience politique derrière elle. Son père, huitième roi du Matamba, l'a initiée très tôt aux arcanes du pouvoir et en a fait une véritable femme d'État. La princesse n'a rien d'une frêle jeune fille. Elle a eu aussi à subir la violence des siens.

Son frère, Mani Ngola, impulsif, veule et sans intelligence, déteste tellement l'autorité naturelle de sa sœur qu'à la naissance de son enfant, redoutant qu'il ne lui prenne le trône, il le fait jeter dans un bain bouillant. Plus tard, des hommes à sa solde s'emparent de Zingha et lui enfoncent un fer rouge dans le sexe pour s'assurer qu'elle n'aura jamais d'héritier.

Mani Ngola ne recule devant rien pour asseoir son pouvoir. Déjà, à la mort de son père en 1617, il a fait assassiner le successeur désigné du trône. Puis, rêvant d'un coup d'éclat contre l'envahisseur pour inaugurer son règne, il se lance dans une guerre absurde qui aboutit au massacre de la moitié de son armée, soit quinze mille hommes.

C'est dans ce contexte que la princesse Zingha mène sa mémorable négociation avec le vice-roi du Portugal. Ce dernier est tellement fasciné par son talent magistral qu'il lui propose d'être son hôte le temps de la ratification du traité par Lisbonne.

Les quelques mois que la princesse passe à Luanda sont déterminants pour son futur règne. Elle observe la manière dont les soldats occidentaux sont armés, et surtout comment ils s'entraînent. Elle place des espions qui la renseignent sur les mouvements des troupes et la mettent en contact avec les soldats des petits royaumes tombés sous la coupe portugaise. Elle leur promet des terres contre leur désertion et réussit ainsi à récupérer de nombreux hommes formés aux techniques occidentales de guerre.

En même temps, la princesse observe, assimile la culture et la langue des envahisseurs. Quand elle est conviée à l'église, elle ne fait pas qu'admirer les toilettes et écouter les chants ; elle évalue l'intérêt que pourrait représenter, pour elle et les souverains de sa région, d'embrasser leur religion. Elle suppose que la conversion les mettrait sur un pied d'égalité et que les Portugais seraient désormais contraints de les considérer avec plus de respect.

Aussitôt pensé, aussitôt fait. Son baptême a lieu dans la cathédrale de Luanda. Elle choisit pour parrain et marraine le vice-roi don Correia da Souza et son épouse Anna, qui lui donne son nom chrétien. La princesse devient Anne Zingha.

Mais le vice-roi retourne au Portugal. Son successeur, qui a soif d'or et de conquêtes, contraint le roi Mani Ngola à de nouveaux affrontements. En 1624, celui-ci engage son armée sur les rives du fleuve Cuanza. Mal préparée, elle est furieusement balayée par le feu portugais auquel se sont joints dix mille mercenaires africains recrutés au Kongo. Mani Ngola réussit à s'échapper en se jetant dans le fleuve. « C'est alors qu'après avoir nagé jusqu'à un banc de sable, raconte Sylvia Serbin, il est recueilli par deux serviteurs de la cour qui, comme par hasard, se trouvent sur le même îlot. Ils pansent ses blessures et lui donnent à boire… Juste avant de mourir foudroyé par le poison, l'imprudent tyran a le temps de comprendre que Zingha vient de signer sa vengeance… » et, par la même occasion, de récupérer le royaume du Matamba.

Couronnée, Anne Zingha temporise avec les Portugais, négociant chaque fois qu'ils font mine de vouloir réduire les frontières. Elle leur réaffirme ses intentions pacifiques tout en préparant ses armes et ses troupes. Dans le même temps, elle rallie discrètement d'autres États. La fin justifiant les moyens, elle ne s'embarrasse d'aucun scrupule. Pour convaincre les guerriers jagas réputés pour leur bravoure et plus encore pour leur cruauté, elle les invite à un banquet où elle démontre sa détermination et sa puissance.

Des années passent sans qu'elle cède un pouce de terrain. Souvent elle conduit elle-même ses troupes.

En 1641, la flotte hollandaise s'attaque à la colonie portugaise établie à Luanda. Les Portugais sont défaits. La reine Anne Zhinga saisit aussitôt l'occasion, offrant aux Hollandais le monopole du commerce avec l'Angola s'ils l'aident à rétablir les droits des souverains angolais sur leur territoire. C'est ainsi que se bâtissent, durant quelques années, la fortune de Rotterdam, et la paix des Angolais qui retrouvent leurs villages et leurs cultures grâce à l'or et aux diamants contenus dans leur sol.

Courte paix, hélas, de sept ans seulement car, en 1648, le traité de Westphalie garantit l'indépendance des Provinces-Unies (actuels Pays-Bas) en contrepartie de ses possessions en Afrique et en Amérique. Les règles du jeu politique se jouent ailleurs qu'en Afrique, loin des talents de la reine Zingha. Ironie : par ce traité européen, le Portugal reprend possession de Luanda.

Les guerres redoublent et l'on voit la reine Anne Zingha, maintenant septuagénaire, parcourir son royaume à la tête de ses troupes. Comme cette guerre semble ne pouvoir s'achever que par l'épuisement des deux camps, un ultime traité est signé.

Le roi du Portugal déclare « condescendre » à accorder quelques provinces de son royaume d'Angola à la reine. Refusant toujours de se considérer comme vassale ou tributaire du roi portugais, Anne Zingha répond par une leçon de grandeur :

« Quel droit a-t-il sur mes États ? En ai-je sur les siens ? Est-ce parce qu'il est aujourd'hui le plus fort ? Mais la loi du plus fort ne prouve que la puissance et ne légitime jamais de telles usurpations. Le roi du Portugal ne fera donc qu'un acte de justice et pas de générosité en me restituant non quelques provinces, mais tout mon royaume sur lequel ni sa naissance ni sa force ne lui donnent aucun titre. »

Le traité est ratifié le 24 novembre 1657, à Lisbonne, par le roi Alphonse VI. Il sera respecté par tous.

Anne Zingha a maintenant soixante-dix-huit ans. Pendant les dernières années de sa vie, elle connaît un royaume apaisé. Elle règle les affaires courantes, préside la cour d'appel, parcourt à cheval ses terres, réorganise l'administration et instaure la « parité ». À chaque poste de responsabilité tenu par un homme est adjointe une femme. Chacun doit rendre compte séparément de son travail. Elle exige des femmes de la noblesse angolaise qu'elles sachent lire et écrire, et s'exercent aux armes.

Dans la mémoire populaire, la reine Anne Zingha est restée un personnage à part. Les valeurs de fierté et de courage sont universelles.

La combattante du renouveau

Dona Béatrice
Vers 1682 - 1706

Vers la fin des années 1600, une jeune fille née au Kongo, Dona Béatrice, grelotte de fièvre au fond de son lit. Tout le monde la donne pour morte. Soudain, elle voit apparaître en songe un homme habillé en moine. C'est saint Antoine qui, de sa voix céleste, l'exhorte à demeurer pieuse, « à prêcher et à entraîner le peuple à aller de l'avant ». Aussitôt la fièvre tombe et la jeune fille revient à la vie. Elle explique à son père et à sa mère sa vision, et l'importance du commandement divin. Devant le besoin impérieux de le suivre, elle distribue toutes ses richesses et renonce aux biens de ce monde.

Dans sa grande sagesse, saint Antoine l'engage à libérer le royaume du Kongo de l'envahisseur portugais qui, fort de la bénédiction papale, a donné le coup d'envoi de la traite en 1455. Il lui commande également de remettre le roi Pedro IV en fuite sur son trône à Sao Salvador, et de soulager son peuple de la misère.

Dona Béatrice se met en route pour accomplir son devoir...

Dona Béatrice est née au royaume du Kongo, royaume prospère qui englobe des parties de l'actuelle république démocratique du Congo, de l'Angola actuel, et d'une partie du Gabon, soit environ trois cent mille kilomètres carrés. Kongo signifie « Cercle, univers, centre de l'univers ». Pourquoi la France lui a-t-elle imposé un « C » ? En mettant un C, on dénature le sens du pays, on dénature ses femmes et ses hommes, on falsifie l'histoire millénaire d'un peuple.

En 1482, lorsque Diego Cao et les premiers navigateurs portugais débarquent au royaume du Kongo, « ils découvrent une foule grouillante habillée de soie et de velours, de grands États bien ordonnés et cela dans les moindres détails, des souverains puissants, des industries opulentes. Civilisés jusqu'à la moelle des os ! L'idée du Nègre barbare est une invention européenne », écrit l'anthropologue allemand Leo Frobenius en 1911.

Ce pays, jadis l'un des plus puissants d'Afrique centrale grâce à sa maîtrise du fer, ses champs fertiles et ses terres contenant des monceaux d'or et de cuivre, vit actuellement dans la misère. Jusque-là, le Kongo, comme une bonne partie de la planète, pratiquait l'« esclavage à usage interne » pour ses travaux agricoles, la valorisation et l'économie de son propre pays ; à partir de 1532, les raids entre ethnies voisines se multiplient pour fournir aux Portugais des esclaves en échange d'armes. Armes leur évitant d'être mis en esclavage eux-mêmes. Le cycle infernal de la traite.

Ne réduisons pas le mot « esclavage » à la seule couleur noire. Il vient du latin *sclavus*, car la plupart des esclaves du haut Moyen Âge étaient des Slaves des Balkans. À Rome, on disait *servus* et, à l'époque médiévale française, « serf ». Jusqu'à la fin du Moyen

Âge, des Européens ont été vendus par d'autres Européens en direction des pays musulmans.

Jusqu'à la fin du XVIIᵉ siècle, les Mani-Kongo, souverains du Kongo, et le royaume du Portugal ont entretenu de bonnes relations. Les Kongolais ont accueilli avec une extrême générosité ces étrangers venus par la mer, ils ont poliment accepté leur religion et la présence de leurs missionnaires capucins, jésuites, dominicains. Le Mani-Kongo Alfonso Iᵉʳ adhérait si pleinement aux Écritures saintes qu'il en oubliait, dit-on, « le manger » ! Son fils, envoyé faire ses études théologiques à Lisbonne, devint en 1518 le plus jeune évêque africain ordonné.

Hélas ! En 1500, l'amiral portugais Pedro Alvares Cabral « découvre » le Brésil. Sur les quatre-vingt-dix millions d'Indiens qui vivent en Amérique, cinq à six millions occupent le Brésil. Ils sont progressivement exterminés par les armes, les maladies et les mauvais traitements (85 % d'entre eux entre 1500 et 1900). Or l'industrie de la canne à sucre exige de plus en plus de main-d'œuvre. Le Portugal regarde donc avec envie le Kongo qui représente un fabuleux réservoir d'esclaves !

Que n'aurait pas fait Alfonso Iᵉʳ pour ses amis portugais si la religion qu'ils lui avaient inculquée n'avait pas été en contradiction avec l'esclavage qu'ils lui proposaient ! Comme il s'oppose à toute déportation de son peuple, les Portugais se fâchent et, en 1540, tentent de l'assassiner. De là datent les premières razzias d'esclaves, organisées à partir de l'Angola, par des nobliaux à la solde du Portugal. Corrompus par des armes, des vêtements à l'européenne, des alcools et de la verroterie, ces élites princières livrent des esclaves pris en territoires voisins, seule monnaie acceptée par les Portugais.

Comme le remarque l'historienne Sylvia Serbin qui m'a raconté l'histoire de Dona Béatrice : « Ce n'est pas l'aspect immoral de l'esclavage qui aurait pu les arrêter, puisque même les prêtres blancs qui leur servaient de directeurs de conscience se laissaient compromettre dans le trafic négrier ! » Beaucoup de ces religieux ont, en effet, des actions dans la traite négrière et tout intérêt à ce qu'elle prospère. La collusion entre le pouvoir esclavagiste et l'Église est flagrante en Afrique comme dans les îles. « Les revenus que possèdent les Jésuites à la Martinique sont trop considérables, écrit un intendant en 1717. Ils ont une habitation où il y a au moins cent trente Noirs... »

Il y a toujours des religieux dans les premières frégates qui abordent les côtes africaines ou américaines. Les marchands arrivent plus tard, une fois le pays pacifié par les armes et le goupillon. Incrustés dans les cours royales, ils christianisent les âmes des souverains et guident leur politique. Pendant qu'ils lisent la Bible, ils soutiennent implicitement et explicitement la mise en esclavage...

Seules les populations reculées ont su garder leurs traditions animistes.

Vers 1702, lorsque débute la tragique histoire de Dona Béatrice, le royaume est depuis longtemps christianisé. Morcelé en plusieurs principautés rivales qui font le commerce d'esclaves, il est affaibli. Au point que Pedro IV, à cette époque roi du Kongo, est contraint d'abandonner sa ville dévastée de Sao Salvador, le cœur du royaume. Il se retire au nord, sur le mont Kibangu, laissant derrière lui un peuple apeuré.

Née dans une famille aristocratique du Mukongo sous le nom de Kimpa Vita, Dona Béatrice, de son nom de baptême, a reçu l'enseignement catholique dispensé aux nobles du Kongo. Elle croit fermement, sincèrement. Trop même, car sa foi en la parole libératrice du Christ ne tolère aucun mensonge et se retourne contre ses confesseurs qui ont oublié que cette même parole libérait les esclaves chrétiens de Rome. Les Saintes Écritures se métamorphoseront ainsi plus d'une fois, pendant l'esclavage et la colonisation, en instruments de résistance et de révolte.

Dona Béatrice a vingt ans quand elle se rend compte que les Noirs ne sont pas traités en frères, comme le veulent les Écritures.

En 1704, elle crée le mouvement des Antoniens. « Saint Antoine, dit-elle à ses adeptes, m'a dit qu'un nouveau royaume allait naître. Nous devons reconstruire la ville de Sao Salvador, et y ramener le roi Pedro IV. Dieu veut que cette ville redevienne la "Bethléem biblique". »

Elle mêle traditions africaines et enseignement catholique. Le discours qu'elle tient à ses adeptes, puis aux populations, est simple : nous sommes des enfants de Dieu et notre religion vaut la leur. Prenez les armes de la foi, soulevez-vous contre les missionnaires qui gangrènent votre pays, qui vénèrent l'argent du temple !

« Vous récitez le Salve Regina et vous ne savez même pas pourquoi ! leur dit-elle. On vous demande de jeûner pendant le carême alors que vous êtes déjà épuisés par la disette ! Si vous voulez être lavés de vos péchés, il suffit de vous exposer à la pluie. La confession ne sert à rien... Les bonnes œuvres sont vaines… Seule l'intention compte pour Dieu… Prenez, mes frères, autant de femmes que vous le désirez si telles sont vos coutumes ! »

Elle entend créer une Église africaine, qui écartera les missionnaires portugais de l'entourage du roi. Elle revitalise les racines culturelles traditionnelles de son pays. Rapidement, le rite des Antoniens, mêlant animisme et catholicisme, rallie de plus en plus de monde. Dona Béatrice répand la « bonne nouvelle » : bientôt le Christ noir les délivrera du joug colonial !

Elle exhorte le peuple à rejoindre Sao Salvador : « Dans Sao Salvador repeuplé, les racines des arbres abattus se transformeront en or et en argent. Sous les ruines relevées, nous découvrirons des mines de pierres précieuses et des métaux rares. À Sao Salvador, toutes les richesses que les Blancs nous ont ravies iront à ceux qui adhèrent à la foi véritable et contribuent à la renaissance du royaume. »

Des milliers de fidèles la suivent. On vient la voir de partout. Des mythes se créent autour de ses miracles : elle guérit les malades, elle fait venir la pluie et reverdir les arbres desséchés. On dit aussi que tous les vendredis elle se rend au ciel pour plaider la cause de son peuple et le lendemain retourne sur terre poursuivre sa mission.

Dans la ferveur de la foi, tout un peuple se dirige vers la citadelle royale, en priant et en chantant. Parmi les adeptes, il y a un certain Barro que Dona Béatrice nomme saint Jean. Arrivés devant la citadelle, ils franchissent les barrages, et la jeune fille demande à parler au roi.

Le père capucin Bernardo s'interpose : il craint comme le diable ce mouvement des « Antoniens » qui menace le pouvoir catholique en Afrique et pourrait, si on le laissait faire, annoncer un nouveau schisme dans le dogme. Il craint également l'effet du charisme de Dona Béatrice auprès du roi. « Cette femme profère de dangereuses absurdités, dit-il au roi. Écoutezla : "La terre sainte est au Kongo… Les véritables fondateurs de la religion catholique sont de la race noire… Jésus-Christ est né à Sao Salvador… Il a été baptisé à Sundi, que l'on appelle Nazareth… Jésus-Christ, la Madone et saint François sont originaires du Kongo !…" »

Permettez-moi une parenthèse : un jour, discutant avec mon fils, je lui demande de me décrire Dieu. Il me répond :

« C'est un homme à la barbe blanche.

– Il est de quelle couleur ?

– Il est blanc.

– C'est bizarre… On dit que Dieu, l'Être suprême, a fait l'homme à son image. Alors toi, qui es marron foncé, comment peux-tu l'imaginer blanc ?

– C'est vrai, je n'avais jamais pensé à cela. »

En tout cas, le culte de la « Vierge noire », auquel plusieurs centaines d'églises seront consacrées entre 1170 et 1270, causera pas mal d'ennuis aux instances catholiques, obligées d'expliquer leur noirceur par la fumée des cierges ou par les péchés des fidèles ! Je me suis d'ailleurs toujours demandé pourquoi Dieu était représenté dans des lieux de culte.

« Refusez cette hérésie, faites que votre royaume devienne chrétien et votre puissance sera augmentée, admoneste le moine Bernardo. Réprimez le mouvement antonien. » En dépit de ces avertissements, le roi Pedro reçoit cette étrange femme. Il l'écoute, séduit par sa foi et son message. Elle lui propose l'unité du royaume, le renouveau…

Pourtant, il tergiverse. Prendre la tête du grand renouveau que lui propose Béatrice, retourner à Sao Salvador comporte de grands dangers. Le roi est un pleutre. Entre ses conseillers très catholiques et la « vierge du Kongo », son cœur balance. Il hésite deux longues années, durant lesquelles Dona Béatrice construit brillamment son Église. Les « Petits Antoine » parcourent le pays et convertissent les nobliaux à leur mouvement. Le nombre de ses partisans atteint maintenant des milliers.

Pour les missionnaires, la situation est devenue intolérable. Le prestige de Dona Béatrice menace de plus en plus les intérêts marchands, sacrilège pire encore que d'offenser Dieu ! Par quels moyens réussissent-ils enfin à convaincre le faible Pedro IV de la dangerosité de Béatrice ? Nul ne le sait. Mais la répression qui s'ensuit est féroce, sanglante, à la hauteur de la peur infligée à ces petits moines.

Et c'est à ce moment que Béatrice disparaît brusquement. Certains s'imaginent qu'elle a fui, d'autres qu'elle est partie au ciel rejoindre saint Antoine et qu'elle va ressusciter sous peu. En fait, la « vierge du Kongo », la « pucelle de Sao Salvador », n'en est pas moins femme, et cache son ventre qui contient le fruit de son amour pour Barro dit « saint Jean ».

Les troupes portugaises finissent par la découvrir dans la brousse, avec Barro, son compagnon, et leur enfant qui vient de naître. Les missionnaires jubilent. Cet enfant est la preuve de son imposture ! Deux cents ans auparavant, Jeanne d'Arc, en s'appelant la « Pucelle », signifiait qu'elle était envoyée de Dieu et non sorcière, sa virginité symbolisait sa pureté physique et religieuse. Une aubaine pour les prêtres, cet enfant de Dona Béatrice. Ne prouve-t-il pas qu'elle est « impure, fille du serpent » ? Ils la traitent de menteuse, la brutalisent et lui enjoignent d'abjurer publiquement ses erreurs. Dona Béatrice s'y refuse. Elle ajoute, au sujet de son enfant : « Je ne peux nier que ce soit le mien. Mais comment je l'ai eu, je ne sais pas. Je dis seulement qu'il m'est venu du ciel et qu'il sera le sauveur de notre peuple. »

On la conduit enchaînée, son enfant dans les bras, devant le père Bernardo, chef des capucins, qui la soumet à la question.

« Qui êtes-vous ? lui demande-t-il.

– Je suis saint Antoine, répond-elle. Je viens du ciel.

– Et quelles nouvelles apportez-vous de là-haut ? lui demande-t-il, ironique. Dites-moi si au ciel il y a des Noirs du Kongo et s'ils sont là-bas avec leur couleur noire ?

– Au ciel il y a des petits Noirs baptisés ainsi que des adultes, mais ils n'ont pas la couleur du Noir ni du Blanc, parce qu'au ciel il n'y a nulle couleur ! »

Le père Bernardo est scandalisé par cette réponse. Sa révolte, ses prétentions aux miracles, ses agissements qui s'opposent aux pratiques de la traite et une telle réplique ont tôt fait de convaincre Dona Béatrice d'hérésie. « Disant que sous le faux nom de saint Antoine elle a trompé le peuple par ses hérésies et ses faussetés. En conséquence, le roi son seigneur et le Conseil royal la condamnent à mourir sur le bûcher, elle et son concubinaire qui se fait appeler saint Jean. »

L'exécution est fixée au 2 juillet 1706. « Après cet arrêt, ils furent emmenés vers le bûcher, raconte le père Laurent de Lucques. Elle portait son enfant sur le bras. Il se produisit alors un si grand tumulte parmi la foule en détresse qu'il n'y eut pas moyen pour nous de prêter quelque assistance aux deux condamnés. On avait amassé là un grand tas de bois sur lequel ils furent jetés. On les recouvrit d'autres morceaux de bois et ils furent brûlés vifs. Non contents de cela, le lendemain matin, des hommes vinrent encore brûler quelques os qui étaient restés et réduisirent le tout en cendres très fines. »

Dona Béatrice, comme Jeanne d'Arc plus de deux siècles auparavant, meurt « avec le nom de Jésus en bouche ». Quant au nouveau-né, il est sauvé au dernier instant des flammes par le père Laurent de Lucques qui obtient sa grâce auprès du roi.

Élevée par la population au rang de martyre malgré un procès en hérésie conduit de manière inique, elle est souvent qualifiée de « Jeanne d'Arc du Kongo » ou de « Jeanne d'Arc noire ». Évidemment, ce sont les Occidentaux qui l'ont ainsi surnommée. La première réflexion que l'on peut, en tout cas, tirer de cette comparaison entre Jeanne et Béatrice est que l'Église missionnaire, de longue date et quel que soit le continent, s'est souvent rangée du côté des puissants...

Général en chef
de l'armée impériale russe

Abraham Petrovitch Hanibal
1696 - 14 mai 1781

Pour parler d'Hanibal, je suis allé trouver mon ami Dieudonné Gnammankou. L'intérêt qu'il porte à ce grand homme remonte à ses années de lycée, lorsque son père lui offrit une histoire générale de l'Afrique. Dans le volume IV consacré à la traite négrière, il apprit que certains des Africains déportés s'étaient retrouvés dans des sociétés européennes où ils avaient mené une carrière prestigieuse. Parmi eux figure un certain Hanibal, dont l'arrière-petit-fils n'est autre que l'un des plus célèbres poètes russes : Alexandre Pouchkine.

Quel personnage fascinant ! Quelle vie extraordinaire !

À l'aube du XVIIIe siècle, au Cameroun, un enfant africain de sept ans est pris dans une razzia arabo-ottomane, puis conduit à Istanbul, à la cour du sultan Ahmed III. Le sultan en fait un page, le convertit à l'islam, et lui donne le prénom d'Ibrahim.

Un an plus tard, en 1704, une nouvelle péripétie conduit clandestinement l'enfant à la cour du tsar Pierre Ier le Grand, empereur de toutes les Russies. Pris en affection, il est adopté par le souverain qui

l'affranchit, en même temps qu'il lui donne une nouvelle religion et un nouveau nom : baptisé en l'église Saint-Paraskeva de Vilnius, il s'appelle désormais Abraham Petrovitch.

Il est éduqué à la cour avec les grands-ducs et grandes-duchesses qui le considèrent comme leur propre frère. N'est-il pas le protégé de l'empereur ? L'enfant est d'une vive intelligence, exceptionnellement doué en mathématiques. Pour lui, on fait venir au palais les meilleurs professeurs d'Europe.

On pourrait s'étonner d'une telle sollicitude de la part d'un tsar envers un enfant noir. Mais la société russe n'est pas encore empreinte, à cette époque, des préjugés raciaux qui apparaîtront au XIXᵉ siècle. De plus, Pierre le Grand entend moderniser la Russie et y apporter ses Lumières. Au diable les couleurs et les nationalités ! Pour bâtir sa société, il ouvre le pays aux compétences, d'où qu'elles viennent, et recrute les meilleurs spécialistes, où qu'ils se trouvent : des Anglais pour sa flotte, des Français pour l'artillerie…

À l'âge de quinze ans, le jeune Abraham est devenu le confident et l'ordonnance du tsar, qu'il suit sur les champs de bataille. Puis il est chargé de sa bibliothèque privée. Lors du voyage de Pierre Iᵉʳ en France, c'est lui qui achète ses livres. Le tsar le confie au duc du Maine, afin qu'il apprenne la géométrie, l'artillerie et l'art des fortifications. La relation entre le tsar et Abraham est si forte que les études qu'il lui fait entreprendre en Prusse sont celles auxquelles il a destiné son propre fils, le tsarévitch Alexis – lequel a opté finalement pour la théologie ! Abraham sera donc le premier ingénieur militaire russe moderne.

Il étudie les fortifications de Vauban, puis entre en 1717 dans les armées de Louis XV. Il se montre si audacieux et si bon stratège qu'il est promu capitaine de l'armée française, où il gagne le surnom d'Hanibal.

Abraham alias Hanibal revient en 1722 en Russie avec, en plus de son grade de capitaine, un brevet d'ingénieur. Il y enseigne l'art des fortifications et de l'artillerie dans les écoles d'ingénieurs. En 1725, il rédige un traité de géométrie, le premier écrit en Russie ; l'année suivante, un *Traité des fortifications*. Il multiplie les grands travaux, notamment la construction de la célèbre forteresse Pierre-et-Paul à Saint-Pétersbourg et la réalisation du canal de Cronstadt. À la mort de Pierre le Grand, le voilà général en chef de l'armée impériale russe, directeur général des fortifications, diplomate, gouverneur militaire de l'Estonie. Il est le quatrième plus haut personnage de l'État russe.

On voit combien, indépendamment de la couleur, la classe sociale dans laquelle on grandit et le droit à l'éducation sont déterminants. Resté esclave, Hanibal n'aurait jamais pu développer ses capacités.

Il lui reste à se marier. Il s'y prend à deux reprises. La première fois, il tombe éperdument amoureux de la fille d'un officier grec, Evdokia Dioper, qu'il épouse. Celle-ci l'aime d'autant moins qu'elle s'est fiancée secrètement à un autre homme. D'ailleurs elle accouche d'une petite fille blonde aux yeux bleus... Puis Evdokia tente d'empoisonner son mari avec la complicité de son amant. Le divorce est inévitable. Peu de temps après, Hanibal rencontre une aristocrate suédoise, Christine-Régine de Schoëberg. Ils s'aiment

66

d'un amour partagé, sont heureux et ont, comme tous les nobles de cette époque, beaucoup d'enfants.

Pour autant Hanibal n'a rien oublié de ses origines. Il en a même une telle nostalgie qu'en 1742, lorsqu'il est fait chevalier, il demande à l'impératrice que figurent à droite, sur le haut de son blason, un éléphant et ce mot : « FVMMO », qui signifie « patrie » en kotoko (les Kotokos vivent encore aujourd'hui au Cameroun, au Tchad et au Nigeria).

Lorsqu'il meurt, à l'âge de quatre-vingt-cinq ans, Abraham Hanibal a fondé une dynastie noire en Russie. Et son sang, mêlé à celui de familles étrangères, coule maintenant dans les veines des princes de Grèce et d'Angleterre...

Parmi les sept enfants que lui donne son épouse, le troisième, Joseph, est non seulement un grand officier, mais surtout l'ancêtre de la branche des Pouchkine, qui restera pour toujours dans l'Histoire. Joseph épouse une fille de la famille des Pouchkine avec laquelle il a une fille, Nadine. Celle-ci, que l'on appelle « la belle Créole », tombe amoureuse de l'un de ses cousins, Serguëi Pouchkine. Ils seront les heureux parents de l'immense poète Alexandre Pouchkine...

Un philosophe venu du Ghana

Anton Wilhelm Amo
Vers 1703 - vers 1759

> « On peut dire que si l'intelligence des Nègres n'est pas d'une autre espèce que notre entendement, elle est très inférieure. Ils ne sont pas capables d'une grande attention, ils combinent peu et ne paraissent faits ni pour les avantages, ni pour les abus de notre philosophie. »

Voltaire,
Essai sur les mœurs, 1755

Cette citation est stupéfiante de la part d'un des esprits les plus brillants et les plus tolérants de son temps.

À l'aube du XVIIIe siècle, Amo, un petit enfant du Ghana, est offert en cadeau à deux nobles vivant à Amsterdam : le duc Anton Ulrich de Brunswick-Wolfenbüttel et son fils August Wilhelm. Le généreux donateur est la Compagnie néerlandaise des Indes occidentales, spécialisée dans le commerce des esclaves.

Il est courant, à cette époque, d'être ainsi offert à la noblesse européenne. Le frère d'Amo était parti avant lui pour Amsterdam, mais il ne plaisait pas à ses maîtres et fut déporté au Surinam où il fut mis en esclavage.

Nous sommes en 1707. Amo a quatre ans. Il est bien traité sur le bateau car il doit arriver à bon port. Un an plus tard, il reçoit le baptême chrétien et s'appelle désormais Anton Wilhelm Amo, chacun des ducs lui ayant fait la grâce de l'un de ses prénoms. Mais surtout ses « bienfaiteurs », éclairés et instruits par le début des Lumières, le libèrent de l'esclavage. Nous savons également qu'ils lui donnent une éducation de très haut niveau. Bientôt Amo sera versé dans l'astronomie, la logique, la théologie, le droit, la physiologie, les sciences politiques. Il parlera le latin, le grec, l'hébreu, le français, le néerlandais et l'allemand ! Culture qui lui permettra d'atteindre rapidement des sommets académiques.

En 1727, il s'inscrit en philosophie à l'université de Halle, « centre des Lumières de l'Allemagne ». Deux ans plus tard, il soutient sa thèse *De Jure Maurorum in Europa* (*La Loi et les Africains en Europe*). Visiblement, ce « surdoué » n'a rien oublié de son Afrique. Au lieu de s'atteler à une thèse passe-partout, consensuelle, il développe l'idée que, les rois africains ayant été les subordonnés de l'Empire romain, ils eurent par conséquent des droits de liberté. Donc, leur mise en esclavage par les chrétiens européens est illégale ! Bien avant les Noirs américains W. E. B. Du Bois, Thurgood Marshall, Rosa Parks ou Martin Luther King, il s'appuie sur le droit pour faire bouger les esprits.

Par ses textes, Amo montre également que les Noirs n'ont jamais douté de leur humanité, malgré les pires contraintes.

Son travail ne manque pas de provoquer une poussée de racisme, car il s'oppose non seulement au sens commun, mais aussi aux « affaires ». En effet, la traite négrière occidentale n'est pas une confrontation entre Noirs et Blancs, mais un système économique fondé sur l'exploitation de l'homme par l'homme.

En 1730, il quitte l'université de Halle et s'inscrit en médecine à l'université saxonne de Wittenberg qui a réputation d'être plus avant-gardiste. Il s'y distingue au point que « le recteur et le conseil de l'Université – raconte le grand abolitionniste, l'abbé Grégoire – croient devoir, en 1733, lui rendre un hommage public par une épître de félicitations, rappelant que "Térence aussi était d'Afrique ; que beaucoup de martyrs, de docteurs, de pères de l'Église sont nés dans ce même pays où les lettres étaient florissantes" ».

En 1734, il soutient une seconde thèse. Là encore, il développe des idées novatrices. Contre la pensée dominante, et en particulier celle de l'Église, il se rapproche des courants « matérialistes » apparus en ce début du XVIIIe siècle. Il soutient que l'âme n'est pas le principe moteur du corps, et que « les forces vitales du corps humain se fondent sur des forces mécaniques ». Actuellement ces affirmations semblent banales, et on ne mesure pas la portée « révolutionnaire » qu'elles avaient au XVIIIe siècle, se situant dans le courant anticlérical des années 1750. À l'époque, on risque pour le moins l'excommunication. Julien Offray de La Mettrie, médecin et philosophe, perd sa place de médecin des gardes-françaises en 1745 pour avoir défendu une thèse soutenant des idées proches.

Les années qui suivent ne donnent que des informations imprécises sur Amo. La cour de Berlin lui aurait conféré le titre de conseiller d'État, il aurait écrit de la poésie et plusieurs romans… Après la mort du prince de Brunswick, Amo serait tombé dans une mélancolie profonde et aurait résolu de quitter l'Europe qu'il avait habitée pendant plus de quarante ans, pour retourner dans sa terre natale… Mais on reste au stade des hypothèses.

Ce dont on est sûr, c'est qu'il retourne dans son pays. Amo, alors âgé d'environ cinquante ans, y mène une vie solitaire. Son père et sa sœur s'y trouvent aussi, mais son frère est toujours esclave au Surinam. Amo meurt à une date inconnue, probablement vers 1759.

Ses idées et ses écrits seront repris jusqu'à notre époque. Les abolitionnistes du XIXe siècle s'appuieront sur ses travaux pour défendre la thèse selon laquelle les Africains ont les mêmes capacités intellectuelles que les Blancs.

Les diplomates du XXe siècle se référeront à Amo pour souligner combien « les rapports ont été, de longue date, étroits et amicaux entre l'Europe et l'Afrique ».

Même l'Allemagne communiste prétextera du fait qu'Amo avait été accueilli deux cents ans auparavant dans une université, devenue socialiste depuis, pour parler des « traces historiques de l'aide qu'ont donnée de tout temps les pays communistes aux pays africains en voie de développement socialiste »…

Enfin, les intellectuels d'origine africaine ont rendu hommage à son héritage. Un indépendantiste et panafricaniste aussi important que Kwame Nkrumah (1909-1972), qui dirigea le Ghana indépendant en tant que Premier ministre puis président de 1960 à 1966, disait s'être inspiré d'Amo. Amo le dépossédé, une intelligence qui appartient désormais à l'Afrique, voire tout simplement au monde.

Quand les hommes auront-ils l'intelligence de puiser dans toutes les philosophies du monde, dont celles des Bantous, des Chinois, des Dogons, des Amérindiens, pour construire une nouvelle humanité ?

Le musicien des Lumières

Chevalier de Saint-Georges
24 décembre 1745 - 10 juin 1799

Au XVIIIe, les Noirs sont environ cinq mille dans l'Hexagone, pour environ vingt millions de Blancs. L'apparition de l'un d'eux provoque les foules, attire les regards et choque toujours un peu. Aussi le héros de cette aventure ne se contente-t-il pas de se passer chaque matin plusieurs couches de poudre blanche sur le visage pour éviter les remarques insultantes, mais il a également compris qu'il faut monter très haut pour échapper aux critiques, se singulariser et susciter l'admiration.

Il va donc nager avec un bras attaché dans le dos, patiner sur la Seine gelée, monter à cheval, tirer l'épée au point d'être considéré comme le meilleur escrimeur du royaume de France, et manier le pistolet (comme un dieu, dit-on). Mieux encore, il joue en virtuose du violon qu'il a appris du plus fameux violoniste français de son temps, Jean-Marie Leclair ; il se montre expert en clavecin, en composition et en direction d'orchestre.

Au début de cette histoire, vers 1744, il faut parler de M. le comte Georges de Bologne, propriétaire en Guadeloupe d'une plantation de cinquante hectares

« meublée » de soixante esclaves. C'est confortable et ça laisse de quoi vivre… L'une de ses esclaves, Anne Nanon, d'origine sénégalaise, lui plaît particulièrement. De cette relation naît un fils, le jour de Noël, que M. le comte prénomme Joseph.

Selon le Code noir promulgué en 1685, article 13, cet enfant de mère esclave ne peut être affranchi. Néanmoins, il faut croire que M. le comte éprouve une certaine affection pour son fils, puisque le petit Joseph reçoit une bonne éducation. À l'âge de huit ans, il est envoyé à Paris poursuivre ses études. Sa mère et son père le rejoignent deux ans plus tard. Joseph vit désormais dans le riche quartier de Saint-Germain, « libre », car toute servitude est annulée dans la capitale.

À l'âge de onze ans, Joseph est admis dans l'académie de Nicolas Texier de la Boëssière afin de se préparer au métier d'officier. Au programme : mathématiques, histoire, philosophie, latin, langues étrangères, musique, dessin, danse, escrime, équitation… Les humanités de tout jeune garçon de très bonne famille.

Enfin, pour ses dix-sept ans, son père lui achète un « office d'écuyer » – l'écuyer étant un gentilhomme qui porte l'écu de chevalier. Il est également « conseiller du Roy et contrôleur ordinaire des guerres ». Ce cadeau paternel lui apporte un titre et un nouveau nom : il s'appelle désormais chevalier de Saint-Georges. Pourquoi pas « de Bologne » ? C'est que le Code noir interdit aux « gens libres de couleur », métissés ou noirs, de porter le nom de leur maître.

Mon propre nom, Thuram, serait l'anagramme incomplète de Mathurin, numéro de registre 3037, qui a fait Thramin ; ou de Mathurine, n° 1273, qui aurait donné Thurma puis Thuram. « Lors de l'abolition de 1848, on prenait un ancien maître, me dit Michel Roger, généalogiste, on le bombardait officier d'état civil, et il avait comme devoir de donner un nom à chaque ancien esclave. »

L'idée sous-jacente est d'empêcher que des métis devenus finalement « plus blancs que bien des Espagnols » à force de métissages, ayant pris des noms qui ressemblent à des noms de Blancs, n'usurpent ainsi un titre qui ouvre aux carrières judiciaires, à la fonction publique, aux grades supérieurs dans l'armée. De plus, on craint que par le mariage ces Nègres n'apportent à la société blanche la dégénérescence, la peste, le choléra. Préjugés ancrés dans les mentalités et qui perdurent encore. À la fin du XXᵉ siècle, n'a-t-on pas prétendu que le sida avait été transmis du singe vert aux Noirs ? Puis de l'Afrique noire aux territoires blancs…

Au XVIIIᵉ siècle, le nom d'un esclave constitue une limite qu'il lui est interdit de dépasser. Moreau de Saint-Méry, théoricien de la hiérarchisation des races, écrit en 1797 qu'« une ligne prolongée jusqu'à l'infini séparera toujours la descendance blanche de l'autre ». On trouve également dans sa *Description topographique, physique, civile, politique et historique de la partie française de Saint-Domingue* les fameuses pages où il rend compte de cent vingt-huit nuances de métissage ! Et de se lancer dans une arithmétique compliquée : « Si un Blanc est mêlé à une Mulâtresse, de 70 parties blanches qui est le maximum, le quarteron qui en proviendra aura 99 parties blanches, tandis que le même Blanc mêlé à la Mulâtresse de 56 parties blanches, qui est le minimum, ne produira qu'un quarteron de 92 parties blanches. » Et ainsi de suite. Aujourd'hui, les propos de cet « homme des Lumières » sont jugés comme un délire paranoïaque. Ils étaient pourtant l'expression de la pensée dominante, à une époque où les lois de la génétique n'étaient guère connues.

Il ne s'agissait pas non plus de racisme à l'état brut. La plupart des colons cultivés savent que les « libres de couleur » sont leurs égaux. La preuve en est qu'ils les envoient à Rome pour peindre (Lethière), à Paris étudier la musique (Saint-Georges) ou la philosophie en Allemagne (Amo), mais ils ont compris que l'équilibre et surtout l'économie des colonies ne tiennent que par la prétendue hiérarchie des races.

Dès 1769, Saint-Georges excelle dans ce que nous appelons la musique classique. Il devient premier violon du « Concert des Amateurs », dirigé par Gossec qui a été son professeur de composition. En 1773, il prend la direction de cet orchestre qui ne comporte pas moins de quatre-vingts musiciens et qui est qualifié, deux ans plus tard, de « meilleur orchestre symphonique de Paris, voire de toute l'Europe ».

De 1773 à 1775, il dirige et joue ses propres concertos pour violon qui reçoivent « les plus grands applaudissements tant pour le mérite de l'exécution que pour celui de la composition ». Évidemment, il reste des irréductibles comme le baron Melchior qui, influencé par les idées négrophobes de Voltaire, met en doute son talent de créateur. Certes, il reconnaît que le chevalier de Saint-Georges joue fort bien du violon, mais il soutient qu'un Noir ne fera jamais mieux qu'imiter, recopier habilement l'art des Blancs.

« Si la nature a servi d'une manière particulière les Mulâtres, dit le baron Melchior, en leur donnant une aptitude merveilleuse à exercer tous les arts d'imitation, elle semble cependant leur avoir refusé cet élan du sentiment et du génie qui produit seul des idées neuves et des conceptions originales. »

Cependant l'aura du chevalier Saint-Georges s'étend à tel point que le roi Louis XVI souhaite lui prouver son admiration et sa reconnaissance en lui confiant la direction de l'Académie royale de musique, poste jadis occupé par Lully et Rameau. Cette fois, sa couleur est un obstacle. Les chanteuses Sophie Arnould et Rosalie Levasseur, et la première danseuse de l'Opéra, Marie-Madeleine Guimard, présentent une pétition à la reine : leur honneur et la délicatesse de leur conscience ne leur permettent pas « d'être soumises aux ordres d'un Mulâtre »…

Un fantasme raciste récurrent attribue aux Africains un dangereux tempérament sexuel. Saint-Georges est évidemment qualifié de « don Juan noir ».

Louis XVI, faible et impuissant, n'ose imposer sa volonté pour clore cette polémique.

Qu'à cela ne tienne, Saint-Georges s'obstine et poursuit sa carrière. En 1776, il publie ses *Symphonies concertantes* n° 1 *en* ut *majeur* et n° 2 *en* la *majeur*. En 1777, trois concertos pour violon et six quatuors à cordes. Il est alors à son apogée, plus célèbre et plus apprécié encore, à Paris, que le divin Mozart lui-même, dont le célèbre *Concerto pour clarinette en* la *majeur* fut inspiré du *Concerto pour clarinette* de Saint-Georges.

Dix ans plus tard, le 9 avril 1787, on le retrouve à Londres. En présence du prince de Galles et de toute sa cour, il combat en duel la sulfureuse chevalière d'Éon, travesti, diplomate et capitaine de dragons. Un Blanc habillé en femme combattant un Noir en duel ! Le spectacle est émoustillant, libertin… mais pathétique, car la chevalière a dépassé la soixantaine. Saint-Georges, par pure galanterie, se laisse battre.

Mais Saint-Georges ne fait pas qu'amuser la galerie. Il s'intéresse au sort des esclaves et rencontre des abolitionnistes.

De retour à Paris, il dirige les six *Symphonies parisiennes*, nos 82 à 87, du grand Joseph Haydn ! Enfin, l'année suivante, en 1788, il rejoint la Société des amis des Noirs qui bataille de toutes ses forces pour l'abolition de l'esclavage et l'égalité des droits entre les « libres de couleur » et les Blancs.

Éclate la Révolution. Il en attend un miracle et s'y engage corps et âme. Quand, le 2 septembre 1791, l'Assemblée approuve la formation d'un corps de troupe composé d'hommes noirs, Saint-Georges en devient le chef. À la tête de huit cents hommes d'infanterie et deux cents cavaliers, il est le premier colonel noir de l'histoire de France ! Son 13e régiment de chasseurs, précurseur des futurs régiments de tirailleurs sénégalais, est surnommé la « légion noire » ou « légion Saint-Georges ». L'un de ses chefs d'escadron est Thomas Alexandre Dumas, d'origine haïtienne, surnommé le « Diable noir », futur général de la Révolution et père de l'auteur des *Trois Mousquetaires* et du *Comte de Monte-Cristo*. Ce général qui fut brutalement limogé par Napoléon pour avoir osé lui tenir tête.

Quand les Autrichiens royalistes assiègent Lille, la légion de Saint-Georges est la première à combattre.

Sa mission est simple : foncer et traverser les lignes ennemies. Les Autrichiens sont repoussés. Il sauve ainsi la République en déjouant la trahison du général Dumouriez, ancien vainqueur de Valmy, qui est passé du côté de l'ennemi.

Saint-Georges est acclamé en héros, mais pas pour longtemps. Les cours de clavecin qu'il a donnés à la reine Marie-Antoinette et son amitié pour le duc d'Orléans font de lui un suspect. Il est arrêté le 4 novembre 1793 à Château-Thierry. Fouquier-Tinville l'accuse d'être lié aux traîtres qu'il a déjà fait arrêter. Il est incarcéré à Chantilly, puis au château d'Hondainville où il reste un an.

Finalement, ce seront ses accusateurs qui seront guillotinés...

Durant le printemps 1797, Saint-Georges dirige un nouvel orchestre, le Cercle de l'Harmonie, continue à composer, et meurt de sa belle mort le 10 juin 1799.

Trois ans plus tard, par la loi du 30 floréal an X (1802), Napoléon Bonaparte rétablit l'esclavage.

L'œuvre de Saint-Georges est bannie des répertoires.

À la même époque vit en Angleterre un homme d'origine africaine, fils d'un Caraïbe et d'une Polonaise : George Augustus Polgreen Bridgetower (1780-1860). Ce prodige du violon participe également au changement des mentalités. Son association avec Ludwig van Beethoven est restée célèbre et miraculeuse. En 1803, Beethoven compose pour (et avec) lui sa célébrissime *Sonate pour violon* n° 9 qu'il lui dédicace : « *Sonata mulattica composta per il mullato* » (« Sonate mulâtre composée pour le Mulâtre »). À la suite d'une querelle, il se ravisera et dédicacera en 1805 la sonate au violoniste Kreutzer, qui n'a pourtant jamais voulu la jouer… Et, lors de la première, c'est Bridgetower qui l'interprétera, le 24 mai 1803, à l'Auergarten Hall de Vienne, avec Beethoven au piano !

« *Déracinez avec moi l'arbre de l'esclavage* »

Toussaint-Louverture
20 mai 1743 - 7 avril 1803

> « En me renversant, on n'a abattu à Saint-Domingue que le tronc de l'arbre de la liberté des Noirs ; il poussera par les racines, parce qu'elles sont profondes et nombreuses. »
>
> Toussaint-Louverture

Toussaint-Louverture est devenu, au fil des siècles, la figure emblématique de la lutte contre l'esclavage et pour l'indépendance coloniale. Afin de mieux connaître sa vie, j'ai questionné Marcel Dorigny, historien, spécialiste des colonies sous l'Ancien Régime, de l'esclavage et des abolitionnismes.

Pour comprendre la place de Toussaint, dit plus tard « Louverture » parce qu'à la tête de ses troupes il faisait l'« ouverture » des combats, il faut se représenter la vie à Saint-Domingue en ces temps-là. Repaire de flibustiers dans les années 1620, partagée entre deux royaumes, la France et l'Espagne, située dans les Antilles, au large des côtes des États-Unis, l'île est progressivement occupée par de nombreux colons qui développent une économie forte grâce à l'exploitation

d'esclaves noirs, venus eux-mêmes remplacer les Amérindiens et les engagés blancs. La partie française de l'île est prospère et, au moment de la Révolution, produit un tiers des importations de la métropole. Cette partie deviendra, sous le nom d'Haïti, en 1804, la première république indépendante dirigée par des Noirs.

François-Dominique Toussaint est né le 20 mai 1743 au nord de Saint-Domingue, dans la partie de l'île où s'est forgée la culture de la résistance aux colons. Il est encore enfant lorsque survient la grande révolte de Mackandal, à la fin des années 1750. Mackandal, c'est ce fameux esclave « marron » qui, pendant dix-huit ans, tient tête aux colons blancs. Il est tellement craint que les Blancs eux-mêmes lui ont attribué des pouvoirs magiques, surtout celui d'« empoisonneur ». Il faut bien trouver une explication au charisme qu'il exerce sur les autres esclaves. L'avocat esclavagiste Moreau de Saint-Méry rapporte : « Il tenait école ouverte de cet art exécrable, il avait des agents dans tous les points de la Colonie et la mort volait au moindre signal qu'il faisait [...]. Il prédisait l'avenir, il avait des révélations et une éloquence... il y joignait le plus grand courage et la plus grande fermeté d'âme, qu'il a su conserver au milieu des plus cruels tourments et des supplices. »

Mackandal dit que Dieu l'a envoyé à Saint-Domingue pour tuer les Blancs et libérer les Noirs. On raconte qu'un jour, devant un rassemblement d'esclaves, il sort trois mouchoirs d'un vase : un jaune, un blanc et un noir. Il montre le jaune et dit : « Ce sont les premiers habitants de Saint-Domingue. » Il montre le blanc : « Voici les colons. » Puis le mouchoir noir : « Voici les futurs maîtres de l'île ! »

Ses « pouvoirs » n'empêchent pas Mackandal d'être capturé et condamné au bûcher, le 20 janvier 1758. Cependant, alors qu'il est attaché au poteau, entouré de flammes qui commencent à monter, il se libère et s'évade ! Repris, il n'échappera plus au feu. Mais, dans l'esprit de la population esclave de la plaine du Nord, Mackandal est toujours vivant, héros qui reparaît périodiquement. Chaque fois qu'une révolte éclate à Haïti, c'est Mackandal ; chaque fois qu'un trouble se produit, c'est Mackandal. Encore aujourd'hui il nourrit l'espoir.

C'est dans ces lieux, dans cette île, entre misère et rêve de liberté, que Toussaint naît, d'un père « importé » d'Afrique, d'origine royale. Son grand-père Gaou-Guinou était roi d'Allada, au Bénin. Né esclave sur une plantation qui appartient au comte de Breda, Toussaint bénéficie de la protection de M. Baillon de Libertat, le représentant légal du comte. Baillon tient un rôle très important dans sa vie, parce qu'il lui apprend à lire et à écrire, ainsi que la médecine des plantes, ce qui lui vaut le surnom de « docteur feuille » et participe à son prestige. En ces temps-là, médecine et magie sont proches, souvent confondues par la population.

Jusque-là, la vie de Toussaint nous est à peu près inconnue. Comment aurait-on pu deviner le destin de cet esclave ? Nous savons seulement qu'il occupe les fonctions de cocher, puis de contremaître.

Il est affranchi à l'âge de trente-trois ans, dit la tradition. L'âge du Christ… Le chiffre est un peu suspect, d'autant que l'affranchissement est considéré par le Code noir comme une naissance. L'esclave n'existe pas civilement. L'acte d'affranchissement remplace son acte de naissance pour en faire un sujet du roi, comme s'il n'avait pas vécu auparavant.

Toussaint suit l'itinéraire classique des Noirs libres dans la colonie. Il se marie avec Suzanne, une femme noire libre qui possède de belles propriétés. Ils ont deux enfants : Isaac et Placide. Toussaint est maintenant un homme aisé, un propriétaire terrien qui a possédé au moins un esclave.

On ne trouve pas trace de lui ou de ses propos lors de la Révolution française. Il est certainement à l'écoute et très bien informé, mais il n'apparaît pas. Il est vrai qu'en ce début de la Révolution le problème, à Saint-Domingue, est la question des libres de couleur, ceux qui ont réussi à posséder des terres et parfois des esclaves, et veulent l'égalité avec les Blancs. Lui n'est pas mulâtre, il est noir. Rien en apparence ne le destine à la révolte.

Cependant, en France, les affrontements sont violents sur la question des droits des « libres de couleur ». Deux de leurs représentants sont à Paris, au début de la Révolution : Vincent Ogé et Julien Raimond, mulâtres et propriétaires d'esclaves. Ce qu'ils revendiquent, c'est l'égalité des droits avec les Blancs. Les révolutionnaires, dont les notions d'égalité sont à géométrie variable, leur opposent un refus catégorique. Le préjugé de couleur est la clef de voûte de l'édifice économique, particulièrement à Saint-Domingue qui représente un gigantesque potentiel commercial ! C'est ce que Barnave appelle le « principe moral » : le Noir doit être persuadé qu'il est inférieur au Mulâtre, et le Mulâtre inférieur au Blanc.

Quant à abolir l'esclavage, c'est proprement impensable.

On a toujours du mal à admettre que dans la Déclaration des droits de l'homme de 1789 ne soit pas inscrite explicitement l'abolition de l'esclavage. Pourtant l'article 1 est sans ambiguïté : « Les hommes naissent et demeurent libres et égaux en droit. » Légitimement, on pourrait en déduire que l'esclavage est aboli. D'ailleurs Mirabeau, membre le plus important de la société abolitionniste des Amis des Noirs, écrit le 20 août 1789 aux députés de Saint-Domingue qui ont voté cet article : « Messieurs les députés de Saint-Domingue, aujourd'hui même vous venez d'abolir l'esclavage sur vos plantations […]. À moins que vous osiez nous dire que vos esclaves ne sont pas des hommes. *Ou que cet article ne s'applique qu'aux hommes blancs...* » Mais Mirabeau n'ignore pas que cette Déclaration est à usage interne. Va bientôt s'y ajouter un article stipulant que les « colonies françaises […], quoique faisant partie de l'Empire français, ne sont pas comprises dans la présente constitution » ! Bonaparte s'appuiera sur cet article additionnel, en décembre 1799, pour déclarer que désormais les colonies sont régies par des « lois spéciales », et rétablir l'esclavage.

Scandalisés par cette exclusion des droits fondamentaux, les représentants des Mulâtres, Vincent Ogé et Julien Raimond, se souviennent que les Parisiens n'ont demandé l'autorisation de personne pour prendre la Bastille. Si Raimond, trop âgé, doit rester en France, Ogé revient à Saint-Domingue et prépare une révolte dans l'île. Hélas ! ses troupes sont infimes. Le 25 février 1791, treize de ses compagnons sont condamnés aux galères et vingt-deux à être pendus ; quant à Vincent Ogé et son beau-frère Chavannes, accusés d'avoir prémédité une révolte de gens de couleur, ils sont condamnés, le 9 mai 1791, à « avoir les bras, jambes, cuisses et reins rompus vifs sur un échafaud, la face tournée vers le ciel [...] pour y rester tant qu'il plaira à Dieu de leur conserver la vie »... L'assemblée provinciale blanche tient à assister jusqu'au bout au supplice et, raconte Victor Schoelcher, « dit sa satisfaction de constater que l'échafaud où expiraient les deux martyrs n'occupait pas la place réservée aux criminels de la race privilégiée ». Le choc, en France, est terrible quand on apprend les détails de ce supplice de la roue, aboli dès le début de la Révolution. Beaucoup d'enfants nés au printemps et à l'été 1791 porteront le prénom d'Ogé.

La révolte d'Ogé et Chavannes a divisé irréversiblement les Blancs et les Mulâtres : plus de réconciliation possible. Les esclaves profitent de la scission. Les Noirs et les Mulâtres se regroupent autour d'intérêts communs. Quelques mois après, c'est la grande insurrection. Elle commence dans la nuit du 22 au 23 août 1791.

Environ trente mille esclaves se révoltent en même temps ! Comment une telle prouesse est-elle possible ? Mon ami Doudou Diène, avec qui je parlais de l'esclavage, me faisait remarquer qu'à propos de l'homme noir courait cette idée, au XVIIIe siècle, qu'il était inférieur au point de ne même pas penser sa souffrance. Et, ne pouvant pas penser sa souffrance, il ne pouvait pas résister. Donc, on a occulté les résistances. On a enfermé les Noirs dans l'image de victimes, image d'infériorité, alors qu'ils ont si souvent été nombreux à résister, parfois bien isolés, toujours réprimés.

L'insurrection de Saint-Domingue montre comment l'aveuglement des Blancs, la force de leurs préjugés de couleur aideront l'esclave à se libérer. La grande révolte qui a lieu dans la nuit du 22 au 23 août 1791 a été organisée par les esclaves pendant des mois, tous les soirs que Dieu fit, à la barbe des Blancs qui ne voient rien parce qu'ils les considèrent comme des « meubles ». Dans leur esprit, ils ne peuvent pas être porteurs d'idées ; aussi, quand les Noirs se retrouvent la nuit, quand ils jouent du tam-tam et dansent, les Blancs n'y voient que l'expression de leur nature « sauvage » et pensent qu'ils se « défoulent ». En fait, dans leurs rassemblements, les esclaves imaginent la possibilité d'un nouvel ordre politique.

Les esclaves ont compris très vite que les Blancs les considèrent comme des objets, ne les voient même pas. Ils se réfugient là où les Blancs ne portent pas le regard : leurs dieux, leurs mythes, le vaudou. Ils organisent la révolte sous leurs yeux vides, de telle manière qu'elle se diffuse en même temps dans toute l'île. Il n'y a pas de téléphones portables, mais la musique des tam-tams se charge de transmettre le signal.

L'insurrection des esclaves a été précédée d'un rassemblement au milieu d'un terrain boisé, le Caïman. Cette cérémonie magico-religieuse deviendra un mythe en Haïti, futur nom de cette partie de Saint-Domingue qui est née, dit-on, de la nuit du Bois-Caïman.

Sous le regard de la prêtresse Cécile Fatiman, « une Mulâtresse aux yeux verts et à la longue chevelure noire et soyeuse », tous s'asseyent en formant un grand cercle. Après un long silence de recueillement, l'un d'eux retrace la conduite inhumaine de leurs maîtres envers eux, puis termine par la relation du supplice du général Ogé.

« Ils firent tous le serment de venger sa mort et de périr plutôt que de retourner en esclavage, écrit Civique de Gastines. Ils abjurèrent ensuite la religion de leurs maîtres ; et ils sacrifièrent à la mémoire d'Ogé un bélier tout noir. Celui qui faisait les fonctions de sacrificateur, ayant examiné les intestins de la victime, déclara à l'assemblée que les dieux leur seraient constamment propices. […] Ils allaient se retirer, lorsqu'un oiseau de la grosseur d'un pigeon tomba raide mort de la cime des arbres au milieu de l'assemblée. Cet événement fut considéré par leur sacrificateur comme un augure favorable, et leur prêtre l'ayant purifié, en remit une plume à chacun, en leur assurant qu'ils seraient invulnérables tant qu'ils la porteraient sur eux… »

Au centre de cette cérémonie officie Boukman, le chef de la révolte. Boukman signifie, en Afrique anglophone, l'« homme du Livre », le sage qui connaît les Écritures. Hérard Dumesle, député à la Représentation nationale, a rapporté une déclaration qu'aurait faite Boukman au Bois-Caïman :

Bon dié qui fait soleil, qui clairé nous en haut,
Qui soulévé la mer, qui fait grondé l'orage
Bon dié la, zot tendé ? caché dans youn nuage,
Et la li gadé nous, li vouai tout ça blancs faits !
Bon dié blancs mandé crime et part nous vlé bien-
fête.
Mais dié la qui si bon, ordonnin nous vengeance ;

Li va conduit bras nous, la ba nous assistance,
Jetté potrait dié blancs qui soif dlo dans gié nous,
Couté la liberté, li palé cœurs nous tous.

« Ce Dieu qui du soleil alluma le flambeau
« Qui soulève les mers et fait gronder l'orage,
« Ce Dieu, n'en doutez pas, caché dans un nuage,
« Contemple ce pays, voit des Blancs les forfaits.
« Leur culte engage au crime, et le nôtre aux bienfaits.
« Mais la bonté suprême ordonne la vengeance ;
« Et guidera nos bras, forts de son assistance.
« Foulons aux pieds l'idole avide de nos pleurs,
« Puissante liberté ! viens… parle à tous les cœurs. »

On ne sait pas grand-chose de ce personnage car il sera transpercé de balles dès le début de l'insurrection, décapité, et sa tête promenée dans les rues de la ville du Cap avec cet écriteau : « Tête de Boukman, chef des révoltés ».

Contrairement à ce que croiront les Blancs, ce n'est pas une révolte qui commence, mais une guerre. Des centaines d'habitations sont brûlées dès la première semaine. En quatre jours, le tiers de la plaine du Nord n'est plus qu'un tas de cendres. La réaction des Blancs est effroyable : décapitations et fusillades se succèdent en permanence. Tous les chemins du Nord sont bordés de piquets portant des têtes de Nègres. Cette répression ne fait qu'augmenter le nombre des révoltés. Un feu que plus rien n'arrête…

Boukman ayant disparu, les deux chefs de la révolte sont Jean-François et Biassou, dont Toussaint est l'aide de camp. C'est là qu'apparaît donc « officiellement » Toussaint-Louverture dans l'histoire de Saint-Domingue.

La révolte s'étend. Si, au départ, les rebelles avaient surtout des piques, des bâtons, des cercles en fer de tonneaux, des couteaux, les Espagnols de l'autre partie de l'île leur fournissent bientôt fusils et munitions. Il faut préciser que l'Espagne joue la solidarité monarchique contre la France devenue révolutionnaire ; cette révolte sert ses objectifs de déstabilisation de la République.

En octobre 1791, quand la nouvelle de la rébellion arrive en France, il est moins que jamais question d'abolir l'esclavage. Les insurgés – Georges Biassou, Jean-François et Toussaint – se battent victorieusement contre les troupes françaises amenées en renfort. On le surnomme désormais Toussaint-Louverture, et on l'élève au grade de lieutenant général des armées du roi d'Espagne.

À partir du 20 avril 1792, la guerre des esclaves bénéficie des autres guerres que doit mener la France simultanément en Europe (Autriche, Prusse, Espagne, Hollande…), et surtout lorsque l'Angleterre, en février 1793, entre en lice. Les esclaves profitent de l'étranglement de la France. Leur révolte s'étend encore.

En quelques mois, toute la colonie est en état d'insurrection. Alors le pouvoir politique français, qui vient de voter le décret d'égalité pour les libres de couleur, espérant ainsi régner en divisant les forces, envoie des « commissaires civils » pour le faire appliquer : Sonthonax, Polverel et Ailhaud.

Arrivés le 17 septembre 1792 avec six mille hommes, ils s'acharnent pendant un an à faire appliquer cette loi d'égalité, seul moyen qui pourrait renvoyer les esclaves à l'obéissance. C'est oublier la force des préjugés raciaux des Blancs des colonies : pour eux, point d'égalité possible avec les libres de couleur. Quant aux esclaves, ils n'ont rien à perdre et continuent de se battre férocement. Au mois de juin 1793, la colonie est ruinée par la guerre civile. Le 20 juin, Sonthonax fait une proposition radicale. Il offre la liberté et la citoyenneté aux esclaves qui acceptent de se battre pour la République. Des troupes campées au-dessus du Cap acceptent, et assurent la victoire de Sonthonax. Dix mille colons décampent avec femmes et enfants, se réfugient à Cuba, à la Jamaïque, puis aux États-Unis.

En mer, les Anglais menacent les côtes ; à l'intérieur de l'île, les Espagnols tiennent les frontières. Il faut apaiser la situation et créer d'urgence des troupes supplémentaires pour contenir les Anglais. Sonthonax est dans une impasse. Pour sauver la colonie, il décide de proclamer l'abolition générale de l'esclavage et demande le soutien de ces « nouveaux citoyens républicains » contre l'envahisseur royal anglais !

Le 29 août 1793, Sonthonax annonce la fin de l'esclavage dans la colonie la plus importante de la France.

Le même jour, Toussaint-Louverture, lieutenant général des armées du roi d'Espagne, lance la proclamation où il se présente comme le leader noir :

« Frères et amis, je suis Toussaint-Louverture ; mon nom s'est peut-être fait connaître jusqu'à vous. J'ai entrepris la vengeance de ma race. Je veux que la liberté et l'égalité règnent à Saint-Domingue. Je travaille à les faire exister. Unissez-vous, frères, et combattez avec moi pour la même cause. Déracinez avec moi l'arbre de l'esclavage. »

Sonthonax distribue des armes aux « ex »-esclaves émancipés. « La République vous a faits libres, leur dit-on, défendez-la ! Si les Anglais gagnent, vous savez ce qui vous attend ! » C'est donc en hommes libres qu'ils vont s'acharner à défendre leur territoire durement conquis contre les Anglais et les Espagnols... Dans la décision d'abolir l'esclavage, il y a certainement une part de sincérité, mais aussi un choix politique et stratégique. Sans le réservoir que constituent les esclaves tout juste affranchis, les Anglais auraient pris le territoire.

Cette abolition, Sonthonax n'a aucun droit, aucun mandat pour la proclamer. Mais, si elle est illégale, elle n'en est pas moins réelle. Difficile maintenant de faire marche arrière.

Sonthonax envoie à Paris trois députés pour représenter la nouvelle population de Saint-Domingue : un Mulâtre, Mills ; un Noir né en Afrique, Jean-Baptiste Belley ; et un Blanc, Dufay. Ces trois députés sont immédiatement jetés en prison comme représentants d'une colonie rebelle. Cependant, quatre jours plus tard, après un débat intense au sein de la Convention, on les libère.

« Citoyens, votre comité des décrets a vérifié les pouvoirs des députés de Saint-Domingue à la représentation nationale, dit le rapporteur, le 3 février 1794, il les a trouvés en règle. Je vous propose de les admettre au sein de la Convention. »

Donc ils entrent à la Convention le 4 février 1794. Les trois députés expliquent que les esclaves devenus citoyens et soldats ont sauvé Saint-Domingue, l'ont conservé à la France. La Convention abolit l'esclavage, le vote se faisant sur le rapport de Dufay et en présence de Belley, qui fait grande impression.

La légalisation de l'abolition de l'esclavage persuade Toussaint-Louverture de rentrer dans la partie française. Il veut transformer un droit encore très formel en réalité. Aimé Césaire l'analyse dans son essai *Toussaint-Louverture, la Révolution française et le problème colonial* : « Quand Toussaint-Louverture apparut sur la scène historique, ce fut pour prendre à la lettre la Déclaration des droits de l'homme… Il incarna et particularisa les principes de la Révolution. Le droit était déclaré abstraitement, il fallait le faire advenir aux peuples historiques, à tous les peuples… (alors que, de fait, les droits de l'homme se sont souvent rétrécis à n'être que ceux de l'homme européen). » Chevauchant devant quatre mille à cinq mille hommes, il se rallie solennellement à la République abolitionniste. Biassou et Jean-François sont restés du côté espagnol.

Le « vieux » Toussaint, âgé de cinquante ans, commence donc, sur le tard, sa grande carrière militaire et politique. Il est promu par le Directoire général de brigade, puis général d'armée, puis général en chef, enfin gouverneur de l'île.

Sonthonax est envoyé pour une seconde mission à Saint-Domingue, cette fois pour réorganiser la colonie dans le cadre de la liberté générale. Il assumera une codirection avec Toussaint-Louverture. Mais leurs ambitions et leurs projets politiques divergent. Sonthonax conçoit le territoire comme une colonie française alors que Toussaint-Louverture envisage une très large autonomie et un pouvoir noir. Sonthonax a beau représenter le pouvoir politique, il se heurte en permanence au pouvoir réel, celui du général Toussaint-Louverture.

Toussaint-Louverture, dans sa lutte contre les Anglais et les Espagnols, fait preuve d'un génie stratégique incontestable assorti d'un sens politique très aigu. Ainsi a-t-il compris qu'il fallait agir au plan intérieur. Progressivement, il substitue à la caste dominante blanche une nouvelle élite noire qui exercera des pouvoirs et prendra les décisions politiques. Il distribue les plantations abandonnées par les colons à ses officiers, créant ainsi une classe de propriétaires noirs qui prend en main l'économie de la colonie. Il a une vision des richesses de l'île et se place dans la perspective de la prospérité économique de la plantation, moins l'esclavage. Cependant, il sait que la colonie est en ruine. Réaliste, il n'entend pas éliminer radicalement l'ancienne élite blanche. Aussi, dans la Constitution qu'il promulgue de sa propre autorité, en 1801, prévoit-il une amnistie pour les colons blancs qui rentreront et leur garantit protection. Conscient qu'il incarne un nouveau pouvoir, le pouvoir noir, il en éprouve une immense fierté, et en use de manière modérée : travail restauré, bon ordre, colons protégés, tranquillité, confiance en l'avenir…

Sa Constitution s'appuie, ironie de l'histoire, sur l'article 91 de Bonaparte qui prévoyait des « lois spéciales » pour enlever aux colonies leur égalité avec la métropole, se fondant sur « la nature des choses, la différence des climats, des mœurs ». Dans la lettre qu'il envoie à Bonaparte, il lui dit en substance : « Citoyen général, dans votre grande sagesse vous avez prévu que des lois spéciales pouvaient exister pour les colonies, qui sont très loin de la métropole… nous avons fait des lois spéciales pour Saint-Domingue… »

À partir de 1798, Sonthonax étant rentré en France, Toussaint gouverne seul la colonie, débarrassé de tout pouvoir métropolitain en face de lui. Il négocie un traité de commerce avec les États-Unis et l'Angleterre, ce qui provoque la fureur de Napoléon.

Il faut rappeler les rapports entretenus par Toussaint avec la partie espagnole, l'actuelle République dominicaine. Les colons blancs français avaient depuis longtemps des visées sur la partie espagnole. Ces deux secteurs de la même île avaient connu un développement totalement différent. La partie française comptait environ cinq cent mille esclaves, la plus forte concentration d'esclaves de toute l'Amérique, et elle était le premier producteur mondial de sucre. La partie espagnole comprenait quarante mille esclaves, et pas de sucre. Les Français se sentaient un peu à l'étroit dans leur perle des Antilles, si bien que quelques idées expansionnistes avaient vu le jour. Le côté espagnol, deux fois plus grand, et qui ne produisait absolument rien, aurait bien fait leur affaire !

Or l'Espagne, en guerre contre la République française, est vaincue. Le 22 juillet 1795, elle signe le traité de Bâle, comportant parmi toutes sortes de clauses la cession à la République française de la partie espagnole de Saint-Domingue. Enfin l'île est totalement française ! Sauf que la France n'applique pas le traité. Pourquoi ? Parce que l'esclavage est aboli dans la partie française, mais pas dans la partie espagnole. Unifier les deux parties revient à appliquer l'abolition de l'esclavage dans toute l'île !

Le traité de Bâle comporte une autre clause par laquelle la France s'engage à ne pas faire passer dans la zone espagnole des troupes noires. Or Toussaint-Louverture n'a que faire de cette restriction et franchit en 1801, avec son armée, la frontière espagnole, abolissant du même coup l'esclavage dans toute l'île. Pour le Premier consul Bonaparte, c'est un coup d'État ! Il estime que Toussaint-Louverture le trahit. Le 29 octobre, il prend l'arrêté suivant : « La prise de possession de la partie espagnole faite par Toussaint est nulle et non avenue… » Puis il envoie son beau-frère, le capitaine en chef Leclerc, rétablir l'esclavage à Saint-Domingue, briser la Constitution de Toussaint-Louverture et faire évacuer la partie espagnole.

À cette occasion, il adresse à Toussaint-Louverture une longue lettre, le 18 novembre 1801, véritable trésor de sournoiserie : « Nous nous plaisons à reconnaître et à proclamer les grands services que vous avez rendus au peuple français. Si son pavillon flotte sur Saint-Domingue, c'est à vous et aux braves Noirs qu'il le doit. » Noirs qu'il s'apprête à remettre en esclavage !

Leclerc part pour cette nouvelle guerre avec vingt-trois mille hommes de troupe. Débarquée sur l'île le 1er février, son expédition entre au Cap le 5 février. La ville est de nouveau à feu et à sang. Toussaint-Louverture proclame : « Si les Blancs d'Europe viennent en ennemis, mettez le feu aux villes où vous ne pourrez leur résister et jetez-vous dans les mornes. » Suivant ses ordres, un de ses généraux, Christophe, a incendié le Cap ; un autre, Dessalines, la ville de Saint-Marc. Il a même donné l'exemple en incendiant sa propre maison.

Leclerc se trouve rapidement maître des chefs-lieux et de leurs ruines, du nord à l'ouest, mais n'en continue pas moins à se heurter à la guérilla des troupes noires de Toussaint-Louverture, des troupes mulâtres et des Nègres marrons, tous unis contre cette nouvelle invasion qui veut les priver à nouveau de leur liberté.

Après deux mois de guerre, Leclerc a perdu douze mille hommes ! Aussi accepte-t-il la proposition de paix. Les adversaires négocient et se mettent d'accord : « Liberté inviolable à tous les citoyens de Saint-Domingue, maintien dans leur grade et leur fonction de tous les officiers civils et militaires indigènes. Toussaint gardant son état-major et se retirant où il voudra sur le territoire de la colonie. »

Erreur de Leclerc ? Parjure en tout cas. Malgré la promesse du capitaine en chef, le 7 juin 1802, Toussaint-Louverture est arrêté par traîtrise et conduit immédiatement sur un bateau, *Le Héros*. C'est là que, s'adressant au chef de division, il dit ces mots célèbres : « En me renversant, on n'a abattu à Saint-Domingue que le tronc de l'arbre de la liberté des Noirs ; il poussera par les racines, parce qu'elles sont profondes et nombreuses. »

Arrivé en France, il est enfermé au fort de Joux, dans les montagnes du Jura. Dès le lendemain, il est destitué de tous ses grades. Il n'est plus, pour la France, que le Nègre Toussaint.

Il passe tout l'hiver en prison, dans une cellule complètement isolée dont on a muré la seule ouverture aux deux tiers. Reste juste une petite bande de lumière. Les seules personnes qui le visitent ont ordre de Bonaparte de le « traiter avec le plus grand mépris ». Il voit un médecin, le gouverneur de la prison, son gardien, et trois ou quatre fois le général Cafarelli, envoyé par Bonaparte, non pour négocier, mais pour savoir où est caché le supposé « trésor de Toussaint-Louverture » – qu'il aurait enterré sous son habitation d'Ennery… pur mythe.

Il meurt, d'une attaque d'apoplexie, le 7 avril 1803.

On trouvera, dans les plis d'un mouchoir qui recouvrait sa tête, un papier manuscrit en créole. Un cri du cœur contre l'inacceptable injustice qui lui a été faite :

« M'arrêter arbitrairement, sans m'écouter, sans me dire pourquoi, s'emparer de tous mes biens, piller toute ma famille, saisir mes papiers, les garder, m'embarquer sur un navire, m'envoyer nu comme un ver de terre, répandre les mensonges les plus calomnieux à mon égard, et après tout cela, me précipiter dans les profondeurs d'un cachot : n'est-ce pas comme couper la jambe de quelqu'un et lui dire : "Marche", n'est-ce pas comme couper sa langue et lui dire : "Parle", n'est-ce pas enterrer un homme vivant ? »

Mais est-il vraiment mort ? Des Toussaint-Louverture, on en retrouvera tout au long de l'histoire du monde, parce que la justice ne se donne jamais, elle se gagne.

Le libérateur d'Haïti

Jean-Jacques Dessalines
20 septembre 1758 - 17 octobre 1806

En juillet 1802, à peine un mois après la déportation de Toussaint-Louverture en France au fort de Joux, le général Richepanse, au prix d'une tuerie de dix mille personnes, rétablit l'esclavage à la Guadeloupe.

Saint-Domingue apprend vite la nouvelle. La Guadeloupe n'est qu'à quelques journées de bateau. Un coup de tonnerre éclate dans une colonie presque pacifiée.

Toussaint-Louverture étant mis hors combat, certains sont prompts à penser qu'on en a enfin terminé avec la révolution à Saint-Domingue. Les colons français restés dans l'île s'en donnent à cœur joie et mènent une répression brutale, atroce, organisée conjointement avec les troupes du général Leclerc. On confisque aux cultivateurs noirs les armes que Toussaint-Louverture et Sonthonax leur avaient distribuées. Tous se souviennent des mots prononcés par Toussaint-Louverture à cette occasion : « Voici votre liberté. Celui qui vous enlèvera ce fusil voudra vous rendre esclave. » Personne n'a oublié comment, lors des revues, il se saisissait d'un fusil et s'écriait : « Voilà notre liberté ! »

Ceux qui s'y refusent prennent le maquis dans les mornes, ces anciens volcans. Les exécutions se multiplient.

Étrangement, si pour la population de Noirs l'annonce du rétablissement de l'esclavage est une catastrophe, elle l'est aussi pour le général Leclerc qui ressent cette mesure comme une gaffe monumentale. Le plan avait été tenu secret, pourquoi l'avoir dévoilé ? La lettre du 6 août de Leclerc au Premier consul est un document étonnant :

« Je vous avais prié de ne rien faire qui pût les faire craindre pour leur liberté jusqu'au moment où je serais en mesure, et je marchais à grands pas vers le moment. Soudain est arrivée ici la loi qui autorise la traite des colonies avec des lettres de commerce de Nantes et du Havre qui demandent *si on peut placer ici des Noirs*. Plus que tout cela, le général Richepanse vient de rétablir l'esclavage à la Guadeloupe. À présent que *nos plans sur les colonies sont parfaitement connus*, si vous voulez conserver Saint-Domingue, envoyez-y une nouvelle armée. Quelque désagréable que soit ma position, *je fais des exemples terribles*, et puisqu'il ne me reste plus que *la terreur, je l'emploie*. À [l'île de] la Tortue, sur quatre cent cinquante révoltés *j'en ai fait pendre* soixante… »

Dans les montagnes, des troupes composées en grande majorité d'esclaves récemment débarqués d'Afrique, et dirigées par eux, résistent sans relâche. Une bonne part de ces hommes avaient été guerriers en Afrique et utilisaient des techniques de guerre du continent.

Mais, de plus en plus, tous ceux qui se sentent menacés par le rétablissement de l'esclavage font bloc.

Les cultivateurs noirs quittent leurs champs pour les bois et les mornes, préparant une guerre d'embuscade. L'esprit de résistance se généralise. Leclerc pense maintenant recourir à une « guerre d'extermination et détruire une grande partie des cultivateurs », mais chaque jour ses troupes, composées entre autres de recrues insulaires, désertent et rejoignent les insurgés. La guérilla est conduite par des petits groupes de combattants désespérés, mais mobiles et flexibles. Face à ces échauffourées, à ces actions de harcèlement, une armée régulière n'a aucune chance de gagner.

L'ignoble général Rochambeau, fils du célèbre vainqueur, avec Lafayette, de la guerre d'Amérique, aide Leclerc dans sa tâche d'extermination en lui envoyant de Cuba des chiens spécialement dressés à « bouffer du Nègre ».

« Je vous envoie, mon cher commandant, lui écrit-il, un détachement de cent cinquante hommes de la garde nationale du Cap, commandés par M. Bari, il est suivi de vingt-huit chiens bouledogues. Ces renforts vous mettront à même de terminer entièrement vos opérations. Je ne dois pas vous laisser ignorer qu'il ne vous sera passé en compte aucune ration, ni dépense pour la nourriture de ces chiens.

« Vous devez leur donner des Nègres à manger.

« Je vous salue affectueusement. »

Mais le « Nègre » tient bon. Leclerc s'affole. C'est maintenant dix mille hommes qu'il réclame à Bonaparte. Quand ses hommes ne succombent pas dans une embuscade, ils désertent ou meurent de la fièvre jaune. Leclerc en est lui-même victime, le 2 novembre 1802…

Qu'importe, Rochambeau lui succède avec plus de vigueur encore.

La seconde partie de la guerre de Saint-Domingue commence. Cette fois, toutes les forces mulâtres et noires jointes aux Nègres marrons se rallient sous le commandement de Jean-Jacques Dessalines, qui a succédé à Toussaint-Louverture.

Dessalines est un ancien esclave né à Saint-Domingue, pas loin du Cap. Il a connu une enfance rebelle, fuguant si souvent que son corps est couvert de cicatrices. Victor Schoelcher raconte qu'il criait avec fureur : « Tant que ces marques paraîtront sur ma chair, je ferai la guerre à tous les Blancs ! » Des Blancs, il refusera tout en bloc, affectant même de ne parler que le créole.

Il suit le même parcours que le « vieux » Toussaint-Louverture, avec quinze ans de moins. En 1791, il se joint aux insurgés aux côtés de Boukman, puis entre dans une des bandes d'esclaves révoltés qui gagnent le côté espagnol de l'île, où il obtient le grade d'officier supérieur. Il ne revient en France retrouver Toussaint-Louverture qu'une fois l'esclavage aboli en 1794. Il se révèle « éblouissant de feu et d'intrépidité » dans la guerre contre les Anglais, à tel point que Toussaint-Louverture doit plus d'une fois le rappeler à l'ordre : « J'ai dit d'émonder l'arbre, non de le déraciner ! »

En octobre 1803, avec vingt mille hommes, il met le siège devant Port-au-Prince. La ville tombe et son commandement se réfugie au Cap où il rejoint le reste de l'expédition dirigée par le général Rochambeau.

Le Cap est hérissé de forts avancés. Rochambeau est persuadé que les troupes de Dessalines n'oseront jamais s'y attaquer. Mais c'est compter sans le général Capoix, dont Victor Schoelcher nous donne une vision à la fois lyrique et terrible : « Ce Nègre, surnommé Capoix la Mort, marche avec une demibrigade qui recule, horriblement mutilée par le feu du fort. Il la ramène ; la mitraille le renverse encore au pied de la colline. Bouillant de colère, il va chercher de nouvelles troupes, monte à cheval, et pour la troisième fois s'élance ; mais toujours les mille morts que vomissait la forteresse le repoussent, lui et ses brigades. Jamais soldats n'eurent, plus que les siens, le mépris du trépas, ils sont embrasés d'une ardeur homérique. Il lui suffit de quelques mots pour les entraîner une quatrième fois. En avant ! En avant ! Un boulet tue son cheval, il tombe ; mais bientôt, dégagé des cadavres abattus autour de lui, il court se replacer à la tête des Noirs. En avant ! En avant ! Son chapeau garni de plumes est enlevé par la mitraille. Il répond à l'insulte qui lui met chapeau bas en tendant son sabre comme s'il montrait le poing, et se jette à l'assaut… »

Après huit jours de siège et une défense acharnée, Rochambeau, dont les troupes sont minées par la fièvre jaune et la famine, capitule. Laissé libre, il s'embarque pour la France. Parfois, il y a une justice : en chemin il est capturé par la marine anglaise qui le jette dans ses geôles où il croupit pendant plus de huit années !

Le 1er janvier 1804, Dessalines proclame l'indépendance et annonce que le nouvel État s'appellera Ayiti, le nom amérindien d'Haïti, restituant l'île à ses origines et rendant hommage à une population autochtone indienne quasi exterminée dès l'arrivée des Blancs.

Le nouveau drapeau est bleu et rouge : l'histoire veut que, un an avant, le 18 mai 1803, Dessalines ait arraché d'un geste rageur la bande blanche du drapeau français, puis ait tendu les deux parties restantes à Catherine Flon, qui les aurait cousues avec ses longs cheveux en guise de fil ! Il aurait ensuite opté, en 1804, pour un bleu plus foncé. En tout cas, le 18 mai est, dès lors, la fête du Drapeau...

Le pays sera reconnu par la France en 1825 à condition de payer une « indemnité » de cent cinquante millions de francs-or (plus de vingt et un milliards de dollars actuels) et de réduire de 50 % ses frais de douane ! Un véritable acte de piraterie.

Cette dette ajoute aux difficultés d'un pays confronté à une impasse économique et à des conflits internes qui perdurent. Le « rêve » politique de Dessalines, d'une nation libre et autonome, reste inaccompli.

La poétesse du paradis perdu

Phillis Wheatley
1753 - 5 décembre 1784

> *Toute jeune encore, par un sort cruel*
> *Je fus arrachée d'Afrique, berceau fortuné.*
> *Quels tourments, quelles douleurs*
> *Ne durent déchirer le cœur de mes parents ?*
> *Quelle âme de fer avait celui qui à un père*
> *ôta son bébé bien-aimé ?*
> *Tel fut mon malheur.*
> *Aussi ne puis-je que prier*
> *Que jamais d'autres ne ressentent cette*
> *tyrannie.*

> Phillis Wheatley,
> *Poems on Various Subjects,*
> *Religious and Moral*

À l'école, je me souviens d'avoir appris des poèmes de Victor Hugo, de Lamartine, de Baudelaire, jamais d'hommes noirs et encore moins de femmes. Je n'imaginais même pas qu'il puisse exister une poétesse noire ; mes professeurs non plus, sans doute. Et pourtant, dans l'Amérique de la fin du XVIIIe siècle, a vécu une grande poétesse nommée Phillis Wheatley.

Elle est née en 1753, au Sénégal, cette fillette dont on ignore toujours le véritable nom, qu'elle oublia sans doute elle-même à force de l'avoir tu. Son père le lui avait murmuré tout bas à l'oreille, à sa naissance, car elle devait être la première à l'entendre. Puis, comme un personnage de *Racines* d'Alex Haley, ce père a dû lui montrer le ciel et lui dire : « Regarde ! Cela seul est plus grand que toi ! »

Je ne sais rien de ses premières années, mais je l'imagine portée sur le dos de sa mère qui travaille aux champs, jusqu'à ce qu'elle tienne sur ses jambes. Et puis je la vois marcher, jouer, apprendre la tradition comme toutes les petites filles du village, jusqu'au jour de ses sept ans où elle est kidnappée dans une razzia.

« Razzia », « kidnappée », il faut comprendre ce que cela signifie. C'est, en pleine nuit, le village en flammes, les négriers blancs ou noirs bardés d'armes, tuant ceux qui résistent ou les trop faibles qui ne supporteront pas le voyage : vieillards, impotents, nouveau-nés. C'est un cortège de femmes, d'hommes et d'enfants terrifiés, reliés les uns aux autres par des lanières de cuir, conduits à coups de fouet jusqu'à un grand bateau où, tremblants, ils attendent d'être « dévorés » car, disent les anciens, on les emmène dans un pays où on les vend à d'énormes cannibales.

La petite fille est conduite en Amérique et débarquée à Boston, capitale du Massachusetts. Là, elle est mise aux enchères. Le crieur fait son annonce : « Sept ans ! Prête à être dressée ! Fera une fameuse poulinière ! » Dénudée, elle est palpée par les mains des acheteurs. Un riche négociant l'acquiert. Il la prénomme Phillis, du nom du bateau qui l'a transportée.

Et, comme c'était l'usage aux États-Unis, il lui donne son nom : Wheatley.

M. John Wheatley ne manque pas d'esclaves, mais il a promis à sa femme Susannah une jeune domestique pour la servir et, il espère, la distraire. À ne rien faire, les femmes de planteurs et de commerçants se mouraient d'ennui.

Or, chose étrange, incroyable : la gamine, au lieu de se recroqueviller dans son chagrin, s'anime, s'éveille et pétille. Elle est si vive et si curieuse de tout que Mary, la belle-sœur de M. Wheatley, se pique au jeu. Elle lui enseigne la Bible, des rudiments de latin et de grec. Elle lui prête des livres d'histoire, de géographie, d'astronomie ; et les œuvres des poètes antiques : Horace, Virgile, Ovide, Homère.

Phillis, entre deux tâches domestiques, s'imprègne de ces connaissances et dépasse rapidement en culture les enfants des planteurs.

Dès l'âge de treize ans, elle compose de jolis poèmes. Flattés, ses maîtres l'exhibent en société. Évidemment, ces poèmes ne sont pas encore d'une grande originalité, mais qu'ils existent tient déjà du miracle. Peut-on imaginer que Victor Hugo, notre génie national, pris dans une razzia à l'âge de sept ans puis réduit en esclavage dans un lointain pays, aurait composé, dans une langue qu'il ne maîtrisait pas, de plus beaux poèmes au même âge ?

La jeune esclave se passionne pour la littérature de son temps. Nous savons qu'elle apprécie particulièrement *Le Paradis perdu*, de John Milton – titre pour elle ô combien symbolique. Puis tout bascule. En 1772, Phillis tente de publier un recueil de trente-neuf pièces intitulé modestement : *Poèmes sur des sujets variés, religieux et moraux.* Qu'une esclave prétende à être publiée est en soi inadmissible ! Mais que ses poèmes soient en plus d'une profondeur et d'une intelligence rares est proprement insupportable. Un Noir ne peut écrire quelque chose d'aussi beau. Il y a supercherie. Nul doute qu'un mauvais plaisant lui a dicté ces vers.

Phillis est convoquée devant un tribunal d'experts. Imaginez-la toute droite sur sa chaise, confrontée à dix-huit examinateurs emperruqués. On lui demande des informations sur les dieux grecs, sur les personnages de la Bible. On la soumet au supplice de la dictée, des conjugaisons grecques et latines. On lui demande de traduire des textes de Virgile, de réciter de tête des passages du *Paradis perdu* et même ses propres poèmes !

La jeune Phillis tient bon devant ses juges. C'est ainsi que, après avoir recueilli les témoignages de son maître, du gouverneur, du lieutenant gouverneur et de quinze autres notables, les juges certifient que « la petite esclave nègre » est bien « l'auteur de ses textes ».

Phillis Wheatley, au terme de cet incroyable procès littéraire, devient « légalement » la première poétesse noire de l'histoire de la littérature… pour les Occidentaux ! Je le précise parce que l'histoire des Noirs commence, pour une grande majorité de nos contemporains, à l'esclavage. Nul doute qu'il y eut des milliers de poétesses noires avant Phillis Wheatley, depuis la plus lointaine Antiquité, qui composèrent dans leur patrie, sur leur propre terre, dans leur propre langue, de merveilleux poèmes.

Publiés à Londres, les textes de Phillis Wheatley attirent l'attention des lettrés et la cause abolitionniste s'en empare. L'abbé de Feller écrit, l'année de leur parution, dans son *Journal historique et littéraire*, que ces poésies sont « remarquables par la qualité de leur auteur, et par l'argument qu'elles forment contre des philosophes extravagants, qui ont prétendu placer les Nègres dans la classe des brutes, et en faire une espèce différente de la nôtre ».

Envoyée en Angleterre, elle subjugue par sa personnalité la *high society* londonienne. Le roi George III en personne demande qu'elle lui soit présentée…

J'aurais aimé achever là-dessus le récit de la vie de Phillis Wheatley. C'eût été un peu comme un conte de fées, on y aurait vu un semblant de justice. Mais il me faut continuer. Au moment où Phillis va être présentée au roi George III, elle apprend que sa maîtresse est gravement malade. Sommée de revenir en toute hâte, elle se rend au chevet de Mme Wheatley qui meurt aussitôt.

Trois mois plus tard, après l'avoir affranchie, M. Wheatley disparaît à son tour. Il ne reste plus à Phillis qu'à quitter cette maison où elle n'avait été finalement qu'un meuble parmi d'autres. Phillis est libre ! Mais à quoi bon ? La liberté lui arrive trop tard et, d'ailleurs, comment en profiterait-elle, ne possédant aucun bien ?

Du travail, elle va en trouver, mais le pire du pire, puisque tel est le lot réservé aux Noirs.

On sait peu de chose sur ses dernières années, sinon qu'en avril 1778 elle se marie avec un affranchi, John Peters, homme à tout faire. On sait aussi qu'elle en a trois enfants. Pauvreté, exclusion… On sait enfin qu'elle continue à écrire, à tenir une correspondance.

J'aurais voulu citer quelques-unes de ses lettres, et d'autres poèmes, mais à ce jour son œuvre n'a toujours pas fait l'objet d'une grande réédition ni été traduite. Quel dommage ! Ne pensez-vous pas que des enfants qui apprendraient en classe de français des poèmes de Phillis Wheatley ou d'autres poètes noirs sortiraient de l'école avec moins de préjugés ?

Le Serment des ancêtres

Guillaume Guillon Lethière
10 janvier 1760 - 22 avril 1832

M. Pierre Guillon, procureur du roi à la Guadeloupe, est un homme de son temps. Il ne reconnaît
pas l'enfant qu'il a conçu avec une esclave du nom
de Marie-Françoise, car un tel geste contreviendrait
au Code noir. Il ne lui donne pas son nom, mais
l'appelle « Letiers », c'est-à-dire le « troisième »,
parce que c'est le troisième enfant qu'il a de cette
esclave. On pourrait dire d'un homme qui donne un
numéro de série à son enfant qu'il est un monstre,
mais le cas est plus compliqué qu'il ne paraît. En
cette fâcheuse époque, M. Guillon est presque un
saint. Il s'occupe de son numéro 3 comme d'un fils
légitime. Il lui fait donner une excellente éducation
et, puisque l'enfant montre de réelles dispositions pour
le dessin et la peinture, il l'envoie en France, en 1774,
poursuivre des études d'art.

Entré à l'école des beaux-arts de Rouen, Letiers
modifie progressivement l'humiliante connotation de
son nom en l'écrivant « Lethière », et se consacre
à sa passion. Bien qu'en butte à la discrimination
raciale, il s'accroche et continue son apprentissage
chez Doyen, peintre du roi. Les préjugés sont tellement puissants à l'époque qu'entre le XVIIe siècle et

la fin du XVIIIe la couleur noire subit une éclipse. Michel Pastoureau, historien des couleurs, raconte que le noir disparaît de l'habillement, de l'ameublement, de la peinture, des théâtres, où il est réputé porter malheur, comme le vert ; les deuils se font en violet ; les cochons, jusque-là majoritairement noirs, deviennent roses par croisements volontaires ; en héraldique, la couleur noire, qui occupait 27 % des armoiries au Moyen Âge, passe à 20 % au XVIIe siècle pour chuter à 14 % au XVIIIe siècle !

Lethière se montre si doué qu'il gagne un séjour à l'Académie de France de Rome, dans le fameux palais Mancini. C'est un honneur rare et n'y entre pas qui veut : pour preuve, Jacques-Louis David, futur premier peintre de l'Empereur, tente de se suicider après son deuxième échec. Certains s'y reprennent à sept fois avant de réussir.

Deuxième du Grand Prix de Rome en 1784, Lethière est donc accepté comme pensionnaire officiel pendant quatre ans. Inspiré par les ruines du forum et du Capitole, il trace les premières esquisses de son *Brutus sacrifiant ses enfants à sa patrie* et autres sujets historiques. Sa carrière évolue, de plus en plus prestigieuse : il est directeur de l'Académie de Rome pendant dix ans, membre de l'Académie des beaux-arts, professeur à l'École des beaux-arts en 1819.

Pourtant, Lethière est insatisfait. Il traque le chef-d'œuvre de sa vie, l'œuvre définitive. Jusqu'au jour où il se rend compte que ce grand sujet qui l'obsède, il l'a tout simplement inscrit dans la peau. Alors Lethière « ose le noir »…

Prudemment, il n'avait jamais dans son œuvre évoqué ses origines, avait fait « oublier sa couleur ». En

1822, dans les dernières années de sa vie, il se met à peindre le tableau qui l'inscrira dans l'Histoire : *Le Serment des ancêtres*. Cette grande toile (333 centimètres × 225 centimètres) représente de manière allégorique la réconciliation, en novembre 1802, du chef des Mulâtres de Saint-Domingue, Alexandre Pétion, et du général noir Jean-Jacques Dessalines, lieutenant de Toussaint-Louverture et chef des troupes noires, dont l'union rendit irréversible la défaite française et affirma l'indépendance d'Haïti.

En 1822, en France, les partisans de l'indépendance d'Haïti sont très peu nombreux. Soit on ne dit rien, soit on est dans le camp de ceux qui veulent reconquérir l'île. L'abbé Grégoire, dans une lettre à l'un de ses correspondants américains, dit à ce propos : « Haïti libre est un phare qui éclaire la mer des Caraïbes. L'effroi des oppresseurs, l'espoir des opprimés. »

Pour la première fois de sa vie, Lethière ajoute à sa signature cette mention revendicatrice :

« … né à la Guadeloupe. An 1760 ».

Ce tableau, redécouvert très abîmé dans la cathédrale de Port-au-Prince en Haïti, a été restauré au Louvre pour retourner au peuple haïtien auquel le peintre l'avait offert. On peut le voir aujourd'hui au Palais national.

« *Un poing surgit qui cassa le brouillard* »

Louis Delgrès	Solitude
2 août 1766 -	1772 -
28 mai 1802	19 novembre 1802

> « La résistance à l'oppression est un droit naturel. »
>
> Louis Delgrès

Le 10 mai 1802, Louis Delgrès fait afficher une proclamation sur les arbres et les murs des bourgs de Basse-Terre en Guadeloupe. Plus qu'un tract ou un appel à la résistance contre les troupes consulaires du général Richepanse envoyées par Bonaparte, c'est une déclaration des droits universels et un appel à l'égalité des races.

À L'UNIVERS ENTIER LE DERNIER CRI DE L'INNOCENCE ET DU DÉSESPOIR.

C'est dans les plus beaux jours d'un siècle à jamais célèbre par le triomphe des Lumières et de la philosophie, qu'une classe d'infortunés qu'on veut anéantir se voit obligée d'élever sa voix vers la postérité pour lui faire connaître, lorsqu'elle aura disparu, son innocence et ses malheurs...

Ce cri de révolte fait suite à la tragédie du rétablissement de l'esclavage sur l'île de la Guadeloupe. Après l'abolition de 1794, la liberté aura été de courte durée. Huit ans plus tard, le 17 mai 1802, Bonaparte décide de rétablir l'esclavage afin de restaurer l'économie sucrière. « On doit désarmer tous les Nègres, de quelque parti qu'ils soient, et les remettre à la culture », a-t-il déclaré six mois auparavant en octobre 1801. « Et toi, féroce Africain, qui triomphes un instant sur les tombeaux de tes maîtres que tu as égorgés en lâche, s'exclame un certain Baudry Deslozières, contemporain de Napoléon, rentre dans le néant politique auquel la nature elle-même t'a destiné. Ton orgueil atroce n'annonce que trop que la servitude est ton lot. Rentre dans le devoir et compte sur la générosité de tes maîtres. Ils sont blancs et français. »

Dans le cadre d'une guerre contre l'Angleterre, l'économie française ne peut se passer du commerce colonial, qui nécessite un contrôle stratégique et économique. Le Code noir doit être rétabli. Bonaparte désigne pour cette tâche un homme de caractère, ou plutôt un caractériel, le contre-amiral Lacrosse. Celui-ci, à peine arrivé sur l'île en mai 1801, non seulement fait arrêter et déporter plusieurs officiers « de couleur » reconnus pour leur valeur, mais lève un lourd impôt sur lequel il se sert grassement. À la mort du général Béthencourt, le poste de commandant en chef de l'île doit revenir au colonel Pélage. Ce dernier est mulâtre, aussi Lacrosse s'oppose-t-il à sa nomination. Et il continue à déporter. Frénétiquement. Au point de déclencher une révolte des soldats qu'il réprime aussitôt dans le sang. Mais, lorsqu'il tente de faire arrêter l'un des officiers les plus populaires de l'île, Joseph Ignace, c'en est trop. Cette fois, la population tout entière s'en mêle, se révolte et le jette en prison.

Les citoyens guadeloupéens n'ont plus qu'à attendre que Bonaparte leur envoie un *nouveau* gouverneur, en espérant qu'il se révèle un meilleur républicain. Ils créent un Conseil provisoire de gouvernement sous le commandement de Magloire Pélage, assisté de deux Blancs et d'un Mulâtre. Pélage n'a rien d'un Toussaint-Louverture. Légaliste dans l'âme, il n'en finit pas de proclamer sa fidélité à la France et à Bonaparte, ce qui ne l'aide pas à faire l'unanimité dans la population. Sans Pélage, le cours de l'histoire des Antilles aurait été changé. Mais Pélage est un lâche, qui louvoie en attendant d'être bientôt un Judas et un bourreau...

Cependant, il prend une heureuse initiative en nommant son camarade Louis Delgrès chef de la place de Basse-Terre. On ne pouvait trouver citoyen plus valeureux et aguerri.

Louis Delgrès est le fils d'un planteur blanc de la Martinique et d'une Mulâtresse. Né à Saint-Pierre en Martinique, il est un enfant des îles sans être guadeloupéen. Il est « libre de couleur ». À dix-sept ans, il est nommé sergent. En 1791, après la prise du pouvoir par les royalistes en Martinique, il s'exile en Dominique, à mi-chemin de la Guadeloupe et de la Martinique. En décembre 1792, il rejoint les rangs des républicains. En 1794, il est officier du bataillon des Antilles. En 1795, il participe à la bataille qui reprend Sainte-Lucie aux Anglais. Grièvement blessé lors de cette campagne, il est nommé capitaine en récompense de son attitude valeureuse. Et Louis

Delgrès enchaîne les combats au service de la République...

De son côté, Bonaparte, apprenant la situation de la Guadeloupe et l'exil forcé de Lacrosse, ignore les proclamations de fidélité du colonel Pélage. Pour lui, cet épisode est une mutinerie pure et simple. Le 25 mars 1802, la France signe la paix d'Amiens avec l'Angleterre. La période d'accalmie qui en résulte permet à Bonaparte de lancer contre l'île une expédition punitive dont il confie le commandement au général Antoine Richepanse, avec pour mission finale le rétablissement de l'esclavage.

Le général Richepanse s'embarque avec quatre mille hommes voguant sur dix frégates. Le 4 mai 1802, il rentre à Pointe-à-Pitre, acclamé par une partie de la population naïvement persuadée des bonnes intentions de la France. Mais les troupes, indifférentes à cet accueil, prennent position aux endroits stratégiques de l'île. Puis, sans autre explication, les fiers soldats des troupes coloniales sont sommés de déposer les armes. Ceux qui obtempèrent sont aussitôt enchaînés à fond de cale. Le colonel Pélage se soumet à l'autorité sans coup férir. En échange, il est laissé en liberté.

De leur côté, Louis Delgrès et Joseph Ignace désertent et tentent d'organiser la résistance. En mai, Delgrès publie cette très belle proclamation, dite « proclamation du 10 mai 1802 ». L'officier Monnereau, qui collabore à sa rédaction, paiera de son sang cet acte de bravoure.

Quels sont les coups d'autorité dont on nous menace ? Veut-on diriger contre nous les baïonnettes

*de ces braves militaires, dont nous aimions calculer
le moment de l'arrivée, et qui naguère ne les diri-
geaient que contre les ennemis de la République ?
Ah ! plutôt, si nous en croyons les coups d'autorité
déjà frappés au Port-de-la-Liberté, le système d'une
mort lente dans les cachots continue à être suivi. Eh
bien ! nous choisissons de mourir plus promptement.
Osons le dire, les maximes de la tyrannie la plus
atroce sont surpassées aujourd'hui. Nos anciens tyrans
permettaient à un maître d'affranchir son esclave, et
tout nous annonce que, dans le siècle de la philosophie, il existe des hommes, malheureusement trop
puissants par leur éloignement de l'autorité dont ils
émanent, qui ne veulent voir d'hommes noirs ou
tirant leur origine de cette couleur, que dans les fers
de l'esclavage. Et vous, Premier consul de la République, vous guerrier philosophe de qui nous atten-
dions la justice qui nous était due, pourquoi faut-il
que nous ayons à déplorer notre éloignement du foyer
d'où partent les conceptions sublimes que vous nous
avez si souvent fait admirer ! Ah ! sans doute un jour
vous connaîtrez notre innocence ; mais il ne sera
plus temps, et des pervers auront déjà profité des
calomnies qu'ils ont prodiguées contre nous pour
consommer notre ruine.*

*Citoyens de la Guadeloupe, vous dont la différence
de l'épiderme est un titre suffisant pour ne point
craindre les vengeances dont on nous menace – à
moins qu'on ne veuille vous faire un crime de n'avoir
pas dirigé vos armes contre nous –, vous avez entendu
les motifs qui ont excité notre indignation. La résistance à l'oppression est un droit naturel. La divinité
même ne peut être offensée que nous défendions*

notre cause ; elle est celle de la justice et de l'humanité : nous ne la souillerons pas par l'ombre même du crime. Oui, nous sommes résolus à nous tenir sur une juste défensive ; mais nous ne deviendrons jamais les agresseurs. Pour vous, restez dans vos foyers ; ne craignez rien de notre part. Nous vous jurons solennellement de respecter vos femmes, vos enfants, vos propriétés, et d'employer tous nos moyens à les faire respecter par tous.

Et toi, postérité !, accorde une larme à nos malheurs et nous mourrons satisfaits.

Le colonel d'infanterie, commandant en chef de la Force Armée de Basse-Terre,

Louis Delgrès.

Les propos tenus dans cette proclamation se répandent comme une traînée de poudre. Aussitôt des centaines d'hommes, de femmes, d'adolescents accourent rejoindre les troupes de Delgrès. Car la vie a changé pour eux depuis huit ans, depuis que l'esclavage a été aboli. Même s'il reste bien des progrès à faire, ils se sont forgé une nouvelle vie. Certains sont devenus instituteurs, artisans, commerçants. Et voilà qu'on veut les enchaîner de nouveau dans les plantations, aux ordres de maîtres blancs ? En refaire des bêtes de somme ?

Aimé Césaire évoque dans un poème émouvant, « Mémorial de Louis Delgrès », les prémices de cette révolte :

Un brouillard monta
Le même qui depuis toujours m'obsède
Tissu de bruits de ferrements de chaînes sans clefs

126

D'éraflures de griffes
D'un clapotis de crachats

Un brouillard se durcit et un poing surgit
Qui cassa le brouillard
Le poing qui toujours m'obsède...

La tragédie dure dix-huit longues journées.

Le soir même de la déclaration du 10 mai, six cents soldats de Richepanse sont repoussés au site du morne Soldat, à Trois-Rivières. Quatre jours plus tard, le 14 mai 1802, Richepanse lance le siège du fort Saint-Charles où Delgrès et ses troupes se sont retranchés.

Il ne reste plus que quatorze jours avant le dénouement. Les combats font rage. Pélage, le « chien colonialiste », comme l'écrit Aimé Césaire, conduit les assauts contre Delgrès, son ancien compagnon d'armes.

De nombreuses femmes participent à cette résistance : Marthe-Rose, la propre épouse de Delgrès, et parmi tant d'autres la Mulâtresse Solitude. Elle est là, pistolet à la main. Son compagnon est à côté d'elle, un Nègre marron lui aussi, dont elle porte l'enfant dans son ventre depuis quatre mois.

Il faut mesurer le rôle des femmes dans ces luttes contre le statut d'esclave et leur rendre hommage. Les conditions de vie faites aux esclaves plaçaient les femmes dans une position charnière. Que ce soit aux Antilles ou aux États-Unis, elles ont joué un rôle très important dans les luttes. Ainsi, à Haïti, la combattante Défilée la « Folle » mène au cimetière le corps assassiné de Dessalines ; à la Jamaïque, en 1773, Nanny conduit les fugitifs contre les Anglais ; aux États-Unis,

Harriet Tubman et de nombreuses autres femmes participent au combat. Il suffit de regarder quelques mois en arrière et de se souvenir des grandes grèves de 2009, à la Guadeloupe. La parité y était respectée !

Solitude fait partie de ces femmes qui ont marqué l'Histoire. La proclamation en 1794 de la « liberté » pour les Noirs, Solitude n'y croit pas. Elle en a trop vu, elle connaît trop bien les maîtres blancs pour faire confiance à leur humanité et à leur sincérité. Un jour auparavant, les Noirs étaient considérés comme des sous-hommes. Un simple décret peut-il transformer les esprits ? Depuis sa naissance, en 1772, elle a été vendue et revendue. Violée et battue. Elle a assisté à des horreurs. Elle choisit donc de rejoindre la clandestinité dans une communauté de Goyave, constituée de Nègres marrons.

Outre l'exploitation ordinaire qu'elles subissent, les femmes sont maltraitées, séparées de leur homme et de leurs enfants que l'on vend. Oui, Solitude a bien fait de s'enfuir, car la liberté était loin d'être gagnée. Et le choix offert aux « esclaves libérés » est très restreint : soit ils s'enrôlent dans l'« armée des sans-culottes noirs » pour mener une guerre qui n'est pas la leur, autrement dit ils versent leur sang au profit des Français contre les Anglais ; soit ils retournent au travail forcé dans leurs anciennes plantations. Bref, un collier contre un autre.

D'ailleurs, dès l'abolition de l'esclavage, les autorités consulaires s'inquiètent de ces femmes et ces hommes qui, au nom de « la liberté, l'égalité et la fraternité », fuient les plantations. Ils les traquent, détruisent leurs campements.

Lors du siège de 1802, voilà quatre ans que Solitude joue au chat et à la souris. Elle est heureuse de sortir enfin de son maquis et de se porter au combat. Le siège du fort Saint-Charles fait rage...

Et je chante Delgrès qui aux remparts s'entête
Trois jours Arpentant la bleue hauteur du rêve
Projeté hors du sommeil du peuple
Trois jours Soutenant soutenant de la grêle contexture
De ses bras Notre ciel de pollen écrasé...

Les troupes de Delgrès sont à court de vivres et de munitions. Richepanse n'est pas moins exsangue. Il demande des renforts à Pointe-à-Pitre.

Dans la nuit du 22 mai, Louis Delgrès et Joseph Ignace, avec leurs hommes, réussissent à abandonner la forteresse et à disparaître dans l'épaisse végétation de l'île. Joseph Ignace prend la direction de Pointe-à-Pitre avec mille hommes environ, afin d'y soulever la population. Il est pris au piège à Baimbridge, dans les faubourgs de Pointe-à-Pitre. Pélage n'a pas perdu son temps : il a rassemblé tout ce que la ville compte d'hommes vendus aux colons et, le 25 mai à 3 heures du matin, il fait donner du canon contre les troupes des insurgés. On dénombre six cent soixante-quinze cadavres de femmes, d'hommes et d'adolescents, dont les deux fils d'Ignace, et Ignace lui-même dont on expose la tête sur une pique. Les survivants sont fusillés. Leur mémoire repose dans les poèmes de Césaire.

Mais quand à Baimbridge Ignace fut tué
Que l'oiseau charognard du hurrah colonialiste
Eut plané son triomphe sur le frisson des îles
Alors l'Histoire hissa sur son plus haut bûcher
La goutte de sang que je dis
Où vint se refléter comme en profond parage
L'insolite brisure du destin...

Louis Delgrès trouve refuge, avec cinq cents femmes et hommes à bout de force, au pied de la Soufrière, dans le manoir d'Anglemont du village de Matouba, commune de Saint-Claude. Tout en s'ingéniant à fortifier les lieux, il sait que Matouba sera leur tombeau. Que faire contre mille huit cents hommes armés de fusils et de canons ? Delgrès laisse fuir tous ceux qui le souhaitent. Trois cents résistants se regroupent autour de lui, et ils se portent à la rencontre des troupes de Richepanse afin d'en retarder la marche. La Mulâtresse Solitude, dont le père de l'enfant vient de mourir, est avec eux.

Nous sommes le 28 mai 1802. Le dernier jour.

Morne Matouba
Lieu abrupt. Nom abrupt et de ténèbres En bas
Au passage Constantin là où les deux rivières
Écorcent leurs hoquets de couleuvres
Richepanse est là qui guette
(Richepanse l'ours colonialiste aux violettes gencives
friand du miel solaire butiné aux campêches)

Delgrès est blessé, ses troupes sont en partie encerclées. Ils battent en retraite et se réfugient dans le fort. Leur vie est maintenant réduite à l'essentiel : le sentiment de l'honneur et de la dignité.

Sous la terrasse, des barils de poudre ont été installés. On les a camouflés pour que les troupes de Richepanse ne les aperçoivent pas. Delgrès et son aide de camp ont chacun le feu pour allumer la mèche.

On raconte que les trois cents femmes, hommes et enfants retirés dans le fort se tiennent la main en silence ; puis qu'à trois heures et demie de l'après-midi, tandis que l'avant-garde française franchit l'entrée de la demeure, baïonnette au canon, ils lancent : « Vivre libres ou mourir ! » Puis c'est le silence. Puis une effroyable explosion.

Et ce fut aux confins l'exode du dialogue
Tout trembla sauf Delgrès...

Richepanse et ses hommes cherchent dans les décombres les blessés à achever ou à pendre. Parmi eux, on trouve Solitude. Comme elle est enceinte, on préfère la mettre en prison : elle a un futur esclave dans le ventre. Ce serait gâcher de la marchandise !

Et on fusille, on pend, on jette vivants dans des bûchers dix mille rebelles.

Le 11 juin, la femme de Delgrès est conduite sur un brancard au lieu de son exécution.

Le 16 juin, Richepanse publie un arrêté rétablissant l'esclavage en Guadeloupe : « Jusqu'à ce qu'il en soit autrement ordonné, le titre de citoyen français ne sera porté dans l'étendue de cette colonie et dépendances que par les Blancs. Aucun autre individu ne pourra prendre ce titre ni exercer les fonctions qui y sont attachées. »

Le 18 novembre, Solitude met au monde son enfant. Le 19 novembre, elle monte au gibet.

Quelques jours plus tard, le bébé sera vendu au marché des esclaves. Mais s'il vit suffisamment, s'il résiste assez longtemps, s'il atteint le jour de ses quarante-six ans, il connaîtra la liberté pour laquelle tous ces Guadeloupéens ont donné leur vie.

« *Ne suis-je pas une femme ?* »

Sojourner Truth
Novembre 1797 - 26 novembre 1883

Sojourner Truth a le visage taillé à la serpe, les mains larges comme des battoirs, les bras noueux comme des cordes ; sa voix est grave et sa démarche, gauche. Son corps a été façonné par le labeur. Au temps de l'esclavage, il n'y a pas de division sexuelle du travail. Sur la plantation, hommes et femmes sont à égalité, comme du bétail. À la charrue, on attelle aussi bien un cheval qu'une jument. Les femmes font les mêmes travaux que les hommes, reçoivent les mêmes rations de nourriture et autant de coups de fouet. De fait, quand les esclaves arrivent sur le marché, les acheteurs choisissent les corps les plus robustes, sans différenciation de sexe. La seule différence marquée est fondée sur la couleur de peau. Les femmes plus claires, notamment nées du viol de leur mère, ont la « chance » d'être prises comme domestiques, ou « favorites ». L'exploitation sexuelle de ces femmes est l'une des pratiques sociales les plus répandues du système esclavagiste : leur corps ne leur appartient pas.

Les femmes modelées par le travail forcé sont, dans l'idéologie esclavagiste, considérées comme viriles et incapables d'empathie. Elles n'auraient pas l'« instinct maternel », encore moins de sens moral. « Regardez, disent les planteurs, la mortalité infantile sur nos plantations ! » En réalité, ces décès d'enfants sont dus au manque d'hygiène et de soins, mais aussi à la résistance des mères qui refusent que leurs enfants vivent le même calvaire que le leur. Selon la « condition du ventre », en effet, l'enfant d'une esclave sera esclave toute sa vie et appartiendra au maître. La femme esclave assure la transmission filiale de la condition servile, et c'est pour elle une immense souffrance.

« La spécificité de leur lutte sur les plantations est l'infanticide généralisé, me dit la philosophe Elsa Dorlin. Une pratique qui perdurera jusqu'à l'abolition de l'esclavage en France, en 1848, et aux États-Unis en 1865. »

Dans la plupart des stéréotypes actuels, la femme noire est encore caricaturée. Elle est soit « sur-érotisée », dotée d'un érotisme prédateur, le contraire de l'image douce et passive de la « féminité » ; soit la mamma « dés-érotisée », effrayante et surpuissante.

L'enfant appartenant totalement au maître blanc, le rôle du père était réduit à celui de simple géniteur. Cette image de la femme qui se suffit à elle-même perdure aux Antilles. Ainsi ma mère a-t-elle eu cinq enfants de cinq hommes différents et nous a-t-elle élevés seule. L'absence d'un père n'était pour nous ni choquante ni troublante. Les mères assumaient cette solitude avec dignité. Telle est la structure de beaucoup de familles aux Antilles aujourd'hui encore.

Sojourner Truth, ayant refusé son nom d'esclave, s'en est choisi un autre, le plus beau : *Sojourner*, qui signifie « celle qui séjourne » et *Truth*, la « vérité ».

Elle est née Isabella Baumfree, dans la colonie hollandaise du comté d'Ulster, dans l'État de New York. Lorsqu'elle est vendue, à l'âge de onze ans, elle ne parle que le néerlandais.

Vers vingt ans, elle est mariée contre son gré à un esclave du nom de Thomas. En 1827, elle s'enfuit de la ferme de son maître pour trouver refuge au Canada avec la plus jeune de ses filles, ses autres enfants ayant été vendus dans d'autres plantations. Et puis survient l'abolition de l'esclavage dans l'État de New York, en 1828. Elle travaille une dizaine d'années au sein de communautés religieuses.

En 1843, une révélation change le cours de son existence. Dieu l'appelle pour libérer son peuple de l'esclavage. Combien de grandes résistantes, de Dona Béatrice au XVIIIe siècle à Alice Lenshina au XXe, ont trouvé des forces incomparables dans la foi ! Des voix célestes l'incitent à prêcher sans relâche. Ce qu'elle fait dans le Connecticut, le Massachusetts, l'Ohio, l'Indiana et le Kansas.

Elle est la première femme noire à prendre publiquement la parole contre l'esclavage aux États-Unis. Par son verbe et la force de sa foi, elle touche des milliers de personnes. « Je me sens si grande à l'intérieur, dit-elle. Le pouvoir de la nation est avec moi. » Et elle porte, en travers de sa poitrine, une bannière avec ces mots : « Proclamez la liberté à travers tout le pays et à tous les habitants de celui-ci. » Pour aider à la libération des âmes et conforter son travail de pèlerin, elle publie en 1850 *The Narrative of Sojourner Truth : A Northern Slave* (« L'Histoire de Sojourner Truth, une esclave du Nord »).

Si la personnalité de Sojourner Truth marque encore nos générations, c'est surtout grâce à son action militante pour la cause des femmes noires. Soixante ans auparavant, sous la Révolution française, la Blanche Marie-Olympe de Gouges, révoltée par la misogynie de la Déclaration des droits de l'homme et du citoyen, avait rédigé la « Déclaration des droits de la femme et de la citoyenne », dont voici deux extraits :

« Article premier. La femme naît libre et demeure égale à l'homme en droits. Les distinctions sociales ne peuvent être fondées que sur l'utilité commune. [...]

« Article 13. Pour l'entretien de la force publique, et pour les dépenses d'administration, les contributions de la femme et de l'homme sont égales ; elle a part à toutes les corvées, à toutes les tâches pénibles ; elle doit donc avoir de même part à la distribution des places, des emplois, des charges, des dignités et de l'industrie. »

Elle écrivit aussi une pièce de théâtre : *L'Esclavage des Noirs*. Sa finesse d'esprit lui avait montré à quel point la condition faite aux femmes pouvait se comparer à celle des esclaves. Elle savait ce que cela signifiait d'être sans cesse considérée comme inférieure aux hommes, de toujours devoir réclamer ses droits et se justifier... Elle savait aussi combien il coûtait de résister. Elle fut condamnée à mort. Le procureur de la Commune de Paris, applaudissant à son exécution, évoque cette « femme-homme, l'impudente Olympe de Gouges qui, la première, institua des sociétés de femmes, abandonna les soins de son ménage, voulut politiquer »...

Pourtant, limitée par la pensée de son époque, Marie-Olympe de Gouges ne se posa jamais la question des femmes esclaves. Pour elle, les femmes étaient blanches et les esclaves, hommes. Il faut attendre Sojourner Truth pour entendre parler des femmes noires – et au nom des femmes noires.

En 1851, Sojourner est déléguée à la première Convention nationale sur les droits des femmes, à Akron, dans l'Ohio. Comme elle entend un homme dans la salle protester contre le propos d'une femme sur l'égalité, Sojourner se lève, monte à la tribune et prononce un bref discours resté célèbre, sous le titre *And ain't I a woman ?* (« Et pourtant, ne suis-je pas une femme ? ») :

« Cet homme-là, il dit qu'il faut aider les femmes à monter en voiture et les aider à franchir un fossé, et qu'il leur faut les meilleures places partout…

« Personne ne m'aide jamais à monter en voiture ou à traverser une flaque de boue, personne ne me donne les meilleures places !

« Et pourtant, ne suis-je pas une femme ?

« Regardez-moi ! Regardez mes bras ! J'ai labouré et planté et cueilli, j'ai rentré des récoltes et aucun homme n'a pu me commander !

« Et pourtant, ne suis-je pas une femme ?

« Je peux travailler autant qu'un homme et manger autant qu'un homme – quand j'en ai les moyens – et supporter le fouet autant qu'eux.

« Et pourtant, ne suis-je pas une femme ?

« J'ai mis au monde cinq enfants et j'ai vu la plupart d'entre eux réduits en esclavage et quand je hurlais ma plainte de mère, personne, hormis Jésus, ne m'a écoutée !

« Et pourtant, ne suis-je pas une femme ? »

Lors de la guerre de Sécession (1861-1865), Sojourner organise des collectes de vivres pour les combattants des régiments noirs de l'Union. En 1864, elle est reçue par le président Abraham Lincoln à la Maison-Blanche. Après la promulgation de la Proclamation d'émancipation, elle aide les réfugiés noirs à trouver du travail. En même temps, elle poursuit un travail politique de fond. Lors de nombreuses apparitions publiques, elle défend l'idée de la création d'un État noir dans l'ouest des États-Unis.

Résolument en avance sur son temps, elle lutte pour l'abolition de la peine de mort, pour les droits des pauvres, pour les réformes pénitentiaires, pour le droit des anciens esclaves à posséder des terres.

Elle meurt le 26 novembre 1883, à Battle Creek, dans le Michigan, dans une communauté quaker, les « Amis du progrès humain », qui lui avait réservé un accueil chaleureux.

Depuis sa mort, l'influence de Sojourner Truth n'a fait que croître. En voici deux témoignages.

« Le robot que nous envoyons sur Mars s'appelle Sojourner Truth, me dit mon ami de la Nasa, Cheick Modibo Diarra, parce qu'il "voyage" pour dire la "Vérité". »

Quant à Michelle Obama, elle déclare en avril 2009, dévoilant le buste de Sojourner Truth au Center Visitor du Capitole à Washington : « J'espère que Sojourner Truth serait fière de moi, une descendante d'esclaves, servant en tant que première dame des États-Unis. » Il n'est pas anodin que Michelle Obama, femme libre et militante, témoigne combien cette autre femme libre, courageuse, indépendante, luttant pour la justice, a été importante dans sa construction personnelle.

Le plus grand poète russe

Alexandre Pouchkine
6 juin 1799 - 10 février 1837

Aurai-je un jour ma liberté ?
Il est temps, grand temps : je l'implore ;
Au bord de mer j'attends le vent ;
Je fais signe aux voiles marines.
Sous le suroît défiant les flots,
Quand prendrai-je mon libre essor
Au libre carrefour des mers ?
Il faut fuir les bords ennuyeux
D'un élément qui m'est hostile
Et sous le ciel de mon Afrique
Sous les houles du Midi
Regretter la sombre Russie
Où j'ai souffert, où j'ai aimé,
Où j'ai enseveli mon cœur.

Alexandre Pouchkine,
Eugène Onéguine

Pouchkine est une icône en Russie. Aucun régime n'a jamais osé toucher à son image. Son buste a remplacé celui de Lénine à la fin du communisme. Beaucoup de Russes peuvent réciter des pages de ses œuvres. Tous les 6 juin, il y a des lectures publiques de ses

poèmes près de la cathédrale Ielokhovski, à Moscou, où il fut baptisé. Preuve qu'on peut être le « soleil de la conception intellectuelle russe du monde » (Dostoïevski), le « modèle originel de l'identité russe » (Grigoriev), le « premier poète-artiste russe » (Bélinski) et avoir, comme l'écrit Mongo Beti, « la peau bistre des quarterons et des octavons… ».

Non, l'origine africaine de Pouchkine ne relève pas de l'anecdote. Il sait d'où il vient, car son origine africaine l'a façonné.

Certes, Pouchkine naît d'une mère russe à la peau plus blanche que noire, descendante du général Abraham Petrovitch Hanibal (voir pages 53-56), et d'un père russe métissé d'Italien et d'Allemand. Les choses pourraient en rester là. Il ne revendiquerait aucune négritude, oubliant peut-être même cette lointaine filiation avec un ancêtre africain qu'il n'a pas connu, s'il ne s'entendait traiter de « négrillon » et de « singe ».

C'est que le monde a changé : nous sommes au XIXᵉ siècle, le jeune Pouchkine subit des préjugés auxquels son bisaïeul a échappé dans la Russie du XVIIIᵉ siècle. En ce début du XIXᵉ, les stéréotypes de la science « moderne », qui classe les prétendues races suivant leur couleur et leurs caractères morphologiques, commencent à pénétrer en Russie.

Pouchkine lui-même, pris au piège, se décrit ainsi à l'âge de quinze ans :

Vrai démon pour l'espièglerie,
Vrai singe pour la mine…

Si son identité se construit mi-russe, mi-africaine, c'est que le regard des autres l'y oblige. Il grandit en se considérant comme russe et comme africain. Il dira plus tard qu'il a une double identité, il en parlera dans son œuvre. « Il n'y a que moi dans la littérature russe qui comptasse un Nègre parmi ses ancêtres », écrit-il.

Lorsqu'en 1820, pour quelques poèmes séditieux, il est exilé à Odessa, il se lie d'amitié avec un autre Africain, un corsaire du nom de Morali (Maure Ali). « Peut-être qu'Ali et moi avons un ancêtre commun », écrit-il.

Cette double culture revendiquée fait de Pouchkine un écrivain « moderne », qui soulève des questions sur la « diversité culturelle » que les écrivains russes de son époque ne peuvent pas se poser.

Dans sa correspondance, il parle de ses « frères nègres », qualifie d'« intolérable » l'esclavage aux États-Unis, dénonce « le cynisme dégoûtant, les cruels préjugés et l'intolérable tyrannie » de la société américaine. Descendant d'esclave comme des millions de Noirs des Amériques, Pouchkine est très sensible à sa généalogie, comme les Noirs de la diaspora. Dans *Eugène Onéguine*, il informe ses lecteurs d'un projet qui lui tient à cœur : « En Russie où faute de mémoires historiques, on oublie vite les hommes illustres, la singularité de la vie d'Hanibal n'est connue qu'à travers les légendes familiales. Avec le temps, nous espérons publier sa biographie complète. » Il parle là de son arrière-grand-père, Abraham Petrovitch Hanibal.

Pour écrire ce texte qui deviendra la nouvelle « Le Nègre de Pierre le Grand », Pouchkine n'hésite pas à multiplier de fatigants voyages à la campagne où il rencontre le seul fils encore vivant de cet arrière-grand-père, général à la retraite. Il le voit plus d'une fois, comme en témoigne cet extrait d'une lettre écrite en août 1825 : « Je compte voir encore mon vieux Nègre de Grand'Oncle qui, je suppose, va mourir un de ces quatre matins et il faut que j'aie de lui des mémoires concernant mon aïeul. »

Moderne, Pouchkine l'est aussi par son style, son langage où s'unissent l'héritage des grands écrivains et les expressions populaires. Il rencontre les paysans, étudie le folklore, les traditions, écoute les contes ; il donne des noms de paysans à des héros. C'est une révolution littéraire en Russie. Fini l'élitisme. La culture populaire russe entre dans la littérature. Le peuple a en lui un narrateur qui lui donne la parole.

En tout Pouchkine est un rebelle. Parce qu'il lutte contre le système autocratique impérial et qu'il n'hésite pas à l'écrire ; parce que, au lieu de mettre sa plume au service des vertus conventionnelles, il compose des vers au vitriol, audacieux, sensuels, et montre une dangereuse liberté de pensée. Il affole les autorités, crispe les religieux. Alors on l'exile, on le censure, on lui fait de continuelles tracasseries et, finalement, on s'en débarrasse par un duel…

La raison officielle de ce duel est la banale jalousie d'un être réputé sanguin. On rapproche Pouchkine du Noir Othello poignardant sa femme ! On a dit que son adversaire, officier de la garde du tsar, le baron Dantès, un Français bellâtre que toutes les femmes veulent prendre pour amant, aurait eu l'audace de courtiser l'épouse du poète, la très belle Natalia Gontcharova.

En réalité, il s'agit d'un complot préparé en haut lieu, dont Dantès sera la marionnette. L'origine africaine de Pouchkine permet la mise en scène qui va entraîner sa mort. On sait que Pouchkine ne plaisante pas avec son honneur. Plusieurs fois, il a parlé de duel.

Mais on sait aussi qu'il ne se bat que s'il se sent vraiment humilié, et non pour des broutilles : en 1832, un colonel qu'il a accusé de tricher au jeu le provoque au pistolet, Pouchkine se présente sur le terrain un cornet de cerises à la main !

Pouchkine n'a aucune chance devant Dantès, il le sait. Alors pourquoi ce combat contre un officier de la garde réputé invincible ? Parce que la semaine précédente, au bal de la cour, ce Dantès est revenu courtiser Natalia et que, cette fois, il y avait un « détail » de trop : il portait ostensiblement une très grosse bague représentant un singe.

Se battre à mort pour une bague ? Pouchkine si intelligent, si cultivé, cède au discours raciste ambiant. Pourquoi n'a-t-il pas moqué Dantès en désignant sa bague simiesque : « Ce sont là les armes de votre famille ? » Il aurait aussi pu arriver sur le lieu du duel avec des fleurs, ou simplement témoigner une méprisante compassion envers ce personnage.

Le matin du 27 janvier 1837, Pouchkine se lève tôt, sans prévenir sa femme. Il rédige une réponse à une jeune écrivaine à propos d'une traduction, puis il sort. Il rencontre son témoin Danzas qu'il charge d'acheter les pistolets, puis il se rend dans un parc de Saint-Pétersbourg, au bord de la rivière Tchernaïa (rivière « noire »). Comme le terrain est enneigé, les témoins sont obligés de damer le sol.

Le duel commence.

... Avec sang-froid,
D'une démarche lente et sûre,
Sans viser, les deux adversaires

L'un vers l'autre ont fait quatre pas.
Quatre pas, quatre pas mortels.
        (*Eugène Onéguine*)

Dantès tire le premier. Pouchkine est touché au ventre. Il a le temps de tirer à son tour, blesse son adversaire au bras, puis s'évanouit.

Quand on annonce sa mort, deux jours plus tard, tout le peuple pleure. La Russie est veuve. Des milliers de Russes viennent s'incliner devant sa dépouille, à tel point que l'on est obligé de casser l'un des murs de sa maison pour recevoir la foule...

Le cas de Pouchkine est intéressant. Voilà un homme avec un huitième de « sang noir », qui devient entièrement noir dans le regard de l'autre, puis qui finit lui-même par se voir noir.

Moi-même, discutant un jour avec mon fils Khephren, je lui demande :

« Es-tu le seul Noir dans ta classe ?

– Mais Papa, je ne suis pas noir !

– Ah bon ? De quelle couleur es-tu ?

– Mais je suis marron.

– Et les autres ?

– Ils sont roses. »

Effectivement, il avait raison. En y réfléchissant bien, il n'y a ni Noir ni Blanc. Comme le dit le peintre Cheri Samba : « Pourquoi ne rectifierions-nous pas cette appellation mensongère ? »

Le premier Noir américain
candidat à la présidentielle

Frederick Douglass
1817/1818 - 20 février 1895

Frederick Douglass naît un jour de 1817 ou de 1818 à Tuckahoe, sur une plantation de l'État du Maryland. Son enfance est marquée par la violence et l'ignorance dans laquelle on le tient. « Si tu apprends la lecture à ce Nègre, dit un jour son maître à sa femme qui lui montrait un alphabet, tu ne pourras plus le contrôler, il ne pourra plus jamais être un esclave. » Ces mots ne quitteront jamais le jeune Frederick. Il n'aura de cesse d'apprendre à lire et à écrire afin de gagner sa liberté. Sa tête, comme une boussole, sera désormais tournée vers les régions du Nord, États où réside la liberté. Et il y parviendra, en 1838, au prix de mille difficultés et d'une dépense prodigieuse d'ingéniosité. Il a vingt ans, trouve du travail, s'installe, se marie, et devient un abolitionniste très écouté. En 1845, il publie ses célèbres *Mémoires d'un esclave américain*...

Commençons par le scandale que suscitent ces *Mémoires*. Ils mettent en rage les anti-abolitionnistes. C'est que Douglass appelle un chien un chien. « La lubie vint un jour à M. Gore de bastonner Demby. Pour s'y soustraire, le malheureux se précipita dans

149

un proche ruisseau où il s'enfonça jusqu'aux épaules, sans plus vouloir en bouger. M. Gore l'informa qu'il lui ordonnerait trois fois d'en sortir et que si à la suite de la troisième sommation il ne s'était pas exécuté, il le tuerait. Il procéda à la première sommation. Demby ne bougea pas. Les deuxième et troisième sommations ne changèrent rien à l'attitude de Demby. Aussi, M. Gore épaula son fusil et tira à bout portant sur Demby, qui passa en un instant de vie à trépas. Son corps explosé sombra pour bientôt ne laisser flotter en ses lieu et place que sang et cervelle… »

Affolés par ces écrits, les planteurs orchestrent une campagne de diffamation. Un certain A. C. C. Thompson témoigne avoir bien connu Frederick Douglass et jure que cet homme est une brute incapable d'aligner un mot après l'autre. Mais Frederick Douglass est appuyé par la puissante ligue abolitionniste du Nord, la Massachusetts Anti-Slavery Society. William Lloyd Garrison, chef de ce mouvement, l'avait remarqué quatre ans auparavant alors qu'il parlait devant un auditoire. Subjugué par son éloquence, l'élévation de sa pensée et la justesse de ses réflexions, il lui avait aussitôt demandé d'être l'ambassadeur de la cause des esclaves.

Noir, esclave en fuite et sachant défendre sa cause, Frederick Douglass est donc l'homme à abattre. Les propriétaires incriminés dans son livre mettent sa tête à prix. Il est contraint de s'enfuir quelques mois en Angleterre, où il donne des conférences, puis revient dans le Massachusetts prêcher de nouveau la parole abolitionniste.

L'une des qualités de ses discours est sa profonde connaissance de la Bible et de la religion. Tout cela parce que, à l'âge de douze ans, il a lu en cachette, grâce à quelques sous économisés en cirant des chaussures, un recueil d'essais, de poèmes, de dialogues politiques : *The Columbian Orator*.

Il s'en est imprégné comme d'un bréviaire. Parmi la quantité de révélations qui ont éclairé son triste horizon quotidien, il se trouve une conversation entre un maître et son esclave. Le maître y fait étalage de toutes les thèses propres à justifier l'esclavage. Thèses que l'esclave réfute, si bien que le maître lui rend la liberté ! Cet ouvrage contient également un discours du poète Richard Brinsley Sheriddan consacré à l'émancipation catholique, qui sera à l'origine de sa conversion religieuse.

« Je naquis à la lumière par degrés », aime-t-il à répéter à son auditoire. Il raconte comment il s'éveilla à la conscience de l'injustice qui s'abattait sur ses sœurs et ses frères noirs, pourquoi et comment lire et écrire devint pour lui un art sacré. Il raconte les difficultés qui jonchaient son « marronnage intellectuel ». Il dit que ce qu'il découvrait n'était pas que source de joie, mais souvent un gouffre suscitant peur, angoisse, colère et haine. « Car la lecture m'offrait, dit-il, dans toute sa froide perspective, la juste vision de ma pitoyable condition sans me livrer les moyens d'en sortir. »

Il raconte devant un auditoire ravi les ruses employées pour apprendre à lire sans s'attirer les foudres de ses maîtres qui, s'ils l'avaient découvert, l'auraient aussitôt condamné au fouet. Et à pire encore en cas de récidive.

Moins mal nourri que nombre d'enfants blancs pauvres du voisinage, il troquait du pain contre « les fruits précieux de leurs connaissances ». Parfois, il volait les cahiers de l'un des fils de son maître. Mais la stratégie qui lui réussissait le mieux était de se lier d'amitié avec des garçons blancs de son âge et d'en faire ses professeurs.

C'est dans cette période décisive de la construction de sa personnalité que le jeune Douglass fait une rencontre qui va changer le cours de son existence. À cet endroit de son discours, on entend une mouche voler parmi son auditoire...

« Un jour, alors que je me trouvais sur Waters' Wharf, j'aperçus deux Irlandais occupés à décharger un chaland de pierres. J'entrepris de leur prêter main-forte. Lorsque nous parvînmes au terme de la tâche, l'un d'eux vint près de moi et me demanda si j'étais un esclave. Je lui répondis par l'affirmative. Il voulut en savoir plus. "Es-tu un esclave pour toute ta vie ?" Je lui dis "oui" une fois encore. Ce gentil Irlandais sembla bouleversé par ma réponse. [...]

« Tous deux me donnèrent le conseil de m'enfuir, si possible de passer au Nord ; je m'y ferais des amis et j'y serais libre. Je fis semblant de ne pas prêter attention à leurs propos, de ne pas les comprendre ; car je craignais qu'ils ne fussent de faux amis. J'avais entendu parler d'hommes blancs qui encourageaient les esclaves à s'enfuir, puis ensuite les capturaient pour les ramener à leurs maîtres et toucher ainsi la récompense promise. [...] mais le souvenir de leur conseil ne me quitta plus et j'arrêtai dès ces instants le projet de m'évader. »

Frederick Douglass est bien décidé à s'échapper, mais il lui faut pour cela savoir « écrire » sur son propre passeport, faire un faux. Les esclaves ont un carnet où sont consignées par leur maître les étapes de leurs déplacements. N'importe quel Blanc peut le leur demander à tout moment.

Seulement, l'écriture demande plus de moyens que la lecture. Douglass résout vite le problème du cahier d'exercices : grâce aux clôtures en bois, aux murs de briques rouges, aux pavés noirs… En guise de plume, un morceau de craie. Mais, pour arriver à ses fins, il reste à trouver les modèles à recopier, des professeurs et la méthode.

Douglass agit alors avec lucidité : la méthode, il la trouve sur le chantier de Durgin & Bailey. Il observe comment les charpentiers, après avoir apprêté un morceau de bois, écrivent la partie du bateau où il sera mis en usage. Il apprend à organiser les lettres entre elles : bâbord, la lettre B, tribord, la lettre T, la combinaison TA correspondant à « tribord avant », etc. Il apprend par cœur les noms auxquels correspondent ces lettres et les copie aussitôt, et les recopie à l'infini. Par ailleurs, lorsqu'il croise un garçon lettré, il prétend savoir écrire mieux que lui. Quand l'autre lui demande des preuves, il reproduit les lettres qu'il a apprises et met le garçon au défi de faire mieux… « Et c'est grâce à ce subterfuge que de nombreuses leçons d'écriture me furent prodiguées à l'insu de mes professeurs d'un jour », conclut Douglass.

Ces anecdotes, Frederick Douglass les rapporte à chacune de ses conférences, semant dans la tête de son auditoire l'idée que rien n'est limité sur cette terre, que tout est une frontière que l'on peut franchir. Douglass insiste chaque fois sur la nécessité de posséder la culture. C'est fondamental pour comprendre une situation, pour comprendre son époque. Ces armes culturelles permettent de progresser et de désarmer les forces négatives. Les comprenant, vous êtes au-dessus d'elles. Par le savoir, vous devenez aussi plus courageux. Aujourd'hui encore, le combat est d'amener la culture dans les endroits où elle n'est pas, chez des personnes qui, grâce à elle, prendront confiance.

Hélas, plus les consciences s'éveillent dans le Nord, plus la situation des esclaves empire dans le Sud. Si, au cours des premières années de son engagement à la Massachusetts Anti-Slavery Society, Frederick Douglass a adopté une stratégie non violente, l'Histoire l'oblige à changer ses plans, ses idées sont contraintes d'évoluer vers l'action directe. En 1850, le Congrès américain adopte la Fugitive Slave Act, loi de répression contre les esclaves fugitifs. En contrepartie de l'entrée de la Californie dans l'Union en tant qu'État libre, les États du Nord s'engagent à restituer à ceux du Sud tout esclave en fuite. L'insurrection lui paraît désormais la seule voie possible pour obtenir l'émancipation des Noirs.

En 1854-1856, il se prononce fermement pour le droit des esclaves et de ceux qui les défendent à répondre par la violence aux esclavagistes. Il accorde ses paroles à ses actes, hébergeant en 1858 le célèbre abolitionniste blanc John Brown qu'il avait rencontré quelques années auparavant et dont il avait dit : « Bien que blanc, Brown est en sympathie avec l'homme noir, et profondément intéressé à sa cause, comme si son âme avait été percée par le fer de l'esclavage. » John Brown, accompagné de ses fils et de trois hommes, était l'auteur du massacre à coups de sabre de cinq colons esclavagistes à Pottawatomie Creek, les 24-25 mai 1856, dans le Kansas.

En 1859, Douglass est contraint de s'enfuir après une nouvelle opération imaginée par John Brown, qui avait pour objectif l'invasion du sud des Appalaches, en faisant main basse sur la fabrique d'armes de Harper's Ferry. L'opération se conclut par l'arrestation de Brown, sa condamnation à mort par l'État de Virginie et sa pendaison. Victor Hugo écrit à cette occasion une magnifique lettre au gouvernement des États-Unis, demandant sa grâce : « Oui, que l'Amérique le sache et y songe, il y a quelque chose de plus effrayant que Caïn tuant Abel, c'est Washington tuant Spartacus. »

Le même Victor Hugo, victime des idéaux colonialistes de son époque, s'écria vingt ans plus tard, le 18 mai 1879, à l'occasion d'un banquet commémorant l'abolition de l'esclavage, entouré de Victor Schoelcher – l'auteur du décret de 1848 – et d'Emmanuel Arago, fils du grand savant républicain François Arago qui l'avait signé comme ministre de la Marine : « Allez, Peuples ! Emparez-vous de cette terre. Prenez-la. À qui ? À personne. Prenez cette terre à Dieu. Dieu donne la terre aux hommes. Dieu donne l'Afrique à l'Europe. Prenez-la… […] au dix-neuvième siècle, le Blanc a fait du Noir un homme ; au vingtième siècle, l'Europe fera de l'Afrique un monde. »

Combien de gens, au XXIᵉ siècle encore, s'ignorent racistes tant leurs préjugés raciaux sont profondément inscrits en eux ? Combien, parmi les personnes se disant antiracistes, s'opposent aujourd'hui au pillage des richesses de l'Afrique ?

Après six mois d'exil en Angleterre, Douglass reprend son poste. L'année suivante est cruciale. La campagne présidentielle est lancée. Douglass appelle à voter pour Abraham Lincoln, le candidat républicain. Cette prise de position l'amène tout naturellement, en 1862, un an après le début de la guerre de Sécession, à mener campagne pour que les Noirs s'engagent dans les forces de l'Union. Efforts dont il est récompensé en 1865, puisque l'émancipation des Noirs est proclamée.

En 1863, il recrute une centaine de soldats pour le régiment noir appelé à combattre dans le Sud, parmi lesquels ses deux fils Lewis et Charles. En même temps, il s'élève avec véhémence contre les brimades dont les soldats noirs sont victimes dans l'armée de l'Union. En 1865, le président Lincoln est assassiné.

Le 18 décembre 1865, l'abolition de l'esclavage est proclamée par le XIIIe amendement de la Constitution. Douglass ne baisse pas la garde pour autant, et réclame le droit de vote pour les Noirs. Il soutient la candidature du républicain Ulysse S. Grant à la présidence. Son message est entendu : non seulement Grant est élu, mais le vote du XVe amendement accorde le 26 février 1869 les droits civiques (Civil Rights Cases) aux « gens de couleur ».

C'est le temps des honneurs pour l'ancien esclave du Maryland. Pourtant, cette reconnaissance ne met pas fin à son engagement, car la question des discriminations raciales ne s'est jamais posée avec tant d'acuité. L'absence d'Abraham Lincoln se fait cruellement sentir. Il aurait fallu son sens de l'État, son pragmatisme, pour reconstruire l'Union. Au diktat nordiste interdisant aux « confédérés » toute activité politique et administrative, les Sudistes répondent par une extrême violence envers les Noirs en créant le Ku Klux Klan en 1865, organisation prônant la suprématie de la « race » blanche.

En 1872, Douglass, désigné par l'Equal Rights Party, devient le premier Noir candidat à l'élection présidentielle, colistier de Victoria Woodhull qui anime le mouvement pour le droit de vote des femmes aux États-Unis, et première femme (blanche) à être candidate à la présidence. Cette candidature n'a rien d'une anecdote. Si Barack Obama est Président aujourd'hui, c'est grâce à des hommes comme Douglass qui ont ouvert la voie.

En 1883, la Cour suprême abroge la loi sur les droits civiques. Ordre est alors donné à sept millions de Noirs de devenir invisibles. Ils sont « libres » à condition de ne pas exister civiquement et de ne pas se mélanger aux Blancs...

Cette contrainte n'empêche pas Frederick Douglass de prendre pour seconde épouse, en 1884, son ancienne secrétaire blanche, Helen Pitts. Et, au crépuscule de ses jours, le 9 janvier 1894, de prononcer à Washington un dernier plaidoyer où il dénonce le lynchage, et discute « des divers aspects du prétendu problème nègre » : *Les Leçons de l'heure*. Car, au fond, le principal « problème » de l'homme noir n'a-t-il pas été le fardeau des préjugés des Blancs ?

Passeuse vers la liberté

Harriet Tubman
Février/mars 1821 - 10 mars 1913

> « Si j'avais convaincu plus d'esclaves
> qu'ils étaient bien des esclaves, j'aurais pu
> en sauver des milliers d'autres. »
>
> Harriet Tubman

Harriet est née Araminta Ross dans le Maryland, un État esclavagiste de l'est des États-Unis. Son propriétaire, Edward Brodess, la loue dès l'âge de six ans à d'autres maîtres : il fallait qu'elle rapporte. En effet l'esclavage et la traite étaient avant tout un système socio-économique qui ravalait ces hommes et ces femmes au rang de bêtes de somme ou d'« outils animés », pouvant être vendus, achetés, loués...

Dès ce moment, elle est mise au travail dans les champs, chargée de ramasser les pierres qui risquent d'émousser le soc des charrues. Elle aide aussi à semer le maïs ou le coton. Si nous savons peu de choses sur la vie d'esclave de Harriet, en revanche, nous connaissons celle des milliers d'autres Harriet qui travaillèrent et moururent dans les plantations. Des vies faites de violence, dès le plus jeune âge, d'injustice et d'humiliation.

À en juger par sa vie de femme libre, plus tard, on devine la révolte qu'elle accumula en elle durant toutes ces années. Cette violence, elle la porte dans son esprit et dans son corps depuis le jour où un contremaître, parce qu'elle refuse de dénoncer un homme qui prépare un plan d'évasion, lui lance une pierre qui l'atteint à la tête, lui causant pour toujours de graves crises d'épilepsie.

En 1844, Harriet se marie à un certain John Tubman, esclave affranchi. Bon ou mauvais mariage, nul ne le sait. En tout cas, juridiquement, ce mariage ne change rien à sa condition d'esclave.

Son maître, Edward Brodess, meurt en 1849. Or la mort d'un propriétaire conduit toujours à une procédure de succession, et entraîne souvent la vente des « meubles » que sont les ouvriers forcés des plantations. La veuve Brodess ne déroge pas à la règle et, pour apurer certaines dettes, elle décide de vendre une partie de son « mobilier ».

Craignant de se retrouver dans le Sud profond où les conditions faites aux siens sont encore pires que celles qu'elle connaît, Harriet songe à la fuite et s'y prépare. Par une nuit d'automne 1849, un samedi exactement – car les avis de recherche ne sont pas imprimés dans les journaux avant le lundi matin –, elle s'évade vers le nord, laissant derrière elle son mari qui, homme libre (ou se croyant tel), ne veut pas la suivre. Elle traverse les forêts, mangeant des baies, dormant dans les fourrés, jusqu'à sa rencontre avec des Quakers. Les membres de cette société dite « Société religieuse des Amis » furent les premiers, dès 1640, à lutter pour l'égalité des droits des femmes et à s'opposer à l'esclavage. En chemin, elle croise également des abolitionnistes de toutes confessions et de toutes couleurs qui militent au sein d'un réseau d'évasion d'esclaves nommé le « Chemin de fer clandestin » ou « souterrain » (*Underground Railroad*).

Tous vont la soutenir. Dissimulée sous un sac, dans une carriole, Harriet fuit toujours. D'autres l'aident à traverser la ligne Mason-Dixon, cette frontière entre les États abolitionnistes du Nord et les États esclavagistes du Sud. D'autres enfin la conduisent jusqu'à Philadelphie, où elle trouve rapidement du travail comme bonne à tout faire.

Marquée par cet extraordinaire réseau de solidarité, elle fréquente assidûment le milieu abolitionniste, décidée à participer à la lutte. C'est William Still (1821-1902), un des résistants du Chemin de fer clandestin, qui l'initie aux techniques de la clandestinité. Il lui apprend à brouiller les pistes, lui enseigne le vocabulaire codé composé de termes ferroviaires (lignes, chef de train, chef de gare, rails, terminaux, gares…), les mots de passe, les messages cryptés (le « conducteur » est le coordonnateur qui trace l'itinéraire, les « actionnaires » sont les sympathisants du réseau, les « patates » sont les esclaves cachés sous les produits agricoles, etc.), les signaux en tous genres, les lieux de contacts, les personnes-relais, les haltes dans les granges, dans des meules de foin, grottes, cheminées, caves…, les techniques de fuite, les déguisements, la psychologie du commandement des troupes.

Parmi les « préposés » du Chemin de fer devenus légendaires, il y a aussi le Canadien Alexander Ross, qui voyage dans les plantations du Sud en se faisant passer pour un ornithologue !

De son côté, Harriet, ayant amassé un petit pécule, consacre son premier voyage à sauver les membres de sa famille. Elle a quatre frères et une sœur en esclavage au Maryland et voudrait leur apporter de l'aide. S'appuyant sur la communauté noire, très soudée, elle leur envoie des messages, où sont indiqués les points de rencontre. Pour son « baptême » de la clandestinité, elle réussit à ramener en sûreté ses quatre frères, mais échoue à sauver sa sœur et les deux enfants de celle-ci.

Sans tarder, elle repart pour aider d'autres esclaves, cette fois déguisée en fermière. Elle a emporté deux poules vivantes. À peine arrivée au Maryland, elle tombe nez à nez avec l'un de ses anciens maîtres qui a mis sa tête à prix (l'État du Maryland offrira jusqu'à douze mille dollars de récompense pour sa capture !) et, de saisissement, lâche ses poulets. Aussitôt elle se met à courir derrière eux pour les rattraper, s'éloignant ainsi vivement. Panique involontaire, mais fort efficace puisqu'elle lui sauve la vie. Vite ressaisie, elle n'oublie pas sa tâche et retourne sur ses pas pour ramener sains et saufs ses passagers à Philadelphie.

Le 18 septembre 1850, un honteux traité, le Fugitive Slave Act, est signé entre les États sudistes esclavagistes et les États nordistes abolitionnistes, statuant sur la capture des esclaves évadés. Politique et économie obligent, le Nord industriel a besoin du Sud agraire et ne peut rien lui refuser : les droits de l'homme passent au second plan ! Avec ce traité, tout agent de police du Nord est dans l'obligation d'arrêter les esclaves soupçonnés d'être en fuite et de les livrer aux autorités pour assurer leur retour chez leur

propriétaire. Quiconque apportera de l'aide à un fugi-
tif est passible de six mois de prison et d'une lourde
amende. Les lois qui interdisent et condamnent
aujourd'hui l'aide aux sans-papiers en France ne sont
donc pas une nouveauté…

Cette loi engendre une nouvelle profession : « chasseur d'esclaves ». Par lucre, on n'hésite pas à capturer
des Noirs libres qu'on revend aux Sudistes en les faisant passer pour des esclaves évadés.

Le nord des États-Unis devient irrespirable. Le
réseau du Chemin de fer clandestin réagit aussitôt et
envoie désormais au Canada les esclaves échappés.
Car l'abolition de l'esclavage dans tout l'Empire britannique, qui date de 1834, concerne également ses
colonies de l'Amérique du Nord. Il ne faut voir là
aucune humanité particulière. Simplement, l'avance
industrielle britannique rendait l'esclave inutile. En
mesure de faire pression sur les autres puissances
pour qu'elles abolissent également l'esclavage, l'empire
conforta ainsi sa prédominance. « Le Canada, depuis
des siècles, vit en harmonie avec les Noirs, déclarera
Martin Luther King, dans un discours de 1967. Au plus
intime de notre interminable bataille pour la liberté,
il fut toujours celui qui nous guida dans l'obscurité et
les ténèbres. » Par ce chemin, entre 1840 et 1860, plus
de trente mille esclaves afro-américains trouvèrent
leur liberté au Canada !

Parmi bien d'autres, le chant negro-spiritual *Follow
the Drinking Gourd* (« Suivez la gourde ») cachait
une explication destinée aux esclaves sur l'itinéraire
à suivre. Ces *songslines* ou « itinéraires chantés » leur
offraient des cartes d'évasion très précises.

When the sun comes back
Quand le soleil revient

and the first quail calls,
et que tu entends les premières cailles [oiseaux migrateurs qui passent l'hiver dans le Sud]

Follow the Drinking Gourd.
Suit la Gourde [la Grande Ourse].

For the old man is waiting
Le vieil homme [quelqu'un] t'attend

for to carry you to freedom, If you follow the Drinking Gourd.
qui t'escortera vers la liberté si tu suis la Gourde

The river bank will make a very good road,
Les berges de la rivière [Tombigbee] sont un très bon chemin,

The dead trees show you the way,
Les arbres morts t'indiqueront la voie,

Left foot, peg foot, traveling on
Ils portent le dessin d'un pied gauche et d'un pilon

Follow the Drinking Gourd...
Suis la Gourde...

Pendant une dizaine d'années, Harriet Tubman accomplit dix-neuf voyages dans le Sud et escorte plus de trois cents esclaves vers les États libres ou le Canada. Et – elle aimait à le répéter – sans jamais perdre un seul passager !

Ce succès, elle ne le doit pas à la chance, mais à une règle stricte qu'elle a toujours suivie : quiconque décide d'assumer le risque de passer au Nord ne peut se raviser en chemin sous peine d'être abattu ! Ni abandons ni demi-tours ne sont acceptés. Cette loi, elle sait la faire respecter.

« Je n'ai jamais eu à utiliser mon arme, raconte-t-elle dans *Scenes in the Life of Harriet Tubman* (« Scènes de la vie de Harriet Tubman »), mais une fois j'ai été près de le faire et je n'aurais pas hésité parce que trop de vies étaient en jeu. Dans un groupe que je conduisais, au deuxième jour de marche, un homme se mit à se plaindre qu'il était fatigué, que ses pieds étaient enflés, qu'il n'était pas question qu'il poursuive son chemin et qu'il préférait retourner mourir à la plantation s'il le fallait. Les autres ont tout fait pour le convaincre, l'ont supplié de faire un effort, mais en vain. Ils ont bassiné ses pieds, lui ont proposé de le soutenir. Rien à faire, il voulait rebrousser chemin. Alors j'ai dit aux autres garçons de sortir leurs revolvers de leur poche et qu'on le tuerait tous ensemble. Ils ont obéi aussitôt. Dès qu'il a entendu ça, le gars s'est relevé d'un coup et comme par enchantement il s'est retrouvé en aussi bonne forme que n'importe qui ! Je n'aurais pas mis en péril une entreprise aussi dangereuse à cause d'un trouillard. »

Elle conduit tant de monde vers la liberté que les esclaves, qui appellent le Sud « Terre d'Égypte », la surnomment « Moïse ».

En 1857, elle rencontre au Canada un abolitionniste devenu célèbre, John Brown, qui prône l'insurrection armée. On dit que Brown est tellement
émerveillé par l'intelligence et la force morale de
Harriet qu'il répète inlassablement son admiration en
l'appelant : « General Tubman, General Tubman, General Tubman… »

Pour les financiers, la guerre de Sécession est
l'affrontement de deux doctrines économiques, l'une
protectionniste, l'autre libre-échangiste. Pour Harriet,
elle est une guerre de libération. Engagée dans l'armée
de l'Union, elle sert comme éclaireur grâce à sa
connaissance du terrain ; elle organise également
un réseau d'espions qui informe sur les esclaves
qui souhaitent rejoindre l'Union.

Après la guerre, elle devient un membre très actif
des droits des Noirs et des femmes. Courageuse comme
mille hommes, elle n'en est pas moins femme. La même
année elle épouse Nelson Davis, un jeune homme de
vingt-deux ans son cadet, qu'elle a connu pendant la
guerre de Sécession.

Revenue s'établir à Auburn, dans l'État de New
York, elle y achète un lopin de terre en 1873. Plus
tard, bien plus tard, trente ans après les faits, le gouvernement américain lui verse une petite pension militaire.

Elle en profite pour construire une « Maison pour
les pauvres et les personnes âgées noires ». Elle meurt
à l'âge de quatre-vingt-treize ans.

Contre l'invention des races

Joseph Anténor Firmin
18 octobre 1850 - 19 septembre 1911

Né au Cap, Joseph Anténor Firmin fait partie de la troisième génération qui suit l'indépendance haïtienne. Après ses études, il travaille comme employé d'une maison de commerce, puis enseigne dans un établissement privé. Progressiste et sensible aux « questions de couleur », il fonde un journal, *Le Messager du Nord*. En 1879, il échoue à la députation, puis, après avoir refusé un emploi dans un ministère, s'exile à Paris en 1884. C'est là que, soutenu par son camarade haïtien Louis-Joseph Janvier, médecin, homme politique et écrivain, il est reçu comme membre de la Société d'anthropologie de Paris, fondée par Paul Broca en 1859, où règne le racisme « scientifique ».

Sitôt l'esclavage aboli par la France, en 1848, le système colonial se met en place, car on ne peut pas renoncer à s'approvisionner dans les territoires d'outre-mer. Idéologues, philosophes, scientifiques appuient et justifient le travail « civilisateur » des Occidentaux. Leurs discours rassurent les exploitants, le bon bourgeois et Monsieur Tout-le-monde. Paul Broca n'affirme-t-il pas du haut de sa chaire de

professeur de chirurgie clinique à la faculté de médecine : « Jamais un peuple à la peau noire, aux cheveux laineux et au visage prognathe, n'a pu s'élever
spontanément jusqu'à la civilisation » ? En pur produit de la science du XIXe siècle, il estime de son
devoir de scientifique de dire la vérité sur les races :
« Il n'y a pas d'intérêt, aussi légitime soit-il, qui ne
doive s'accommoder du progrès de la connaissance
humaine et se plier devant la vérité. » Broca est d'une
rigueur qui force l'admiration de ses pairs. Il accumule les calculs, vérifie et revérifie, sans se douter
que l'interprétation des résultats est fortement sou-
mise aux préjugés sociaux de son temps. Il travaille
au service d'une conclusion déjà arrêtée. Loin de toute
argumentation scientifique, la réponse est formulée
avant la question : l'homme blanc est au sommet de
la hiérarchie.

C'est que le besoin en travailleurs peu payés aug-
mente, les nécessités des débuts de l'industrialisation
deviennent pressantes. Le discours dominant a évolué
largement depuis Montaigne qui disait, au XVIe siècle,
à propos des Noirs : « Ils sont plus raisonnables que
nous. » À partir de Descartes, au XVIIe siècle, on commence à nuancer : « Ils sont aussi raisonnables que
nous. » Kant, à la fin du XVIIIe siècle, renverse la proposition : « Nous sommes plus raisonnables qu'eux. »
Enfin, quand on arrive à Broca et aux savants du
XIXe siècle, le doute n'est plus permis : « Nous seuls
sommes raisonnables. » Au XIXe siècle, aucun diri-
geant occidental ne met en question le bien-fondé du
classement racial.

Le débat – encore d'actualité en 2010 ! – porte
toujours sur l'éducabilité et les progrès possibles des

Noirs. Une savante instruction peut les hisser au niveau des Blancs, pensent certains. Placé dans un meilleur environnement, le Noir peut remonter la pente, disent les plus progressistes. Pour les autres, il ne faut même pas y penser, c'est sans espoir… Cuvier, naturaliste français de grande renommée, estime que la « race africaine » est bien trop dégradée pour que son intelligence puisse se développer. Quant à Charles Darwin, bien qu'abolitionniste convaincu, il classe les Hottentots, peuple du sud de la Namibie et du nord-ouest de l'Afrique du Sud, entre l'homme blanc et le gorille.

De fait, les anthropologues se partagent en deux clans. Les « monogénistes », chrétiens convaincus, ennemis de Darwin et de sa théorie de la sélection naturelle, main sur la Bible, estiment qu'Adam et Ève sont l'unique origine de l'homme. Alors pourquoi et comment ces deux ancêtres originels et leurs deux enfants ont-ils eu des descendants de plusieurs couleurs ? Très simple, répliquent-ils. L'expulsion du paradis a conduit certains hommes (les Noirs) à une dramatique dégénérescence, tandis que d'autres (les Blancs) n'ont subi que des dégâts sans gravité. Le péché originel aurait donc touché davantage les Noirs que les Blancs.

L'autre courant est celui des « polygénistes », libres-penseurs et « progressistes ». Ce qu'ils défendent, ce sont les « vraies » valeurs républicaines. Pas question d'adhérer aux idées bibliques ni à celles, réactionnaires et aristocratiques, exposées par Gobineau dans les quatre volumes de son *Essai sur l'inégalité des races humaines* ; leur approche est moderniste, républicaine, démocratique. Ils se posent à l'avant-garde des recherches et des théories scientifiques, et ils osent défier la Bible en affirmant que les Blancs et les Noirs sont de races différentes.

Leurs théories, en contradiction radicale avec les Écritures à une époque où la messe du dimanche est une institution incontournable, convainquent les élites, mais leur retirent les suffrages du grand public. Les chrétiens ne peuvent concevoir la thèse de races séparées. Les arguments bibliques l'ont suffisamment prouvé depuis l'Antiquité. La malédiction de Cham, puni par son père Noé pour l'avoir contemplé ivre et nu, pèse assez lourd sur son fils Canaan et sur sa descendance pour justifier l'esclavage, et donc la colonisation…

Lorsque Noé se réveilla de son vin, il apprit ce que lui avait fait son fils cadet.

Et il dit : Maudit soit Canaan ! qu'il soit l'esclave des esclaves de ses frères !

Il dit encore : Béni soit l'Éternel, Dieu de Sem, et que Canaan soit leur esclave !

Que Dieu étende les possessions de Japhet, qu'il habite dans les tentes de Sem, et que Canaan soit leur esclave !

Genèse IX, 24-27 (traduction de Louis Segond)

Cependant, à la Société anthropologique de Paris, tout le monde mange à la même table. On frôle même parfois le consensus. On s'accorde à reconnaître des différences entre le Noir et le Blanc, et on en arrive à la conclusion, qui ne choquera pas les colons d'outremer, qu'il vaut mieux encourager les dispositions respectives de chacun. En d'autres termes, dans les colonies : aux Noirs le travail manuel, aux Blancs le travail intellectuel.

D'aucuns, comme Louis Agassiz, naturaliste suisse émigré aux États-Unis et grand promoteur du polygénisme, considèrent que les Noirs doivent être « protégés contre eux-mêmes ». La meilleure façon de le faire, lorsqu'on est « humain », est donc d'encourager la séparation stricte entre les races pourtant égales au plan des droits : dans ces conditions, une juste place est réservée à chacun. Même si Agassiz fut, à la fin de sa vie, critiqué par certains de ses pairs, il contribua à légitimer la ségrégation raciale qui se maintiendra aux États-Unis jusqu'à la fin des années 1960.

Si Agassiz n'apporte aucune preuve matérielle à sa théorie, à sa suite vient George Morton, le collectionneur de crânes – plus d'un millier à sa mort, obtenus comment ? Il préconise de se fonder sur l'observation de leur volume pour déterminer qui est plus humain que l'autre. Il remplit donc les boîtes crâniennes de graines de moutarde blanche tamisées, qu'il verse ensuite dans un cylindre gradué. Sa méthode fait l'admiration de tous. « Un ramassis d'astuces et de tripotages de chiffres dont le seul but est de confirmer des convictions préalables », constatera Stephen Jay Gould dans *La Malmesure de l'homme,* en 1981. Mais, pour l'heure, Morton manie les chiffres – et les chiffres, parce qu'ils sont susceptibles de toutes les interprétations, ont un pouvoir d'envoûtement, de fascination. Le peuple et les bourgeois applaudissent, surtout lorsque les résultats vont dans le sens des affaires. Francis Galton se taille une véritable célébrité lorsqu'il installe son laboratoire de mesure des crânes et autres gadgets à l'Exposition internationale de 1884. Pour quelques sous, le visiteur a droit à un certain nombre de tests, puis on lui délivre une petite feuille portant les résultats...

C'est donc dans cette ambiance scientifique très particulière, obsédée par les classifications, qu'Anténor Firmin est admis sur les bancs de la Société d'anthropologie de Paris. Il se mord les lèvres, il a du mal à en croire ses oreilles. Haïtien fier de sa République et de son héroïque histoire, comment ne serait-il pas profondément choqué, mortifié de voir affirmer l'inégalité des races humaines et l'infériorité native de la race noire ? Plutôt que d'interrompre les débats et de provoquer une violente discussion, dont il se doute qu'elle ne déboucherait sur rien, tant les personnalités présentes sont imbues d'elles-mêmes, il préfère publier, en 1885, un livre de six cent soixante-deux pages qu'il intitule *De l'égalité des races humaines (Anthropologie positive)*.

Firmin possède une culture encyclopédique. En homme éclairé, positiviste, adepte d'une vision « objective » de la science telle que décrite par Auguste Comte, fondée sur des faits et non sur des spéculations, il soutient qu'une étude empirique de l'humanité, menée d'après des faits minutieusement récoltés, peut démontrer l'erreur des théories spéculatives sur l'inégalité des races.

Il reprend donc les travaux et mesures de l'anthropométrie, de la craniologie, utilise les tables et chiffres de ses adversaires pour bâtir sa réfutation. Il agit de façon très intelligente, sans agressivité, avec simplicité et même humour. Critiquant la mythologie raciale à la mode, il affirme que la notion de race « pure » se discute si l'on considère combien les groupes humains ont fusionné, et il souligne que la notion de race sert surtout à diviser l'humanité. Il évoque et commente les facteurs climatiques et géographiques qui affectent la couleur de la peau et les traits physiques, il s'intéresse aux substances biochimiques du derme, domaines peu explorés jusque-là.

Il fait si bien qu'il réussit à réduire le discours des anthropologues à un ensemble d'affabulations. « Non sans ironie, écrit l'historienne Carole Reynaud Paligot, auteur de *La République raciale*, il compare les savantes mesures de Broca et de ses collègues à des "jeux puérils", ironise sur ces séries de chiffres "où les races humaines bras dessus, bras dessous, dans une belle promiscuité", semblent "rire au nez des savants classificateurs", et il prophétise le "discrédit de leur science, quand viendra la critique du XXe siècle". »

Sa réfutation s'oriente non pas dans le « bon sens », qui permet si aisément toutes les dérives, mais dans le « sens du bon », respectant une éthique du vivre ensemble, à l'opposé de la haine qui divise. Il est nécessaire « en dernière analyse, écrit-il, d'examiner les conclusions auxquelles ont été logiquement acculés les savants qui soutiennent la thèse de l'inégalité des races. Si ces conclusions sont évidemment contraires à toutes les notions du progrès, de la justice [...] ; si on ne peut les tenir pour possibles qu'à condition de renverser toutes les idées généralement reçues comme les plus conformes à la stabilité, à l'harmonie des hommes et des choses, aux aspirations qui sont le plus beau titre de l'humanité, ce sera une raison de plus pour écarter comme fausse la théorie dont elles sont déduites ». Or « les savants qui affirment que les races ne sont pas égales, en viendraient-ils donc à désirer un régime de distinction, l'établissement de vraies castes, dans la nation même à laquelle ils appartiennent » ?

Cet ouvrage très avant-gardiste passe inaperçu : Firmin est isolé, seul contre un milieu d'anthropologues qui fait le jeu du pouvoir politique et colonialiste. Quand on produit un discours trop différent du discours ambiant, on est automatiquement exclu. De plus, il est noir. Comment un Noir prétendrait-il détenir la vérité ?

Pour autant, Firmin ne perd rien de son humour. Alors même qu'il écrit son livre, il le sait condamné au silence. À quelqu'un qui un jour lui déclare : « L'inégalité morale des races est un fait acquis ! », il répond laconiquement : « En effet. » Et il note dans le livre son espoir que les mentalités aient enfin changé au XXVe siècle !

Moins drôles sont les conséquences des théories anthropologiques du XIXe siècle sur le monde. Elles sont très lourdes et les dégâts, profonds, nous le constatons encore aujourd'hui. Ce discours pseudo-scientifique servira longtemps d'alibi pour maintenir dans les colonies une éducation au rabais. On se contente de former des auxiliaires de la colonisation et non des hommes aptes à utiliser un savoir. Les cadres doivent rester blancs.

L'alliance de certains scientifiques avec les milieux économiques, politiques, littéraires et artistiques favorise la diffusion de leurs thèses par la presse, les ouvrages de vulgarisation scientifique, les dictionnaires. On trouve dans le Larousse du XIXe siècle cette observation : « Dans l'espèce nègre, le cerveau est moins développé que dans l'espèce blanche, les circonvolutions sont moins profondes » ! Les zoos humains attirent des millions de spectateurs (voir pages 163-168). Les manuels scolaires, les romans pour la jeunesse sont les réceptacles des thèses raciales. Jusqu'à la Seconde Guerre mondiale, les écoliers apprennent non seulement qu'il y a des races, mais qu'elles ne sont pas égales.

La radioactivité de cette pensée raciale permet à des eugénistes américains, au début du XXe siècle, d'utiliser les tests d'intelligence, les fameux QI, pour prouver « scientifiquement » l'infériorité des populations noires, mais aussi est-européennes et juives, sur les Blancs, et en déduire qu'il faut absolument en limiter l'immigration.

La bête est loin d'être morte : en 1994, deux auteurs américains écrivent un ouvrage, *The Bell Curve* (« La courbe en cloche »), où ils prétendent démontrer, chiffres à l'appui, que l'intelligence est héréditaire et les Blancs, supérieurs aux Noirs. Les racines sont profondes et toujours vivaces.

Les scientifiques, se fondant sur les progrès de la génétique, sont aujourd'hui unanimes à conclure qu'il n'y a qu'une seule race humaine. Et pourtant, la Déclaration universelle des droits de l'homme du 10 décembre 1948 n'a toujours pas été amendée et contient toujours le mot « race » : « Chacun peut se prévaloir de tous les droits et de toutes les libertés proclamés dans la présente Déclaration, sans distinction aucune, notamment de *race*, de couleur, de sexe, de langue… »

Le premier « Nègre » noir
de Polytechnique

Camille Mortenol
29 novembre 1859 - 22 décembre 1930

Selon la légende, le maréchal Mac-Mahon, passant en revue les élèves officiers de l'École polytechnique, se serait exclamé devant le jeune Camille Mortenol, raidi dans sa tunique noire à deux rangées de boutons : « Ah ! C'est vous le Nègre ? Très bien, mon ami… Continuez ! » Avant de s'offusquer, il faut savoir que, par tradition, on appelait « Nègre » l'élève le plus brillant de sa promotion. Dans le cas présent, le qualificatif se vérifiait doublement.

Le 29 novembre 1859, Camille Mortenol voit le jour à Pointe-à-Pitre en Guadeloupe. Fils d'André Mortenol et de Julienne Toussaint, tous deux anciens esclaves, Camille se montre rapidement brillant à l'école. Il est même le meilleur et obtient une bourse d'études pour le lycée de Bordeaux, ville qui a bâti une partie de sa richesse sur la traite négrière. Trente-trois ans auparavant, la ville était le deuxième port négrier français. De 1672 à 1826, ses armateurs ont déporté des milliers d'Africains vers les Antilles. Étrangement, alors que la traite est considérée comme crime contre l'humanité depuis le 10 mai 2001, vingt-cinq rues de la ville, dont la rue Saige, patronyme

d'un ancien maire de Bordeaux, portent encore les noms de ces négriers. Au Havre et à La Rochelle, il en existe encore six ; à Nantes, onze. La cité girondine a recouvré la mémoire en 2009, ouvrant au musée d'Aquitaine deux salles consacrées à la traite esclavagiste, mais elle est encore bien loin de Liverpool, autre ancien port négrier, qui a inauguré, en 2007, un Musée international de l'esclavage afin d'« interpeller l'ignorance et la non-compréhension par l'illustration de l'impact permanent de l'esclavage et de la traite négrière sur l'Afrique, l'Amérique du Sud, les États-Unis d'Amérique, les Caraïbes et l'Europe de l'Ouest ».

Quelques années de lycée plus tard, Camille Mortenol ne craint pas de préparer conjointement les concours d'admission à l'école militaire de Saint-Cyr et à l'École polytechnique, qu'il réussit brillamment tous les deux en 1880. Il choisit d'entrer à Polytechnique dont il devient le premier « Nègre » noir de l'histoire.

Il n'oublie pas pour autant d'où il vient. L'esclavage a été aboli en Guadeloupe onze ans seulement avant sa naissance, ses parents l'ont subi très durement. Il n'est pas étonnant qu'il ait d'abord choisi Polytechnique. La Convention nationale, par son article 18 de la Déclaration des droits de la Constitution, n'avait-elle pas institué l'école en 1794, l'année même de la première abolition de l'esclavage ?

Lorsque Mortenol intègre Polytechnique, les Guadeloupéens vivent dans le culte des abolitionnistes et de ses figures héroïques : parmi tant d'autres, Delgrès, Toussaint-Louverture, l'abbé Grégoire, Victor Schoelcher qu'il fréquentera et qui deviendra un ami. Aux obsèques de l'homme illustre, en 1893, c'est Mortenol qui conduit le cortège aux côtés des membres de la famille.

Il termine ses études en si bonne place qu'il peut choisir son corps de destination : la marine. Une passion insufflée par son père qui, en 1847, ayant racheté sa liberté, était devenu maître-voilier. Le vent du large, le vent de la liberté.

Fidèle à son parcours, le jeune homme entame une carrière exemplaire de marin. Une carrière qui ne rend pas justice au marin exceptionnel qu'il fut. Commencée le 16 janvier 1883, lorsqu'il embarque à bord de la frégate l'*Alceste* en qualité d'aspirant de première classe, elle s'achève en 1902 sans qu'il ait dépassé le grade de capitaine de vaisseau, victime d'un « préjugé de couleur ». Il est vrai qu'il n'a pas choisi la facilité en optant pour la « Royale ». La marine de guerre était un corps aristocratique aux codes bien établis. « À quels barrages de préjugés le jeune Antillais n'a-t-il pas été confronté quand on imagine l'archaïsme des mentalités à l'époque ? » écrit Mongo Beti dans son *Dictionnaire de la négritude*.

Tout a pourtant très bien commencé. Le président du jury chargé de faire passer les examens aux quatre aspirants de la frégate l'*Alceste* note, le 10 octobre 1883 : « Je signale avec plaisir comme très remarquable M. Mortenol, qui s'est montré très supérieur à ses camarades sous tous les rapports. »

Les notes confidentielles de son dossier, conservées au service historique de la Marine à Vincennes, révèlent les raisons des « blocages » de sa carrière. En 1892, un vice-amiral remarque : « M. Mortenol est un officier du plus beau noir, aux cheveux laineux. Or quelle que soit son intelligence et quelles que soient ses qualités apparentes, je considérerai toujours comme très fâcheuse l'introduction d'officiers de cette race dans la Marine. Le service en souffre souvent et beaucoup [...]. Cela dit, je déclare n'avoir aucun préjugé contre la race noire et ne parler que le langage de la raison. »

Quatre ans plus tard, le 15 août 1896, autre morceau de bravoure, par un autre officier « bien intentionné », le capitaine de frégate Forestier : « La seule chose qui lui soit préjudiciable est sa race et je crains qu'elle soit incompatible avec les positions élevées de la Marine, que son mérite et son instruction pourraient peut-être lui permettre d'atteindre sans cela. [...] Mon opinion est qu'il y aurait intérêt à le maintenir le plus longtemps possible dans les grades inférieurs. »

Dès 1894, après douze ans de campagne maritime, il est envoyé à Madagascar où il participe à tous les combats. Il s'y forge une réputation de brillant officier supérieur en raison non seulement de ses faits de guerre, mais aussi parce qu'il coopère, les années suivantes, avec équité, à l'organisation de la colonie malgache, pour le grand bénéfice de la République française.

De 1900 à 1902, on lui confie le commandement de la station locale du Congo français, puis celui d'un navire croisant au Gabon, avant de mettre entre ses mains la flottille des torpilleurs français des mers de Chine.

Quelques années plus tard, Gallieni, alors gouverneur militaire de Paris, puis ministre de la Guerre, se souvient de Mortenol et, en 1914, le charge de la défense aérienne de la capitale. Il améliore le système de renseignement télégraphique, et utilise d'énormes et puissants projecteurs de nuit, dont ceux du Mont-Valérien, qui surplombent la ville, pour aveugler les avions allemands. Son système parvient à déjouer toutes les attaques…

Finalement, c'est sur terre et non sur mer qu'il récolte la gloire. Pour avoir défendu le ciel de Paris, il obtient la cravate de commandeur de la Légion d'honneur et le grade de colonel dans la réserve de l'artillerie de terre.

Mis à la retraite après la guerre, il reste à Paris jusqu'à sa mort. En souvenir, les Antillais lui ont érigé une statue sur les quais de Pointe-à-Pitre ; les Parisiens ont donné son nom à une rue du Xe arrondissement.

Et aujourd'hui, les choses ont-elles changé ? Combien de Noirs à Polytechnique ? Dans la préfecture ? Dans la haute administration ? On parle aujourd'hui de « discrimination positive ». Si la discrimination positive est moralement compréhensible, elle reste à mon sens une fausse solution. Mettre en avant deux ou trois personnes noires peut servir de paravent, alors que dans le même temps les injustices perdurent. Ce qu'il faut, c'est amener la culture et l'éducation partout, afin que toutes les populations aient ensuite la possibilité, la liberté de s'épanouir dans la société. Il faut mettre en place des outils pédagogiques et faire un travail de fond. Changer l'imaginaire. Que certains Blancs perdent leur complexe de supériorité et ne mettent plus en doute les capacités intellectuelles des Noirs, et que certains Noirs se débarrassent définitivement de leur complexe d'infériorité.

Le premier homme au pôle Nord

Matthew Henson
8 août 1866 - 8 mars 1955

J'ouvre un dictionnaire des noms propres et je trouve au nom « Peary » : « Explorateur américain. Il atteignit, le premier, le pôle Nord, le 6 avril 1909. »

Aucune mention d'un certain Matthew Henson. Comme il n'y a jamais prescription lorsqu'il s'agit de corriger une erreur ou une imposture, je reprends la boussole et garde le nord, direction le pôle et l'océan Arctique...

Matthew Henson est né le 8 août 1866, deux ans après la guerre civile, à Charles County dans l'État du Maryland, de parents fermiers. Pour échapper aux violences déclenchées par le Ku Klux Klan, fondé un an avant sa naissance, sa famille se rend dans le district de Washington. Sa mère meurt quand il a sept ans, son père un an plus tard. Orphelin, Matthew Henson est confié à un oncle. Il va quelque temps à l'école, puis travaille à la plonge dans un restaurant. Les années passent, il regarde le ciel, imagine la mer et rêve d'aventure. Jusqu'au jour où, n'y tenant plus, il fait son baluchon et part sur la route pour rejoindre Baltimore : soixante kilomètres. Il n'a que douze ans. Un vieux capitaine a pitié de lui et le prend sur son

Katie Hines, un trois-mâts de la marine marchande, comme garçon de cabine et simple matelot.

Sous son commandement, Matthew Henson parcourt la Chine, le Japon, Manille, l'Afrique du Nord, l'Espagne, la France... Souffrant tantôt de la faim, tantôt du froid, ou cuisant dans son jus par les nuits étouffantes des tropiques, traversant des mers où les bateaux couverts de glace ressemblent à des icebergs, luttant contre les tempêtes, le manque de sommeil, les maladies, les fièvres, le gamin fait l'apprentissage de la brutalité du monde. Mais il apprend également à lire, à compter. Il s'intéresse à la cartographie et à l'astronomie maritime.

À la mort de son capitaine, Matthew, bien qu'expérimenté, ne trouve plus d'emploi de marin. Il se résigne à travailler dans un magasin de vêtements près de Washington. C'est là qu'un jour de 1887 sa vie bascule. Un client de la maison, Robert E. Peary, officier de l'United States Navy, vient acheter un chapeau de soleil. Il part, dit-il au patron, dresser une carte de la jungle du Nicaragua dans l'espoir d'y construire un canal, et il cherche un domestique. Tandis que son client essaye son chapeau, Henson se propose. Il a vingt et un ans et s'ennuie à terre. Peary l'embarque.

Lors de ce voyage d'exploration, Matthew Henson montre tant de qualités que Robert E. Peary décide de l'adjoindre à ses explorations futures. C'est que Peary a un rêve, une obsession, un désir fou : être le premier à fouler le pôle Nord. Évidemment, Henson accepte de l'accompagner. Ce qu'il désire follement, lui, c'est sortir de sa misère.

En 1891, ils font leur première traversée du Groenland. Leur objectif est d'apprendre la navigation en eaux arctiques dans cet océan de glaces flottantes et d'icebergs qui exige de solides connaissances pour survivre. Parfois le groupe se scinde en deux. Tandis que Peary part en reconnaissance, Henson reste au camp de base où il chasse, bricole et acquiert l'art de construire des igloos. Les Inuits lui enseignent leur langue et leurs coutumes, et bien plus encore puisque le jeune Matthew va convoler avec une de leurs femmes, Akratanguak, et prendre quelques années plus tard le nom de Mattipaluk.

De 1893 à 1906, Henson et Peary sillonnent le sud-ouest de l'océan glacial, le nord du Groenland, la terre d'Ellesmere... C'est de l'une de ces expéditions que Peary revient les pieds gelés. On doit l'amputer de sept orteils. Ces différentes tentatives leur permettent de dresser une carte de ces terres inconnues.

De retour à New York, de 1906 à 1908, Henson travaille au musée d'Histoire naturelle de New York, comme spécialiste des territoires polaires et de leurs populations. De son côté, Peary, afin de financer ses expéditions, donne des conférences et exhibe des Inuits habillés de peaux de phoque, avec leurs harpons. C'est la grande époque des « zoos humains ». À Seattle, on les fait séjourner dans une chambre froide afin de les aider à s'acclimater aux conditions météorologiques de la région ! Quelques mois plus tard, deux d'entre eux meurent d'une tuberculose foudroyante.

Le 6 juillet 1908, le *Roosevelt*, un trois-mâts vapeur spécialement conçu pour les eaux arctiques, largue les amarres : c'est leur neuvième et dernière expédition. Le bateau compte à son bord Peary, Henson et sept Américains blancs (peu performants mais payés deux fois plus que Henson). Ils longent la côte ouest du Groenland en août, puis hivernent en attendant le début du printemps. À Etah, ils embarquent dix-huit Inuits, leurs familles et cent trente-trois chiens.

Enfin, le 18 février 1909, Henson et un petit groupe d'Inuits commencent leur raid vers le pôle. Voyager à travers cette mer de glace est plus difficile que de traverser une terre gelée. Il faut prendre garde aux morceaux de banquise qui peuvent se détacher des côtes, ouvrant soudain d'immenses crevasses impossibles à franchir.

Pendant quarante jours, le groupe de Henson et celui de Peary organisent un roulement : tandis que l'un se repose, l'autre avance.

Le 6 avril 1909, les conditions météorologiques sont favorables. Les tempêtes d'hiver sont terminées. Le ciel est pâle, sans couleur, la glace, d'un blanc spectral… mais, d'une moyenne de − 40 degrés, la température s'est élevée à − 15 degrés, ce qui facilite la navigation des traîneaux.

Six hommes se lancent dans la course vers le pôle. En tête : Henson avec Ootah et Ooqueah ; derrière, Seegloo et Eghingwah entourant un Peary handicapé par son amputation des orteils. La tension est à son comble. Les Inuits s'inquiètent du retour car ils n'ont presque plus de nourriture. Il faudra bientôt manger les chiens.

Henson, par savoir-faire et par chance, devance le groupe de Peary et devient le premier homme au monde à atteindre le pôle Nord ! C'est-à-dire ce point géographique « où tous les fuseaux horaires se rencontrent ». Ses amis inuits regardent autour d'eux sans comprendre. Rien ne différencie ce paysage du reste, glacial et immaculé. « Ce n'est que cela, le pôle ? »

lui demandent ses camarades esquimaux. « Les Blancs se battent pour ça ? » Voilà des questions auxquelles Henson ne peut répondre. De toute manière, chacun tombe de sommeil.

Quarante-cinq minutes plus tard, quand Henson se réveille, il aperçoit devant lui Peary harassé, malade, à demi aveugle, se tenant droit par un suprême effort. Son visage est couvert de glace et de givre, sa peau est brûlée par le soleil. Alors Henson se souvient qu'il est au pôle et il le crie à Peary qui tourne vers lui des yeux d'aveugle et lui répond d'une voix mourante : « Je prends Eghingwah et Seegloo avec moi, pour faire des observations ! » Car tous les aventuriers de ce début du XXe justifiaient leurs expéditions par le désir de faire avancer la science et la « civilisation ».

Le succès est éclatant, mais le retour est sombre. Peary n'adresse plus la parole à Henson jusqu'à Cap Columbia où ils arrivent le 23 avril après seize jours de souffrance. Il s'estime gravement offensé d'avoir été privé de la victoire par un domestique, un Nègre qui plus est.

Après une brève controverse – un concurrent de Peary, Frederick Cook, prétend avoir atteint le pôle le 21 avril 1908, mais n'a-t-il pas déjà revendiqué mensongèrement l'ascension du mont McKinkey ? –, le congrès des États-Unis déclare Peary gagnant, à quatre voix contre trois.

Plus tard, Peary exige de relire les épreuves de l'autobiographie que Henson fait paraître, *A Negro Explorer at the North Pole*, et lui confisque les cent photographies qu'il a prises. Quant à son propre livre relatant le voyage, *À l'assaut du pôle Nord*, il est un exemple de condescendance et de préjugés : « Bien qu'il me fût dévoué et qu'en ma compagnie il se montrât plus apte à couvrir une longue distance qu'aucun autre, il ne possédait pas l'héritage atavique d'audace et d'initiative de… [ses camarades blancs]. »

Henson est ainsi relégué au rôle de simple porteur des bagages de son maître. N'ayant aucun diplôme, et étant trop éprouvé physiquement pour continuer à naviguer, il trouve un modeste emploi de porteur à Brooklyn au tarif de seize dollars par semaine, puis de coursier à la douane de New York. À aucun moment Peary ne s'en soucie, pas plus que de l'avenir des Inuits dont il connaît l'extrême dénuement.

Il faudra attendre 1937 pour que Matthew Henson soit reçu membre du très sélect Explorer's Club, et 1944 pour que le Congrès lui accorde enfin la reconnaissance officielle de découvreur du pôle Nord.

Cela dit, nous pouvons relativiser tout ceci : il est fort possible que des Inuits, depuis des siècles, aient découvert « en passant » le pôle Nord, bien avant Henson et Peary… Rendons aux natifs, perpétuellement volés de leurs terres, leur patrie et leurs découvertes.

Un tourbillon sur deux roues

« Major Taylor »
26 novembre 1878 - 21 juin 1932

Parmi tous ceux qui ont combattu pour la justice et contre le racisme, les sportifs arrivent en bonne place. Ils ont préparé le terrain plus que les autres, parce que les médias se sont associés à leur réussite. Ils ont lutté pour changer les stéréotypes, dénoncé les ghettos sociaux où les renvoyait leur couleur, ils ont creusé des sillons...

Contrairement à une idée reçue, le tout premier sportif noir à avoir émergé dans le sport n'est ni un footballeur ni un boxeur, mais un cycliste : le célèbre Marshall Walter Taylor ouvre ainsi la liste...

Son histoire a fait tomber quelques-uns de mes préjugés. Plus jeune, si on m'avait dit qu'il y avait eu un champion du monde cycliste noir, je ne l'aurais pas cru.

Marshall Taylor est né dans l'Indiana d'un père cocher. Ce dernier a la chance de trouver un travail dans une famille d'Indianapolis, peu touchée par les préjugés raciaux de l'époque. C'est à partir du jour où cette famille va lui offrir une bicyclette que sa vie commence...

Sa passion pour le vélo est dévorante. Il passe tout son temps sur la selle. Il se livre même à toutes sortes d'acrobaties, qu'on appellerait aujourd'hui *free ride* ou *street biking*, au point qu'un jour de 1892 un marchand de cycles lui propose de faire des exhibitions devant sa boutique pour attirer les acheteurs.

Le jeune adolescent est ravi : non seulement il peut montrer son habileté, mais il va gagner quelques sous. Il accepte d'enfiler pour l'occasion un uniforme de soldat, uniforme qui lui collera à la peau puisque désormais on l'appelle le « Major Taylor ». Il se lance également dans la compétition et remporte de nombreuses petites courses sur piste.

En 1895, il s'installe à Middletown, dans le Connecticut, et se fait embaucher comme mécanicien à la Worcester Cycle Manufacturing Company, où son patron, Birdie Munger, lui propose de courir dans son équipe. Dès ses premières courses en amateur il s'impose. À l'âge de dix-huit ans, en 1896, il est déjà recordman du mile, dominant tous les professionnels, et gagne quatre prix. Devenu professionnel en 1897, il remporte dès sa première saison huit grands prix et il est sacré vice-champion des États-Unis du mile. On l'appelle le « tourbillon » de Worcester.

En même temps qu'il remporte des victoires, il découvre le racisme qui empoisonnera toute sa carrière. Lui qui bat des records de cyclisme connaît les sommets de l'injustice : interdiction de s'inscrire à certaines compétitions, de courir dans certains États comme l'Indiana, refus de coureurs blancs de se mesurer à un « Nègre »… Des spectateurs lui lancent de l'eau glacée au visage, jettent des clous sous ses roues… Qu'il franchisse l'arrivée « dans un mouchoir », et c'est le deuxième qui sera déclaré vainqueur… J'ai même lu qu'on lui avait collé le chiffre 13 sur son maillot, espérant lui porter malheur... Sans compter les menaces de mort qu'il reçoit avant un départ et les intimidations de toutes sortes.

Mais la force de Taylor tient à son mental. Les humiliations, les agressions dont il est l'objet le rendent plus fort au lieu de l'abattre. Face à la haine de certains Blancs, il ne court pas pour l'argent, mais pour l'égalité, pour montrer ce qu'il est, pour affirmer sa fierté. Il a non seulement du courage, mais une sacrée intelligence. Il ruse avec ses concurrents, il leur fait croire qu'il est fatigué, ou bien il lance de fausses attaques. Mais l'une de ses tactiques les plus remarquées, c'est de jouer le lièvre et de s'y tenir. Conquérir la tête d'emblée, dès le début de course, et y rester... faute de quoi, s'il se fait absorber par le peloton, il risque d'être lynché en route ! Pour que tout se passe bien, il doit être devant. Sa position est emblématique de celle des Noirs. Pour être accepté, il faut être excellent. Il faut être plus que les autres.

En 1898, il remporte encore un nombre impressionnant de courses, dont le mile départ lancé, le mile départ arrêté et le demi-mile. En 1899, il obtient vingt-deux victoires, dont le championnat du monde de vitesse, le championnat du monde du mile et le championnat des États-Unis de vitesse ; en 1900, il établit le nouveau record du monde du mile derrière une moto... Et que ne gagnerait-il encore s'il ne subissait pas la ségrégation et son cortège d'humiliations !

À bout, il décide en 1901 de s'expatrier en Europe. La France est pour lui un eldorado. Il y est vite considéré comme un très grand coureur. Il s'illustre dans toutes les capitales du Vieux Continent – ainsi qu'en

Australie et en Nouvelle-Zélande – où il est reçu comme une vedette, et « presque » comme un homme. Évidemment, on étudie « scientifiquement » sa morphologie pour comprendre ses performances – toujours les fameux zoos humains.

Et puis, vient la lassitude. En 1904, il dit adieu à la compétition et rentre au pays, espérant se reposer sur ses lauriers jusqu'à la fin de ses jours. Mais c'est compter sans la ségrégation, dont l'Europe lui a momentanément fait oublier la puissance… Alors il reprend son vélo et, en 1907, retourne vers le Vieux Continent (jusqu'à sa retraite en 1910, à l'âge de trente-deux ans) où l'accueil, à l'époque, est apparemment plus cordial et le racisme moins agressif.

L'enfer des zoos humains

Ota Benga
1881 (1884) - 20 mars 1916

« Des promesses mensongères et quelques
adroites pressions du chef du service des
Affaires indigènes furent nécessaires pour
décider une centaine de Canaques à se
rendre, croyaient-ils, à l'Exposition coloniale de Paris de 1931 en vue d'y présenter leur culture [...]. Les Canaques ne
furent pas logés dans l'enceinte de l'exposition de Vincennes, comme ils l'imaginaient. Ils furent dirigés à l'autre bout de
Paris, au Jardin zoologique d'acclimatation du bois de Boulogne qui, destiné à
l'origine à accueillir plantes et animaux
exotiques, était devenu le lieu de plusieurs
exhibitions d'indigènes. Quelques cases
furent édifiées à la hâte et le spectacle put
commencer. »

Alice Bullard et Joël Dauphiné,
Zoos humains

Parmi ces prétendus « sauvages polygames et cannibales » qui furent parqués au Jardin zoologique d'acclimatation en 1931 (il y a seulement... soixante-dix-neuf

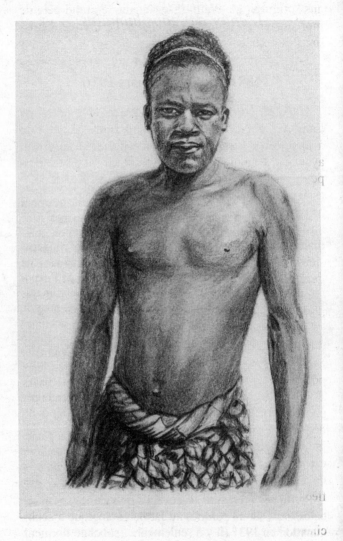

ans !) figurait M. Wathio De Canala, le grand-père de mon ancien coéquipier de l'équipe de France, Christian Karembeu.

Lorsqu'il lui racontait cette histoire, son grand-père était submergé par la colère.

L'histoire d'Ota Benga, Pygmée originaire de l'ancien Congo belge, aide à comprendre ce que l'on a appelé les « zoos humains ». Misérable survivant ayant perdu toute sa famille lors d'un massacre perpétré par les troupes du roi Léopold II de Belgique, il est vendu en 1904 par des trafiquants à un missionnaire, Samuel Phillips Verner. Ce dernier l'emmène aux États-Unis afin de l'exhiber à l'exposition mondiale de Saint-Louis, qui se trouve jumelée aux Troisièmes Jeux olympiques. Dieu sait quel argent il va gagner grâce à ce « sauvage » aux dents taillées en pointe ! À cette occasion, ségrégation oblige, on organise des jeux séparés pour les personnes dites de couleur, des « journées anthropologiques » avec lancers de javelots, de boomerangs et autres « exotismes ».

Ota Benga est ensuite conduit de foire en foire pour arriver, au début de septembre 1906, au Bronx Zoo de New York. Il est aussitôt mis en cage en compagnie d'un orang-outang et d'un perroquet, afin de donner un aperçu convaincant de son milieu de vie, la jungle. Pour parfaire le tableau du cannibale, sa cage est parsemée d'ossements. On lui installe un hamac, de même qu'une cible sur laquelle il doit tirer des flèches quand passent des visiteurs.

Un panneau à côté de sa cage informe sur le spécimen :

Ota Benga
Taille : 4 pieds 11. Poids : 103 livres
Âge : 23 ans
Visite tous les après-midi
durant le mois de septembre.

Ota Benga est certes de temps à autre autorisé à sortir se promener dans les jardins, mais le comportement apeuré, agressif ou curieux des visiteurs le contraint à se réfugier dans sa cage…

Pour comprendre ces zoos humains, il faut imaginer un monde où très peu de personnes voyagent. Ces zoos constituent donc pour eux le comble de l'excitation et du dépaysement. En plus de servir d'album de voyage, ils favorisent également l'instruction des jeunes générations, et les enfants y retrouvent l'exotisme qui a enflammé leur imagination dans *Capitaine de quinze ans* ou *Les Voyages de Livingstone*. En l'absence de télévision, c'est la sortie du dimanche, on y va pique-niquer en famille. C'est aussi le lieu de tous les fantasmes, où l'on surprend le sauvage sur le vif, dans sa quasi-nudité, à une époque où les Blancs sont habillés jusqu'au cou, même pour prendre un bain de mer.

Quand il ressort du zoo, Monsieur Tout-le-monde croit intimement, totalement à l'existence du sauvage, de son paysage et de ses mœurs. Comment douterait-il de cette mise en scène ? Ces « sauvages » sont d'autant plus réalistes qu'ils sont payés pour grogner, manger de la viande crue, monter aux arbres et s'y suspendre par un bras ! On ne peut tenir grief aux organisateurs de cette supercherie. Le sauvage n'existant pas, il faut bien recourir à des comédiens.

À l'époque d'Ota Benga, le directeur du zoo croit fermement en la pédagogie de son Prehistoric Park. Pour lui, ce Pygmée incarne à l'évidence le chaînon manquant entre le singe et l'homme, l'homme blanc bien sûr.

La science applaudit. Le problème de l'anthropologue, en 1860, c'est le spécimen. Très peu d'anthropologues vont aux colonies relever leurs mesures. Ils n'ont donc pas de Pygmées, d'Antillais, d'Aborigènes sous la main et se lamentent devant la pauvreté des moyens accordés à la recherche. Grâce aux cirques et aux zoos, puis aux expositions universelles, ils vont enfin pouvoir donner un véritable essor à leur discipline. À Paris, lors des grandes expositions, plus de cent quarante anthropologues accourent faire leurs observations. Les matinées sont réservées à la science. Une foule de traités raciologiques paraissent entre 1860 et 1910, tous écrits à partir de spécimens payés pour « jouer aux sauvages » !

Or ce succès se retourne contre la petite entreprise du missionnaire Samuel Phillips Verner. Non seulement des hommes de bonne volonté s'offusquent d'une telle exhibition, mais surtout d'influents hommes d'Église demandent son interdiction parce qu'elle soutient la « théorie darwinienne de l'évolution », le chaînon manquant, absolument contraire à la doctrine chrétienne.

On place donc Ota Benga à Howard, un orphelinat pour Noirs de Brooklyn, dirigé par le révérend Gordon. Puis on le conduit en Virginie. Là, on couvre ses dents effilées et on l'habille à l'européenne. Touchée par sa détresse, la poétesse Anne Spencer l'incite à s'instruire dans l'école baptiste de Lynchburg. Mais il ne songe qu'à rentrer chez lui. Pour cela, il lui faut à tout prix gagner de l'argent. Il travaille donc dans une fabrique de tabac, économisant sou par sou pendant dix ans. Au bout des dix ans, la Grande Guerre ruine ses espoirs de retrouver un jour son pays.

Il tombe dans une profonde dépression et, le 20 mars 1916, après avoir fait un feu traditionnel, il se tire un coup de revolver dans le cœur.

Pourquoi un tel geste ? s'interrogent certains. Samuel Phillips Verner prétend qu'Ota Benga s'est suicidé parce qu'il n'a pas « réussi son intégration » !

Pour mieux comprendre le mécanisme d'une telle abomination, je me suis adressé à Pascal Blanchard, historien, auteur d'ouvrages sur l'Afrique contemporaine et codirecteur de l'excellent ouvrage *Zoos humains*.

À cette époque, m'a-t-il expliqué, les États-Unis comptent plus de dix millions de Noirs sur leur sol. Le spectre du mariage mixte apeure le monde blanc. « Les croisements entre races différentes abaissent le niveau physique et mental », écrivent les traités eugénistes. Il faut protéger la race blanche. Pour convaincre le peuple, on fait venir des Noirs d'Afrique, on les met en scène et on alerte le peuple américain : « Regardez ce qu'est un Nègre ! Imaginez une seconde que l'on autorise les mariages mixtes ! Regardez à quoi vous allez ressembler ! »

L'Office eugéniste américain réalise des films dans ces zoos humains, puis les diffuse partout en Amérique. Grâce à quoi, de 1910 jusqu'aux années 1950, quarante-trois États interdisent les mariages inter-raciaux.

L'Occident a toujours exhibé l'Autre. Les Romains exhibaient les Gaulois dans les arènes. Il y a encore quelques dizaines d'années, on trouvait dans les fêtes foraines des femmes à barbe, des femmes obèses, des femmes panthères, des hommes troncs, des frères ou sœurs siamois, ce que l'on appelait aux États-Unis les *Ethnics Shows*, ou *Freaks Shows* (« Parade des monstres »). Les peuples noirs étaient ainsi exhibés au même titre que les hommes troncs ou les femmes à barbe !

Au début du XIXe siècle, on n'expose que quelques individus dans des théâtres ou sous d'immenses cha-piteaux Barnum aux États-Unis. Mais le grand tour-nant est pris lorsque Hagenbeck, propriétaire d'un zoo à Hambourg, s'aperçoit que le public applaudit beaucoup plus les chameliers que ses chameaux ! « Bon sang ! se dit-il. Le business est là ! »

Cette révélation le fait passer à la phase indus-trielle. Il se met à importer d'Afrique, d'Orient et du Groenland des groupes d'enfants et d'adultes, que des cirques ambulants présentent dans toute l'Europe, en Amérique, au Japon.

Lors de ces grands événements que sont à l'époque les expositions universelles, on reconstitue des vil-lages de prétendus sauvages. La mécanique exotique roule à plein. La liste des villes où se produisent ces exhibitions serait trop longue à citer. Pas une grande ville européenne de plus de cinquante mille habitants n'est oubliée. Les États en redemandent, les exposi-tions favorisent le commerce des entreprises coloniales et permettent d'éblouir le peuple : « Regardez comment nous sommes en train de les civiliser ! » Huit cent cinquante millions d'Occidentaux ont visité ces zoos humains, dont le résultat est de transformer le racisme scientifique en racisme de masse.

Il me semble parfois que l'on regarde encore les Noirs comme des êtres différents. J'entends souvent : « Les Noirs sont… »

Cela me rappelle une histoire. Un jour, un entraîneur me dit : « Je ne sais pas comment communiquer avec les jeunes Blacks de mon équipe. »

Je lui réponds : « Et si vous leur parliez normalement ? »

Car, pour beaucoup, les Noirs existent, on parle d'un « peuple noir », d'une « pensée noire », d'une « âme noire »… Les Noirs ne sont pas vus comme des individus, mais comme un groupe indistinct. Les zoos humains n'existent plus mais, pour certains, regarder les Noirs est encore source d'interrogations, d'incompréhension. Ils se demandent toujours « comment ils fonctionnent »…

Back-to-Africa

Marcus Mosiah Garvey
17 août 1887 - 10 juin 1940

> « Si tu n'as aucune foi en toi-même, tu
> es doublement vaincu dans la course de la
> vie. Avec la foi, tu as gagné avant même
> d'avoir commencé. »
>
> Marcus Garvey

Deux ans avant la naissance de Marcus Garvey à
la Jamaïque, l'Afrique est découpée, partagée par les
traités entre pays européens. Entre le 15 novembre
1884 et le 26 février 1885, à l'initiative du chancelier
de l'Empire allemand Bismarck, quatorze puissances
impérialistes[1] se réunissent, lors de la fameuse « conférence de Berlin ». Tout en proclamant : « Au nom de
Dieu tout puissant [...], voulant régler, dans un esprit
de bonne entente mutuelle, les conditions les plus
favorables au développement du commerce et de la civilisation dans certaines régions de l'Afrique [...], et

1. L'Allemagne, l'Autriche-Hongrie, la Belgique, le Dane-
mark, l'Espagne, la France, le Royaume-Uni, l'Italie, les Pays-
Bas, le Portugal, la Russie, la Suède-Norvège, la Turquie et les
États-Unis.

préoccupé[e]s en même temps des moyens d'accroître le bien-être moral et matériel des populations indigènes », elles décident qu'il ne sera pas tenu compte des territoires des peuples, et qu'un pays colonisé est un bien que l'on peut échanger, quitter, revendre ou transformer à son gré. C'est ainsi que des frontières artificielles et absurdes sont tracées en fonction des seuls besoins de puissances occidentales, créant des regroupements d'ethnies profondément différentes entre elles (langue, croyances, etc.) et de grandes disparités de ressources agricoles ou minières. Les frontières actuelles de l'Afrique, héritées de la période coloniale, ne peuvent que provoquer de nombreux conflits de voisinage.

Son sol de naissance étant nié, sa famille dispersée par la traite, la diaspora africaine est devenue une étrangère sur la terre. Ce qui explique le mouvement du retour aux sources, le panafricanisme inspiré par Marcus Garvey ou W. E. B. Du Bois.

Dernier-né d'une famille jamaïcaine de onze enfants, Marcus Garvey quitte l'école à quatorze ans pour devenir ouvrier imprimeur. « Étant Noir, dira-t-il, j'ai fait mes classes, comme la plupart des gens de ma race, à l'académie de la misère... » Très vite, il milite au sein d'une organisation politique, le National Club. Comme il est énergique, entreprenant et excellent orateur, il en devient vite le premier secrétaire. Membre du syndicat des imprimeurs, il mène la grève pour obtenir de meilleurs salaires, car à la Jamaïque la population noire, libérée de l'esclavage en 1883, continue à subir un régime d'oppression de la part des planteurs blancs. Garvey est licencié, mais il retrouve rapidement du travail et fonde son premier journal : *The Watchman* (« Le Veilleur »).

Marcus Garvey est toute sa vie un infatigable globe-trotter, un incitateur de rébellions, un créateur de journaux qui donnent la parole aux opprimés. De 1909 à 1911, il voyage en Amérique du Sud : Panama, Équateur, Nicaragua, Honduras, Colombie, Venezuela, Costa Rica. Partout où il passe, il encourage les travailleurs à s'organiser en syndicats et crée des journaux où il critique la discrimination, le racisme et les conditions de vie.

Puis il se rend en Angleterre où il étudie l'histoire de l'Égypte, lit beaucoup – la Bible, Shakespeare. Durant plusieurs années, son livre de chevet est : *Up from Slavery* (*Ascension d'un esclave émancipé*), de Booker T. Washington. Cet idéologue noir du sud des États-Unis démontre la nécessité de l'intégration des Noirs dans la société américaine. Soutenant un *modus vivendi* avec les Blancs, il propose de redonner une place à la communauté noire grâce au travail et aux vertus de l'hygiène. Un tel discours subordonne le devenir des Noirs à l'approbation des Blancs, tout en réservant aux Noirs les travaux essentiellement manuels.

Les Blancs diffusent d'autant plus volontiers *Up from Slavery* que ce livre permet de couvrir une voix, autrement dérangeante, celle de W. E. B. Du Bois qui exhorte à la conquête de l'égalité civique, à la formation d'une élite intellectuelle noire et à la lutte contre toutes les injustices. Peu à peu, Marcus Garvey prend ses distances avec Booker T. Washington.

À Londres, Marcus Garvey étudie les institutions de l'Empire britannique et assiste aux discussions de la Chambre des communes. Où sont les gouvernements noirs, l'Empire noir, les présidents noirs, l'armée noire, la marine noire, les grandes entreprises noires, la religion noire ? Ils n'existent pas, constate-t-il, et il décide de les créer. « Et c'est ainsi que je vis devant moi, dit-il, comme s'il l'avait vu en rêve, le nouveau monde de l'Homme noir [...] une nation d'hommes résolus à marquer la civilisation de leur empreinte et à faire briller sur la terre une nouvelle lueur. »

Rentré à la Jamaïque en juillet 1914, Marcus Garvey crée l'association de masse à laquelle il consacrera désormais sa vie : l'Unia (Universal Negro Improvement Association : Association universelle pour le progrès nègre). Suivant des voies parallèles, Du Bois et lui font désormais figure de pères du « panafricanisme » : une pensée en action qui repose sur la revendication de la fierté de son passé historique africain, sur la restauration de sa dignité, sur un idéal de rassemblement et de solidarité de la diaspora africaine à travers le monde – l'« unité africaine des peuples » –, et le retour à la terre africaine.

Deux ans plus tard, en 1916, il transfère l'Unia à Harlem. Ce quartier de New York s'est complètement transformé entre 1900 et 1930. De zone résidentielle blanche, il est devenu au fil du temps l'un des ghettos les plus noirs des États-Unis. La population de Harlem que Garvey découvre est constituée de migrants noirs ayant fui le Sud, la misère et le Ku Klux Klan ; on y trouve aussi des soldats noirs revenus des tranchées de l'effroyable guerre 1914-1918 et tentant d'échapper, eux aussi, à la discrimination et aux lynchages. Le KKK entendait bien faire comprendre à ces « Nègres » que le fait d'avoir versé son sang pour la patrie ne leur donnait aucun droit nouveau.

Ce que l'on appellera plus tard la « Harlem Renaissance » ne concerne qu'une élite, car la très grande majorité ne se nourrit ni de poésie, ni de jazz, ni d'art moderne. Pourtant, elle boit les paroles d'espoir de Marcus Garvey. « Si seulement j'avais un drapeau et un pays à moi ! » rêve chaque Noir avec lui. À ces femmes et à ces hommes, Marcus Garvey parle de leurs racines, raconte d'où ils viennent. Évidemment, ce sont des descendants d'esclaves, mais il les incite à s'élever. Il ne veut pas qu'ils se sentent inférieurs. Ils sont issus de grandes civilisations, parfois antérieures à la civilisation européenne. Vous n'êtes pas originaires des champs de coton et des ghettos, leur dit-il, vous venez d'Afrique. Que vous soyez noir du Brésil, des Caraïbes ou d'Amérique du Nord, vous avez tous des ancêtres africains. Marcus Garvey refuse la victimisation pour les Noirs. Leur point de départ ne doit pas être l'esclavage.

Vous êtes des « Africains américains », leur répète-t-il. Son insistance n'est pas inutile car à cette époque beaucoup de Noirs américains rejettent l'héritage africain. Ils se veulent « Américains noirs ». Par là même, ils se coupent de leurs origines et se trouvent pris dans une terrible contradiction. Sans racines, comment se construire une identité ? Eux se sentent américains puisque enfants du pays, et « nègres » puisque n'ayant pas les mêmes droits que les citoyens blancs. Prisonniers de ce paradoxe, il ne leur reste pour affirmer leur personnalité que la peur ou la révolte.

208

Marcus Garvey est convaincu qu'il faut décoloniser les esprits pour forger une identité solide. « Il faut que les Noirs du monde entier pratiquent une foi, celle de la confiance en eux-mêmes. » Ils doivent être fiers de leur couleur, fiers des civilisations de leurs ancêtres. Garvey exalte la négritude et, certain que les Africains américains ne trouveront jamais le respect et la liberté hors d'Afrique, il réclame le droit au « rapatriement » en Afrique des Noirs du monde entier. Il faut croire qu'il est entendu car son mouvement atteint jusqu'à un million d'adhérents !

En 1920, il organise sa première convention. Des milliers de délégués sont venus de vingt-cinq pays d'Amérique centrale, des Antilles, d'Afrique et des États-Unis. Le succès est considérable. Lors du meeting tenu au Madison Square Garden, il lance devant vingt-cinq mille spectateurs enthousiasmés : « Nous allons mobiliser les quatre cents millions de Noirs de la planète et planter sur le sol de l'Afrique la bannière de la liberté… Si l'Europe est aux Blancs, alors l'Afrique doit être à tous les Noirs du monde… » La conférence se termine par un gigantesque défilé dans les rues de Harlem.

Galvanisé par ce succès, ce petit homme trapu, inlassable et un peu brouillon déploie une activité hallucinante. Il achète une salle de meeting de six mille places à Harlem, le Liberty Hall ; il crée une dizaine de journaux, à commencer par *The Negro World* (« Le Monde nègre »), publié en trois langues et diffusé à deux cent cinquante mille exemplaires, qui donne des nouvelles de l'Unia sur tous les continents, reproduit ses discours et diffuse les informations censurées par les autres journaux.

Il fonde une « Église orthodoxe noire ». En effet, pour lui, la communauté noire, très croyante et christianisée, ne peut se débarrasser de son sentiment d'infériorité sans modifier sa perception du Dieu blanc imposé depuis toujours par la représentation raciale qu'a répandue l'homme occidental. Si Dieu a créé l'homme à Son image, alors, pour un Noir, Dieu est noir !

Marcus Garvey lance des entreprises destinées à des Noirs et dirigées par eux « dans les grands centres industriels des États-Unis, d'Amérique centrale, des Antilles et d'Afrique, pour y fabriquer tout produit commercialisable ». Il met sur pied la Negro Factories Corporation et lance des hôtels, des restaurants, des blanchisseries, des magasins de mode et d'alimentation, une fabrique de « poupées noires pour enfants nègres », une maison d'édition, des imprimeries, etc.

Le 26 juin 1919, la création de la Black Star Line (BSL) représente le couronnement de son « utopie du retour ». Cette compagnie maritime autonome dépendant de l'Unia est entièrement financée par « la souscription et l'émission d'actions acquises par des personnes noires ordinaires, attirées par l'idée d'une émigration vers la nation nègre indépendante ». La Black Star Line doit servir de lien entre les Noirs du monde « dans leurs rapports commerciaux et industriels ». Elle a également pour but de relier les divers quartiers généraux de l'Unia dispersés sur la planète, de rapporter de l'argent à l'association, de réaliser le « retour en Afrique » sur des bateaux ignorant la ségrégation raciale.

Le premier, baptisé *Frederick Douglass*, est lancé le 31 octobre 1919. On raconte que partout où il accoste il est accueilli par des scènes de liesse, couvert de fleurs et de fruits. On quitte son travail pour venir le regarder. Mais un naufrage le détruit. Le deuxième bateau n'a pas plus de chance : il sombre dans l'Hudson alors qu'il mouille l'ancre. Le troisième échoue près de Cuba. Le quatrième, prévu pour acheminer des migrants vers le Liberia, est acheté mais jamais livré.

Qu'à cela ne tienne. Marcus Garvey crée une nouvelle compagnie et achète un cinquième bateau, le *Booker T. Washington,* qui conduira la première vague d'émigrants sur la terre de leurs ancêtres...

Ce retour en Afrique est son rêve le plus cher. Il a naturellement pensé d'abord à l'État du Liberia, déjà fondé avec un gouvernement indépendant noir en 1847. Un émissaire de Marcus Garvey rencontre les hauts responsables du gouvernement libérien, qui l'encouragent à venir s'installer chez eux. L'émissaire envoie alors deux missives à Marcus Garvey : l'une officielle et enthousiaste, et l'autre, privée, où il parle de la corruption qui règne dans ce pays, de la manière colonialiste dont les Noirs venus des États-Unis traitent les Noirs autochtones... Comportement auquel, conclut-il, « il faudra remédier une fois sur place ».

En 1921, Marcus Garvey envoie au Liberia une équipe dont la tâche est de négocier les modalités de l'installation des « garveyistes ». L'opération « Back-to-Africa » avance pour le mieux : acquisition d'un terrain de deux cents hectares au cap Palmas, réception de matériel. Mais voilà que les choses se compliquent.

Marcus Garvey dénonce les énormes privilèges et les concessions offerts par le gouvernement du Liberia à la firme américaine Firestone (leader américain en fabrication de pneumatiques). Les États-Unis avertissent aussitôt le président du Liberia C. B. D. King qu'ils ne « toléreront pas la présence au Liberia d'une organisation qui travaillerait à abattre la suprématie européenne en Afrique ». De leur côté, la Grande-Bretagne et la France ne peuvent accepter une intrusion sur leur chasse gardée. Convaincu par les arguments de ses alliés, le président du Liberia déclare son « opposition irrévocable à la politique incendiaire menée par l'Unia sous la direction de Marcus Garvey ».

Ce revirement ainsi qu'une gestion peu rigoureuse entraînent la banqueroute de la Black Star Line et la vente de tous les biens de l'Unia. Le *Booker T. Washington* est saisi, Marcus Garvey, arrêté, accusé d'avoir organisé la vente des parts de la Black Star Line alors qu'il connaissait les difficultés financières dans lesquelles se trouvait la compagnie. Il refuse de prendre un avocat et, à l'audience, prononce une déclaration qui fait venir les larmes aux yeux de l'assistance :

« Je ne regrette rien de ce que j'ai fait pour l'Unia, pour la race noire ; car je l'ai fait avec tout mon cœur… Ce n'est pas l'argent qui nous motivait, mais le bien de notre race, maintenant et pour les générations à venir… Je respecte toutes les races ; je pense que les Irlandais doivent être libres… Je pense que les Juifs doivent être libres ; et les Égyptiens… et les Indiens, et les Polonais… Je crois aussi que l'Homme noir doit être libre… Si vous dites que je suis coupable, j'irai devant mon Dieu tel que je suis au fond de moi, la conscience tranquille et l'esprit serein, car je sais que je n'ai fait de tort à personne, pas même à un enfant de ma race ou à un membre de ma famille... Je ne vous demande pas la pitié... Je ne vous demande pas de la sympathie. Je vous demande de la justice... »

Dans l'Histoire, il est arrivé que ceux qui s'attaquent aux intérêts des puissants soient éliminés : par exemple Toussaint-Louverture, Lumumba, pour ne citer qu'eux. Au terme de son procès, en 1925, Marcus Garvey est condamné à cinq ans de prison ferme au pénitencier fédéral d'Atlanta. On ne prétendra certes pas que sa gestion ait été rigoureuse ; il reste que son procès est éminemment politique. La presse blanche elle-même en convient : « Un jour, l'Afrique nègre sera libre, elle ne sera plus partagée entre la France et la Grande-Bretagne. Les problèmes ont commencé pour Garvey lorsqu'il s'est mis à marcher sur les pieds des deux nations... » (*Evening Bulletin*, de New York). « C'est une question d'une extrême gravité, de savoir si justice a vraiment été rendue dans l'affaire Garvey, ce "président de la république d'Afrique" »... (*Evening Times*, de Buffalo).

Ces critiques reprises dans la presse poussent le président du tribunal à commuer sa sentence et, en 1928, Marcus Garvey est renvoyé en exil en Jamaïque.

Son retour est celui d'un héros. N'ayant renoncé à aucun de ses idéaux, il continue à s'impliquer dans l'Unia mais aussi dans la vie politique locale. Il y crée un journal (le septième), *The Black Man*, lutte inlassablement contre la discrimination dans l'île. Il organise une nouvelle convention (la sixième) à laquelle participent douze mille délégués.

Véritablement, Marcus Garvey devient gênant pour l'Empire britannique et les États-Unis. On pense à l'éliminer physiquement, et puis on préfère l'accabler de procès, d'amendes, de diffamations, de rumeurs. Il réussit néanmoins à être élu au conseil municipal de son agglomération urbaine. Lors de la septième convention, en 1934, il est décidé que le quartier général de l'Unia sera transféré en Angleterre, où les chefs nationalistes peuvent espérer profiter d'un semblant de démocratie.

En 1935, il repart donc pour l'Angleterre où il fonde l'École de philosophie africaine et continue à appuyer, par le biais de son journal *Black Man*, la lutte des travailleurs.

Il meurt en 1940, à peu près oublié.

Son idée-force – la condition noire ne doit pas être pensée dans le seul espace national – présente une grande actualité. Ses successeurs ne s'y tromperont pas. Des éléments de sa réflexion se retrouvent chez le pasteur Martin Luther King, dans le Black Power, de même que dans les propos de Malcolm X, de Cheikh Anta Diop, « restaurateur de la conscience noire », jusqu'à Bob Marley, Nelson Mandela et Barack Obama…

Le XXIᵉ siècle était en germe chez Marcus Garvey.

Il nous apprend que si l'on veut réussir, il faut d'abord être fier de soi. Voilà pourquoi j'ai appelé mon fils aîné Marcus.

« *Jamais repos, toujours faire la guerre, toujours tuer Noirs !* »

Thierno Diop, Ouijaran Ollian, Siriki Kone, Dyne Sylla, Tiemcoumba

(… - 1914) (… - 1915)
(… - 1916) (… - 1917) (… - 1918)

1914. *Thierno Diop* – Tirailleur de 2ᵉ classe au 1ᵉʳ BTS (bataillon de tirailleurs sénégalais) – « Tombé sous le feu de l'ennemi, à très courte distance de sa tranchée, avait la force et les moyens de rallier nos lignes. N'a pas voulu abandonner un camarade blessé grièvement qui, lui, ne pouvait revenir. » Médaille militaire.

1915. *Ouijaran Ollian* – Tirailleur au 13ᵉ BTS – « Assailli par un groupe ennemi, a fait preuve d'une indomptable énergie en luttant, bien que frappé de trois balles et de deux coups de poignard, jusqu'à l'arrivée des secours, se couchant sur son arme pour empêcher l'adversaire de la lui enlever. Mort des suites de ses blessures. » Cité à l'ordre de l'armée.

1916. *Siriki Kone* – 1ᵉʳ bataillon somali – Caporal – « Gradé d'une extrême bravoure. Remplissant les fonctions de clairon. Au cours de l'attaque du 24 octobre 1916, a accompagné son commandant de compagnie jusqu'au dernier objectif. Tombé dans un trou d'obus occupé par plusieurs Allemands, est parvenu à désarmer un de ses adversaires, en a tué deux et blessé deux autres. A été atteint lui-même de neuf coups de baïonnette. » Médaille militaire – Cité à l'ordre de l'armée.

1917. *Dyne Sylla* – 24e BTS – Adjudant – « Blessé sérieusement par un éclat d'obus, n'a pas voulu être évacué, prétendant "qu'il avait assez d'une seule main pour tuer plusieurs Boches". S'est fait panser et a repris sa place. Blessé à nouveau, très grièvement, s'est fait porter auprès de son commandant de compagnie pour lui remettre ses armes et dire que maintenant il avait son compte. » Médaille militaire – Cité à l'ordre de l'armée.

1918. *Tiemcoumba* – Caporal au 15e BTS – « Agent de liaison très brave et plein d'allant, a été tué en chargeant à la baïonnette sur une position ennemie à la tête de son groupe. » Cité à l'ordre de l'armée.

La liste de ces « morts pour la France », pour la Liberté et pour la Justice pourrait remplir des livres et des livres à elle toute seule. Mais qu'allaient-ils faire dans cet enfer, ces deux cent mille natifs d'Afrique-Équatoriale ou Occidentale, qui ne jouissaient même pas de la nationalité française ? Comment ont-ils pu s'enterrer dans les tranchées infectes et boueuses des régions froides de la France ?

À lire la presse de l'époque, ils se précipitent en métropole, la fleur au fusil, pour jouer aux héros, parce que c'est dans leur nature généreuse, parce qu'ils ont la « vocation guerrière, le sens de l'obéissance, le courage, la rusticité, l'endurance, la ténacité, l'instinct du combat, l'absence de nervosité »…

Affiches et cartes postales les montrent pendant toute la guerre, souriants et débonnaires, même si en cinq ans ils ne rentrent pas une seule fois dans leur pays. Les chansons populaires racontent leurs exploits amoureux et surtout militaires : un brave tirailleur est heureux de mourir.

Car pour eux la plus belle tombe
Est cell' qu'on creuse au champ d'honneur.

Un an auparavant, ils ont fait un tabac. Lors du défilé du 14 juillet 1913 sur les pelouses de Longchamp, on remet la Légion d'honneur au 1er régiment de tirailleurs sénégalais. Les élégantes habillées en noir et blanc crient : « Vivent les Nègres ! »

Dès 1857, des bataillons de tirailleurs sénégalais recrutés parmi les anciens esclaves récemment libérés (1848) étaient immédiatement enrôlés par le général Faidherbe, alors gouverneur du Sénégal – que la France a colonisé dès 1854 –, pour un service de douze à quinze ans ! Il est bon de rappeler que ces tirailleurs sénégalais ont été des acteurs majeurs de l'empire colonial français. Ce sont eux qui aident à envahir les autres pays pour le compte de la France, à avoir un rôle si important sur l'échiquier politique international, contribuant dès lors à sa richesse économique. Il faut savoir que l'Empire colonial français s'étendait à son apogée, au début des années 1930, sur 12 347 000 kilomètres carrés, soit vingt-deux fois la superficie de la métropole française. Au total, la France aura colonisé une soixantaine de pays ou de territoires. Ceux qui, aujourd'hui, ne comprennent pas comment un originaire d'Afrique noire, d'Asie ou du Maghreb peut être français, ne connaissent pas leur histoire.

Le plus médiatisé de tous ces tirailleurs est « Banania », qui apparaît dans les épiceries en 1914… La

« Force noire du chocolat » ! Outre sauver la France, la « force noire » va nourrir les canons. Combien d'hommes sont envoyés mourir en première ligne pour un pays qu'ils ne connaissent pas !

Le général Charles Mangin, dit le « boucher des Noirs », dans son best-seller publié en 1910, *La Force noire*, explique que la race française est affaiblie par les idées démocratiques, d'où une natalité inférieure à celle de l'Allemagne. En attendant que les forces retrouvées au sein de la famille produisent leur effet (il aura lui-même huit enfants), il faut compenser la faiblesse de nos effectifs en faisant appel aux contingents africains. Il s'agit de créer un « réservoir colonial » ! L'idée suscite les réticences des maisons de commerce de l'Union coloniale qui craignent une pénurie de main-d'œuvre sur place… Le ministère des Finances s'inquiète également, il ne voudrait pas de dépenses inconsidérées. Et puis, petit à petit, la stratégie de Mangin convainc.

Certains généraux, quant à eux, sont ravis. « L'impétuosité sauvage des attaques à la baïonnette procurera le succès mieux que de longues tueries, s'exalte le général Bonnal, les troupes noires n'ont pas de rivales quand il s'agira de donner le choc final. Une division de dix mille hommes noirs pourra effectuer une brèche de trois ou quatre kilomètres dans les lignes ennemies. » Qu'est-ce qu'un tirailleur sénégalais ? Un soldat d'élite qui sort du rang, s'embusque, tire sur l'ennemi, puis rejoint ses camarades. En effet, les bataillons de tirailleurs sénégalais seront de toutes les actions et, en particulier, utilisés dans des offensives de rupture, les plus exposées, le commandement leur reconnaissant une aptitude particulière pour s'accrocher au terrain. Une incomparable « puissance de choc », conclut Mangin, qui assurera la victoire en trois semaines !

Reste maintenant à recruter… Ce n'est pas si facile parce que le soldat africain est un volontaire, pas un conscrit. Le général Mangin, après enquête, annonce au gouvernement qu'il se fait fort de recruter quarante mille soldats en Afrique-Occidentale française !

En fait, ses propos sont démentis par les réalités du terrain. On a beau promettre aux futurs engagés des primes et une solde relativement élevées, des cours d'enseignement général lors de leur séjour en France, l'espérance d'une naturalisation, le « prestige de l'uniforme », une croisière gratuite, la découverte du Vieux Continent, des « fêtes d'engagement », on a beau garantir des allocations aux familles « nécessiteuses », on a beau se mettre dans la poche des chefs de village, et surtout leurs femmes, voir la France et mourir n'est pas un rêve partagé par tous…

Contrairement à l'image que l'on veut en donner et aux présupposés, les Africains n'ont ni désir ni raison de se battre. Pour eux, c'est une « guerre de Blancs ».

L'annonce du passage des commissions de recrutement déclenche la fuite des jeunes en brousse ; des villages entiers marronnent vers des régions impénétrables. En revanche, pour donner le change, un maximum de malades et de handicapés se présentent spontanément dans les bureaux de recrutement !

Après six mois de guerre, la fuite s'intensifie. Les seuls tirailleurs que les Africains voient revenir au pays sont affreusement mutilés ; quant aux autres, on ignore jusqu'au lieu de leur sépulture. On ne peut même pas les honorer. Alors le gouvernement français multiplie les pressions. « C'est le trafic de chair humaine rétabli avec le sergent recruteur », écrit un intime du général Mangin qui, somme toute, pressions et rafles comprises, n'obtient pas plus de seize mille soldats.

En France, malgré des traitements d'«acclimatation », les tirailleurs ne résistent pas aux maladies. Jusqu'à maintenant, la « force noire » n'a réussi qu'à augmenter l'occupation des lits des hôpitaux ! De plus, ces recrues venues d'ailleurs coûtent un peu cher : frais de transport, entretien, allocations aux familles... alors que leur patriotisme reste à démontrer. « Ces jeunes soldats ne combattent pas pour eux et, au dire du commandement, sont "incapables" de comprendre le sentiment patriotique qui anime leurs frères d'armes blancs ! » écrit Marc Michel dans *Les Africains et la Grande Guerre*.

Culturellement, l'« acclimatation » soulève aussi des problèmes. En dehors du racisme ordinaire, se pose un problème de langue non prévu par les généraux. Les tirailleurs viennent, pour l'essentiel, des colonies de l'Afrique de l'Ouest (actuels Mali, Burkina-Faso, Guinée, Côte-d'Ivoire, Sénégal, Bénin, Niger et Mauritanie) et ne se comprennent pas entre eux. Ils comprennent encore moins les soldats français... Comment, dans ce cas, les commander ? Les militaires ont réponse à tout. On rédige un *Manuel du français-tirailleur* avec traduction en « petit nègre » des mots et locutions courantes. Partant de l'idée qu'un Noir ne peut assimiler une langue aussi raffinée que la nôtre, on leur inculque un charabia de bac à sable, utilitaire et rapide : emploi des verbes à l'infinitif, suppression des articles, remplacement du verbe avoir par « y a » ou « y en a », etc. La prononciation s'inspire de l'école maternelle : *missié* pour monsieur, *zambes*, *zenoux*... « Toi pas fâcher, missié... Toi pas crier... Nous pas savoir toi bon Blanc... » (Hergé, *Les aventures de Tintin. Coke en stock*).

Cela me rappelle un voyage en Afrique du Sud sur la compagnie Air France. L'hôtesse annonce que nous allons voir un film africain en « langue originale ». Je lui fais remarquer que l'Afrique est un continent composé de nombreux pays et de centaines de langues. « Pourriez-vous annoncer un film européen en langue originale ? »

Mais la guerre continue, au-delà des trois semaines prévues par l'infaillible général Mangin, et il faut continuer à recruter ; tant et si bien que le 17 novembre 1915 éclate la grande révolte de l'Ouest-Volta. En terre africaine, les choses ne vont plus du tout comme le voudrait l'état-major. Tout commence par le refus de jeunes du village de Bouna de se présenter à la commission de recrutement. Le village ne cède pas, malgré la venue de forces armées. Une quinzaine d'autres villages sont prêts à faire face et à refuser aussi les enrôlements.

La révolte sanglante, désespérée, dure neuf mois et fait des milliers de morts. Comme au temps de l'esclavage, les Africains se défendent contre cette nouvelle forme de traite. Plus de cent villages sont détruits. Le rapport Vidal du 1er novembre 1916 est terrifiant : « Des hommes en grand nombre, des vieillards, des femmes, des enfants, en groupe ou isolés, préféraient se faire tuer ou se laisser enfumer et griller dans les cases incendiées plutôt que de se rendre, malgré la promesse de vie sauve qui leur était faite, ne voulant même pas profiter des facilités d'évasion que leur offraient les ténèbres et le retrait momentané de nos tirailleurs pour échapper à la mort certaine qui les attendait. J'ai vu des femmes, des enfants s'enterrant vivants dans les caveaux de famille, un vieillard se pendant au-dessus du corps de son fils pour ne pas tomber entre nos mains. »

En plein XXe siècle ! À la lecture de ce passage, je ne peux m'empêcher d'imaginer de quelle manière, durant plusieurs siècles, mes ancêtres africains ont résisté à la traite. Je pense également à Louis Delgrès et ses trois cents compagnons (voir pages 101-110) qui, à la Guadeloupe en mai 1802, pour empêcher le rétablissement de l'esclavage par Napoléon, se suicident à l'explosif dans leur refuge à Matouba en criant : « Vivre libres ou mourir ! »

Il ne faut pas croire non plus que les soldats recrutés restaient sagement à se battre dans leurs tranchées. Près de cent ans plus tard, il est toujours impossible de connaître leurs pensées. La plupart ne sachant pas écrire, leurs lettres étaient rédigées par leurs chefs. Mais en 1917, par exemple, le 61e BTS refusa de remonter en ligne, au cri de : « Bataillon Malafosse, y a pas bon, jamais repos, toujours faire la guerre, toujours tuer Noirs » ! Marre aussi du racisme ordinaire des petits chefs, du mépris, des coups. Marre du froid, de la nourriture, du sang versé, de se faire hacher par les canons ennemis en attaquant à l'arme blanche.

Cependant la guerre s'éternise… Le général Mangin veut relancer le recrutement en Afrique. Cette fois, Clemenceau, plus « politique », préfère confier la mission à Blaise Diagne, député noir du Sénégal. Évidemment les milieux coloniaux fulminent contre une nomination qui est « de nature à affaiblir le prestige de la race dominante ». Quant à Mangin, il craint que cet homme providentiel ne se révèle une sorte de Toussaint-Louverture qui mettra la pagaille dans les colonies. Comment peut-on faire confiance à un Noir, même député de la République ? Nous trouvons là déjà la notion du Noir suspecté d'être un « ennemi intérieur ».

Blaise Diagne arrive à Dakar le 18 février 1918 avec en poche une panoplie de décrets laissant entrevoir aux indigènes un avenir meilleur, des privilèges pour ceux qui collaboreront, des primes d'incorporation, des dégrèvements fiscaux pour les familles et des allocations mensuelles. Il se lance également dans une « politique des avantages », accordant aux chefs, pour « le nombre d'hommes recrutés », des faveurs sous forme d'honneurs, de médailles, de promesses de promotion dans l'administration. Indéniablement, il réussit : soixante-trois mille en Afrique-Occidentale française, quatorze mille en Afrique-Équatoriale française, vrais et faux volontaires.

La Grande Guerre cesse lorsqu'il n'y a plus assez de place pour creuser les tombes, Blancs et Noirs confondus. La couleur du deuil efface toute autre couleur. Le 11 novembre 1918, à Rethondes, à 5 heures du matin, l'armistice est signé. La France a gagné par 1 383 000 soldats morts contre 1 900 000 pour l'Allemagne ! Quant aux tirailleurs sénégalais, on estime leurs pertes à 21,6 % de l'effectif général. Les Blancs, à 18,6 %.

Si l'on considère que les troupes africaines ne combattaient pas l'hiver à cause d'un préjugé sur la résistance des Noirs au froid, on peut en conclure que leurs pertes furent deux fois plus lourdes. Le général Mangin, d'ailleurs, avait accompagné l'envoi des contingents de troupes africaines vers les champs de bataille avec ce commentaire : « À consommer avant l'hiver, ne supportent pas le froid » !

Le poète Léon-Gontran Damas, voyant se profiler la Seconde Guerre mondiale, lançait en 1937 cet avertissement :

Aux Anciens Combattants sénégalais
aux Futurs Combattants sénégalais
à tout ce que le Sénégal peut accoucher
de combattants sénégalais futurs anciens
de quoi-je-me-mêle futurs anciens
de mercenaires futurs anciens [...]
Moi je leur demande
de commencer par envahir le Sénégal.

En 1919, à la suite des accords de Versailles, les troupes françaises occupent la Rhénanie. Parmi elles, les tirailleurs sénégalais. Bientôt qualifiés de « honte noire », ils font l'objet d'une campagne haineuse dans la presse allemande et internationale. On les accuse de viols, de meurtres, de violences, on parle de femmes vidées de leur sang, d'épidémies...

Quatre années plus tard, dans *Mein Kampf*, Hitler parlera du « sang nègre » déversé sur l'Allemagne pour infecter et soumettre leur race. En 1937, cette idéologie conduira à la stérilisation d'enfants métis par les nazis et à la déportation de Noirs dans des camps.

Champion du monde

« Battling Siki »
22 septembre 1897 - 16 décembre 1925

Lorsque Jack Johnson, alors le plus grand champion du monde de boxe de tous les temps, bat, le 4 juillet 1910, en Amérique, le Blanc Jim Jeffries, des émeutes éclatent. Des Noirs sont tués, d'autres lynchés : cette victoire est vécue par les Blancs comme un inacceptable affront. Traqué par la justice sous prétexte d'atteinte aux bonnes mœurs, quelques années plus tard Johnson fuit l'Amérique pour la France. À Paris, il déclare dans un journal : « Je compte me fixer définitivement dans cette ville et ne plus jamais retourner aux États-Unis. »

Le décor du monde de la boxe est planté. La France est à l'époque l'un des rares pays à autoriser les combats entre Blancs et Noirs. À Paris, on recrute à tour de bras ; une grande soirée pugilistique se doit d'avoir au moins son boxeur noir. Les intellectuels et les mondains sont fascinés. Apollinaire, Cendrars, Colette vont à la boxe comme on va au Moulin-Rouge. Ils ne seront pas déçus avec Mbarick Fall, dit « Battling Siki ».

Mbarick Fall est né en 1897 à Saint-Louis du Sénégal. À l'âge de huit ans, il est enlevé par une danseuse hollandaise qui revient d'une tournée aux Indes. Elle en aurait fait, disent certains, son objet sexuel, ou son boy selon d'autres. En tout cas, le gamin débarque à Marseille avec sa ravisseuse, pour y être abandonné quelques semaines plus tard, comme un jouet qui a fini d'amuser... Il se retrouve une serpillière à la main, ou une éponge, des pinceaux, une truelle. Lors d'un combat de rue, il rencontre des forains qui s'occupent d'une écurie de boxeurs. Comme ils lui demandent son nom, il leur répond : « Siki », ce qui signifie le « rusé ». Finalement, il enfile des gants sur ses poings.

En 1914, Battling (« battant ») Siki est dans les tranchées, enrôlé sur un coup de tête. Il réapparaît à Paris en 1919 décoré de la croix de guerre et de la croix du mérite, et continue à boxer. Entre 1921 et 1922, il remporte pas moins de vingt-six combats, effaçant tous ses challengers. Il vainc entre autres, à Rotterdam, le champion de Hollande et, pendant qu'il y est, gagne le cœur d'une jolie blonde aux yeux bleus, Lintje van Appelteere, qu'il ramène à Paris. Tout à leur amour, ils se marient et ont un enfant. Qu'importe le qu'en-dira-t-on !

Combien d'affronts sa femme doit subir pour avoir épousé un Noir ! Lui aussi souffre de cette situation, au point d'écrire, un jour de septembre 1922, au journal *L'Auto* : « Ma femme, qui est hollandaise, est blanche, blonde, et ses yeux sont bleus. Je l'aime beaucoup, elle m'aime beaucoup et nous nous aimons bien fort tous les deux. »

La France entière attend Georges Carpentier, le champion des champions mi-lourds, dont le retour a été programmé en septembre au stade Buffalo de Montrouge. Battling Siki, qui a gagné tous ses combats, est logiquement son adversaire. Mais, pour le champion du monde, défendre son titre contre un Noir est peu valorisant. Il estime que Battling Siki, second couteau, challenger de seconde zone, ne possède aucune des références qui lui permettent de « mériter cette soudaine et trop flatteuse promotion ».

La presse, unanime derrière Carpentier, est néanmoins finalement émoustillée par ce combat. Entre deux hommes blancs, il n'y aurait pas le même « enjeu biologique ». Peu avant le match, un journaliste de *Paris-Midi* écrit : « Le problème est de savoir si un Blanc vaut deux Noirs – comme pour les notes de musique… » Un autre journaliste, à propos de Battling, interroge : « Agile comme le sont tous les gens de sa race, il évite les coups […] en se reculant rapidement sur ses jambes […]. Cette tactique, ou plutôt cette méthode un peu primitive, peut-elle être considérée comme égale à la manière classique du champion du monde ? Évidemment non… »

En fait, estiment certains, ce match est le combat de l'homme contre l'animal. On ne devrait pas les mettre dans la même catégorie. Et voilà Battling Siki surnommé le « Championzé ».

Georges Carpentier arrive au stade Buffalo en limousine. Ce coureur du demi-monde, ce dandy que l'on appelle l'« homme à l'orchidée », a déjà retenu sa table dans un grand restaurant, où il soupera après le combat en compagnie de vedettes du spectacle et de la politique. Il monte sur le ring, regarde le ciel menaçant, et lance à son public entièrement acquis à son profil de cinéma, avec son sourire légendaire : « Dépêchons-nous. Il va pleuvoir ! »

Le gong retentit...

Pour bien comprendre ce match, il faut avoir traîné auparavant dans les coulisses et entendu ce qui se trame : « En te battant avec Carpentier, tu gagneras beaucoup d'argent, mais il faudra te laisser faire », a dit son entraîneur à Siki.

Dans son livre *Battling Siki*, Jean-Marie Bretagne évoque ces moments mémorables. Le premier round est un simulacre d'affrontement. Siki se retrouve sur le ring avec l'intention de tomber comme on le lui a demandé. Carpentier, sachant qu'il ne risque absolument rien, va jusqu'à baisser la garde et provoquer Siki pour épater les spectateurs. Mais, comme le public siffle, il lance un vague crochet à Siki qui s'effondre, tordu de douleur. L'arbitre est offusqué. « Monsieur Siki, lui dit-il, vous allez nous faire le plaisir de tenir debout ! »

Boudeur, Siki reprend le combat. Carpentier recommence à valser avec élégance autour de lui. Il pourrait lui lancer une droite pour l'achever et empocher titre et argent, mais il lui faut patienter car les caméras sont là ; les reporters en veulent pour leur pellicule. Il s'agit de faire durer le spectacle.

Fin de la première reprise. Carpentier, retiré dans son coin, observe son adversaire avec haine. D'accord, le combat est truqué, mais son adversaire n'est pas obligé d'exagérer la comédie.

Au deuxième round, Carpentier touche avec délicatesse le menton de Siki. Surtout, qu'il ne s'avise pas de tomber ! Et puis il s'énerve et le frappe un peu plus fort. Siki réplique prudemment, par petites touches, sortes de petites piqûres à l'amour-propre du champion du monde.

Au troisième round, Carpentier estime cette fois qu'il peut mettre fin à la mascarade. Il en a assez de ménager ce Nègre. Il déchaîne ses coups. Siki retourne droit au tapis, puis, étonnamment, se redresse et sautille autour de Carpentier. On croirait voir un film de Charlie Chaplin. Cette fois, le champion du monde déchaîne ses coups. Siki s'effondre et se relève aussitôt !

Quatrième round... Carpentier n'en peut plus et frappe comme il ne l'a jamais fait. Siki lui demande d'arrêter, ce n'est pas dans les conventions, etc. Mais Carpentier jouit de cette situation et cogne à toute force. Pour lui échapper, Siki est contraint de tomber à genoux. L'arbitre compte : « Un... deux... » et puis Siki se relève et encaisse sans murmurer. Il a décidé cette fois qu'il ne tomberait pas, qu'aucune attaque ne pourrait l'abattre. Il donne un coup à Carpentier, un seul, terrible... Carpentier est au tapis... Il tente de se relever, ses pieds glissent comme si le ring était une patinoire...

« Au quatrième round, quand je me suis vu à genoux devant cinquante mille personnes, raconte Siki, je me suis dit : "Voyons, Siki, tu n'es jamais tombé devant aucun boxeur... Tu n'as jamais été à genoux en public comme tu t'y trouves en ce moment..." Et mon sang n'a fait qu'un tour. Je me suis redressé et j'ai frappé [...]. Pourtant, Hellers me murmurait à l'oreille : "Est-ce que tu vas faire l'imbécile ? Oublies-tu ce qui est convenu ?" Ce qui était convenu, c'est que je devais m'étendre les bras en croix au quatrième round. Si je l'avais fait, Hellers aurait gagné deux cent mille francs. Mais je n'ai pas voulu. »

L'arbitre compte : « Trois, quatre, cinq, six… » La caméra filme.

Finalement Carpentier se relève.

Au cinquième round, Carpentier joue les figurants.

Au sixième round, épuisé, il se retient au corps de Siki et, finalement, s'effondre. Mais une fois au tapis il se souvient de ses cours de cinéma. Il se tient la cheville et hurle de douleur, accusant son adversaire de lui avoir fait un croc-en-jambe. L'arbitre n'est pas dupe, mais que faire ? Il demande conseil aux autres juges, qui lui recommandent de donner la victoire à Carpentier afin d'apaiser le public.

« Georges Carpentier vainqueur ! » lance l'arbitre. Il fait fausse route. Les cinquante mille spectateurs du stade Buffalo hurlent : « Siki vainqueur ! Siki vainqueur ! » On atermoie pendant une heure. Finalement l'arbitre s'approche de Siki et lui lève le bras en signe de victoire !

Mais un Noir champion du monde (de France et d'Europe en même temps), c'est inacceptable. Rares sont les journalistes à oser défendre Siki après le match. À l'exception d'un jeune étudiant en droit, Nguyen Ai Quoc, qui, dans une revue communiste, écrit : « Depuis que le colonialisme existe, des Blancs ont été payés pour casser la g… des Noirs. Pour une fois, un Noir a été payé pour en faire autant à un Blanc… » Trente ans plus tard, sous le nom de Hô Chi Minh, ce jeune homme libérera le Vietnam du colon français !

Ces années-là défient les préjugés. Les Noirs commencent à faire entendre leur voix. En 1921, René Maran, un Martiniquais de Fort-de-France, a obtenu le prix Goncourt pour son roman *Batouala* ! « Les

Noirs, jusqu'à présent, travaillaient comme des Nègres dans le sombre, s'insurge un journaliste, le 25 septembre 1922. De temps à autre, ils apparaissaient sur l'estrade du jazz-band [...]. Soudain, le nuage noir éclata et M. René Maran signa *Batouala*. [...] Après les palmes académiques, c'est la palme du gladiateur que vient cueillir le Noir Battling Siki. »

Et les journaux de développer les thèmes récurrents de déclin national, de difficile intégration, etc.

J'ai remarqué la série d'explications avancées au cours de l'Histoire pour justifier la réussite d'un Noir. D'abord, il est affirmé que « les athlètes noirs sont incapables de ceci ou cela »… Puis, quand ils y arrivent, le réflexe premier est d'invoquer la « chance ». Ainsi, dès le lendemain de cet homérique combat, on raconte que Battling Siki a lancé, les yeux fermés, un large swing qui a cueilli Carpentier « par hasard » !

Enfin, quand on s'aperçoit que les Noirs continuent à « être capables », et qu'invoquer la chance n'est plus possible, on dit que c'est « naturel pour eux », c'est physique, c'est génétique, c'est morphologique, c'est physiologique, bref, c'est tout ce qu'on veut sauf le résultat de leur intelligence et de leur travail. « Le match Carpentier-Siki fait ressortir la fragilité du squelette du Blanc comparé à l'ossature granitique du Noir », pouvait-on lire dans un journal.

La prétendue force physique du Noir est liée à son histoire qui le renvoie invariablement à l'esclavage, à sa force exploitable. Esclavage égale effort physique.

Par exemple, lorsque Jesse Owens gagne ses médailles aux Jeux de Berlin, en 1936, on dit que c'est « naturel ». Voici comment un journaliste décrit son fameux saut : « "L'éclair noir" de l'Ohio est la chose la plus rapide au monde qui n'ait pas de roues. Sa course est fluide. Il semble se couler le long de la piste. C'est sa vitesse naturelle qui lui assure sa supériorité au saut en longueur. Il n'a pas à se préoccuper de se donner la peine de produire un gigantesque effort d'extension comme les autres. Tout ce qu'il a à faire, c'est lever les jambes et retenir sa respiration un moment, car quand il commence à atterrir il a déjà le record à sa portée. »

Mais personne ne parle de sa technique. En fait, si Jesse Owens a atteint de tels sommets, c'est qu'il a révolutionné la technique, « en introduisant, comme le dit Étienne Moreau, la phase de poussée au démarrage des courses et une nouvelle vélocité en vitesse de croisière grâce à un cycle court des jambes et le maintien vertical du buste ». De Marie-José Pérec, qui a aussi réalisé des courses fantastiques, on souligne toujours sa « facilité naturelle », gommant les heures d'entraînement, d'acharnement et de souffrance.

Quant à Battling Siki, victime de son temps, les « sages » de la Fédération de boxe réussissent finalement à lui voler son titre, à lui retirer sa licence et à lui reprendre son argent. Battling Siki a raconté la combine imaginée par son entraîneur. Au lieu de stigmatiser la conduite insultante et antisportive de Carpentier sur le ring, on accuse Siki d'avoir profité de la décontraction de son adversaire pour l'envoyer au tapis !

Paul Vaillant-Couturier, dans *L'Humanité*, en tire les conséquences : « Il y a quelque chose de beaucoup plus grave que le trucage d'une épreuve sportive. Il y a là un symptôme caractéristique de la campagne organisée contre les hommes de couleur, il y a là le symbole même du colonialisme. Carpentier, sorte de drapeau national [...], ne pouvait pas sans danger être battu par un Nègre. S'il était battu, il fallait châtier le Nègre. On n'y a pas manqué. »

Écœuré, Battling Siki quitte la France pour les États-Unis, après un détour par la Hollande avec sa femme et son fils, où il est reçu avec les honneurs par la reine de Hollande.

Mais il n'imagine pas ce qu'est New York, et encore moins la puissance de la ségrégation. Comme à son habitude, lui qui ne s'est pas couché au combat ne se mettra pas à genoux. Des années avant Rosa Parks (voir pages 271-280), il refuse de céder sa place dans le bus, d'aller dans les toilettes pour Noirs, de prendre les ascenseurs pour Noirs. « Vous avez une statue de la Liberté, leur dit-il, mais c'est un mensonge. » Il multiplie les provocations. Vous dites que le Noir est un singe, un bigame ? Fort bien. Alors il se remarie avec une Blanche américaine et se promène dans New York avec un singe sur l'épaule...

Et ce qui doit arriver arrive. L'homme qui aime les femmes blanches, les voitures blanches et les cravates blanches est refroidi de sept balles dans le dos trois ans plus tard, par un hivernal matin de décembre 1925. Il n'a même pas atteint ses trente ans.

Des décennies plus tard, il reçoit un magnifique bouquet de fleurs lorsque Fernandez Mell, lieutenant de Che Guevara, prendra « Siki » pour nom de guerre.

La libellule noire

Panama Al Brown
5 juillet 1902 - 11 avril 1951

Tu es un Nègre bleu qui boxe
les équateurs, les équinoxes.

Soleil, je supporte tes coups ;
tes gros coups de poing sur mon cou.

C'est encore toi que je préfère,
soleil, délicieux enfer.

Jean Cocteau,
Batterie

J'aimerais évoquer la « libellule noire », la star du ring que fut Panama Al Brown, dans les années 1930, à cause de son génie de champion du monde.

Alfonso Teofilo Brown est né à Colón, au Panama. Son père est un ancien esclave du Tennessee qui, libéré, a rejoint le Panama pour travailler au canal de Lesseps.

Il commence la boxe à l'âge de dix-sept ans, multipliant les KO et se faisant remarquer par un homme d'affaires américain qui dirige le Vél' d'Hiv à Paris. Il a la morphologie idéale du boxeur : 1,75 mètre pour

52 kilos, suffisamment grand pour enrayer les assauts d'un direct du gauche, les bras assez longs pour décocher des coups à distance, et les jambes longues et fines…

En 1927, il gagne plusieurs combats au Vél' d'Hiv devant vingt mille spectateurs ! Puis il se rend aux États-Unis où il accumule les victoires. De retour à Paris, il met KO son premier adversaire en dix-huit secondes ! Et tous les autres avant la limite. Il est fin prêt pour la conquête du titre de champion du monde. Titre qu'il obtient en 1929, à la quinzième reprise, face à Gregorio Vidal. Quand Eugène Huat, dit le « Chat tigre », veut le lui reprendre, Al Brown le bat facilement. Il conservera son titre durant six longues années. Al Brown a une frappe qui pourrait lui permettre, dit-on, de vaincre des poids lourds.

Le Tout-Paris l'adule. Il fascine par son élégance, son intelligence, son don des langues – il en parle couramment sept –, il intrigue par sa vie de noctambule excentrique, dans des cabarets qu'il quitte au matin, assommé par l'alcool et l'opium. Il dérange à cause des bouteilles de champagne qu'il apporte jusque sur le ring, où il boit, grille des cigarettes en attendant le gong. Et il gagne, car sa technique consiste à n'être jamais là où son adversaire le croit, pour mieux le foudroyer.

Jusqu'à ce 1ᵉʳ juin 1935 à Valence, en Espagne, où il perd sa couronne contre Baltazar Sangchilli… Seulement, le combat est truqué. Son propre agent, soudoyé par l'adversaire, a versé un puissant narcotique dans son verre. Ne comprenant pas ce qui lui arrive, Al Brown combat jusqu'à la syncope. L'arbitre voit tout, il sait tout et ne dit rien. Il est complice de l'arrangement. Il n'y a qu'un seigneur sur le ring : c'est l'arbitre, un seigneur qui impose ses règles… Écœuré par les enjeux truqués, les managers véreux et les salles complices, Al Brown jette les gants.

Il se reconvertit dans la direction d'un orchestre qui se produit au Caprice viennois, dans le quartier de Pigalle. Rongé par l'opium et l'alcool, le champion est devenu pathétique. C'est là que le poète Jean Cocteau, devant ce triste spectacle, murmure : « Un diamant noir dans une poubelle. »

Maintenant Al Brown amuse les Parisiens. Ému, Cocteau se met en tête de lui redonner sa place sur le ring. Al Brown refuse. De plus, il souffre terriblement de sa main droite. « Je ne veux plus qu'on me touche, lui répond-il, j'ai les poignets en verre filé. » Pourtant Cocteau réussit à le convaincre.

Évidemment, qu'un poète veuille jouer les managers de boxe fait rire le Tout-Paris. On sait que Cocteau aime les hommes, mais il a d'autres motivations. Lui aussi a dû se libérer de la drogue, lui aussi a dû « réussir » pour afficher sa « couleur » sexuelle, et il ressent une véritable empathie pour cet homme. « J'aime la boxe, écrit-il, et c'est pourquoi j'ai un jour convaincu Al Brown de plonger à nouveau dans cette poésie active, dans les syntaxes mystérieuses qui firent la gloire de sa jeunesse. Je m'étais attaché au sort de ce boxeur, parce qu'il me représentait une sorte de poète, de mime, de sorcier, qui transportait entre les cordes la réussite parfaite d'une des énigmes humaines : le prestige de la présence. Al était un poème à l'encre noire, un éloge de la force spirituelle qui l'emporta sur la force tout court. »

Leur relation amoureuse est peu connue. Pour beaucoup, un homosexuel ne peut pas faire de sport, encore moins de la boxe, il peut encore moins être un Noir. Moi-même, jeune Antillais, je pensais qu'il ne pouvait pas exister de Noirs homosexuels. Nous vivons dans une société où les préjugés s'attachent encore à l'homosexualité. Ils me semblent identiques à ceux qui entourent la couleur de peau ou la religion. Un député du Nord qualifiait, il y a peu de temps encore, le « comportement homosexuel » de « menace pour la survie de l'humanité ».

Le Black Panther Party ne s'y était pas trompé. Le 5 août 1970, H. P. Newton, son ministre de la Défense, faisait cette déclaration : « Il faut nous lier avec le mouvement des homosexuels, car c'est un mouvement réel. [...] Ils sont peut-être la couche la plus opprimée au sein de cette société [...] Et ce sont sans doute les préjugés qui me font dire : même un homosexuel peut être révolutionnaire. Bien au contraire, il y a de fortes chances pour qu'un homosexuel soit parmi les plus révolutionnaires des révolutionnaires. »

L'homophobie, comme le racisme, est un problème d'imaginaire. Nos sociétés sont nourries d'a priori et, bien sûr, les plus homophobes sont ceux qui n'ont jamais fréquenté d'homosexuels. Savez-vous que 25 % des suicides chez les adolescents et les jeunes adultes touchent des homosexuels ? Les agressions, les injures, les propos méprisants sont courants dans les cours d'école et dans la société tout entière. Chacun doit apprendre à respecter l'autre… Aidons ces jeunes à accepter leur sexualité, à rester en vie.

De nos jours, les pratiques homosexuelles sont encore passibles de la peine de mort dans six pays : Afghanistan, Iran, Mauritanie, Pakistan, Soudan et Yémen. Elles sont illégales et punies de prison dans quatre-vingt-dix pays ! En France l'inégalité perdure, le mariage et l'adoption ne sont toujours pas ouverts aux couples du même sexe. Une société où certains ont plus de droits que d'autres est-elle une société juste ?

Ce qui sauve finalement Al Brown, c'est une histoire d'amour. Managé par Cocteau, il suit une cure de désintoxication à l'hôpital Sainte-Anne : sans doute son plus dur combat. Il refait du sport, et il ressuscite. « Imaginez maintenant, écrit le poète, quelque chose (il est impossible d'écrire quelqu'un) qui circule, pareil à la foudre, à la chance, à la colère […], aux épidémies. »

Enfin, le 4 mars 1938, Panama Al Brown pénètre dans la grande salle du palais des Sports de Paris. Son adversaire est encore Sangchilli. Al Brown aborde le combat mal en point, grippé et le foie malmené par le champagne qu'il a bu pour se donner du courage. C'est un combat de gosses effrayés.

Al Brown domine pendant neuf rounds son adversaire, et puis il vieillit à vue d'œil sur le ring, ses jambes sont en flanelle, il grimace, saigne, continue à l'aveugle. Son adversaire semble glisser à chaque coup vers le tombeau. Au bord de l'effondrement, l'arbitre les sépare. Al Brown est déclaré vainqueur.

Panama Al Brown a frôlé la catastrophe. Cocteau lui écrit : « Lâche la boxe. Tu la détestes. Tu voulais un acte de justice. La fameuse élite, à qui quatre rounds de fatigue font oublier onze de miracle, ne mérite pas que tu t'épuises pour elle. La foule t'a prouvé qu'elle t'aimait. Essaye du neuf. »

Al Brown aurait aimé suivre ses conseils, mais il ne savait pas vivre sans combattre… Ce fut l'alcool qui le mit finalement au tapis.

La plume de la colère

Richard Nathaniel Wright
4 septembre 1908 - 28 novembre 1960

En 2008, l'Amérique pré-Obama fête le centenaire de la naissance de l'écrivain noir américain Richard Wright. Pour une fois, le proverbe : « Nul n'est prophète en son pays » s'inverse, qui plus est au profit d'un Noir. Pourtant, cet homme a volontairement quitté sa patrie en 1947, déclarant publiquement qu'il rejoignait la France pour y dénoncer librement la ségrégation du pays où il était né. Car, jusqu'à son dernier souffle, Richard Wright s'est évertué à combattre pour changer une civilisation qui ne permettait que trois choix de vie : se satisfaire d'ambitions futiles, se morfondre dans les rancœurs stériles, se révolter. Les héros de Wright, faits de rage et de peur, hantent encore l'Amérique.

Richard Wright naît à Natchez, dans le Mississippi. Cette ville est, au XIXe siècle, l'un des plus grands marchés d'esclaves du Sud américain. Dans cet État raciste et ségrégationniste, la condition des Noirs a peu changé depuis l'abolition : « Des scieries, des manufactures cotonnières [...], un marécage, une prison ; des routes, des coups de cafard, des voyages, des accidents et bien entendu les formes les plus diverses de la violence. » Petit-fils d'esclaves, il endure une enfance pauvre, enserrée entre la violence familiale, une étouffante religiosité et la « terreur blanche ».

Il a six ans quand son père rejoint une autre femme. Sa mère est cuisinière chez des Blancs : elle part tôt le matin, rapporte quand elle le peut des restes pour le soir. Richard est livré à lui-même toute la journée. Il suit les chômeurs et les ouvriers noirs qui vont noyer leur oppression au bar du coin. Leur jeu consiste à soûler ce petit bonhomme et à lui faire répéter un chapelet d'obscénités. Voilà pour l'éducation. « Mon père était statistiquement promis à la délinquance », me dit sa fille Julia Wright que j'ai rencontrée pour l'écriture de ce chapitre.

L'attitude et la vie de Richard Wright tiennent en deux mots à la sonorité proche : *hungry*, la faim, et *angry*, la colère. Sa première passion, celle qui dominera toute sa vie et forgera sa vision du monde, est la recherche de nourriture, physique autant qu'intellectuelle. Satisfaire sa faim, celle qui a provoqué sa première prise de conscience des divisions raciales. « À regarder manger les Blancs, mon estomac vide se contractait et une colère sourde montait en moi », dit-il. Colère et faim additionnées transforment l'obsession physique en recherche existentielle et bientôt intellectuelle. Car la culture est aussi une nourriture. Responsables politiques, plutôt que de construire des stades ou des salles de boxe pour les jeunes, apportez-leur des maisons de la culture et des livres de femmes et d'hommes qui leur ressemblent ! L'éducation ne sert pas qu'à dénicher un boulot, elle sert à se sentir bien dans sa peau.

Or les livres sont inaccessibles, quasiment interdits aux gamins noirs et pauvres du Sud. Richard les recherche avec passion et ingéniosité ; pour réussir à lire, il est capable de toutes les rapines. Il vole les mots comme on vole le feu, avec vénération et crainte.

« Je n'avais jamais été malmené par des Blancs, mais mes rapports avec eux étaient les mêmes que si j'eusse été lynché plus de mille fois », dit-il. Son oncle est assassiné dans l'Arkansas. Enfant, il entend des adultes parler à voix basse des lynchages. Dans ces conditions d'existence, certains Noirs se tournent vers la religion, espérant que leur vie sera plus douce dans l'au-delà ; d'autres traduisent leur souffrance par le blues ou le jazz, ou noient leur fièvre dans l'alcool ; d'autres enfin se révoltent, deviennent des *bad negros*. Des *bad negros*, Wright en a connu de toutes sortes dans son enfance. Comme celui qui les terrorisait, lui et ses compagnons de jeu. « Je soupçonne que sa fin fut violente », dit Richard Wright. Celui dont la violence s'exerçait contre les Blancs. « Il était en prison la dernière fois que j'ai entendu parler de lui. » Ou celui qui provoquait les Blancs. « Un flic blanc lui tira dans le dos… » Celui aussi qui attaquait les lois de la ségrégation et parlait de tous les sujets tabous : « Les Américaines blanches, le Ku Klux Klan, la France et la façon dont les soldats nègres y vivent, les Françaises, Jack Johnson, tout le nord des États-Unis, la guerre civile, Abraham Lincoln […], l'esclavage, l'égalité sociale, le communisme, le socialisme… » Celui-là finit à l'asile.

La lecture et l'écriture éviteront à Richard Wright de devenir un délinquant. Elles lui donneront les mots, la distance, les matériaux qui permettent d'établir une

passerelle entre soi et le monde. La bibliothèque muni-
cipale étant interdite aux Noirs, il faudra la bonne
volonté d'un Blanc qui lui prête sa carte de lecteur
pour qu'il puisse emprunter des livres à son nom.
Il rapporte chez lui ces trésors enveloppés dans du
papier journal, comme des produits de contrebande.

Puis il rejoint Chicago, attiré par le grand mythe de
l'égalité des chances. En vérité, les Noirs sont aussi
mal traités que dans le Sud. Déshérité au cœur de la
plus grande abondance, il est livreur, plongeur, pos-
tier et trompe son impatience, sa rage, son sentiment
d'exclusion par la littérature. Heureusement, il existe
les clubs John Reed, liés au Parti communiste, qui
s'adressent aux écrivains et aux artistes. Ils éditent la
revue *Front gauche* où Wright découvre Gorki, Gide,
s'initie à la sociologie, à la psychologie, au marxisme.
C'est là qu'il publie ses premiers textes.

Il sera toujours reconnaissant au Parti communiste
de l'avoir sorti du ghetto. Pourtant, il ne tarde pas à
comprendre qu'il y a un prix à payer : la mise au pas,
la pensée unique. Car la gratuité – « *free* », dit-on
maintenant – est factice, tout se paie. Simplement,
le prix n'est pas affiché… Lorsqu'il quittera le Parti
communiste, ce ne sera pas parce qu'il renie le
marxisme ou le socialisme, mais parce qu'il veut
penser par lui-même. Aimé Césaire exprime la même
chose en 1956, dans sa *Lettre à Maurice Thorez* :

« Un fait à mes yeux capital est celui-ci : que nous,
hommes de couleur, en ce moment précis de l'évolution historique, avons, dans notre conscience, pris
possession de tout le champ de notre singularité et que
nous sommes prêts à assumer sur tous les plans et

dans tous les domaines les responsabilités qui découlent de cette prise de conscience.

« Singularité de notre "situation dans le monde" qui ne se confond avec nulle autre.

« Singularité de nos problèmes qui ne se ramènent à nul autre problème.

« Singularité de notre histoire coupée de terribles avatars qui n'appartiennent qu'à elle.

« Singularité de notre culture que nous voulons vivre de manière de plus en plus réelle.

« Qu'en résulte-t-il, sinon que nos voies vers l'avenir, je dis toutes nos voies, la voie politique comme la voie culturelle, ne sont pas toutes faites ; qu'elles sont à découvrir, et que les soins de cette découverte ne regardent que nous ? »

Au Parti communiste comme dans sa vie, Richard Wright milite passionnément. Il devient un pilier du club John Reed et bientôt un écrivain dont on commence à retenir le nom. En 1938, il publie le recueil de nouvelles *Les Enfants de l'oncle Tom*, en référence à la célèbre *Case de l'oncle Tom*, de l'abolitionniste « blanche » Harriet Beecher Stowe. Un livre « terrifiant en tant qu'expression de la haine raciale ».

En 1940 paraît *Native Son* (*Un enfant du pays*), roman dur, provocant, qui dénonce l'Amérique raciste, l'aveuglement des communistes, la bonne conscience de la gauche, les religieux qui montrent patte blanche, la ville qui étrangle la personnalité humaine, la société américaine qui nie les droits fondamentaux des pauvres et des Noirs.

L'histoire illustre la misère et le destin des Noirs dans ces années-là. Bigger Thomas est un jeune Noir du ghetto de Chicago, qui tue par panique parce qu'il n'arrive pas à exprimer ses émotions, parce qu'il n'a pas les mots, parce qu'il est illettré. Chaque acte qu'il commet s'explique par une injustice. Il trouve un travail comme chauffeur chez de riches Blancs. Or, dès le premier jour, leur fille, sympathisante communiste, lui commande de la conduire en cachette à une réunion communiste, puis dans un quartier noir du South Side. Au retour, elle est ivre morte. Il est très tard. Si ses parents les trouvent ensemble, il perd sa place. D'autre part, la porter jusque dans sa chambre lui est interdit. Ce serait transgresser les règles de la ségrégation raciale et il risquerait de se faire accuser de viol. Sans doute devrait-il appeler ses parents pour l'aider, mais il ne veut pas la trahir. Alors Bigger se résout à agir lui-même. Mais à peine est-il arrivé dans la chambre que la mère entend des bruits et appelle sa fille ! Terrorisé, il applique un coin d'oreiller sur la bouche de la jeune fille pour la contraindre au silence et l'étouffe sans l'avoir voulu. « Il était un assassin. Un Nègre assassin, un assassin noir ! » Il pense à s'enfuir. Mais ses empreintes le trahiront. Il la dépose dans une malle. Plus tard, il la brûle dans un calorifère. Enfin, il s'enfuit, tue sa petite amie par peur qu'elle ne le trahisse et, au terme d'une chasse à l'homme, il est capturé et finit sur la chaise électrique.

Lors de sa parution, le livre provoque un énorme engouement. On qualifie Richard Wright de « Dickens noir », de « Steinbeck sépia », on loue ses qualités littéraires et son acuité sociale. La communauté noire pauvre est fière que l'un des siens accède à une telle notoriété. Mais les Noirs des classes moyennes et des professions libérales l'accusent d'exagération et de pessimisme. Pourquoi avoir choisi comme héros un Noir aussi asocial ? Ne risque-t-il pas ainsi de discréditer tous les Noirs ? Zola subit le même reproche pour avoir montré dans *L'Assommoir* un héros alcoolique. En effet, les classes moyennes noires, en pleine ascension sociale, craignent les remous, car elles tentent de se persuader que le problème noir est en cours de règlement... « Ayant eux-mêmes échappé de justesse au type de réaction Bigger Thomas, dit Richard Wright en postface de son roman, ils trouvent très désagréable qu'on leur rappelle publiquement les abîmes de déchéance au-dessus desquels ils jouissent de leur vie bourgeoise. Ils ne désirent pas du tout que les gens, surtout les Blancs, puissent penser que leur manière de vivre est, ne fût-ce qu'effleurée, par quelque chose d'aussi sombre et brutal que Bigger. »

« Voilà le fils tragique que je vous laisse, dit-il à tous les Américains. On verra ce que vous en ferez. » Car le romancier refuse de dissocier Blancs et Noirs. Bigger n'est pas noir tout le temps. Il est blanc aussi. En fait, des millions de Bigger, produits *made in USA*, produits d'une société disloquée par un capitalisme sauvage, portent en eux les potentialités du crime.

Quant au Parti communiste, il ne se réjouit pas de ce roman où les camarades ne sont pas « peints sous les traits de chevaliers immaculés chargeant l'ennemi avec héroïsme ». Mais – comme l'explique Michel Fabre dans un ouvrage consacré à l'écrivain –, pour Richard Wright, décrire les Noirs conformément aux théories politiques du Parti reviendrait à nier les Bigger Thomas et à se renier lui-même. Du coup, il s'éloigne du Parti, mais pas de ses convictions socialistes.

En 1947, il quitte les États-Unis pour la France. Depuis des années, sa colère monte. Deux ans auparavant, une goutte d'eau a fait déborder la coupe. Sa fille, Julia Wright, se souvient : « J'ai trois ans. Nous habitons New York. Comme mon père est en train d'écrire, il demande à Connie, une amie blanche, de me sortir quelques heures. Connie m'emmène au Bergdof Goodman, un magasin très chic de la Vᵉ Avenue. Elle regarde les robes, je la suis en la tenant par la jupe. Finalement, je lui dis que je veux faire pipi. Elle se rapproche d'un comptoir et demande à une vendeuse où sont les toilettes. Celle-ci lui indique aimablement la direction. Or, en m'éloignant du comptoir, je deviens visible ! La vendeuse s'écrie : "Madame, vous pouvez y aller, mais pas elle !"

« En rentrant, elle raconte à mon père ce qui s'est passé. Je m'en souviens encore, je suis dans la salle à manger, Connie et mon père sont dans le bureau à côté. Et j'entends le hurlement de mon père. Comme un hurlement de bête blessée ! »

Des humiliations personnelles, il en a subi bien d'autres, comme l'obligation d'aller à Harlem pour se faire couper les cheveux, ou l'impossibilité de s'acheter une maison dans certains endroits réservés aux Blancs. Et, toujours, la vision de ces Noirs éternellement méprisés.

Les raisons de son émigration sont affectives – il ne veut pas que sa fille soit élevée dans un tel climat –, mais aussi intellectuelles et littéraires. Aller en

Europe, c'est se porter sur les pas de Hemingway, c'est fréquenter les écrivains français qu'il admire, comme Camus ou Gide.

À son arrivée à la gare Saint-Lazare, il est accueilli par l'écrivaine Gertrude Stein. Quelques mètres plus loin, il remarque une voiture de l'ambassade américaine aux vitres teintées… La surveillance du FBI commence ! Elle ne se relâchera jamais.

Rapidement, il rencontre des Français de gauche de diverses tendances : des trotskistes comme Maurice Nadeau, des communistes comme Paul Éluard ; et des écrivains membres d'aucun parti comme André Breton, Jacques Prévert, André Gide ou Jean-Paul Sartre. Sa femme, Ellen Wright, américaine, blanche, juive et communiste, devient l'agent littéraire de Simone de Beauvoir… Comme Wright n'est d'aucun parti, on s'exprime librement devant lui et peu à peu les contradictions émergent. Les fissures aussi, car Wright a du mal à se contenir, il est toujours prêt à réparer les injustices. Il n'est pas bonimenteur, il ne fait pas d'effets de manches. Ce qui compte pour lui, c'est l'action. Pas question de s'embourgeoiser à Paris, entouré de stars intellectuelles de la Rive gauche, ni de se vautrer dans un fauteuil de romancier à succès. Or il le pourrait : son roman, *Black Boy*, qui raconte son enfance dans le Mississippi, a atteint le million d'exemplaires. *Un enfant du pays*, six cent mille exemplaires !

En fait, Paris lui sert de tremplin pour ses voyages et ses actions inlassables en faveur des luttes des opprimés. En 1952, il rencontre le grand homme d'État ghanéen Kwame Nkrumah, qui réclame à cor et à cri l'indépendance pour l'Afrique noire colonisée. On retrouve Wright en avril 1955 en Indonésie, à Bandung, où se tient la première conférence des vingt-neuf pays non alignés (c'est-à-dire, pendant la guerre froide, des pays ne dépendant d'aucune puissance mondiale). Il y rencontre l'Indien Nehru, le Chinois Zhou Enlai, l'Indonésien Sukarno, l'Égyptien Nasser, et en tire un reportage intitulé : *Bandoeng, 1 500 000 000 d'hommes*.

Rentré à Paris entre deux voyages, il consacre l'essentiel de son temps à la lutte contre le racisme. Il met sur pied un groupe dont le but est de dénoncer toutes les injustices aux États-Unis, les lynchages, la propagande américaine dans le monde, et de défendre les Noirs face au racisme et à la discrimination dans les entreprises américaines en France.

Richard Wright joue le rôle de patriarche pour tous les écrivains et artistes expatriés de l'époque, et ils sont nombreux car la capitale française fascine par sa réputation de liberté. Il fédère de grands auteurs noirs comme James Baldwin, exilé en France en novembre 1948, qui, lui aussi, mêle expression littéraire et engagement politique, ou Chester Himes, l'auteur de *La Reine des pommes*, exilé en France en 1953, dont il dit que sa prose est « si intensément aveuglante qu'elle vous brûle les yeux ». Et d'autres Américains exilés encore, comme William Gardner Smith, ou le dessinateur Ollie Harrington, l'un des plus grands artistes du XXᵉ siècle, qui a créé un personnage dressé contre la ségrégation avec humour et dérision.

Le regroupement de tous ces intellectuels noirs gêne la propagande américaine qui tente de faire croire que le problème noir est réglé, qu'il n'y a plus de discrimination. « Le venin de Wright, débité sans cesse par les expatriés aux terrasses des cafés et par des années de gros titres sur les lynchages, est parvenu à empoisonner la pensée européenne au sujet des problèmes raciaux aux États-Unis », écrit un journaliste en 1956. Le FBI resserre la surveillance autour de lui. Il est fiché au National Security Index comme représentant une menace contre la sûreté nationale américaine. On est en pleine guerre froide entre l'Est et l'Ouest ; la chasse aux sorcières atteint son paroxysme.

Le camp conservateur, prônant la suprématie blanche aux États-Unis, ne peut tolérer qu'en France une élite noire s'unisse. Aussi se rabat-il sur la meilleure des tactiques : diviser pour mieux régner. « C'est une lutte meurtrière dans laquelle l'on dresse un frère contre l'autre, dans laquelle des menaces de violence physique sont brandies par un Noir contre un autre, dans laquelle on fait vœu de blesser ou de tuer », écrit Richard Wright. La prétendue opposition entre Richard Wright et James Baldwin est montée de toutes pièces par le FBI. Manipulé par les services culturels américains, Baldwin, l'inoubliable auteur de *La prochaine fois, le feu*, fait tout pour détruire la réputation de Wright. Deux étoiles noires n'ont pas le droit de coexister.

Les intimidations ne s'arrêtent pas là, car Wright est un incorruptible, donc un danger potentiel qu'il faut surveiller sans cesse. « Bien sûr, je ne veux pas qu'il m'arrive quoi que ce soit, écrit Richard Wright à Margrit de Sablonière, le 30 mars 1960, mais, si c'est le cas, mes amis sauront exactement d'où cela vient. Si je te dis de telles choses, c'est pour que tu saches ce qu'il se passe. Du point de vue des Américains, je suis pire qu'un communiste, car mon travail a jeté une ombre sur leur politique en Asie et en Afrique. Voilà le problème : ils m'ont demandé maintes et maintes fois de travailler pour eux, mais je préférerais mourir. »

Il préférait mourir. Il est mort huit mois plus tard.

« Ses dernières interventions, écrit Michel Fabre, visaient à dévoiler les manœuvres des services secrets américains. Née dans la rébellion, sa carrière va se terminer par la rébellion. » Le 8 novembre 1960, il donne une conférence où il montre comment le gouvernement américain réduit au silence ses intellectuels et ses artistes noirs. Il décrit les tensions raciales sur les bases navales américaines, en Europe ; il dénonce l'espionnage au sein de la communauté noire expatriée à Paris ; et il dévoile les méthodes d'infiltration du FBI et de la CIA dans les « zones noires »…

L'étau se resserre autour de lui, les attaques fusent. Il y répond par l'écriture de huit cent dix-sept courts poèmes, dits haïkus, qui allument des petites lumières dans cette obscurité où il vit, des évidences dans un monde où l'on prêche le faux-semblant :

Le chat fermant les yeux
Bâille comme s'il voulait
Avaler le printemps

Les moineaux eux-mêmes
Essayent de réchauffer
L'épouvantail gelé

Le 28 novembre 1960, on annonce sa mort, due à une crise cardiaque. Certains parlent d'empoisonnement. Plus probablement, comme bien d'autres écrivains noirs américains, Richard Wright est mort victime de la haine. Son cœur a lâché, usé d'avoir sans répit pris la plume pour dénoncer les injustices.

Le résistant qui ne parla pas

Addi Bâ
25 décembre 1913 - 18 décembre 1943

*Vous Tirailleurs Sénégalais, mes frères
    noirs à la main chaude sous la glace et
    la mort
Qui pourra vous chanter si ce n'est votre
    frère d'armes, votre frère de sang ?
Je ne laisserai pas la parole aux ministres,
    et pas aux généraux
Je ne laisserai pas – non ! – les louanges
    de mépris vous enterrer furtivement.
Vous n'êtes pas des pauvres aux poches
    vides sans honneur
Mais je déchirerai les rires banania sur
    tous les murs de France.*

Léopold Senghor,
« Poème liminaire »,
in *Hosties noires* (1948)

Le colonel Rives me reçoit dans son appartement près de Fontainebleau, à quelques pas des lieux où j'ai passé ma jeunesse. Il me parle de la guerre de 1939-1945, avec ses cortèges de morts, de blessés, et les combattants « indigènes » venus d'Afrique et d'ailleurs.

Quand la Seconde Guerre mondiale – celle qui ne devait jamais arriver – est déclarée, Maurice Rives a seize ans. À vingt ans, en 1944, il prend le maquis, puis il devient militaire de carrière. Il sert au Vietnam, en Algérie, au Laos, au Cameroun, en République centrafricaine, à la Martinique, à Djibouti... Partout où la République a besoin de lui. Il est à la retraite lorsqu'il apprend avec stupéfaction que ses anciens compagnons d'armes subissent une discrimination sur le montant de leur pension, en tant qu'originaires des anciennes colonies. Il en a la confirmation un jour qu'à Sarcelles il retrouve un vieux camarade, commandeur de la Légion d'honneur, qui n'a plus de dents parce que trop pauvre pour avoir jamais pu les faire soigner.

On aurait pu croire que la République honorerait sans différence tous ses soldats – dont beaucoup ont été blessés ou handicapés à vie –, qu'ils soient ressortissants de l'ancien empire colonial français ou extérieurs à cet empire. Or les soldats d'Afrique, y compris les réquisitionnés pour combattre sous la bannière française, ont eu droit à une pension de guerre misérable, calculée sur les moyens de leur pays, et sur sa monnaie, souvent dévaluée.

Décidé à dénoncer une injustice qui déshonore son pays, le colonel Rives prend les armes, du moins celles des temps de paix : les médias. Il écrit une centaine d'articles, participe à une dizaine d'émissions à la radio, à la télévision. En vain. La discrimination ne disparaît pas, malgré le film de Rachid Bouchareb, *Indigènes*, en 2006, qui montre des soldats de toutes couleurs et religions unis dans la lutte pour la liberté de la France.

Convaincu que c'est son devoir, que son honneur le lui commande, le colonel Rives me parle d'un homme dont l'histoire lui tient particulièrement à cœur : Addi Bâ, un parfait « soldat inconnu » ! Évidemment, le colonel Rives aurait pu choisir une figure célèbre, comme celle de Félix Éboué (1884-1944). Seul Noir à parvenir au sommet hiérarchique de l'administration coloniale, Éboué rejoint dès le 18 juin 1940 la Résistance et, en tant que gouverneur, proclame le ralliement officiel du Tchad, alors colonie française, au général de Gaulle. Il organise une armée de quarante mille hommes. En Afrique résidait le « seul espoir » de la France libre, tandis que l'Hexagone était occupé. « Pour que cet espoir se matérialise, écrit le général de Gaulle dans ses *Mémoires de guerre*, il lui faut disposer de véritables soutiens en Afrique. Le premier et très efficace soutien viendra donc d'un administrateur colonial originaire de Guyane, Félix Éboué. »

Mais Félix Éboué, lui, a vu sa résistance reconnue. Ses cendres ont été transférées le 20 mai 1949 au Panthéon auprès de grands résistants comme Jean Moulin, d'abolitionnistes comme l'abbé Grégoire ou Victor Schoelcher et de grandes consciences comme Émile Zola et Jean Jaurès. Addi Bâ, lui, reste une étoile noire perdue dans le ciel de France. Pour tout honneur, le colonel Rives, avec l'accord des Langevins, a donné son nom à une rue de Langeais, en Indre-et-Loire, le 11 mai 1991…

Addi Bâ est né en 1913 près de Conakry, en Guinée, colonie française. Arrivé en France, il est engagé comme cuisinier chez un notable de Langeais. En

1939, alors que la guerre est imminente, l'état-major de l'Armée se souvient des forces « indigènes » qui combattirent si courageusement en 14-18. Addi Bâ s'engage. Pour un Africain qui connaît la propagande nazie, la victoire de l'Allemagne signifierait une forme de retour à l'esclavage. Aimé Césaire l'exprime, en 1948, dans son introduction à une réédition d'*Esclavage et Colonisation*, de Victor Schoelcher : « On aurait peine à s'imaginer ce qu'a pu être pour les Nègres des Antilles la terrible époque qui va du début du XVIIᵉ siècle à la moitié du XIXᵉ siècle, si depuis quelque temps, l'histoire ne s'était chargée de fournir quelques bases de comparaison.

« Que l'on se représente Auschwitz et Dachau, Ravensbrück et Mathausen, mais le tout à l'échelle immense, celle des siècles, celle des continents, l'Amérique transformée en "univers concentrationnaire", la tenue rayée imposée à toute une race [...]. Qu'on imagine tout cela et tous les crachats de l'histoire et toutes les humiliations et tous les sadismes et qu'on les additionne et qu'on les multiplie et on comprendra que l'Allemagne nazie n'a fait qu'appliquer en petit à l'Europe ce que l'Europe occidentale a appliqué pendant des siècles aux races qui eurent l'audace ou la maladresse de se trouver sur son chemin. »

En avril 1940, Addi Bâ est affecté au 12ᵉ régiment de tirailleurs sénégalais. Le 10 mai 1940, les hommes sont envoyés faire rempart de leur corps contre l'avancée de l'armée allemande, subissant les pertes les plus massives de l'armée : cinq cent vingt mille tirailleurs seront mobilisés pour occuper la première ligne. Que l'on compare : le taux de mortalité des combattants « français de France », en 1939-1940, sera de 3 % ;

celui des soldats d'Afrique-Occidentale française et d'Afrique-Équatoriale française, de 40 % !

En mai et début juin 1940, mal équipé, les pieds dans la boue, Addi Bâ lutte dans les Ardennes et sur la Meuse, dans des combats terribles, parfois au corps à corps. Le 18 juin 1940, à Harréville-les-Chanteurs, en Haute-Marne, son régiment est décimé. Certains combattants sont morts sur les champs de bataille, d'autres massacrés une fois faits prisonniers. Cinq ou six cents tirailleurs sont froidement exécutés par les Allemands. Une balle dans la nuque.

En dépit de toutes les règles de la guerre, les nazis organisent de véritables chasses à l'homme dans la Sarthe, en Côte-d'Or, ailleurs encore. Les soldats « sénégalais » sont internés en France plutôt qu'en Allemagne, car les Allemands redoutent les maladies tropicales et, plus encore, le risque de relations sexuelles avec des Blanches !

C'est l'innommable comportement nazi à l'égard des Noirs qui détermine Jean Moulin, futur président du Conseil national de la Résistance, à entrer dans le combat. Alors préfet de l'Eure-et-Loir, il est arrêté le 18 juin 1940, contraint par les Allemands à reconnaître que les tirailleurs sénégalais commettent des actes atroces, qu'ils se comportent comme des sauvages. Comme il refuse de signer le papier qu'on lui tend, comme il se révolte contre une « telle indignité », on le frappe, on l'insulte. Il le raconte lui-même dans son livre *Premier Combat*.

L'un des nazis, reprenant son calme, revient à la charge : toutes les preuves accusent les soldats noirs d'atrocités indescriptibles. Comme Jean Moulin demande à voir ces preuves, on lui produit un document qui rapporte que des effectifs de soldats noirs « ont emprunté, dans leur retraite, une voie de chemin de fer près de laquelle ont été trouvés, à douze kilomètres environ de Chartres, les corps mutilés et violés de plusieurs femmes et enfants ».

« Quelle certitude avez-vous que les tirailleurs sénégalais sont passés exactement à l'endroit où vous avez découvert les cadavres ? leur demande Jean Moulin.

– On a retrouvé du matériel abandonné par eux », répond le nazi. Ajoutant que les victimes ont été examinées par des spécialistes et que « les violences qu'elles ont subies offrent toutes les caractéristiques des crimes commis par des Nègres ».

« Les caractéristiques des crimes commis par des Nègres ! » Jean Moulin sourirait presque devant de tels stéréotypes.

N'ayant pas réussi à obtenir sa signature par la violence ou la persuasion, les nazis conduisent le préfet sur les lieux du prétendu carnage où ils lui montrent neuf cadavres horriblement défigurés, parmi lesquels des enfants. Jean Moulin n'est pas dupe et reconnaît aussitôt qu'il s'agit de victimes d'un bombardement. Furieux, les nazis le jettent dans un réduit, près du tronc d'une femme amputée de tous ses membres.

À la nuit tombante, Jean Moulin n'a toujours pas cédé malgré un état de faiblesse tel que les Allemands le bouclent dans une chambre de l'hôpital de Chartres, avec promesse de continuer l'interrogatoire le lendemain. Un tirailleur sénégalais est déjà couché sur un matelas, à côté de lui. « Comme nous connaissons maintenant votre amour pour les Nègres, nous avons pensé vous faire plaisir en vous permettant de coucher avec l'un d'eux », ricanent les geôliers nazis.

Pourquoi un tel acharnement à exiger la signature de Jean Moulin – au point que ce dernier se tranchera la gorge avec un débris de verre, sans, heureusement, mettre fin à ses jours ? C'est que les Allemands avaient besoin d'une garantie officielle d'un préfet français pour dissimuler leurs crimes de guerre contre les tirailleurs sénégalais. Je lis : « Fin 1940, on dénombre 165 Sénégalais enterrés dans la zone des combats du 16 juin […] dont 120 "inconnus" auxquels les Allemands ont retiré leur plaque d'identité pour les rendre anonymes. Ceux-là, entre autres, ont été abattus comme des chiens, le 17, après leur capture… »

Mais que devient Addi Bâ ? Tandis que les luttes se poursuivent, que les bataillons noirs tombent les uns après les autres, il est capturé en 1940 et conduit à Neufchâteau, dans les Vosges. Bientôt, profitant d'une soirée de beuverie de leurs gardiens, Addi Bâ réussit à s'enfuir avec une quarantaine de camarades. Ils disparaissent dans la nuit, non sans se munir des armes abandonnées.

Les hommes se réfugient dans les bois de Saint-Ouen-lès-Parey, où ils subsistent misérablement. Ils ont des blessés. Addi Bâ prend le risque d'entrer en contact avec la population de la commune. Le maire de Tollaincourt et l'institutrice du village donnent des soins aux blessés et procurent de la nourriture aux hommes. Certains sont hébergés, cachés par les habitants du village. À cette époque, il faut beaucoup de courage, de témérité même, pour camoufler un Africain au milieu de la France aryanisée – outre les difficultés techniques que cela suppose –, car la répression est terrible. Il y a des histoires formidables, comme celle du tirailleur sénégalais que des paysans vosgiens déguisent en femme et emmènent, en pleine guerre, garder les vaches.

La présence d'Addi Bâ et de ses camarades dans cette zone occupée par l'ennemi représente donc un grand risque, et Addi Bâ le sait. Il cherche à fuir la région. À Épinal, des gendarmes les mettent en contact avec des passeurs. Après avoir enterré leurs armes, les clandestins sont acheminés vers la Suisse, où ils parviennent au début de 1941.

L'adjudant Addi Bâ, lui, est resté à Tollaincourt où, camouflé en ouvrier agricole, il continue le combat. Dès le mois d'octobre, il entre en relation avec deux futurs membres du réseau « Ceux de la Résistance ».

Beaucoup d'entre nous ignorent que les Noirs furent nombreux à lutter pour notre liberté. Dès 1940, on en compte dans les organisations de résistance et, en 1944, ils viennent grossir les rangs des maquisards. Dans le Vercors, par exemple, en juillet 1944, se trouvent parmi les FFI cinquante-deux tirailleurs sénégalais, anciens prisonniers de guerre évadés, considérés par leur chef comme « les meilleurs éléments du massif ».

Addi Bâ tient un rôle important et mène ses actions avec une grande intelligence. À plusieurs reprises il se rend sur la ligne de démarcation afin de recevoir des instructions d'un haut responsable. Et il commence à envoyer des renseignements.

Il découvre un aviateur anglais dont le bombardier a été abattu, le soigne et le conduit en Suisse. En mars 1943, il fonde avec un camarade le premier maquis des Vosges, au lieu-dit du Chêne des Partisans. En juillet, son organisation clandestine baptisée « Camp de la délivrance » compte quatre-vingts réfractaires au STO, dix-huit Russes et deux Allemands qui se disent déserteurs de la Wehrmacht. Mais, le 11 juillet, ces deux pseudo-déserteurs s'enfuient et révèlent l'emplacement du camp à la Kommandantur. Le surlendemain, ce sont plus de mille soldats allemands qui encerclent la petite colline. Heureusement, des fermiers du cru, qui les soutiennent, les ont prévenus à temps et tous peuvent s'échapper.

Pour Addi Bâ, les choses sont plus difficiles, sa peau le trahit. Le 15 juillet, il est capturé à la ferme de La Fenessière. À peine enfermé, il saute par une fenêtre. Un soldat décharge sur lui son pistolet-mitrailleur. Il est atteint à la cuisse.

On le transporte à la prison d'Épinal, où il est atrocement torturé. Les Allemands veulent obtenir des noms. Addi Bâ se tait obstinément. Il est rejoint par l'un de ses camarades, Arburger, arrêté deux jours auparavant par la Gestapo tandis qu'il essayait d'orienter ses compagnons d'armes du « Camp de la délivrance » vers d'autres maquis.

Le 18 décembre 1943, après d'interminables tortures, Addi Bâ et son ami Arburger sont fusillés sur le plateau de la Vierge, à Épinal. Ils n'ont pas parlé.

Ce résistant de la première heure n'a reçu la médaille de la Résistance à titre posthume qu'en 2003, soixante ans après sa mort. Quoi d'étonnant ? Dès la veille de la Libération, notre pays a opéré un blanchiment de sa résistance. « Pas plus de trace que celle d'un pas vite effacé par le vent dans le sable du désert », dit le colonel Rives. Ce blanchiment s'est étendu à toute l'armée, par démobilisation des troupes coloniales. Ainsi, même si la moitié des hommes qui débarquent en Provence sont africains, on ne les voit pas défiler le 14 juillet 1945 sur les Champs-Élysées... La guerre terminée, pas un de leurs noms ne figure sur les livres d'or. Quant aux monuments aux morts, il est bien rare qu'ils mentionnent un soldat africain.

J'en reviens au cas de conscience du colonel Rives, indigné que les derniers combattants d'outre-mer n'aient toujours pas les mêmes pensions que les tirailleurs français et ne soient toujours pas reconnus comme les soldats de la liberté qu'ils ont été.

Couronnement de la « reconnaissance » nationale à leur égard, un décret est signé en 1959 par Valéry Giscard d'Estaing, alors secrétaire d'État aux Finances, gelant les retraites et pensions des vétérans de l'ancien empire français en Afrique. En pleine vague de décolonisation, ces pensions, retraites et allocations ont été transformées en indemnités annuelles, calculées sur la base des prix en vigueur à la date de l'indépendance de chaque pays !

Quelle trahison de la part de l'État français ! Ce décret de 1959 fut ratifié par le général de Gaulle, président de la République française, le même qui, le 18 juin 1940, s'exclamait à la BBC, lors de son célèbre appel : « La France n'est pas seule ! Elle n'est pas seule ! Elle n'est pas seule ! Elle a un vaste empire derrière elle ! »

« C'est pour moi quelque chose de terrible, me dit le colonel Rives à propos de ces combattants africains, parce que nous avions combattu ensemble, certains sont morts dans mes bras, certains m'ont soigné quand j'étais blessé. Nous sommes liés par une profonde fraternité d'âme. Que faut-il faire ? On entend

266

de grands discours sur leur sacrifice, sur leur bravoure, mais on ne parle pas de leur pension, et du minimum dont ils auraient besoin pour vivre décemment ! »

Que les politiques soient rassurés : ils sont si vieux ! Ils seront bientôt morts...

George Washington Carver

Le génie des découvreurs

Scientifiques, inventeurs, chercheurs…

La liste non exhaustive de scientifiques, inventeurs et chercheurs noirs que je donne ici débute à la moitié du XIXe siècle, pour la simple raison que n'existait aucune autorisation de dépôts de brevets d'invention avant l'abolition de l'esclavage.

En fait, cette liste aurait pu commencer des centaines de milliers d'années auparavant, dans la nuit des temps. L'Afrique étant le berceau de l'humanité, j'aurais pu citer la pierre taillée, la maîtrise du feu, la poterie, l'astronomie, la médecine, l'écriture, l'agriculture, les mathématiques… Quel que soit le milieu, les hommes ont dû résoudre toutes sortes de problèmes : traverser une rivière, bâtir un abri, recueillir des aliments, se soigner, etc.

Depuis toujours, l'homme est contraint à inventer, et son intelligence s'est développée. La chose semble évidente, et la liste des inventions dues à des Noirs serait superflue si, aujourd'hui encore, certains ne continuaient pas à mettre en doute leurs capacités intellectuelles.

Les noms des scientifiques qui suivent sont tirés des ouvrages d'Otha Richard Sullivan et d'Yves Antoine cités en bibliographie.

Inventions à usage domestique

« Avant de partir au travail, disait le pasteur Martin Luther King, sachez que la moitié de toutes les choses et des appareils que nous avons utilisés chez nous ont été inventés par des Noirs !... »

• Système d'ouverture et de fermeture des ascenseurs : Alexander Miles, en 1867.

• Essoreuse à vêtements : Ellen F. Eglin, vers 1880.

• Lampe électrique (première ampoule à incandescence avec filament de carbone) : Lewis Howard Latimer (1848-1928) et Joseph V. Nichols, en 1881.

• Machine de cordonnerie permettant d'attacher les semelles de manière durable en une minute : Jan Earnst Matzeliger, mars 1883.

• Batteur à œufs : Willis Johnson, en 1884.

• Antenne parabolique : Granville T. Woods (1856-1910).

• Réfrigérateur : John Stenard, en 1891.

• Capsules de bouteilles : William Painter, en 1892.

• Planche à repasser : Sarah Boone, en 1892.

• Sèche-linge : George T. Sampson, en 1892.

• Vadrouille (balaie à franges) : Thomas W. Stewart, en 1893.

• Panneau de protection des lits : Lewis A. Russel, en 1895.

• Mécanisme de sécurité pour ascenseur : James Cooper, en 1895.

• Tringle de rideau : W. S. Grant, en 1896.

• Presse-agrumes : John T. White, en 1896.

• Divan et lit convertibles : J. H. Evans, en 1897.

• Table de cuisson à vapeur : George W. Kelley, en 1897.

• Lit pliant : L. C. Bailey, en 1899.

• Fer à défrisage : Walter H. Sammons, en 1920.

Jardin, loisirs, écriture, école

• Chaise balançoire : Payton Johnson, en 1881.

• Lanterne ou lampe tempête : Michael C. Hamey, en 1884.

• Lit pliant, bureau cylindre : Sara E. Goode, en 1885.

• Arroseur de pelouse : Joseph H. Smith, en 1897.

• Manèges : Granville T. Woods, en 1899.

• Piano mécanique : Joseph H. Dickinson, en 1912.

• Bain d'impression photographique : Clatonia Joaquin Dorticus, en 1895.

• Tee (support pour balle de golf) : George F. Grant, en 1899.

• Plume à réservoir : William Purvis, en 1890. Invente également le tampon manuel.

• Taille-crayon : John L. Loove, en 1897.

• Encre à partir de la pomme de terre : George Washington Carver (1864-1943).

• Appareil à composter : William Barry, en 1897.

Industries

• Procédé de fabrication de peintures et de teintures : George Washington Carver (1864-1943).

• Machine de cordonnerie : Jan E. Matzelinger, en 1884.

• Bouchon automatique pour conduites de gaz et de pétrole : William F. Cosgrove, en 1885.

Alimentaire

• Procédé pratique de pollinisation de la vanille : Edmond Albius (1829-1880).

• Farine, encre, tapioca, amidon, caoutchouc synthétique… à partir de la pomme de terre ! George Washington Carver (1864-1943).

• Machine à planter le maïs et le coton : Henry Blair (1804-1860).

• Fabrication du sucre en morceaux : Norbert Rillieux, en 1846.

• Amélioration pour l'appareil de réfrigération : Thomas Elkins, en 1879.

• Moissonneuse : H. L. Jones, en 1890.

• Baratte : Albert C. Richardson, en 1891.

• Machine à pétrir : Joseph Lee, en 1894.

• Machine à ébarber le maïs : Robert P. Scott, en 1894.

• Arracheuse de pommes de terre : F. J. Wood, en 1895.

• Camions, wagons, bateaux frigorifiques permettant la conservation des denrées alimentaires : Frederick McKinley Jones (1892-1961).

• Procédé de conservation des aliments par séchage rapide : Lloyd A. Hall (1894-1971).

• Système de réfrigération pour les camions et chemins de fer : Frederick McKinley Jones, en 1949.

Transports

• Hélice permettant aux bateaux à vapeur de naviguer en eau peu profonde : Benjamin Montgomery (1819-1877).

• Cheminée de locomotive : améliorée par Landron Bell, en 1871.

• Électrification du chemin de fer ; construction de tunnels pour voies ferrées électriques : Granville T. Woods, en 1888.

• Poussette : William H. Richardson, en 1889.

• Charpente métallique (de voiture) : Carter William, en 1892.

• Trolley pour trains électriques : Elbert R. Robinson, en 1893.

• Alarme de train : R. A. Butler, en 1897.

• Cadre de vélo : Isaac R. Johnson, en 1899.

• Aiguillage ; commutateur pour voie ferrée : William F. Burr, en 1899.

• Moteur à combustion : Andrew J. Beard (1850-1910) ; de même que le dispositif de couplages des voitures de train, en 1899.

• Dispositif de transport de frets ; porte-bagages : John W. Butts, en 1899.

• Feux de circulation : Garrett A. Morgan, en 1923.

• Boîte de vitesses automatique pour voitures : Richard Spikes, en 1932.

• Fabrication de pièces automobiles en plastique à base de soja ; planches d'isolation, du papier, du cordage, blocs de pavage pour la construction d'autoroutes... à partir du coton : George Washington Carver (1864-1943).

• Système de signalisation : Lewis W. Chubb, en 1937.

Sécurité

• Bouche de secours incendie et amélioration dans l'échelle de sauvetage : Joseph R. Winters, en 1878.
• Lentilles de protection des yeux : Powell Johnson, en 1880.
• Portes de sécurité (pour ponts à bascule) : Humphrey Reynolds, en 1890.
• Balayeuse motorisée : Charles Brooks, en 1890.
• Masque à gaz : Garrett A. Morgan (1877-1963).
• Méthode et appareil pour réglage des thermostats, conditionnement d'air et thermostats : David N. Crosthwait Jr., en 1928.
• Techniques pour désenfumer les bâtiments et pour disperser le brouillard sur les pistes d'aéroport : Meredith Charles Gourdine (1929-1998).

Santé, biologie, pharmacologie

• Première opération à cœur ouvert : Daniel Hale Williams (1856-1931).
• Shampooing, savon, poudre de toilette, crème à raser à partir de l'arachide : George Washington Carver (1864-1943).
• Produit pour traiter la calvitie et autres cosmétiques : C. J. Walker (1867-1919).
• Travaux sur la cellule et la fécondation : Ernest Everett Just (1883-1941).
• Test de dépistage de la syphilis : William A. Hinton (1883-1959).

- Collier pour les fractures cervicales : Louis Tompkins Wright (1891-1952).
- Méthode de vaccination intradermique contre la petite vérole : Louis Tompkins Wright (1891-1952).
- Machine à friser : Marjorie Stewart Joyner (1896-1994).
- Synthèse chimique de médicaments à partir de plantes médicinales ; pionnier dans la synthèse industrielle des hormones humaines : Percy Lavon Julian (1899-1975).
- Transfusion sanguine : Charles Richard Drew (1904-1950).
- Appareils pour aider les amputés à s'alimenter et être autonomes : Bessie Blount Griffin (1913).
- Utilisation de la chimiothérapie puis de la polythérapie comme moyen de lutte contre le cancer : Jane Cooke Wright (1919).
- Pacemaker ; filtre à air : Otis Boykin (1920-1982).
- Deuxième transplantation d'un rein : Samuel L. Kountz (1930-1981).
- Machine permettant de mieux mesurer la pression artérielle : Michael Croslin (1933).
- Développement de l'imagerie à rayons X : George Edward Alcorn (1940).
- Utilisation du laser pour l'opération de la cataracte : Patricia E. Bath (1949).
- Première greffe osseuse chez un enfant : Yvette Bonny (1938), en 1980.
- Séparation de deux frères siamois joints par l'extrémité encéphalique : Benjamin S. Carson (1951).

Mécanique

• Amélioration dans la lubrification des cylindres-vapeur : Elijah McCoy, en 1876.
• Rhéostat fiable : Granville T. Woods, en 1896 ; relais électrique en 1887.
• Marteau propulseur actionné à pied : Minnis Headen, en 1886.
• Moteur rotatif : Andrew J. Beard, en 1892.
• Godet graisseur : Elijah McCoy, en 1898.
• Mécanisme de levage et de chargement : Mary Jane Reynolds, en 1899.
• Système de surcompresseur pour moteur à combustion interne : Joseph A. Gamell, en 1976.

Communications

• Rotative de presse : W. A. Lavalette, en 1878.
• Télégraphie en chemin de fer : Granville T. Woods, en 1888 ; appareil de transmission de messages par voie électrique, en 1885.
• Instrument pour le transfert de sacs postaux : J. C. Jones, en 1917.
• Instrument pour charger et décharger le courrier aérien : Gus Burton, en 1945.
• Alimentation d'antenne pour coordonner deux radars de dépistage : James E. Lewis, en 1968.
• Téléphone cellulaire : Henry T. Sampson, en 1971.
• Disquette informatique : John P. Moon (1938).

Mathématique, électronique, recherche atomique, astronomie

• Mesure du mouvement des étoiles et prévision de l'éclipse solaire de 1789 ; création d'un célèbre almanach astronomique permettant aux fermiers de mieux connaître les phases de la Lune pour les plantations : Benjamin Banneker (1731-1806).

• Dispositif électronique pour les missiles guidés et certains ordinateurs IBM : Otis Boykin (1920-1982).

• Système permettant la réception de plusieurs chaînes sur un même poste de télévision ; introduction de l'électronique dans les appareils de contrôle nucléaire... : Raoul-Georges Nicolo (1923).

• Co-inventeur d'une nouvelle technologie du laser : Earl Shaw (1937).

• Caméra ayant fait le voyage vers la Lune à bord d'Apollo 16, en avril 1972 : George R. Carruthers (1939).

• Sondes Magellan vers Vénus en 1989, Galileo vers Jupiter en 1989, Ulysse vers le Soleil en 1990, Observer et Pathfinder vers Mars en 1996 : Cheick Modibo Diarra (1952).

• Ordinateur de calcul le plus rapide au monde : Philip Emeagwali, en 1989.

• Rouleau d'enregistrement magnétique pour ordinateur : Larry T. Preston, en 1971.

• Directeur de la Nasa : Charles Bolden (nommé en 2009)...

Chaque année, depuis 1976, les Noirs américains célèbrent en février, mois de naissance d'Abraham

Lincoln et de Frederick Douglass, le mois de l'Histoire noire (Black History Month). À cette occasion est rappelé le rôle fondamental qu'ont joué les Noirs américains dans l'histoire de leur pays, qu'ils soient scientifiques, inventeurs, artistes, écrivains, artisans, sportifs… Les Blancs y sont associés dans les écoles, les églises et les entreprises des villes de tout le pays. Au fil des ans, les mentalités ont changé et ce changement n'est pas étranger à l'élection d'Obama en 2008.

Le Canada, qui déplorait que la « contribution des Noirs à l'histoire du Canada constitue l'un des secrets les mieux gardés de notre passé collectif », a également son Black History Month depuis quinze ans, de même que le Royaume-Uni et l'Allemagne.

« Des arbres du Sud
portent un fruit étrange »

Billie Holiday
7 avril 1915 - 17 juillet 1959

Le Café Society est un night-club unique dans le New York des années 1930. Sa clientèle est composée de femmes et d'hommes de toutes les couleurs, ses murs peints par des « gauchistes ». Un Hitler à tête de singe est pendu au plafond. On y rencontre des célébrités comme Charlie Chaplin, Errol Flynn, Judy Garland ou Nelson Rockefeller. Car si la crise a éclaté, et la courbe du chômage grimpé à des hauteurs effrayantes, les plus riches ont vu leurs revenus augmenter. Quant aux plus modestes, ils s'endettent pour continuer à consommer. Sur fond de crise planétaire, il règne au Café Society une ambiance qui permet d'oublier la ségrégation, au point qu'un jour une jeune chanteuse noire sur scène, jugeant le public désagréable, tourne le dos, soulève sa robe et lui montre son « cul » !

Cette femme s'appelle Billie Holiday.
Nous sommes en 1939, elle a vingt-quatre ans. La chanson qu'elle s'apprête à interpréter est la plus émouvante, la plus terrible de son répertoire : *Strange Fruit* (« Fruit étrange »). Ces fruits, ce sont les lynchages : pendaisons, goudron brûlant versé sur la peau,

279

bûchers – et tant de tortures, encore si présentes dans le sud des États-Unis. Ces crimes ont déjà tué plus de 3 800 Noirs, et certains Blancs solidaires des Noirs entre 1889 et 1940. Et cela continuera jusqu'aux années 1960.

La chanson *Strange Fruit* a été écrite par Abel Meeropol, enseignant juif d'origine russe, poète et compositeur, également professeur de lettres dans le Bronx et militant communiste. Abel a vu un jour une photographie représentant deux Noirs pendus à un arbre, en 1930. Cette image le hante. Mais ce qui le terrifie, c'est d'apprendre que six Blancs sur dix sont encore favorables, en 1939, au lynchage ! Dans le Sud, ces lynchages ont remplacé les sorties hebdomadaires, « le manège, le théâtre ». Le spectacle est joyeux. Hommes, femmes et enfants y assistent, endimanchés. À la fin du lynchage, on coupe le pénis que l'on met à mariner dans un bocal en guise de trophée. Une manière d'anéantir définitivement la prétendue « puissance sexuelle » du Noir, qui fait peur.

Billie Holiday s'apprête à chanter. La clientèle et le personnel de l'établissement se taisent. On écrase sa cigarette. La salle est plongée dans le noir, puis un projecteur éclaire le visage de Billie, ses lèvres rubis, le gardénia qu'elle porte au-dessus de l'oreille, ses mains qui tiennent le micro comme une tasse de thé. Elle ferme les yeux, renverse la tête en arrière, puis commence d'une voix obsédante, sans forcer le trait :

Des arbres du Sud portent un fruit étrange,
Du sang sur les feuilles et du sang aux racines,
Un corps noir oscillant à la brise du Sud,
Fruit étrange suspendu dans les peupliers.

Je suis tétanisé. Chaque mot pèse sur ma poitrine. J'ai l'impression de me trouver « au pied de l'arbre ».

Scènes pastorales du valeureux Sud,
Yeux exorbités, bouche tordue,
Parfum de magnolia doux et frais,
Et une soudaine odeur de chair brûlée...

Je perçois l'odeur de la chair en train de brûler ; j'ai l'impression que la scène se passe devant moi.

Ce fruit sera cueilli par des corbeaux,
Ramassé par la pluie, aspiré par le vent,
Pourri par le soleil, lâché par un arbre.

Puis, au dernier vers, sa voix monte comme un cri :

C'est là une étrange et amère récolte.

La note reste en suspens, et c'est le silence. La lumière s'éteint. Personne n'applaudit. Enfin, dans le silence funèbre, quelqu'un frappe dans ses mains avec nervosité. Et le public bouleversé éclate en acclamations.

Lorsque la scène se rallume, elle est vide. Billie ne revient jamais saluer après *Strange Fruit*. Quels que soient les applaudissements.

En 1939, Billie Holiday a suffisamment vécu de cauchemars pour savoir ce qu'interpréter cette chanson veut dire. Depuis son enfance, le goût de ce fruit, cette douleur, elle l'a dans la bouche. Personne ne sait comme elle chanter le mot « faim ». « Parce que j'ai été brisée et meurtrie, dit-elle dans ses Mémoires. Toutes les Cadillac et tous les visons du monde – et j'en ai eu – ne peuvent effacer ça ou me le faire oublier. » Personne ne sait chanter comme elle le mot « amour ». Le clarinettiste Tony Scott disait : « Quand Lady chante "mon homme m'a quittée", vous voyez les valises bouclées, le mec qui descend dans la rue, et *vous savez qu'il ne reviendra jamais.* » Chez elle, les émotions ne tombent jamais dans le sentimentalisme, elles sont partage d'une douleur qui vient du ventre, et elles se brisent sur votre cœur directement.

Billie est née à Baltimore en 1915. Ses parents étaient très jeunes, comme le sont encore bien des mères dans le ghetto. Son père, Clarence Holiday, a treize ans, et sa mère, Sadie Fagan, quatorze. En fait, ses parents se sont connus le temps de la concevoir, à l'occasion d'un bal. Aussitôt rencontrés, aussitôt quittés. Clarence, guitariste de jazz, passe ses nuits dans les clubs. Sadie enchaîne les petits boulots et se prostitue. Elle n'a ni le temps ni le goût de s'occuper de sa fille, et la confie à une tante particulièrement brutale… La seule personne qui lui donne de l'affection, c'est son arrière-grand-mère, qui meurt une nuit dans son sommeil, le bras noué autour du cou de l'enfant.

La jeunesse de Billie Holiday est une suite de cauchemars. À dix ans, elle est violée par un voisin. L'homme écope de cinq ans. Quant à la gamine, on l'enferme comme une délinquante dans une institution religieuse où les maltraitances et les humiliations sont constantes.

Quand elle a treize ans, consciente de son « potentiel », sa mère se souvient d'elle et l'installe dans un
bordel où elle devient une « call-girl à vingt dollars ».
À l'époque, la ségrégation s'arrête au bordel... En
revanche, personne n'admet qu'une Noire fréquente
publiquement un Blanc. « La seule fois où je me suis
sentie libre à cet égard, raconte-t-elle, c'est quand
j'étais toute jeune, que j'étais call-girl et que j'avais
des clients blancs. Là, personne ne s'en inquiétait,
parce que si vous faites ça pour du fric, alors ça
devient admissible. [...] Combien de fois suis-je passée devant un tribunal dans ma vie ? J'ai commencé
à dix ans, recommencé à quatorze et même entre-
temps. »

Puis Billie découvre Harlem, les boîtes clandestines, le jazz qui coule à flots et, un peu par hasard, elle décroche ses premiers engagements. Elle a quinze ans et croit de nouveau aux lumières. En 1933, un producteur de la Columbia l'entend chanter dans un orchestre noir. Quelques semaines plus tard, elle enregistre *Your Mother's Son-in-Law* et *Riffin' the Scotch*. Elle chante avec tous les génies du jazz que les jazzophiles vénèrent aujourd'hui : Lester Young, qui la surnomme « Lady Day », Duke Ellington, Louis Armstrong, Count Basie... Sa voix, ses intonations, son phrasé, sa vérité attirent tous les grands et Billie se retrouve bientôt à se produire avec le grand orchestre blanc d'Artie Shaw. Mais une chanteuse noire dans un orchestre blanc ne peut être longtemps tolérée. La tournée avorte. Billie retourne à New York, chante dans le seul lieu qui accepte la mixité : le Café Society...

Strange Fruit donne un sens à sa vie. Elle réduit au silence ces Blancs racistes que l'on appelle *crackers*, du nom de ces gâteaux qui, lorsqu'on les brise, claquent comme un fouet ; elle hurle une vérité et attise l'envie de se battre. Pour la libération des Noirs, cette chanson a un effet comparable au refus de Rosa Parks de céder sa place, le 1er décembre 1955, à un Blanc dans un bus. On dit que cette chanson, « si elle n'a pas allumé la mèche, a sans conteste entretenu la flamme ». Pour Angela Davis, la militante marxiste et féministe, « *Strange Fruit* a replacé la protestation et la résistance au centre de la culture musicale contemporaine ».

Lorsque, après les difficultés que l'on imagine, Billie Holiday réussit à graver la chanson sur disque, il est vendu et distribué comme un tract.

Billie en paie le prix. En haut lieu, on surveille sa consommation de drogue. On l'accuse de délits sur lesquels, jusque-là, on fermait les yeux. Les agents fédéraux la soupçonnent de sympathies communistes et elle est prise dans la chasse aux sorcières. Quand on emprisonne une femme aussi célèbre que Billie Holiday, qui vise-t-on ? La toxicomane ? La femme noire ? L'interprète d'une chanson contre le lynchage ? Jusqu'à sa disparition précoce à quarante-quatre ans, la police la traque au point de l'empêcher de chanter, les stups débarquent dans son hôtel, la fouillent, l'humilient. Pour les musiciens qui l'entourent, il ne fait aucun doute que la police s'acharne sur Billie, comme sur Charlie Parker, comme sur les be-bopers en général, car ces artistes dénoncent leur époque, luttent contre la ségrégation.

« *L'heure de nous-mêmes a sonné* »

Aimé Césaire
26 juin 1913 - 17 avril 2008

J'ai rencontré Aimé Césaire à plusieurs reprises en Martinique, notamment lors d'un match de l'équipe de France en 2005. Je lui avais offert un maillot. Il l'avait mis dans son bureau, j'en étais fier. En retour, il m'avait dédicacé un livre.

Si j'ai choisi de parler de ce grand poète et homme politique, c'est qu'il est, sur le front de la « négritude », qui comprend aussi Léon-Gontran Damas et Léopold Sédar Senghor, celui qui, par sa poésie, ses pièces de théâtre, ses pamphlets, ses lettres ouvertes et ses discours, a défendu avec le plus de force, dans un combat sans limites, non seulement l'homme noir, mais la dignité de l'homme.

Aimé Césaire voit le jour à Basse-Pointe, en Martinique. Son père est instituteur, puis inspecteur des contributions ; sa mère exerce le métier de couturière. Le jeune Aimé fait ses études secondaires au lycée Schoelcher, à Fort-de-France, où il fréquente le Guyanais Léon-Gontran Damas, qui sera lui aussi un grand poète de la « négritude ». Excellent élève, Césaire obtient une bourse d'études supérieures et s'embarque pour Paris en septembre 1931. Il a dix-huit ans et

entre au lycée Louis-le-Grand, en hypokhâgne, classe littéraire préparatoire aux grandes écoles. Dès le premier jour, il fait la connaissance du Sénégalais Senghor. Les Antilles rencontrent l'Afrique ! Le moment est historique, car l'Africain est encore considéré comme un sauvage. Le Nègre habite l'Afrique. L'Antillais méprise l'Africain. De la rencontre entre ces deux hommes naît une prise de conscience qui débouchera sur le concept de négritude.

Tous les jeunes Noirs des classes préparatoires, ces « premiers de la classe » de la République, « Nègres costume-cravate-latin-grec », sont formatés par la culture classique française : Hugo, Molière, Corneille… Aux Antilles, ils n'ont eu accès qu'au savoir blanc, à l'histoire racontée par les Blancs. Quant à l'expression littéraire, artistique ou philosophique antillaise, elle est forcément européenne ou elle n'est pas. Frantz Fanon le dit clairement dans *Peau noire, masques blancs* : « Jusqu'en 1940, aucun Antillais n'était capable de se penser nègre. » Opinion reprise par l'intellectuel martiniquais René Ménil dénonçant l'aliénation antillaise : « Nous avons lu la culture des autres. Toutes nos manifestations culturelles n'ont été jusqu'à ce jour que pastiches… reflets inutiles. »

Une exception : celle de l'écrivain martiniquais René Maran. Ce fonctionnaire au ministère des Colonies est le premier Noir à obtenir, en 1921, le prix Goncourt pour son roman *Batouala*. Et pas n'importe quel roman : ni « exotique » ni à l'eau de rose, l'ouvrage dénonce les méfaits de la colonisation à une époque où personne ne doute de son bien-fondé. Quel courage il a fallu à ce Noir pour s'attaquer à la mission civilisatrice des colonisateurs ! Ces lignes contenues dans sa préface lui vaudront la mise à la porte du ministère : « Civilisation, civilisation, orgueil des Européens, et leur charnier d'innocents [...] tu bâtis ton royaume sur des cadavres. Tu n'es pas un flambeau, mais un incendie... » Ou encore : « La vie coloniale, si l'on pouvait savoir de quelle quotidienne bassesse elle est faite, on en parlerait moins, on n'en parlerait plus. Elle avilit peu à peu... »

Ce roman, quasi interdit aux colonies, est lu sous le manteau par Césaire, Damas et Senghor.

Il faut attendre dix ans après cette parution pour que les sœurs Nardal fondent la *Revue du monde noir*. C'est une lecture que Césaire dévore dès son arrivée à Paris. Il y découvre, entre autres, les œuvres des écrivains noirs américains de la « Harlem Renaissance », qui lui révèlent les problématiques noires et jettent les bases de l'idée de la négritude. « Nous constituions une communauté d'un type bien particulier, dira-t-il quelques décennies plus tard. D'abord, une communauté d'oppression subie, une communauté d'exclusion imposée, une communauté de discrimination profonde. Bien entendu, et c'est à son honneur, une communauté aussi de résistance continue, de lutte opiniâtre pour la liberté et d'indomptable espérance. À vrai dire, c'est tout cela, qu'à nos yeux de jeunes étudiants [...] recouvrait le mot Négritude. »

En 1932, un brûlot, *Légitime Défense*, est lancé par de jeunes étudiants martiniquais qui entendent assumer leur différence de culture, d'histoire, d'expérience et de peau. Très engagés à gauche, ils se révoltent contre le capitalisme colonial et appellent à la lutte des classes. *Légitime Défense* ne publiera qu'un seul numéro, mais il aura déclenché le mouvement « néo-nègre ».

En 1934, une nouvelle revue, *L'Étudiant noir*, se donne pour projet d'approfondir la quête d'identité. Aimé Césaire et les membres de la revue se passionnent pour la poésie africaine traditionnelle, la littérature non occidentale. Ils se démarquent de *Légitime Défense* qui, selon eux, adhère trop à l'idée communiste selon laquelle la révolution politique passe avant la révolution culturelle, et surtout à son idéologie de l'« assimilation ». Ce qu'ils réclament, eux, c'est l'émancipation. « La jeunesse noire veut agir et créer, elle veut avoir ses poètes, ses romanciers qui lui diront ses malheurs à elle et ses grandeurs à elle... », écrit Césaire.

Léon-Gontran Damas, dans *Pigments* (1937), publie un poème intitulé « Blanchi » :

Se peut-il donc qu'ils osent
me traiter de blanchi
alors que tout en moi
aspire à n'être que nègre
autant que mon Afrique
qu'ils ont cambriolée

Blanchi
Abominable injure
qu'ils me paieront fort cher
quand mon Afrique qu'ils ont cambriolée
voudra la paix la paix rien que
la paix

Le mot et le concept de négritude apparaissent dès le premier grand texte de Césaire : *Cahier d'un retour au pays natal*. À cette époque (1935-1939), le poète traverse une période difficile. Sa vue s'est affaiblie, il souffre de fortes migraines. Surtout, il se cherche. C'est la négritude qui va le mener à lui-même...

> *Je dis hurrah ! La vieille négritude*
> *progressivement se cadavérise*
> *l'horizon se défait, recule et s'élargit*
> *et voici parmi des déchirements de nuages la ful-*
> *gurance d'un signe*
> *le négrier craque de toute part...*

Cahier d'un retour au pays natal devient l'emblème de la négritude. Abolie, l'image exotique tradition-nelle des « îles enchantées ». Il parle des Antilles « qui ont faim », des Antilles « grêlées de petite vérole », des Antilles « dynamitées d'alcool... ». Il décrit ses populations qui, aliénées par quatre cents ans d'esclavage, ne se révoltent même plus : « Cette foule criarde si étonnamment passée à côté de son cri [...] cette foule à côté de son cri de faim, de misère, de révolte, de haine... »

Ce texte magnifique se termine par un serment : toujours affronter son destin. Il se veut la « bouche des malheurs qui n'ont point de bouche », et incite ses frères à sortir de leur soumission et à combattre avec « des cœurs d'homme », et non « des cœurs de dattes ». La révolte d'Aimé Césaire n'est pas soli-taire, mais toujours solidaire. Dans « négritude », il n'y a pas que le mot « nègre ». Il ne faut pas s'arrêter à la couleur de peau, dit Césaire. Le cri de la négritude, c'est le cri de celui qui est maltraité, torturé, enfermé. Dans toute dictature existe la négritude. Comment vivre, libérer sa parole, combattre sa peur ? La négritude, c'est exister malgré l'oppression, c'est donner la parole à tous les opprimés, donner la parole à tous les humiliés, ces femmes et ces hommes niés dans leur histoire. Le discours de Césaire leur dit de prendre leur courage à deux mains, et de parler, même si ça dérange, de ne pas se laisser « enfermer dans la noirceur », dans un camp. La négritude dépasse la couleur noire.

Avant guerre, la Martinique compte deux mille Blancs bien intégrés dans la vie sociale. Mais bientôt l'île adopte le régime de Vichy et, en 1941, ce sont plus de dix mille Européens racistes qui débarquent. Une nouvelle revue, *Tropiques*, prend alors une importance particulière pour les Antillais. Césaire défend les « couleurs » du Nègre, dit haut et fort « qu'il est beau et bon d'être nègre », et répète que l'on « a beau peindre en blanc le tronc de l'arbre, les racines en dessous demeurent noires ». Césaire et ses amis dénoncent encore une fois dans cette revue la production intellectuelle antillaise qui ne fait que pasticher celle des Blancs. Ils dégagent les liens qui existent entre les Antilles et l'Afrique : les Antillais sont les petits-fils et petites-filles d'hommes africains mis en esclavage aux Antilles.

La fin de la guerre, en 1945, marque l'heure de joindre le geste à la parole. Le passage de l'acte poétique à l'engagement est une évolution naturelle chez Césaire, qui considère le politique comme une « manifestation de la culture ». Il se présente aux élections municipales et législatives en tant que tête de liste communiste. Le succès est immédiat et fantastique. Le voilà élu maire de Fort-de-France et, dans la foulée, député à l'Assemblée nationale. Ses deux camarades d'études suivent sa trace : Senghor est élu la même année député du Sénégal à l'Assemblée constituante, Damas, député de la Guyane en 1948.

Aussitôt élu, Césaire se penche sur les multiples souffrances de son île. Il réclame l'ouverture d'écoles. « Dans ces colonies, avant 1947, l'instruction primaire n'est obligatoire que là où les moyens existent, c'est-à-dire en milieu urbain et dans de rares hameaux, écrit Sylvère Farraudière dans un ouvrage consacré à l'éducation aux Antilles. Jusque-là, l'école n'a été ni publique, ni gratuite, ni obligatoire, pour la majorité de la population des campagnes et des mornes, qui constitue aussi la majorité de la population tout court. Il en résulte une sous-scolarisation du plus grand nombre, formé de Nègres en général, qui porte sur plusieurs générations, puisque la scolarisation universelle ne commence aux Antilles qu'avec la décennie 1980, soit un siècle après les lois de Jules Ferry. » Césaire réclame des mesures budgétaires, et surtout un changement de statut des Antilles et de la Réunion : la « départementalisation ». La loi sur la départementalisation sera certes votée selon son souhait, mais appliquée du bout des lèvres. D'ailleurs, elle se révèle bientôt impuissante à impulser le moindre changement. Le 18 septembre 1946, Aimé Césaire prononce un discours à l'Assemblée, où il critique le gouvernement qui, dit-il, entend « édifier une république démocratique, une république sociale » tout en essayant de « perpétuer le système colonialiste qui porte dans ses flancs le racisme, l'oppression et la servitude ».

En décembre 1947, le gouvernement français promulgue un décret, qui légalise l'inégalité de salaires entre les fonctionnaires d'origine indigène et les fonctionnaires d'origine métropolitaine. Grèves, affrontements, morts s'ensuivent.

En 1948 paraît l'*Anthologie de la nouvelle poésie nègre et malgache de langue française*, publiée sous la direction de Senghor, qui rassemble les poèmes de seize auteurs révoltés, parmi lesquels Damas et Césaire. Si l'on veut comprendre le colonialisme, il faut entendre le colonisé. Mais attendez-vous à entendre des choses qui dérangent. Quand une personne agressée, humiliée, terrorisée retrouve la parole, n'espérez pas qu'elle vous dise que tout est beau. Elle dira la vérité.

« Qu'est-ce que vous espériez quand vous ôtiez le bâillon qui fermait ces bouches noires ? écrit Jean-Paul Sartre dans sa préface à l'*Anthologie*. Ces têtes que nos pères avaient courbées jusqu'à terre par la force, pensiez-vous, quand elles se relèveraient, lire l'adoration dans leurs yeux ? »

Et puis, en juin 1950, paraît le *Discours sur le colonialisme*, un texte que je relis très souvent, l'un de ses plus grands textes, mûri lors des répressions tragiques de 1948, qui lui donne l'occasion d'exprimer tout ce qu'il ne parvenait pas à dire à l'Assemblée nationale. On a parfois reproché à Césaire de ne pas être un « animal politique ». C'est qu'entre le poétique et le politique il a choisi d'être une conscience.

« Il faudrait d'abord étudier, écrit-il dans son *Discours*, comment la colonisation travaille à déciviliser le colonisateur, à l'abrutir au sens propre du mot, à le dégrader, à le réveiller aux instincts enfouis, à la convoitise, à la violence, à la haine raciale, au relativisme moral, et montrer que, chaque fois qu'il y a au Vietnam une tête coupée et un œil crevé – et qu'en France on accepte –, une fillette violée – et qu'en France on accepte –, un Malgache supplicié – et qu'en France on accepte –, il y a un acquis de la civilisation qui pèse de son poids mort, une régression universelle qui s'opère, une gangrène qui s'installe, un foyer d'infection qui s'étend. Au bout de tous ces traités violés, de tous ces mensonges propagés, de toutes ces expéditions punitives tolérées, de tous ces prisonniers ficelés et "interrogés", de tous ces patriotes torturés, au bout de cet orgueil racial encouragé, de cette jactance étalée, il y a le poison instillé dans les veines de l'Europe, et le progrès lent, mais sûr, de l'ensauvagement du continent. »

Inscrit au programme du bac littéraire français en 1994, le *Discours sur le colonialisme* est finalement jugé subversif et mis à l'index par l'Éducation nationale. Trop de belles choses, comme le refus de l'oppression, le combat contre le racisme, le sens de la fraternité et de la justice, risquaient, semble-t-il, de se graver dans les cervelles de la jeunesse. Il ne figure pas au programme parce qu'on a aujourd'hui encore une vision restreinte de l'Histoire. Quand il y sera, ce sera le signe que notre société aura gagné en intelligence.

Subversif, Césaire le reste toute sa vie. Dès 1956, lui, un « Nègre », ose donner sa démission du Parti communiste français ! Pour la première fois, un intellectuel de grand renom a l'audace de rompre avec le Parti.

« L'heure de nous-mêmes a sonné », écrit-il le 24 octobre 1956 au premier secrétaire du Parti communiste, quelques jours avant l'entrée des chars soviétiques à Budapest. Il dénonce le refus du PCF de condamner les crimes du stalinisme, refuse son soutien à la répression des insurgés algériens et reprend le concept de la négritude…

« Je crois que les peuples noirs sont riches d'énergie, de passion, qu'il ne leur manque ni vigueur ni imagination, mais que ces forces ne peuvent que s'étioler dans des organisations qui ne leur sont pas propres, faites pour eux, faites par eux et adaptées à des fins qu'eux seuls peuvent déterminer. »

Césaire ne confond pas « alliance et subordination. Solidarité et démission ». Pour lui, le mot « négritude » désigne d'abord « le rejet de l'assimilation culturelle ; le rejet d'une certaine image du Noir paisible, incapable de construire une civilisation. Le culturel prime sur le politique ».

« C'est ici une véritable révolution copernicienne qu'il faut imposer, continue Césaire, tant est enracinée en Europe, et dans tous les partis, et dans tous les domaines, de l'extrême droite à l'extrême gauche, l'habitude de faire pour nous, l'habitude de disposer pour nous, l'habitude de penser pour nous, bref, l'habitude de nous contester ce droit à l'initiative et qui est, en définitive, le droit à la personnalité. »

Jusqu'à son dernier souffle, Aimé Césaire résiste : « Nègre, je suis, Nègre, je resterai. »

C'est cette fidélité à la résistance qui fait de lui un phare pour le présent. Il ne sera jamais oublié, contrairement à son ami Senghor qui ne manquait pas de talent, mais qui a fait du Claudel, du Saint-John Perse, et ne s'est jamais émancipé. Senghor qui, pour avoir trop bien servi les intérêts français et prononcé d'une voix « blanche » : « L'émotion est nègre, comme la raison est hellène », a été récompensé par un bicorne et une épée de l'Académie française. Pour toute récompense, ses amis français eux-mêmes ne l'ont pas suivi à son enterrement.

Quelques mois après le vote de la loi du 23 février 2005 consacrant les « aspects positifs de la colonisation en outre-mer », Aimé Césaire, âgé de quatre-vingt-douze ans, refuse de recevoir le ministre de l'Intérieur de l'époque. « Parce que auteur du *Discours sur le colonialisme*, je reste fidèle à ma doctrine et anticolonialiste résolu », écrit-il.

Une partie de cette loi étant finalement abrogée, il accepte de rencontrer le ministre, sans oublier de lui remettre un exemplaire de son *Discours sur le colonialisme* :

« … On me parle de progrès, de "réalisations", de maladies guéries, de niveaux de vie élevés au-dessus d'eux-mêmes.

« Moi, je parle de sociétés vidées d'elles-mêmes, des cultures piétinées, d'institutions minées, de terres confisquées, de religions assassinées, de magnificences artistiques anéanties, d'extraordinaires *possibilités* supprimées.

« On me lance à la tête des faits, des statistiques, des kilométrages de routes, de canaux, de chemins de fer.

« Moi, je parle de milliers d'hommes sacrifiés au Congo-Océan. Je parle de ceux qui, à l'heure où j'écris, sont en train de creuser à la main le port d'Abidjan.

Je parle de millions d'hommes arrachés à leurs dieux, à leur terre, à leurs habitudes, à leur vie, à la vie, à la danse, à la sagesse... »

Lors de son enterrement en avril 2008, je me suis approché de son cercueil et je lui ai dit : « Vous pouvez partir en paix car vous avez éduqué toute une population. Nous sommes vos fils et vos filles, nous continuerons à parler, à écrire, pour dénoncer les injustices. »

Rendre l'Afrique à ses enfants

Patrice Émery Lumumba
2 juillet 1925 - 17 janvier 1961

En 1960, la Belgique n'a plus la puissance néces-saire pour s'opposer à la résistance grandissante au Congo. Elle doit se résoudre à accepter l'indépen-dance de ce pays qu'elle tient sous sa coupe depuis 1885 et assister à la cérémonie qui la consacre le 30 juin 1960. Celle-ci doit avoir lieu au Parlement de Léopoldville en présence du roi des Belges Bau-douin Ier et des membres de son gouvernement. Seront également présents le président du Congo Joseph Kasa-Vubu, le premier Premier ministre du gouver-nement de coalition, Patrice Lumumba, et l'ensemble des politiciens congolais issus de la première élection libre du Congo.

Avant de se rendre à cette cérémonie, Patrice Lumumba montre son discours à Thomas Kanza qu'il vient de nommer ambassadeur du Congo aux États-Unis. Ce dernier, en fin diplomate, lui explique qu'il s'agit là d'un excellent discours, mais que la cérémo-nie du Parlement n'est ni le moment ni l'endroit de tenir un propos aussi engagé.

Dès son arrivée au Parlement, Thomas Kanza s'adresse au Premier ministre belge, Gaston Eyskens, et au ministre belge des Affaires étrangères, Pierre Wigny. Il leur conseille de reporter, ne serait-ce que de quelques minutes, la séance de la proclamation de l'Indépendance, le temps de négocier avec Patrice Lumumba. « Parce qu'il va parler ! » les prévient-il. Mais ils ne l'écoutent pas et ne comprennent pas l'urgence de la situation. D'ailleurs, aucun troisième discours n'est prévu. Voilà bien une inquiétude de diplomates !

Baudouin Ier ouvre la cérémonie par un discours qui, comme prévu, magnifie le rôle de la Belgique et glorifie l'œuvre de son grand-oncle, le cynique et sanguinaire Léopold II, dont la statue trône devant le palais de la Nation qui héberge le Parlement. Il prédit un avenir néocolonial prometteur et exhorte, en substance, les Congolais à se montrer désormais « dignes de la confiance » que Sa Majesté leur accorde : « N'ayez crainte de vous tourner vers nous. Nous sommes prêts à rester à vos côtés pour vous aider de nos conseils, pour former avec vous les techniciens et les fonctionnaires dont vous aurez besoin » !

Thomas Kanza imagine la révolte et la colère de Patrice Lumumba à l'écoute de ce discours paternaliste, colonialiste et raciste. Affolé, il cherche le regard des deux ministres belges, qui feignent de ne pas l'apercevoir et d'ignorer ses appréhensions.

C'est alors que le président Kasa-Vubu monte à son tour à la tribune pour répondre au roi. Le souverain est détendu, le discours de Kasa-Vubu a été préalablement soumis et approuvé par son gouvernement. Le Président « remercie le roi », célèbre les mérites et les réalisations du pouvoir colonial et en appelle même à Dieu afin « qu'il protège notre peuple et qu'il éclaire tous ses dirigeants… ». Ce discours consensuel a tout pour plaire au monarque dont il flatte la politique et la fibre catholique. Mais il scandalise Patrice Lumumba et tous les compagnons qui ont conduit la résistance contre le pire colonisateur que l'Afrique ait jamais connu. Une occupation néo-esclavagiste que Joseph Conrad qualifiait, dans son roman *Au cœur des ténèbres*, de « plus infâme ruée sur un butin ayant jamais défiguré l'histoire de la conscience humaine ».

Au comble de l'indignation, Patrice Lumumba modifie rapidement son discours et se présente devant le bureau présidentiel. Contre toute attente, et au grand étonnement de Baudouin et de son ministre Eyskens, Joseph Kasongho, président de la Chambre des représentants – l'Assemblée nationale –, lui donne la parole. Eyskens cherche des yeux son complice congolais, le président Kasa-Vubu. Aucun d'eux n'a lu le texte de Patrice Lumumba et – mon Dieu ! – la presse internationale est là, au grand complet.

Congolaises et Congolais,
Combattants de l'indépendance aujourd'hui victo-
rieux, je vous salue au nom du gouvernement congo-
lais !

D'emblée, Lumumba salue son peuple meurtri. Aux oubliettes, le roi, le corps diplomatique, les colons… Baudouin Ier blêmit.

À vous tous, mes amis qui avez lutté sans relâche
à nos côtés, je vous demande de faire de ce 30 juin 1960
une date illustre que vous garderez ineffaçablement

gravée dans vos cœurs, une date dont vous enseigne-rez avec fierté la signification à vos enfants, pour que ceux-ci à leur tour fassent connaître à leurs fils et à leurs petits-fils l'histoire glorieuse de notre lutte pour la liberté.

Car cette indépendance du Congo, si elle est pro-clamée aujourd'hui dans l'entente avec la Belgique, pays ami avec qui nous traitons d'égal à égal, nul Congolais digne de ce nom ne pourra jamais oublier cependant que c'est par la lutte qu'elle a été conquise, une lutte de tous les jours, une lutte ardente et idéa-liste, une lutte dans laquelle nous n'avons ménagé ni nos forces, ni nos privations, ni nos souffrances, ni notre sang.

La foule éclate en applaudissements. Pas dans la salle du Parlement, évidemment, tétanisée, mais à l'extérieur où les discours sont retransmis par des haut-parleurs. La population s'enflamme de joie. Le silence assour-dissant qui règne dans la salle du Parlement, par contraste, renforce les ovations du peuple. Et voici que Patrice Lumumba s'engage dans une description du « système colonial » ! Le roi pâlit de plus en plus…

C'est une lutte qui fut de larmes, de feu et de sang, nous en sommes fiers jusqu'au plus profond de nous-mêmes, car ce fut une lutte noble et juste, une lutte indispensable pour mettre fin à l'humiliant esclavage qui nous était imposé par la force.

Ce que fut notre sort en quatre-vingts ans de régime colonialiste, nos blessures sont trop fraîches et trop douloureuses encore pour que nous puissions les chas-ser de notre mémoire. Nous avons connu le travail harassant exigé en échange de salaires qui ne nous permettaient ni de manger à notre faim, ni de nous vêtir ou de nous loger décemment, ni d'élever nos enfants comme des êtres chers.

Nous avons connu les ironies, les insultes, les coups que nous devions subir matin, midi et soir, parce que nous étions des Nègres. Qui oubliera qu'à un Noir on disait « tu », non certes comme à un ami, mais parce que le « vous » honorable était réservé aux seuls Blancs ?

Nous avons connu nos terres spoliées au nom de textes prétendument légaux, qui ne faisaient que reconnaître le droit du plus fort.

Nous avons connu que la loi n'était jamais la même, selon qu'il s'agissait d'un Blanc ou d'un Noir, accommodante pour les uns, cruelle et inhumaine pour les autres.

Nous avons connu les souffrances atroces des relégués pour opinions politiques ou croyances religieuses : exilés dans leur propre patrie, leur sort était vraiment pire que la mort elle-même.

Nous avons connu qu'il y avait dans les villes des maisons magnifiques pour les Blancs et des paillotes croulantes pour les Noirs, qu'un Noir n'était admis ni dans les cinémas, ni dans les restaurants, ni dans les magasins dits « européens » ; qu'un Noir voyageait à même la coque des péniches, au pied du Blanc dans sa cabine de luxe.

Qui oubliera, enfin, les fusillades où périrent tant de nos frères, les cachots où furent brutalement jetés ceux qui ne voulaient plus se soumettre au régime d'une justice d'oppression et d'exploitation !

L'enthousiasme de la foule n'a d'égale que la pétri-
fication du Parlement et des représentants officiels.

Patrice Lumumba reste pourtant très en deçà de la
réalité de l'oppression coloniale. Il lui eût suffi, pour
condamner à jamais les agissements du roi et de ses
sbires, de rappeler les mots de l'une des grandes
figures de la croisade pour le Congo, Edmund Dene
Morel : « J'étais tombé sur une société secrète
d'assassins chapeautée par un roi. » Car le Congo a
été l'objet d'atrocités qui soulevèrent le premier scandale international de l'ère moderne. Sans doute le roi
Baudouin craignait-il, en écoutant Lumumba, une répétition de ce même scandale, à quelques semaines de
son mariage avec Fabiola.

L'horreur de la colonisation belge a consisté à
exploiter jusqu'à l'anéantir une main-d'œuvre gratuite, comme au temps de la traite. Dans le Congo du
grand-oncle de Baudouin, on brûlait un village ou
une région qui n'avait pas fait son quota de caoutchouc, on coupait les mains ou les pieds des enfants
qui rechignaient un tant soit peu au travail, on pendait,
on décapitait, on brûlait, on enflammait, on « fumait »,
on affamait, on faisait sauter les puits, les maigres
réserves de nourriture, au point de manquer de main-
d'œuvre.

Depuis 1919, la population du territoire avait été
réduite de moitié ! Incroyable ? Non. À la logique
économique se substitue celle de la terreur. « Une
fois que l'assassinat de masse est en marche, il est
difficile de l'arrêter ; cela devient une sorte de sport,
comme la chasse », écrit Adam Hochschild dans *Les
Fantômes du roi Léopold* (1998). Quant à Aimé
Césaire, dans son *Discours sur le colonialisme*, paru

en 1950, il estime que ces « hideuses boucheries » prouvent que « la colonisation, je le répète, déshumanise l'homme le plus civilisé ; que l'action coloniale, l'entreprise coloniale, la conquête coloniale, fondée sur le mépris de l'homme indigène et justifiée par ce mépris, tend inévitablement à modifier celui qui l'entreprend ; que le colonisateur, qui, pour se donner bonne conscience, s'habitue à voir dans l'autre la bête, s'entraîne à le traiter en bête, tend objectivement à se transformer lui-même en bête. »

Rien d'étonnant non plus si, à la fin du XXe siècle, le réalisateur d'*Apocalypse Now*, Francis Coppola, s'inspira du roman *Au cœur des ténèbres* de Joseph Conrad pour décrire la folie sanguinaire des Américains au Vietnam.

Tout cela, mes frères, nous en avons profondément souffert.

Mais tout cela aussi, nous, que le vote de vos représentants élus a agréés pour diriger notre cher pays, nous qui avons souffert dans notre corps et dans notre cœur de l'oppression colonialiste, nous vous le disons tout haut, tout cela est désormais fini.

La république du Congo a été proclamée et notre cher pays est maintenant entre les mains de ses propres enfants.

Ensemble mes frères, mes sœurs, nous allons commencer une nouvelle lutte, une lutte sublime qui va mener notre pays à la paix, à la prospérité et à la grandeur.

Nous allons établir ensemble la justice sociale et assurer que chacun reçoive la juste rémunération de son travail.

Alors même que Lumumba prononce ce discours, le pays manque cruellement de cadres congolais. Contrairement aux prétentions de Baudouin proposant aux Congolais libres de « former avec vous les techniciens et les fonctionnaires dont vous aurez besoin », la politique coloniale n'a toujours réservé aux Noirs qu'une éducation rudimentaire. En 1960, après plus de cinquante ans de colonisation belge, seuls quelques dizaines d'Africains ont pu faire des études supérieures ! Ni médecins, ni ingénieurs, ni officiers. Dans la fonction publique, sur cinq mille postes, trois seulement sont occupés par des Africains !

Nous allons montrer au monde ce que peut faire l'homme noir lorsqu'il travaille dans la liberté, et nous allons faire du Congo le centre de rayonnement de l'Afrique tout entière.

Nous allons veiller à ce que les terres de notre patrie profitent véritablement à ses enfants. Nous allons revoir toutes les lois d'autrefois et en faire de nouvelles qui seront justes et nobles.

Nous allons mettre fin à l'oppression de la pensée libre et faire en sorte que tous les citoyens jouissent pleinement des libertés fondamentales prévues dans la Déclaration des droits de l'homme.

Quand on connaît l'horreur de la colonisation, quand on connaît la misère dans laquelle se trouve le pays exsangue au sortir de ces atrocités, on comprend que chaque phrase de Lumumba ait déclenché un tonnerre d'applaudissements… à l'extérieur du Parlement.

La relève économique tenait de l'impossible. En prévision de l'indépendance, les sociétés d'État s'étaient aussitôt retirées du Congo, obtenant des dédits fabuleux de la part de l'État. « Toutes les compagnies optèrent pour le droit belge, éludant ainsi l'obligation de régler leurs impôts chez nous », expliquera quelques mois plus tard Lumumba en fuite, le 1er décembre 1960 (un mois et dix-sept jours avant sa mort), à un chef de chantier du Kasaï oriental qui l'accueille quelques heures… « La réserve d'or de la Banque du Congo fut expédiée en Belgique, colons et commerçants transférèrent en Europe une grosse partie des fortunes acquises par la spoliation des indigènes… »

Nous allons supprimer efficacement toute discrimination quelle qu'elle soit et donner à chacun la juste place que lui vaudront sa dignité humaine, son travail et son dévouement au pays.

Nous allons faire régner non pas la paix des fusils et des baïonnettes, mais la paix des cœurs et des bonnes volontés.

Applaudissements !

Et pour tout cela, chers compatriotes, soyez sûrs que nous pourrons compter non seulement sur nos forces énormes et nos richesses immenses, mais sur l'assistance de nombreux pays étrangers dont nous accepterons la collaboration chaque fois qu'elle sera loyale et qu'elle ne cherchera pas à nous imposer une politique quelle qu'elle soit.

Applaudissements !

Ainsi, tant à l'intérieur qu'à l'extérieur, le Congo nouveau, notre chère République, que mon gouvernement va créer, sera un pays riche, libre et prospère. Mais pour que nous arrivions sans retard à ce but, vous tous, législateurs et citoyens congolais, je vous demande de m'aider de toutes vos forces.

Je vous demande à tous d'oublier les querelles tribales qui nous épuisent et risquent de nous faire mépriser à l'étranger.

Je demande à la minorité parlementaire d'aider mon gouvernement par une opposition constructive et de rester strictement dans les voies légales et démocratiques.

Je vous demande à tous de ne reculer devant aucun sacrifice pour assurer la réussite de notre grandiose entreprise. L'indépendance du Congo marque un pas décisif vers la libération de tout le continent africain. Notre gouvernement fort, national, populaire, sera le salut de ce pays.

Voilà, Sire, Excellences, Mesdames, Messieurs, mes chers compatriotes, mes frères de race, mes frères de lutte, ce que j'ai voulu vous dire au nom du gouvernement en ce jour magnifique de notre indépendance complète et souveraine.

Applaudissements !

J'invite tous les citoyens congolais, hommes, femmes et enfants à se mettre résolument au travail, en vue de créer une économie nationale prospère qui consacrera notre indépendance économique.

Hommage aux combattants de la liberté nationale !
Vive l'indépendance et l'unité africaine !
Vive le Congo indépendant et souverain !

Une gigantesque ovation accompagne les derniers mots du Premier ministre.

On dit que ce discours de Patrice Lumumba, l'un des plus célèbres de toute l'histoire de l'Afrique, aurait signé son arrêt de mort. Qu'il lui aurait attiré la haine du roi Baudouin et de ses ministres qui ne lui pardonnèrent pas de se voir rappeler les crimes qu'ils avaient couverts. Certes, cette allocution fut une gifle en pleine figure et, dit-on, le Premier ministre Eyskens eut le plus grand mal à empêcher le roi de rentrer immédiatement à Bruxelles. Mais réduire une crise politique majeure à un règlement de comptes entre personnes serait singulièrement simpliste. Ce n'est pas pour ménager son amour-propre (depuis longtemps perdu) que le gouvernement belge, aidé des Américains, fera assassiner Lumumba. C'est parce que le Premier ministre était en opposition avec les intérêts économiques de ces deux pays et qu'il était incontrôlable, impossible à manipuler. En réalité, ces puissances entendaient ne renoncer qu'en apparence aux colonies, et les garder en sous-main comme protectorats.

C'est l'enjeu de son discours qui était explosif. L'engagement aussi. Pour Lumumba, l'indépendance politique ne suffisait pas à libérer l'Afrique de son passé colonial ; il fallait aussi que le continent cesse d'être une colonie économique de l'Europe. « Ses discours alarmèrent aussitôt les capitales occidentales, écrit Adam Hochschild. Des entreprises belges, britanniques, américaines avaient d'importants investissements au Congo, pays riche en cuivre, cobalt, or, étain, manganèse, zinc et diamants. [...] Les gouvernements occidentaux craignirent que son message ne fût contagieux ; de surcroît, ce n'était pas un homme que l'on aurait pu acheter. »

Suppôt du communisme, Lumumba ? Accusé de se tourner vers l'Union soviétique, il répond que c'est un moindre mal quand tous les gouvernements vous lâchent ou, pire encore, veulent vous asservir et vous corrompre. Et d'ajouter que le Nègre a toujours été « communiste », reprenant en cela le *Discours sur le colonialisme* d'Aimé Césaire : « C'étaient des sociétés communautaires, jamais de tous pour quelques-uns. C'étaient des sociétés pas seulement anté-capitalistes, comme on l'a dit, mais aussi anticapitalistes. C'étaient des sociétés démocratiques, des sociétés fraternelles. Je fais l'apologie systématique des sociétés détruites par l'impérialisme. »

Les jours de Lumumba, honni par le capital américain et européen, sont comptés. Dès le mois de juillet 1960, il décrète des mesures d'africanisation du gouvernement congolais. Les Belges entreprennent aussitôt un sabotage en règle et la désinformation de l'opinion publique.

« N'étant pas suffisamment puissante pour s'imposer par la force, la Belgique décida d'employer la duperie. L'adage "diviser pour régner" étant toujours de mise, elle s'efforça de multiplier en sous-main la naissance de partis à caractère ethnique ou régional, facilement contrôlables et réveillant de vieilles rancœurs remontant à la nuit des temps.

« Sous le prétexte mensonger de protéger leurs intervenants menacés, les Belges firent intervenir leurs troupes métropolitaines. [...] Le calme régnait à Thysville quand parvinrent au camp les nouvelles du bombardement absurde du camp de Matadi par un bateau belge, causant la mort de cent treize soldats congolais. [...] À l'annonce de cette nouvelle, ajoutée à celle du camp aérien de Delcommune à Elisabethville, l'émeute devint générale et les mutins se répandirent dans toute la région... » (Lumumba, le 1er décembre 1960).

Démonstration est faite que les Noirs sont incapables de gouverner ! Les Casques bleus arrivent, Lumumba est cette fois pieds et poings liés, soumis à l'ogre américain.

En septembre 1960, Joseph Kasa-Vubu, président sans caractère, révoque Lumumba ainsi que les ministres nationalistes. Mais Lumumba reste en fonction et, à sa demande, c'est le président Kasa-Vubu qui est révoqué par le Parlement.

Les Américains imaginent alors d'empoisonner cet homme dont on ne peut se débarrasser. Un certain Dr Sidney Gottlieb doit s'occuper de la partie pharmacologique de l'opération. Mais il est impossible d'approcher la future victime. Bruxelles dépêche un tueur à gages, sans plus de résultats.

C'est alors que Belges et Américains soudoient un homme de main, Joseph Désiré Mobutu, qui recrute des exécuteurs. Aidé par les fonds américains, il monte une coalition où se retrouvent Kasa-Vubu et Tshombe – président pro-occidental du Katanga, dont il a impulsé la sécession en juillet.

Le 1ᵉʳ décembre 1960, Lumumba assigné à résidence s'échappe de la capitale et tente de rejoindre Stanleyville, espérant reprendre les rênes du pays. Il est arrêté le lendemain, et transféré en même temps que Maurice Mpolo (concurrent de Mobutu) et Joseph Okito (candidat au remplacement de Kasa-Vubu) au camp militaire de Thysville, sur ordre de Mobutu. Le 17 janvier 1961, les trois hommes sont conduits par avion à Elisabethville, au Katanga, et livrés aux autorités locales. Le transfert est organisé par les autorités belges. Ils sont conduits dans une petite maison sous escorte militaire, sauvagement battus par les responsables katangais et belges, puis assassinés dans la brousse par des soldats sous commandement d'un officier belge.

Le lendemain, deux agents secrets belges sont chargés de découper les corps, puis de les faire disparaître en les plongeant dans de l'acide. De même que Dona Béatrice, « Jeanne d'Arc du Kongo » dont les cendres sont trois fois brûlées et dispersées, de même que Ruben Um Nyobé, héros de l'indépendance camerounaise, traîné dans la boue sur des kilomètres afin que son visage soit méconnaissable… Comme si l'acide, la boue ou les cendres pouvaient effacer le souvenir des hommes libres ! Je me souviens de ce square au Bois-Colombes de mon enfance où je lisais ces mots du général de Gaulle gravés dans la pierre : « La flamme de la Résistance ne doit pas s'éteindre et ne s'éteindra pas. »

La république démocratique du Congo sera dirigée par le dictateur Mobutu, soutenu par la Belgique, les États-Unis et la France, jusqu'en 1997 ! À cette date, et en raison des massacres de la guerre du Rwanda, il est forcé de céder la place à Laurent-Désiré Kabila. Ce pays de 2 345 000 kilomètres carrés (quatre fois la superficie de la France), le plus riche de toute l'Afrique, qualifié d'« anomalie géologique » tant ses réserves sont immenses – or, diamants, cuivre, uranium, cobalt (sans lequel nous ne pourrions pas utiliser nos téléphones portables), forêts… –, vit dans la plus grande misère, dévalisé par ses dirigeants et les puissances étrangères. Je me demande pourquoi le chef d'État congolais, s'adressant en 2004 au Sénat belge, déclara : « L'histoire de la république démocratique du Congo, c'est aussi celle des Belges, missionnaires, fonctionnaires et entrepreneurs qui crurent au rêve du roi Léopold II de bâtir, au centre de l'Afrique, un État. Nous voulons rendre hommage à la mémoire de tous ces pionniers… » ?

La situation de la république démocratique du Congo est aujourd'hui catastrophique. Les instances internationales des droits de l'homme n'en finissent pas de dénoncer le conflit et la crise humanitaire qui ont coûté au Congo la vie à 5,4 millions de personnes depuis 1998. « On a le tableau apocalyptique du plus grand désastre humanitaire contemporain, qui s'est déroulé dans l'indifférence du monde pour la raison principale que les intérêts des grandes puissances n'étaient pas en danger, écrit Odile Tobner dans la revue *Survie* en février 2008. Pendant les massacres, les affaires continuent. Le pillage traditionnel des métaux rares et précieux dont le Congo abonde, loin de cesser, a été amplifié par la guerre comme source de revenus pour tous les belligérants. »

Le pillage des ressources minières continue. Selon les auteurs du rapport d'enquête sénatorial rendu public à Kinshasa en octobre 2009 : « Le secteur minier, qui repose pourtant sur des ressources minérales immenses et variées, n'a pas encore, du fait de la mauvaise gouvernance, contribué un tant soit peu à trouver les réponses aux cris des populations congolaises vouées à vivre dans des conditions infrahumaines. »

Peau noire, masques blancs

Frantz Fanon
20 juillet 1925 - 6 décembre 1961

> « Je parle de millions d'hommes à qui
> on a inculqué savamment la peur, le com-
> plexe d'infériorité, le tremblement, l'age-
> nouillement, le désespoir, le larbinisme. »
>
> Aimé Césaire,
> *Discours sur le colonialisme*

Frantz Fanon est né à Fort-de-France, en Martinique, en 1925. Durant sa courte vie – il est mort à trente-six ans –, il a écrit de nombreux livres et articles, parmi lesquels *Les Damnés de la terre*. Mais, pour moi, il reste l'auteur de *Peau noire, masques blancs*, qui décrit l'expérience vécue d'un Antillais, confronté à lui-même dans un monde de Blancs. J'ai lu et relu ce livre, je l'ai même offert, lors des championnats d'Europe au Portugal, aux joueurs noirs de l'équipe de France.

Frantz Fanon est le cinquième d'une famille de huit enfants. Le père est inspecteur des douanes, la mère, boutiquière. Cette famille antillaise bourrée de complexes lui apprend les prétendues « belles manières », celles de la classe dominante blanche, le modèle à suivre.

L'école prend le relais : on lui interdit de parler le créole. Cinquante ans après Fanon, j'ai connu la même chose. Lorsqu'on s'exprimait en créole à l'école, on était puni, alors que nos parents le parlaient à la maison ! Aujourd'hui encore, le référent unique est le français.

Il y a quelques mois, une petite-cousine m'interpelle alors que je parle en créole à sa mère.

« Tu parles le créole à ma maman, tu ne la respectes pas, me lance-t-elle, il faut lui parler en français ! »

Que disait le poète guyanais Léon-Gontran Damas, dans *Pigments* ?

Taisez-vous
Vous ai-je ou non dit qu'il vous fallait parler français
le français de France
le français du français
le français français

À cette époque, dans les livres pour la jeunesse, on voit des héros blancs vaincre à tous les coups des méchants noirs ou indiens. Par un processus psychologique normal, l'enfant noir s'identifie aux « bons » héros blancs et commence alors inconsciemment à intégrer le discours négatif sur le Noir, donc sur lui-même.

Certains arrivent à s'en sortir, d'autres jamais. Ils ont intériorisé le discours de la hiérarchie des couleurs. Ceux-là auront un ressentiment très fort, voire violent, envers les Blancs, ou développeront un complexe d'infériorité, une mauvaise estime de soi.

Pendant la jeunesse de ma mère, il était préférable de se marier avec quelqu'un à la peau claire pour « diluer la couleur ». Une expression en Guadeloupe désigne les enfants plus clairs : on dit qu'ils ont la peau « chapée », c'est-à-dire « échappée du noir » ! Mireille Fanon-Mendès France, fille de Frantz Fanon, que j'ai rencontrée pour préparer ce chapitre, m'a raconté que son fils avait à la naissance les cheveux blonds et les yeux bleus. Un homme de sa famille s'est alors exclamé : « Tu as de la chance, il est bien sorti ! »

Si une personne noire s'exprime ainsi, c'est qu'inconsciemment elle s'estime elle-même « mal sortie ». « D'où, en Martinique, écrit Fanon, l'habitude de dire d'un mauvais Blanc qu'il a une âme de Nègre. [...] Le bourreau, c'est l'homme noir, Satan est noir »... En face se tient la « blanche colombe ».

La société antillaise a intégré ce discours d'infériorisation, de classification selon la couleur de peau, tout comme elle a intégré le discours négatif sur le créole, sa propre langue ; ce qui ne l'empêche pas de dénoncer le racisme à son égard.

Je prends comme exemple ma mère et mes sœurs qui portent des perruques ou des tissages ! Elles ont beau me dire que c'est plus pratique, plus rapide pour se coiffer, le message qu'elles transmettent à leurs filles et petites-filles, c'est qu'elles ne peuvent pas être belles avec leurs cheveux crépus. Quant à leurs fils et petits-fils, ils intégreront l'idée qu'une belle femme a des cheveux longs et lisses. Le standard de beauté étant celui de la société blanche, vous pouvez imaginer facilement les complexes que les parents transmettent aux enfants.

Les grands leaders noirs adressaient à la population des vérités crues. Malcolm X, par exemple :

« Qui vous a appris à haïr la couleur de votre peau ?

« À tel point que vous l'éclaircissiez pour ressembler au Blanc !

« Qui vous a appris à haïr la forme de votre nez et celle de vos lèvres ?

« Qui vous a appris à vous haïr de la tête aux pieds ? »

Ma mère et les parents de Fanon font partie de ces générations qui ont appris à l'école que leurs ancêtres étaient les Gaulois. La chose peut paraître comique, elle est plutôt tragique, car elle introduisait un mensonge dans la filiation, une négation de toute une lignée de générations. Cela donne aujourd'hui la désagréable impression d'une société antillaise « née sous X ». Ne faut-il pas connaître toute son histoire pour comprendre son identité ?

J'ai remarqué que beaucoup d'Antillais se plaignent parce que les postes à responsabilités sur les îles seraient occupés par des Blancs. Mais n'est-il pas vrai aussi que trop d'Antillais acceptent mal l'autorité d'un supérieur Noir ? À l'époque de l'esclavage, seul l'avis du maître comptait, ce propriétaire doté de toutes les qualités, de tous les pouvoirs, ce modèle qui était haï mais en même temps qu'il fallait tenter d'imiter. Ce conditionnement de l'Antillais, les divisions de son peuple, on les doit aux esclavagistes. Les consignes aux maîtres de plantations lancées en 1712 par Willie Lynch, propriétaire anglais d'esclaves des Caraïbes, en donnent un exemple : « Vous devez utiliser les esclaves à peau foncée contre les esclaves à peau claire, et les esclaves à peau claire contre les esclaves à peau foncée. »

Là où l'esclave était prisonnier physiquement, ne le sommes-nous pas encore aujourd'hui, mais psychologiquement ? Cette attitude de « victime » n'est-elle pas restée profondément ancrée dans notre mentalité antillaise ? Cherche-t-on encore le regard approbateur du Blanc ?

La moindre critique nous blesse et nous pouvons rapidement devenir agressifs. Cette susceptibilité vient d'un manque de confiance en soi. Certains confondent encore jugement d'un acte et « je ne t'aime pas ». N'est-il pas temps aujourd'hui de nous parler paisiblement, de discuter comme des êtres responsables ?

On a tout fait pour empêcher l'Antillais de se rebeller. « Arrête de traîner comme un "nèg'marron" », me répétait ma mère. Mais le « nèg'marron », c'est justement celui ou celle qui a eu le courage de résister, de s'enfuir de la plantation ! Lui qui devrait être la fierté des Noirs, on en a fait un vaurien dont on a honte.

Fort heureusement, certains, dans la société antillaise, retrouvent la mémoire ; le nèg'marron, le créole redeviennent sources de fierté.

Dans la génération de nos parents, la plupart des femmes et des hommes noirs, même s'ils ont toujours résisté en silence, avaient peur de revendiquer. Mais le phénomène évolue, nous perdons petit à petit ce complexe qui nous empêchait de dénoncer à haute voix le racisme anti-noir, ou l'injustice tout simplement.

Frantz Fanon dira plus tard combien il fut bouleversé lorsqu'à l'âge de dix ans, lors d'une cérémonie organisée par son lycée devant le monument dédié à Victor Schoelcher, lui fut révélée l'histoire de l'esclavage. Car, dans les familles antillaises, cette histoire pourtant fondamentale était taboue. Elle le reste encore. Dans la mienne, on n'évoquait jamais la traite. La plupart des Antillais en avaient tellement honte qu'ils refusaient d'envisager le moindre lien avec l'Afrique. « C'est que l'Antillais ne se pense pas Noir ; il se pense Antillais, écrit Frantz Fanon. Le Nègre vit en Afrique. Subjectivement, intellectuellement, l'Antillais se comporte comme un Blanc. »

Ma mère ne faisait même pas le lien avec son histoire africaine, elle maintenait une coupure nette avec ses ancêtres, alors que le grand-père de son grand-père était esclave. Une réflexion s'impose aux Antilles sur les séquelles de l'esclavage puisque c'est l'esclavage qui a créé la société antillaise. Nous devons en parler, en discuter. Pour comprendre que le piège à éviter est de vouloir montrer aux Blancs que nous sommes aussi capables qu'eux. Comme je le dis souvent, le Noir n'a rien à démontrer ni à prouver. Son seul problème est que certains hommes blancs ont mis ou mettent encore en doute ses capacités, et qu'il a fini par douter de lui-même. Ne devons-nous pas enfin exister, sortir de la victimisation, nous construire sans attendre que la société blanche nous cautionne ? Et, le plus important, n'est-il pas venu le moment d'avoir une critique impitoyable sur nous-mêmes ?

Un jour, à Paris, je demande à un lycéen : « Dis-moi sincèrement, qu'est-ce que ça te fait d'être descendant d'esclave ?

– J'ai honte.

– Il faut dépasser cela. La seule chose dont tu peux avoir honte, c'est d'en avoir eu honte un jour. »

Pour ma part, si je suis fier de quelque chose, c'est bien de l'histoire de mes ancêtres africains mis en esclavage en Guadeloupe, qui ont résisté à cette tentative de déshumanisation qui dura des siècles.

Frantz Fanon reçoit une bonne éducation au lycée Schoelcher de Fort-de-France, où enseigne Aimé Césaire. Excellent en classe, il est aussi une forte tête, ne rêvant que d'évasion. Pour le jeune Frantz, en ces années 1940, la Martinique semble irrespirable, un univers borné, écrasé sous la chape de plomb que les pétainistes y font peser.

Prisonnier de son île, il ressent comme une libération l'appel de la Résistance. En 1943, il a enfin dix-huit ans et peut prendre les armes. Il s'embarque dans le premier bateau pour rejoindre les Forces françaises libres. « Toi, le fils d'esclave, aller libérer les fils de ceux qui ont enchaîné tes aïeux ? Cette guerre n'est pas la tienne, lui disent certains camarades, les Nègres n'ont rien à y faire ! » Mais, tout feu tout flamme, Frantz s'engage dans l'armée régulière après le ralliement des Antilles françaises au général de Gaulle, puis il combat dans l'armée du général de Lattre.

Il est blessé dans les Vosges, décoré… Mais la médaille a son revers. Parti avec un idéal républicain d'égalité, de liberté et de fraternité, il rencontre le racisme et l'indifférence des Français, pour qui ces Noirs, venus de toutes les colonies françaises, sont uniformément des Sénégalais. Meurtri dans ses convictions, déçu dans ses illusions comme l'ont été tant d'autres, il écrit à sa famille, en avril 1945 : « Si je ne retournais pas, si vous appreniez un jour ma mort face à l'ennemi, consolez-vous mais ne dites jamais : il est mort pour la belle cause... je me suis trompé. »

Démobilisé, Frantz Fanon retourne aux Antilles, puis revient en France poursuivre des études de médecine. Comme tous les jeunes Antillais, il était préparé au départ. Par faute de bonnes universités, les meilleurs éléments sont obligés de partir. C'est ainsi que l'exode des plus brillants d'entre eux se perpétue et empêche l'île de se développer.

Fanon arrive en territoire blanc, contraint de « repenser son sort ».

« Maman, regarde le Nègre, j'ai peur ! » crie un enfant dans la rue.

« Peur ! peur ! Voilà qu'on se mettait à me craindre [...]. J'étais tout à la fois responsable de mon corps, responsable de ma race, de mes ancêtres. Je promenai sur moi un regard objectif, découvris ma noirceur, mes caractères ethniques – et me défoncèrent le tympan, l'anthropophagie, l'arriération mentale, le fétichisme, les tares raciales, les négriers, et surtout : "Y a bon Banania" », écrit-il dans *Peau noire, masques blancs*.

Il étudie, analyse, dissèque sa nouvelle situation et propose, en 1950, une thèse de médecine intitulée *Essai pour la désaliénation du Noir*. La thèse est jugée irrecevable par l'Université pour des raisons de non-conformité aux règles de méthodologie, et, surtout, inadmissible sur le fond puisqu'il critique la psychiatrie traditionnelle colonialiste, et se propose d'observer les réactions des Antillais dans leur volonté de se faire accepter par le Blanc envers et contre tout, au mépris d'eux-mêmes.

Sa thèse étant refusée, Fanon la transforme et, deux ans plus tard, en 1952, la nouvelle version s'intitule *Peau noire, masques blancs*. Le livre déclenche des réactions passionnelles. À droite, on crie à l'« incitation à la haine raciale » ; au centre, on pose la main sur le cœur : « Il y a longtemps que nous avons reconnu les Noirs comme nos égaux. » Quant aux communistes, ils lui reprochent une vision trop « individualiste ».

Un an plus tard, en juin 1953, n'ayant pas trouvé de place à la Martinique, Fanon se retrouve médecin chef à l'hôpital psychiatrique de Blida-Joinville, en Algérie, colonie française depuis 1830, où règne un climat de ségrégation entre malades mentaux indigènes et métropolitains. L'École psychiatrique d'Alger a popularisé les écrits de John Colin Carothers qui, dans un rapport de 1953 pour l'OMS, décrit l'homme africain comme un « Européen amputé de son lobe frontal ». Le malade métropolitain est accessible à la guérison, l'indigène, incurable ! Sans tomber dans ces extrêmes, la majorité des psychiatres partage alors, sur la souffrance psychique de l'Algérien, un préjugé racial. Au mieux, on le considère comme le représentant d'une « race feignante », prompte à tricher sur ses symptômes pour échapper au travail.

Frantz Fanon élabore peu à peu une psychiatrie respectueuse de la dignité des personnes ; il introduit des méthodes de psychothérapie prenant en compte la culture musulmane des patients, et définit les rapports entre leurs pathologies et les dramatiques événements qui perturbent la vie publique. Ses travaux le situent dans les courants précurseurs de la psychiatrie sociale, ce qui, ajouté à sa volonté de décoloniser le milieu psychiatrique, lui vaut l'hostilité d'une partie de ses collègues et le conduit naturellement à l'engagement politique.

« De l'interrogation sur soi, sur les autres, il est passé à l'engagement total, me dit Mireille Fanon-Mendès France. Il voulait faire sortir les gens des hôpitaux psychiatriques, des prisons, de l'aliénation. Mais à un certain stade d'oppression, la réponse ne peut plus être individuelle, mais sociale. »

Le 1ᵉʳ novembre 1954, c'est la « Toussaint rouge » qui marque le début du soulèvement algérien. Les indépendantistes commettent plusieurs dizaines d'actions armées. Fanon s'engage dans la résistance algérienne et noue des contacts avec la direction politique du FLN.

Son hôpital étant devenu un lieu de refuge pour les combattants, il est contraint de démissionner. En 1956, il adresse un courrier au ministre résident Robert Lacoste, lui expliquant que « les événements d'Algérie sont la conséquence logique d'une tentative avortée de décérébraliser un peuple ».

Expulsé par les autorités coloniales en janvier 1957, il rejoint Paris, puis Tunis où il mène de front ses activités psychiatriques et politiques. À aucun moment il n'abandonne son métier de médecin. Même clandestin, même grièvement blessé dans plusieurs attentats, même ambassadeur du GPRA (Gouvernement provisoire révolutionnaire algérien), en 1960, au Ghana, il continue à pratiquer. Sa vie est une perpétuelle tension entre son métier qu'il aime, la médecine, la prise de responsabilités politiques qui lui est indispensable, et l'écriture pour en rendre compte. Il rédige des articles pour l'organe central de presse du FNL, *El*

Moudjahid, qui seront publiés en 1959 sous le titre *L'An V de la révolution algérienne.*

En décembre 1960, des examens de santé révèlent une leucémie. Au printemps 1961, à Tunis, il dicte son dernier ouvrage, *Les Damnés de la terre*, un manifeste pour la lutte anticoloniale et l'émancipation du tiers-monde. Il meurt en décembre à Washington.

Frantz Fanon, Richard Wright, Cheikh Anta Diop, Aimé Césaire et tous les panafricanistes des années 1950-1960 ont eu raison du colonialisme. Ils ont forgé les instruments de libération comme les droits économiques, sociaux, culturels, civiques et politiques. Mais des revendications de Frantz Fanon il n'y a, hélas, pas un mot à supprimer encore aujourd'hui, comme si l'on se retrouvait de nouveau à la case départ. Le monde des puissants est en train de recoloniser, au prix des guerres auxquelles on assiste en Irak, en Afghanistan ; on assiste en même temps à la régression des droits des migrants, de plus en plus brutalement contrôlés et sélectionnés. Et l'on constate une véritable razzia sur les terres agricoles, notamment en Afrique et à Madagascar où pays riches et grandes sociétés négocient des millions d'hectares.

« Les nouveaux *Damnés de la terre*, dit mon ami l'historien Achille Mbembe, ce sont ceux à qui est refusé le droit d'avoir des droits ; ceux dont on estime qu'ils ne doivent pas bouger ; ceux qui sont condamnés à vivre dans toutes sortes de structures d'enfermement dans les camps, les centres de transit, les mille lieux de détention qui parsèment nos espaces juridiques et policiers. Ce sont les refoulés, les déportés, les expulsés, les clandestins et autres "sans-papiers"

– ces intrus et ces rebuts de notre humanité dont nous avons hâte de nous débarrasser parce que nous estimons qu'entre eux et nous, il n'y a rien qui vaille la peine d'être sauvé, puisqu'ils nuisent fondamentalement à notre vie, à notre santé et à notre bien-être… »

Car, comme le disait Frantz Fanon peu de temps avant sa mort à un ami, « nous ne sommes rien sur terre, si nous ne sommes d'abord les esclaves d'une cause, de la cause des peuples, la cause de la justice et de la liberté ».

L'étincelle

Rosa Louise McCauley Parks
4 février 1913 - 24 octobre 2005

Il faut avoir le courage de dire non. L'histoire de Rosa Parks en est un exemple.

Que quelqu'un devienne célèbre pour avoir refusé de se mettre debout peut sembler surréaliste. Mais, dans l'univers ségrégationniste américain des années 1950, c'était une manière d'affirmer ses droits...

Le 1ᵉʳ décembre 1955, à Montgomery (Alabama), Mme Rosa Parks est assise dans le bus sur la première rangée du secteur accordé aux Noirs par les lois « Jim Crow » – ces règlements promulgués dans les munici-palités du Sud qui imposent, entre 1876 et 1965, une ségrégation raciale dans tous les lieux et services publics. Lors d'un arrêt, monte un Blanc. Comme il n'y a plus de siège libre dans la partie réservée aux Blancs, le conducteur demande à Mme Rosa Parks de lui céder sa place. La loi ségrégationniste du sud des États-Unis stipule que, lorsque le nombre de voyageurs blancs excède les quatre premières rangées qui leur sont réservées, ceux-ci peuvent déborder sur les sièges des Noirs (qui constituent 75 % des utilisateurs). Ces derniers n'ont plus qu'à s'entasser à l'arrière, jusque sur la plate-forme, et à voyager debout...

Si Mme Rosa Parks refuse avec calme et dignité de se lever, ce n'est pas qu'elle soit plus fatiguée qu'un autre jour. Mais la coupe de la patience a fini par déborder. Certes, elle n'est pas la première à ne pas obtempérer aux injonctions de cette loi inique. Il y eut des prédécesseurs. Des vedettes comme le joueur de base-ball Jackie Robinson, en 1944, qui refusa de céder sa place à un officier de l'armée ; des boxeurs comme Ray Sugar Robinson, Battling Siki, Joe Louis… Mais il y eut surtout, dans cette même ville de Montgomery, neuf mois auparavant, Claudette Colvin, une lycéenne de quinze ans, qui fut giflée, jetée hors du bus, arrêtée et condamnée à une lourde amende pour « trouble à l'ordre public ».

E. D. Nixon, le leader de la section locale du NAACP (Association nationale pour l'avancement des gens de couleur) à Montgomery, avait voulu s'emparer du cas de cette jeune fille pour dénoncer et refuser la ségrégation dans les bus. De nombreux responsables noirs avaient collecté de l'argent pour sa défense. Mais, peu après son arrestation, on s'était aperçu qu'elle était enceinte d'un homme marié, qui plus est peut-être blanc. Cette transgression risquait non seulement de scandaliser une partie de la communauté noire religieuse, mais surtout d'être utilisée par la presse blanche pour la déconsidérer. Elle n'était donc pas la personne idéale pour porter la bannière des droits de la communauté noire…

Une certaine Mary Louise Smith refusa également de céder sa place mais, son père étant alcoolique, elle ne présentait pas non plus les références d'honorabilité recherchées pour défendre la cause. Aussi les stratèges du NAACP continuaient-ils à rechercher un plaignant assez respectable et assez déterminé pour parcourir le périlleux chemin jusqu'à la Cour suprême. Car il fallait du courage pour attaquer en justice la justice elle-même, il fallait un sacré sens politique pour jouer un rôle que l'Histoire pouvait consacrer.

Rosa Parks est l'un des membres les plus respectés de la communauté noire. Sa moralité est exemplaire, sa conduite, irréprochable et son éducation ne souffre d'aucune tache. Quant à sa détermination, elle est profondément enracinée dans son enfance et enrichie de vingt ans de lutte contre la discrimination raciale. Quel meilleur étendard pour la cause noire ?

Rosa McCauley est née à Tuskegee, en Alabama, de parents charpentier et institutrice. Étant donné le très médiocre enseignement que l'on dispense aux petites filles noires, sa mère entreprend de l'éduquer à la maison jusqu'à ses onze ans. Puis elle l'envoie à l'Industrial School for Girls, de Montgomery, institution fondée par des familles blanches du Nord et destinée aux enfants noirs.

Le racisme quotidien marque la petite Rosa. Elle se souviendra toujours de ces fontaines publiques réservées aux Blancs. « Enfant, dit-elle, je pensais que l'eau des fontaines pour les Blancs avait meilleur goût que celle des Noirs ! » Impression partagée par bien des enfants noirs ayant subi les mêmes discriminations. Une amie antillaise me racontait que sa grand-mère, qui disposait d'un lopin de terre produisant des cannes à sucre, avait pourtant coutume d'aller « voler » un peu de la canne à sucre des Blancs, car réputée meilleure pour les enfants.

Rosa Parks a connu le pire du pire, spécialement les horreurs du Ku Klux Klan, qui brûle à deux reprises l'Industrial School for Girls qu'elle fréquente. Elle a entendu des récits de lynchage, elle a vu son grand-père veiller la nuit devant la ferme, son fusil à la main, pour défendre les siens des cavaliers blancs encagoulés et brandissant des croix enflammées. Elle est prête à se battre elle aussi pour faire avancer la justice. Parmi les formes de racisme quotidien, celui qui concerne les bus est le plus visible. Non seulement les transports en commun appliquent la loi de ségrégation « Jim Crow », mais, de plus, les transports scolaires sont interdits aux enfants noirs, qui doivent se contenter des bus publics. « Le bus fut un des premiers éléments par lesquels je réalisais qu'il y avait un monde pour les Noirs et un monde pour les Blancs », dit-elle.

Car les transports « en commun » sont un révélateur de la vie en société. Comme leur nom l'indique, ils devraient servir à la communauté et être symboles d'égalité. Gandhi lui-même, qui inspira si profondément le mouvement de libération des Noirs américains, eut la révélation de l'ampleur du racisme par les transports publics. En avril 1893, lorsqu'il arrive en Afrique du Sud, il se fait jeter hors d'un train, alors qu'il possède un ticket valide, pour avoir refusé de passer du wagon de première classe à celui de troisième. Un autre jour, alors qu'il voyage en diligence, il est battu par un conducteur parce qu'il refuse de s'installer sur le marchepied pour faire de la place à un passager blanc.

Rosa McCauley s'est engagée dans la lutte pour la justice et l'égalité bien avant l'« affaire » de 1955 qui la rend célèbre. En 1932, elle épouse Raymond Parks, un militant de la cause des droits civiques, et membre de la NAACP de l'Alabama. Leur première lutte commune est l'affaire dite des « Scottsboro Boys ». Le 25 mars 1931, neuf garçons noirs, dont le plus jeune a douze ans, prennent le train pour l'Alabama. Là, des Blancs leur demandent de quitter le wagon. Les jeunes répliquent vivement.

À l'arrêt suivant, une foule de Blancs armés les attend, les contraint à descendre et veut les lyncher. Mais la police intervient et ils sont conduits à la prison de Scottsboro. Dès le lendemain, deux femmes blanches, sûres d'elles, prétendent avoir été violées dans le train et portent plainte contre les jeunes Noirs. Or l'examen médical effectué par des docteurs blancs, peu suspects de sympathie pour la cause noire, atteste qu'elles n'ont subi aucune violence sexuelle. Pourtant, le 9 avril 1931, après une parodie de procès, tous les jeunes, à part celui de douze ans, sont condamnés à la chaise électrique ! Il faut toute l'énergie du NAACP pour surseoir à l'exécution et obtenir un nouveau procès dans lequel leur innocence sera prouvée. Toutefois, l'un d'entre eux restera encore enfermé pendant dix-neuf ans avant de sortir de prison.

Rosa Parks, qui avait dû interrompre assez tôt ses études secondaires à cause de la maladie de sa mère, les reprend et les achève en 1934. Elle est persuadée que la communauté a besoin de personnes instruites et capables de se défendre, notamment grâce au droit. Remarquable détermination, puisqu'à cette époque-là seulement 7 % des Noirs atteignent ce niveau d'études.

Son engagement ne fait que se confirmer au fil des ans. En 1940, Rosa et son mari sont membres de la

Ligue des électeurs (Voters' League). En 1943, Rosa Parks devient la secrétaire de la NAACP de Montgomery présidée par Edgar Nixon. Et, fin décembre 1943, elle est membre du Mouvement pour les droits civiques (American Civil Rights Movement).

Les moments d'indignation et de découragement ne manquent pas. Comme beaucoup d'autres Afro-Américains, elle est bouleversée par le lynchage atroce de l'adolescent Emmett Till, le 28 août 1955. Ce jeune Noir de Chicago a quatorze ans. Il a une petite amie blanche et fait ses études dans une école mixte. Il n'imagine pas une seconde le degré de haine qui règne contre les Noirs dans les États du Sud. Alors qu'il passe ses vacances chez un oncle, dans le Mississippi, en se promenant il lance un « Bye, baby ! » à une jeune femme blanche qu'il croise sur le trottoir. Et c'est le déchaînement de la folie raciale. Celle-ci se plaint à son mari. Quelques jours plus tard, on retrouve le corps de l'adolescent dans le fleuve Tallahatchie, lesté de soixante-cinq livres de coton (symbole de l'esclavage) accrochés autour de son cou avec des barbelés. Il est émasculé. Il a un œil arraché, le visage fracassé et une balle dans la tête. Les auteurs du crime sont présentés à la justice, jugés « non coupables » par un jury blanc et aussitôt libérés ! Ainsi allait la justice des États du Sud il y a à peine cinquante ans.

Malgré l'atrocité du crime, à Chicago on ne réagit pas. On ferme les yeux sur cet aspect du pays que l'on ne veut pas voir. Un jeune Noir assassiné dans le Sud, c'est tous les jours, et puis c'est une affaire entre eux. Mais la mère de l'enfant de quatorze ans atrocement torturé ne l'entend pas ainsi. Le jour de l'enterrement, elle ouvre grand le cercueil et demande à la presse de le photographier. Ces photos feront le tour du monde, écornant quelque peu la grandeur des États-Unis en ces temps de guerre froide.

Trois mois plus tard, Rosa Parks assiste à une grande cérémonie en l'honneur du jeune garçon. Et trois jours après, dans le bus de Montgomery, le chauffeur lui demande de céder sa place à un Blanc… Ce n'est pas une femme « songeuse » qui aurait oublié de se lever, c'est une femme en colère !

Elle est aussitôt arrêtée, jugée et inculpée pour violation des lois ségrégationnistes locales. E. D. Nixon, de même qu'un jeune pasteur noir de vingt-six ans, Martin Luther King, avec le concours de Ralph Abernathy, un autre jeune pasteur de la première église baptiste de Montgomery, lancent alors une campagne de protestation et de boycott de la compagnie des bus ou plutôt de « non-coopération massive à un système vicieux », comme le dira King.

Puis cinquante dirigeants de la communauté afro-américaine, emmenés par Martin Luther King, se réunissent en l'église baptiste de la Dexter Avenue pour discuter des actions à mener. Ils fondent le MIA (Montgomery Improvement Association), dont ils élisent Luther King président, et diffusent cet appel de résistance non violente, et de solidarité :

« Ne prenez pas l'autobus pour aller au travail, en ville, à l'école, ou à n'importe quel endroit, le lundi 5 décembre. Une autre femme noire vient d'être arrêtée et jetée en prison parce qu'elle a refusé de céder sa place dans l'autobus […]. Venez au grand rassemblement organisé lundi à 19 heures, dans l'église

baptiste de Holt Street, pour y recevoir d'autres instructions. »

Le mot d'ordre est repris par *The Montgomery
Advertiser*, le journal noir local. Dès le lendemain
matin, une armée de jeunes distribue plus de sept
mille tracts qui portent sur quatre revendications immé-
diates :

• *Que les Blancs et les Noirs puissent s'asseoir où
ils veulent dans l'autobus.*

Alors que les passagers noirs sont les plus nombreux à prendre l'autobus, ils doivent rester le plus
souvent debout devant les sièges vides des quatre
rangées réservées aux Blancs.

• *Que les chauffeurs soient plus courtois à l'égard
de toutes les personnes.*

Les conducteurs se montrent injurieux et traitent
les passagers noirs de « macaques noirs », les passa-
gères de « vaches noires », et les humilient sans cesse.

• *Que les chauffeurs de bus cessent leurs vexations.*

Non contents d'être grossiers, les conducteurs
cherchent tous les moyens d'humiliation. Ainsi les
Noirs, après s'être présentés à la porte de devant pour
y payer le prix du transport, sont obligés de ressortir pour monter par les portes arrière de l'autobus.
Souvent, le conducteur démarre aussitôt après avoir
encaissé l'argent, avant que le passager noir ait eu le
temps d'atteindre la porte arrière.

• *Que des chauffeurs noirs soient engagés.*

Le lendemain, le miracle se produit. Contre toute
attente – Martin Luther King espérait un boycott à
60 % –, le boycott est suivi à 100 % ! Les autobus

sont vides de passagers noirs. « La communauté noire, jusque-là endormie et passive, était désormais bel et bien réveillée, écrit King. Aux heures de pointe, les trottoirs étaient envahis par une foule de travailleurs et de personnels domestiques qui rentraient patiemment de leur lieu de travail, situé parfois à plus de quinze kilomètres de leur domicile. Ils savaient pourquoi ils marchaient, et cela se voyait dans leur manière de se tenir. Et en les regardant, je me disais qu'il n'y a rien de plus majestueux que le courage déterminé dont font preuve les individus lorsqu'ils acceptent de souffrir et de se sacrifier pour leur liberté et leur dignité. [...] Nous avions fini par comprendre qu'à la longue il est plus honorable de marcher à pied dans la dignité que de rouler en autobus dans l'humiliation. C'est ainsi qu'en adoptant un comportement digne et tranquille, nous avons décidé de substituer la lassitude de nos pieds à celle de nos âmes, en marchant dans les rues de Montgomery... »

Ce même jour, Martin Luther King se rend au tribunal où Rosa Parks doit être jugée. Elle est condamnée à une amende, plus les frais de procédure, pour avoir « enfreint les lois sur la ségrégation ». Elle fait aussitôt appel. Les membres du NAACP jubilent, car jusque-là les poursuites étaient abandonnées ou bien le « contrevenant » était condamné pour « trouble à l'ordre public ». Mais, cette fois, l'affaire relève nettement de la « ségrégation ». C'est l'occasion rêvée de contester la validité des lois relatives à la ségrégation elle-même. Rosa Parks devient la représentante de vingt millions de Noirs dont les droits sont bafoués depuis le XVIIe siècle.

Le boycott se prolonge durant 381 longs jours. Quelle perte pour la compagnie de bus ! Des dizaines de bus publics restent au dépôt. La plupart des protestataires marchent à pied ; mais la solidarité ne tarde pas à faire ses effets, et des taxis conduits par des Noirs assurent des trajets communs au tarif du bus (dix cents). Peu à peu, grâce en partie à l'écho international qu'a reçu le mouvement, des fonds commencent à arriver, permettant de mettre en place un service d'autobus parallèle, et des achats de paires de chaussures !

Évidemment, les menaces sont nombreuses et sont souvent suivies d'effet : c'est ainsi que des bombes explosent au domicile de Martin Luther King, le 30 janvier 1956. Mais rien ne fait céder la révolte. Les boycotteurs poursuivent leur mouvement jusqu'à la victoire.

Enfin, le 13 novembre 1956, la Cour suprême déclare que les lois ségrégationnistes dans les bus sont anticonstitutionnelles. L'arrêt est signifié aux autorités de Montgomery le 20 décembre 1956. Le lendemain, Martin Luther King est le premier à reprendre le bus…

Par son rôle de déclencheur du boycott, par sa ténacité, son courage et son intelligence lors de son procès, Rosa Parks a contribué à la prise de conscience des Américains dans la lutte pour les droits civiques. Elle est désormais considérée comme la « mère » du mouvement des droits civiques.

L'« affaire des bus de Montgomery » marque un tournant psychologique pour le Noir américain dans sa lutte contre la ségrégation. Grâce à Rosa Parks, la communauté a découvert et expérimenté l'efficacité d'une arme nouvelle : la résistance non violente.

Souvent, l'Histoire ne retient que quelques noms. Si la modeste Rosa Parks a marqué les mémoires, c'est que toute une génération a, avec elle, pris en main sa destinée et décidé de lutter contre la ségrégation. Bien sûr, le racisme ne s'éteindra pas du jour au lendemain. Mais chacun de nous a la possibilité d'améliorer les choses pour les générations futures. Je pense à cette phrase d'Albert Einstein : « Le monde est dangereux à vivre ! Non pas à cause de ceux qui font le mal, mais à cause de ceux qui regardent et laissent faire. »

La liberté ou la mort

Malcolm X
19 mai 1925 - 21 février 1965

« L'éducation est le passeport pour le futur, car demain appartient à ceux qui s'y préparent aujourd'hui. »

Malcolm X

Dans l'opinion générale, Malcolm X est synonyme de violence et de provocation. Il y aurait d'un côté le bon pasteur Martin Luther King et de l'autre le méchant Malcolm X. Je ne m'étonne pas que, voulant appeler mon fils Malcolm, j'aie provoqué les réticences de ma famille et de mes amis. C'est pourquoi j'aimerais faire comprendre, par ces quelques pages, comment Malcolm X, voué au départ à la violence, s'en est échappé au point d'accepter de travailler avec des hommes de toutes couleurs et de toutes religions à une société plus juste. Il a acquis une certaine éducation, il a su prendre de la hauteur.

Malcolm Little naît à Omaha, dans le Nebraska, en 1925. Son père, Earl Little, prêcheur baptiste, est un fervent adepte du panafricain Marcus Garvey, ce qui lui vaut de violentes menaces du Ku Klux Klan. Quelques jours avant la naissance de Malcolm, tandis qu'il prêche à Milwaukee, les cavaliers blancs encerclent sa maison, brandissent des torches, brisent les vitres et enjoignent à Louisa, sa femme, entourée de ses trois enfants terrorisés, de quitter la région.

La mère de Malcolm, Louisa, souffre d'une blessure ineffaçable : la couleur de sa peau, trop blanche parce que le produit d'un viol. De ce grand-père, Malcolm ne saura rien, sinon qu'il était la honte de sa grand-mère et de sa mère. Et cette honte sera aussi la sienne, puisqu'il tient de cet ancêtre violeur un teint de peau clair et une couleur de cheveux qui lui vaut le surnom de « rouquin ».

En 1926, la famille cède aux menaces du Ku Klux Klan et déménage pour le Michigan, où le même drame ne tarde pas à se renouveler. Où qu'elle aille, elle rencontre terreur et violence. Malcolm a quatre ans lorsqu'on met le feu à leur maison. Par la suite, pas moins de six de ses oncles sont tués par des Blancs, dont un est lynché. Cinq ans plus tard, en 1931, le propre père de Malcolm est fauché par un tram – sans doute un assassinat déguisé en accident. Sa mère en devient folle et doit être internée.

Malcolm arrête ses études à la fin des classes primaires, sachant à peine lire et écrire. Lui et ses frères et sœurs sont dispersés parmi plusieurs foyers d'accueil. À l'âge de quinze ans, il se retrouve à Boston. Il cire des chaussures, fait des petits travaux dans un hôtel, dans un bar, dans un wagon-restaurant. Peu à peu il se met à fréquenter la pègre et découvre la cocaïne. Le 16 janvier 1946, à vingt et un ans, il est inculpé pour vol caractérisé et diverses effractions. Il est condamné à dix ans d'enfermement dans la prison d'État du Massachusetts, à Charleston.

En prison, le nihiliste qu'il était devenu découvre, par l'entremise de l'un de ses codétenus, les prédications d'Elijah Muhammad, le leader des Black Muslims, dits aussi Nation of Islam. L'enfermement et l'isolement sont propices au prosélytisme des mouvements de toutes sortes. Ils trouvent là des jeunes hommes isolés, perdus, à la recherche d'un sens à donner à leur vie. En quête de certitudes, Malcolm se prend de passion pour l'islam, qui lui apporte l'apaisement ainsi que le désir impétueux de mieux lire et écrire. Pour ce faire, il passe son temps à la bibliothèque de la prison, recopiant intégralement un dictionnaire, faute de savoir comment s'y prendre. En 1950, il écrit à un ami : « Je finis ma quatrième année d'une peine de prison de huit à dix ans… Mais ces quatre ans de réclusion se sont révélés être les plus enrichissants de mes vingt-quatre ans sur cette terre et je ressens que ce "cadeau du Temps" était un cadeau qu'Allah me fit, sa manière de me sauver de la destruction certaine vers laquelle j'avançais. »

Jusqu'à la fin de son incarcération, Malcolm correspond avec l'« honorable Elijah Muhammad », qui se présente comme un messager de Dieu dont il a « directement reçu des lèvres les vérités ». Son enseignement repose, comme pour toute religion, sur un rite, des règles de vie et une doctrine. La sienne est extrémiste, prônant un nationalisme africain et noir, et un virulent racisme anti-Blancs. On pourrait le voir comme le miroir de la violence des Blancs envers les Noirs. En effet, elle présente, inversés, tous les travers de la ségrégation : le Noir est de race supérieure, et la race blanche est inférieure et impure. Les Black Muslims interdisent de « mêler leur sang par l'intégration raciale ». Ainsi, l'organisation ne mène aucune campagne pour les droits civiques ou une quelconque forme d'intégration. Ces propos dangereux « substituent la tyrannie de la suprématie noire à la tyrannie de la suprématie blanche », comme le dit Martin Luther King. Mais, durant un temps, ils ont comme vertu de rendre aux adeptes de Nation of Islam, les Noirs les plus pauvres, les repris de justice et les laissés-pour-compte, la fierté et la dignité que le racisme blanc leur refuse.

« Vous avez été souillés et corrompus par l'esclavage, par la civilisation blanche, leur répète Elijah Muhammad, et je vous demande de reconquérir votre dignité. » Pour cela, le choix de l'islam est nécessaire. La religion chrétienne est définitivement salie par ses liens avec la traite, avec la ségrégation et avec la colonisation. « L'homme blanc, dit Malcolm, nous a volés à nous-mêmes, et puis nous a volé notre religion. » Entre les Blancs et eux, les Black Muslims dressent un mur infranchissable.

De même, ils refusent la non-violence de Martin Luther King dans une société blanche irrémédiablement raciste. « Notre religion ne nous enseigne pas de tendre l'autre joue ; l'islam nous enseigne de nous défendre nous-mêmes. » Ou encore : « Pendant que King fait son "rêve", nous autres Noirs vivons un cauchemar... »

Martin Luther King, bien sûr, se déclare totalement en désaccord avec de tels préceptes. Pour lui, la vision désespérée des Noirs « exclut toute solution de rechange positive et imaginative ». Il considère que les discours des Black Muslims sont démagogiques et ne peuvent qu'entraîner le malheur et la désolation. Cette forme de révolution, dit-il, « serait écrasée sous le nombre et les Noirs se retrouveront plus misérables encore et désenchantés ».

Malcolm, lui, a besoin de l'espoir offert par cette religion, qui l'aide à supporter l'incarcération. Lorsqu'il est libéré, le 7 août 1952, il va aussitôt à Chicago écouter Elijah Muhammad, à qui il offre son concours pour l'aider à prêcher et convertir ses frères noirs. Désormais, il s'appelle Malcolm X. « X » pour remplacer le nom du maître d'esclaves, qui a été imposé à ses ancêtres par « quelque diable aux yeux bleus ».

En 1954, il devient ministre de la mosquée 7, sur Lenox Avenue, à Harlem. Malcolm X n'est plus un de ces anciens taulards, nouveaux convertis, qui sont passés à la prédication religieuse. Il est devenu un meneur influent et respecté, un orateur de talent. Il ouvre d'autres mosquées, dont une à Philadelphie. En lui, le mouvement trouve un leader plus efficace encore que la vieille garde d'Elijah Muhammad. C'est que l'époque a changé. Le temps est au Black Power. On veut le pouvoir pour soi. On veut organiser une force noire, une puissance politique noire, régner en maître dans les quartiers et les villes où la population noire est majoritaire. Sous son autorité, Nation of Islam atteint bientôt les cent mille adhérents. En 1959, un documentaire télévisé intitulé *The Hate That Hate Produced* (« La haine engendrée par la haine ») lui donne l'occasion d'apparaître sur la scène publique. L'émission a pour effet de développer considérablement l'intérêt médiatique pour l'organisation et pour Malcolm X.

Cependant, à partir du début des années 1960, de nombreux différends surgissent entre Malcolm X et Elijah Muhammad. Problèmes de partage du pouvoir, mais aussi problèmes religieux et moraux. En effet, des rumeurs sur les abus sexuels commis par Elijah Muhammad sont confirmées, de même que les profits financiers qu'il réalise sur le dos des adeptes. Peu à peu, Malcolm X se rend compte qu'Elijah Muhammad exploite l'angoisse des Noirs en leur faisant miroiter un avenir paradisiaque. Ses doutes l'amènent à revoir ses positions sur cette organisation, qu'il considère maintenant non seulement comme faussement religieuse, mais aussi dangereusement apolitique puisqu'elle ne participe pas à la lutte pour les droits civiques. Il estime qu'il faut en finir avec l'attente de « la tartine qui doit tomber du ciel », et se brouille avec Elijah Muhammad.

C'est le départ d'une nouvelle vie. « L'image de Malcolm X est la plupart du temps réduite à quelques clichés grossiers le présentant comme agité d'une frénésie raciste convulsive, écrit Mongo Beti, ce qui lui attire la dévotion d'admirateurs douteux et le prive de l'audience que l'intelligence qui anime son discours mériterait. » Maintenant que sa pensée n'est plus inféodée à celle de Muhammad, ses discours reflètent une réflexion plus humaniste, percutante et rigoureuse, sans pour autant trahir ses convictions. Il reste fidèle à une action qui privilégie la communauté noire, tout en se refusant à condamner la violence des Noirs opprimés. Pour lui, la priorité n'est pas, comme pour Martin Luther King, d'unir les Blancs et les Noirs, mais de réaliser d'abord l'union des Noirs.

Dans son célèbre discours du 3 avril 1964, *The Ballot or the Bullet* (« Le bulletin de vote ou la balle »), il menace toujours de recourir à la violence face à l'oppression.

« Non, je ne suis pas américain. Je suis l'un des vingt-deux millions de Noirs qui sont victimes de l'américanisme. L'un des vingt-deux millions de Noirs victimes d'une démocratie qui n'est rien d'autre qu'une hypocrisie déguisée. Aussi ne suis-je pas ici pour vous parler en tant qu'Américain, en tant que patriote, en tant qu'adorateur ou porteur de drapeau – non, ce n'est pas mon genre. Je m'adresse à vous en tant que victime de ce système américain. » Dans le même discours, il déclare qu'il n'est pas raciste et que, « si l'homme blanc ne veut pas que nous soyons contre lui, qu'il cesse de nous opprimer, de nous exploiter et de nous dégrader. [...] Nous allons être forcés d'employer *le vote ou la balle.* [...] Il y aura des cocktails Molotov ce mois-ci, des grenades à main le mois prochain, et autre chose le mois suivant. [...] Ce sera la liberté, ou ce sera la mort. »

Peu de temps après, il se convertit à l'islam sunnite orthodoxe et, le 13 avril 1964, part en pèlerinage à La Mecque dont il revient sous le nom musulman d'El Hadj Malik El Shabazz. Au-delà de son nouveau nom, il est surtout transformé et réconcilié avec les différences.

De son pèlerinage, il dit : « Il y avait des dizaines de milliers de pèlerins, de partout dans le monde. Ils étaient de toutes les couleurs, des blonds aux yeux bleus aux Africains à la peau noire. Mais nous étions tous les participants d'un même rituel, montrant un esprit d'unité et de fraternité que mes expériences en Amérique m'avaient mené à croire ne jamais pouvoir exister entre les Blancs et les non-Blancs. L'Amérique doit comprendre l'islam, parce que c'est la seule religion qui efface de sa société le problème des races. »

S'il veut être fidèle à lui-même, il doit faire un choix entre islam et racisme. Le racisme lui apparaît désormais comme une folie, et il le fait savoir. « Auparavant, j'ai permis que l'on se servît de moi pour condamner en bloc tous les Blancs, et ces généralisations ont injustement blessé certains d'entre eux. Mais mon pèlerinage à la Sainte Mecque a attiré sur moi la bénédiction d'une renaissance spirituelle et je me refuse dorénavant à condamner en bloc toute une race. [...] Désormais nous entendons accueillir à nos côtés les chrétiens noirs comme les juifs noirs. Même les athées seront acceptés [...]. Ainsi nous recevrons dans nos rangs non seulement tous les Noirs, mais encore les Blancs musulmans car la couleur cesse d'être un facteur de discrimination pour quiconque adopte l'islam... »

Malcolm X fonde l'Organisation pour l'unité afro-américaine, groupe politique non religieux. Fini, les soldats de Dieu. Sa volonté est de mener une lutte politique et engagée, de réaliser l'internationalisation de la lutte des Noirs, de mettre en accusation le gouvernement américain devant l'Onu pour racisme. « Vous condamnez l'Union sud-africaine ? leur dit-il. Mais les nôtres ne sont que onze millions là-bas, alors qu'ici, ils sont vingt-deux millions. Et l'injustice dont nous sommes victimes est tout aussi criminelle que celle qui est faite aux Noirs d'Afrique du Sud. »

La tâche révolutionnaire primordiale, à ses yeux, c'est l'éducation, la formation. Pour les Noirs, mais aussi pour les Blancs ! Le 8 janvier 1965, un peu moins de deux mois avant sa mort, répondant à une question sur les causes du préjugé racial aux États-Unis, il donne cette réponse qui pourrait figurer en exergue de mon livre : « Si toute la population des États-Unis recevait une éducation correcte – je veux dire, si on lui faisait un tableau fidèle de l'histoire et de l'apport des Noirs –, je crois que bon nombre de Blancs auraient plus de respect pour le Noir en tant qu'être humain. Sachant ce qu'a été l'apport des Noirs à la science et à la civilisation, le Blanc abandonnerait, au moins partiellement, son sentiment de supériorité. Du même coup, le sentiment d'infériorité qu'éprouve le Noir ferait place à une connaissance de soi bien équilibrée. Le Noir se sentirait plus homme… »

Cependant la tension entre Malcolm X et Nation of Islam ne cesse de croître. Le 14 février 1965 sa maison est dynamitée. Six jours plus tard, le dimanche 21 février, comme il commence un discours dans le quartier de Harlem devant un auditoire de quelques centaines de Noirs, une fausse dispute éclate dans l'assistance. Malcolm X appelle au calme : « Frères, restez calmes, ne vous énervez pas… » Au même instant, trois hommes bondissent sur l'estrade et déchargent sur lui leurs fusils de chasse à canon scié et leurs revolvers.

Des commentateurs ont cru bon d'appeler l'Évangile à la rescousse : « Celui qui vit par l'épée périra par l'épée. » Rien de plus inexact. Le non-violent Martin Luther King périt également par l'épée. Quant à Malcolm X, il n'a pas choisi la violence, c'est la violence qui l'a choisi.

Un rêve qui changea le monde

Martin Luther King
15 janvier 1929 - 4 avril 1968

« Je vous le dis ce matin, si vous n'avez
jamais rencontré rien qui vous soit si cher,
si précieux que vous soyez prêt à mourir
pour ça, alors vous n'êtes pas apte à vivre. »

Martin Luther King,
5 novembre 1967

Le père de Martin Luther King est pasteur, son
oncle paternel est pasteur, son frère unique est pasteur, son grand-père était pasteur, son arrière-grand-
père également... tous des hommes sensibles à la
souffrance et aux injustices. Le combat de Martin
Luther King Jr. pour la liberté est le résultat d'une
très forte éducation humaniste.

De bonnes fées se sont penchées sur le berceau de
Martin Luther King Jr. Ses parents sont très unis, et
suffisamment aisés pour lui permettre de faire des
études supérieures. Il obtient sa licence de sociologie en 1948, et se dote d'une forte culture philosophique. Un ouvrage déterminant dans sa formation
intellectuelle est l'essai de Henry David Thoreau,

Civil Disobedience (*La Désobéissance civile*). Ce livre enseigne la technique de la résistance passive, le devoir de refuser toute coopération avec un régime pervers. Plus tard, en 1950, lors d'une conférence, il découvre la pensée de Gandhi. Immédiatement lui apparaît que la méthode de non-violence prônée par le Mahatma pourrait être d'une grande efficacité contre la ségrégation. En 1953, il devient le pasteur de l'église baptiste de l'avenue Dexter à Montgomery, Alabama. Il se marie la même année avec Coretta Scott, elle-même très active dans la lutte contre l'oppression que subit la communauté noire.

Le 1er décembre 1955, jour où Rosa Parks refuse l'injonction d'un chauffeur de bus de céder sa place à un Blanc, est pour Martin Luther King une révélation. À Montgomery et dans toute la communauté noire, cet épisode, auquel j'ai consacré un chapitre de ce livre (pages 331-341), se solde par une victoire contre la ségrégation dans les bus. Martin Luther King prend conscience des résultats possibles d'une telle action, qui combine à la fois les préceptes non-violents de Gandhi et la nécessité morale de la résistance passive préconisée par Thoreau.

« La force de la non-violence l'a emporté », écrit le pasteur. Mais il reste encore beaucoup de chemin avant de sortir de la « nuit lugubre et sinistre de l'inhumanité de l'homme pour l'homme »...

On ne trouvera aucun romantisme, aucune naïveté chez les héros de la résistance noire à cette époque. Ils ont étudié les techniques politiques, juridiques, médiatiques susceptibles de servir leurs droits. De même que ce n'est pas une malheureuse femme, épuisée par une journée de travail, qui refuse de quitter sa place dans un bus, mais une militante décidée et aguerrie, le pasteur Martin Luther King n'est pas le doux et pacifiste pasteur que l'on imagine volontiers tendant la joue gauche après la droite.

La stratégie de Martin Luther King est une non-violence « provocatrice », une « confrontation conciliante ». Il cherche l'efficacité, pas la mortification. Son génie est de s'inspirer de Gandhi, qui affirme en 1920 : « Là où il n'y a que le choix entre la lâcheté et la violence, je conseillerais la violence. [...] Je préférerais que l'Inde eût recours aux armes pour défendre son honneur plutôt que de la voir, par lâcheté, devenir ou rester l'impuissant témoin de son propre déshonneur. Mais je crois que la non-violence est infiniment supérieure à la violence. » Supériorité qui tient à la compréhension de sa force politique, loin des « bons sentiments » ou du refus de combattre, à l'art de retourner la violence de l'autre contre lui-même, d'exposer aux yeux de tous la violence brute de l'autre. Martin Luther King a compris la démonstration. Dès lors, il s'applique à révéler la violence du Blanc du Sud, notamment du Ku Klux Klan et de ses complices dans les polices locales, pour la diffuser dans les médias. Martin Luther King est un véritable leader politique, pas un quelconque candidat aux élections.

En 1957, Martin Luther King est désigné comme président de la SCLC (Southern Christian Leadership Conference : Conférence des dirigeants chrétiens du Sud) qui organise la lutte des Églises afro-américaines pour les droits civiques. Faut-il rappeler que ce n'est qu'en partageant les mêmes droits et les mêmes devoirs que l'on peut vivre ensemble dans la cité ? Sinon, la

guerre civile menace. C'est ce que démontrent les différentes actions de Martin Luther King, provoquant une
haine croissante chez ceux qui veulent entretenir les
inégalités et la peur pour mieux régner.

Le 20 septembre 1958, il est poignardé à Harlem
alors qu'il dédicace son livre *Combat pour la liberté*.
Le coup porté a frôlé l'aorte de si près que, s'il avait
« éternué pendant les heures d'attente, dit le *New
York Times*, elle aurait été transpercée et il se serait
noyé dans son sang ». Cette agression ne l'arrête pas,
ses objectifs dépassent le souci de sa propre vie.

En 1959, il se rend en Inde où il s'entretient avec
le Premier ministre Nehru. L'effroyable misère et
les injustices sociales qui règnent dans le pays ne lui
échappent pas. Alors qu'il visite une école, un provi-
seur le présente ainsi : « Jeunes gens, j'aimerais vous
présenter un "camarade intouchable" des États-Unis
d'Amérique ! » En matière de ségrégation, un Américain peut-il donner une leçon à l'Inde ?

En 1960, la pratique des *sit-in* est généralisée dans
les magasins et les restaurants des États du Sud. Elle
consiste à s'asseoir en groupe dans un lieu où les
Noirs n'ont pas le droit d'entrer. Toutes pacifiques
que sont ces actions engagées par Martin Luther
King, elles ne restent pas sans représailles. Cible
du FBI, il est plusieurs fois arrêté sous prétexte de
fausses déclarations de revenus, de participations à
une manifestation, d'infractions au code de la route,
etc. Pourtant, tout au long des années 1961-1962, il
continue à parler, à agir et, bien entendu, à séjourner
en prison.

En 1963, la SCLC et l'Alabama Christian Movement for Human Rights lancent une grande campagne

de contestation à Birmingham – le pire endroit de tous les États-Unis, pour un Noir. À Birmingham, les édiles semblent n'avoir jamais entendu parler d'Abraham Lincoln, de Thomas Jefferson, de la Déclaration des droits de l'homme, du verdict rendu en 1954 par la Cour suprême déclarant illégale toute ségrégation dans les établissements scolaires… L'Histoire y est niée, les droits civiques également. Le gouverneur de l'État, George Wallace, ne connaît qu'une devise : « Ségrégation aujourd'hui, ségrégation demain, ségrégation toujours ! » Deux petites filles noires sont tuées dans une église. Il y a tellement d'attentats racistes non élucidés que les Noirs appellent la ville « Bombingham » !

Le tableau qu'en dresse Martin Luther King est effrayant. Il écrit que les droits de l'homme y sont bafoués depuis si longtemps que la peur et l'oppression y rendent « l'atmosphère sociale aussi épaisse que la fumée dégagée par ses usines ».

Le shérif, Eugene Connor, surnommé « Bull » (« taureau »), est policier le jour et membre du Ku Klux Klan la nuit. L'ensemble de la vie civique et sociale obéit aux lois ségrégationnistes dites « Jim Crow » : les hôpitaux, les cinémas, les magasins, les pissotières, les fontaines, les cimetières, les bus, les jardins publics… Lorsque le courageux pasteur Shuttlesworth obtient en justice la déségrégation pour les parcs de la ville, « Bull » réagit en les fermant… et en faisant sauter à la bombe le domicile du pasteur ! En matière de travail, les postes offerts aux Noirs sont toujours dérisoires : aucune promotion possible, des salaires largement inférieurs à ceux des Blancs… Par un curieux aménagement des lois démocratiques, les droits civiques (selon les lois « Jim Crow » aussi) permettent qu'un tiers de Noirs ne constitue qu'un huitième du corps électoral. En plus des intimidations, des menaces devant les bureaux de vote, Martin Luther King parle du « ralentissement délibéré des formalités d'inscription » et de la « réduction du nombre de jours et des heures au cours desquels le bureau était ouvert ». Dans une ville comme Selma, par exemple, sur quinze mille électeurs noirs potentiels, moins de trois cent cinquante peuvent s'inscrire. Enfin, le fameux test d'« alphabétisation », conçu pour handicaper les électeurs noirs, est corrigé avec la plus grande partialité.

Les églises, lieux sacrés de la vie collective, sont elles aussi assujetties au régime « Jim Crow ». Car « tout en se proclamant chrétiens, écrit Martin Luther King, nos concitoyens blancs pratiquaient la ségrégation avec autant de rigueur dans la maison de Dieu qu'ils l'appliquaient dans les cinémas ». Imagine-t-on seulement qu'un enfant noir entrant prier dans une église « blanche » pouvait se faire violemment refouler et bastonner ?

Le problème majeur reste de savoir comment, dans un pays dont les Blancs détiennent le pouvoir économique, culturel, politique, répressif, obtenir que la ségrégation dont souffre la minorité noire intéresse l'opinion publique blanche, et particulièrement la « majorité silencieuse » blanche, plus attachée à l'ordre qu'à la justice. « Le grand obstacle opposé aux Noirs en lutte pour leur liberté, écrit-il, ce n'est pas le membre du Conseil des citoyens blancs ni celui du Ku Klux Klan, mais le Blanc modéré [...] qui préfère une paix négative issue d'une absence de tensions,

à la paix positive issue d'une victoire de la justice ;
qui croit pouvoir fixer, en bon paternaliste, un calendrier pour la libération d'un autre homme ; qui
cultive le mythe du "temps-qui-travaille-pour-vous"
et conseille constamment au Noir d'attendre "un
moment plus opportun". »

À Birmingham, les opérations commencent en
avril 1963 par un boycott des magasins. Comme leurs
directeurs semblent s'en accommoder, on met en action
le « projet C », soit une série de *sit-in* dans les magasins, les restaurants, les bibliothèques et les églises
réservés aux Blancs. L'objectif « est de créer une
situation qui soit un tel paquet de crises qu'elle ouvre
inévitablement la porte à des négociations ».

Évidemment, Martin Luther King est arrêté le
12 avril 1963. Il écrit alors la *Lettre de la prison de
Birmingham*, dont voici un extrait :

« Nous avons attendu pendant plus de trois cent
quarante ans les droits constitutionnels dont nous a
dotés notre Créateur. Les nations d'Asie et d'Afrique
progressent vers l'indépendance politique à la vitesse
d'un avion à réaction, et nous nous traînons encore
à l'allure d'une voiture à cheval vers le droit de prendre
une tasse de café au comptoir. Ceux qui n'ont
jamais senti le dard brûlant de la ségrégation raciale
ont beau jeu de dire : "Attendez !" Mais quand vous
avez vu des populaces vicieuses lyncher à volonté
vos pères et mères, noyer à plaisir vos frères et sœurs ;
quand vous avez vu des policiers pleins de haine
maudire, frapper, brutaliser et même tuer vos frères
et sœurs noirs en toute impunité ; quand vous voyez
la grande majorité de vos vingt millions de frères
noirs étouffer dans la prison fétide de la pauvreté, au

sein d'une société opulente ; quand vous sentez votre langue se nouer et votre voix vous manquer pour tenter d'expliquer à votre petite fille de six ans pourquoi elle ne peut aller au parc d'attractions qui vient de faire l'objet d'une publicité à la télévision ; quand vous voyez les larmes affluer dans ses petits yeux parce qu'un tel parc est fermé aux enfants de couleur ; quand vous voyez les nuages déprimants d'un sentiment d'infériorité se former dans son petit ciel mental ; quand vous la voyez commencer à oblitérer sa petite personnalité en sécrétant inconsciemment une amertume à l'égard des Blancs ; [...] quand vous êtes harcelé le jour et hanté la nuit par le fait que vous êtes un Nègre, marchant toujours sur la pointe des pieds sans savoir ce qui va vous arriver l'instant d'après, accablé de peur à l'intérieur et de ressentiment à l'extérieur ; quand vous combattez sans cesse le sentiment dévastateur de n'être personne ; alors vous comprenez pourquoi nous trouvons si difficile d'attendre. Il vient un temps où la coupe est pleine et où les hommes ne supportent plus de se trouver plongés dans les abîmes du désespoir... »

Lorsque Martin Luther King sort de prison, une semaine plus tard, grâce à l'intervention de John Fitzgerald Kennedy, président des États-Unis, et de son frère Robert, ministre de la Justice, il retrouve un mouvement essoufflé, dont les actions n'intéressent plus aucun journal. Il décide alors de soulever la jeunesse, réservoir éternel de la résistance. Le 2 mai 1963, une gigantesque manifestation d'enfants est organisée. Des collégiens, des écoliers, des lycéens défilent en chantant *Freedom*. Le plus jeune a sept ans, le plus âgé, dix-huit.

Du 2 au 7 mai 1963, la « Croisade des enfants » ne faiblit pas. Le premier jour, plus de mille jeunes sont arrêtés. Par manque de paniers à salade, la police doit affréter des bus scolaires pour les conduire en prison. Le lendemain, ce sont deux mille enfants qui dorment sous les verrous. Et il en vient encore ! Certains enfants se présentent spontanément à la porte des bureaux de police en chantant pour être arrêtés.

Cette fois, hors de lui, « Bull » Connor lâche des bergers allemands, dressés à mordre au ventre, sur ces enfants qui défilent pacifiquement, et utilise des lances d'incendie capables d'écorcer un arbre. Dès le lendemain, la presse nationale, les radios alertées reviennent à Birmingham. Les lecteurs de tous les États-Unis voient dans leurs quotidiens des photographies de scènes de violences inouïes : des jeunes femmes sans défense jetées à terre et matraquées, un jeune homme projeté par-dessus une voiture par le jet d'une lance d'incendie, et surtout des photographies d'enfants « marchant directement sur les crocs nus des chiens policiers ». L'Américain moyen, la majorité silencieuse, est profondément choqué par ces images.

Dans son célèbre entretien avec Kenneth B. Clark, diffusé en mai-juin 1963, Martin Luther King raconte que les manifestants non-violents sont spécialement préparés, qu'on leur « dispense des cours où ils apprennent ce que c'est d'être malmené ». Et, comme Kenneth B. Clark lui demande si les jeunes enfants ont également suivi l'entraînement, Martin Luther King répond : « Oui, les enfants aussi. En fait, aucun d'eux n'a pris le départ d'une marche, aucun n'a participé à aucune manifestation sans avoir au préalable suivi cet entraînement. »

Martin Luther King ne manque pas d'être attaqué par des âmes charitables qui lui reprochent d'avoir « instrumentalisé » les enfants. Il leur répond que ces derniers sont en première ligne de la ségrégation depuis cent ans et qu'il n'a encore jamais entendu quiconque s'intéresser à leur sort ! Ces âmes charitables excuseraient presque l'agresseur, le maître-chien, sous prétexte que les enfants pacifiques l'ont provoqué !

Les photographies sont très embarrassantes pour Washington. Martin Luther King a réussi à ébranler l'opinion publique. Les réactions internationales fusent de partout. L'Union soviétique en profite pour dénoncer les atteintes aux droits de l'homme au pays de l'oncle Sam. Quant à la ville de Birmingham, elle est au bord de l'effondrement : plus aucun commerce du centre-ville ne fonctionne. La Maison-Blanche se voit contrainte de dépêcher Bruce Marshall, adjoint du ministre de la Justice pour les droits civiques, et le vice-ministre adjoint, Joseph F. Dolan, chargés de proposer une trêve et de conduire des négociations.

Enfin, le 21 mai 1963, le maire de la ville démissionne, le chef de la police est renvoyé et, en juin, toutes les pancartes ségrégationnistes sont enlevées : tous les lieux publics sont ouverts aux Noirs. De son côté, le gouvernement Kennedy, pour lequel une législation sur les droits civiques n'était pas une priorité, décide de présenter de toute urgence une vigoureuse proposition de loi sur ces droits que tous doivent respecter.

La réputation de Martin Luther King s'est considérablement renforcée. On décide de couronner l'événement par une marche sur Washington, qui unira l'ensemble des forces dispersées. Le 28 août 1963, deux cent cinquante mille personnes de toutes couleurs et religions se retrouvent devant le monument consacré à la mémoire de Lincoln. À cette occasion, Martin Luther King doit prononcer un discours. Il a préparé son texte dans la nuit du 27. Il en a dressé le plan, et a presque achevé la version complète.

Martin Luther King commence à parler, et soudain lui viennent à l'esprit des mots qu'il avait prononcés deux mois auparavant dans une réunion au Michigan : « Je fais un rêve »... Aussitôt, il écarte le papier qu'il était en train de lire et déclare :

« ... Je fais pourtant un rêve. C'est un rêve profondément ancré dans le rêve américain.

« Je rêve que, un jour, notre pays se lèvera et vivra pleinement la véritable réalité de son credo : "Nous tenons ces vérités pour évidentes par elles-mêmes que tous les hommes sont créés égaux."

« Je rêve que, un jour, sur les rouges collines de Georgie, les fils des anciens esclaves et les fils des anciens propriétaires d'esclaves pourront s'asseoir ensemble à la table de la fraternité.

« Je rêve que, un jour, l'État du Mississippi luimême, tout brûlant des feux de l'injustice, tout brûlant des feux de l'oppression, se transformera en oasis de liberté et de justice.

« Je rêve que mes quatre jeunes enfants vivront un jour dans un pays où on ne les jugera pas à la couleur de leur peau mais à la nature de leur caractère.

« Je fais aujourd'hui un rêve ! »

Le 10 décembre 1964, le prix Nobel de la paix lui est décerné. Il a trente-cinq ans. À travers lui, c'est un magnifique hommage aux milliers d'anonymes, acteurs du mouvement en faveur des droits civiques.

Ce « rêve » et la marche triomphante qui l'accompagne auront pour effet d'exacerber encore la haine que lui vouent les Blancs ségrégationnistes. Mais ils rendront aussi plus impatiente une jeunesse noire révoltée qui, peu à peu, déborde son action, relayée par des mouvements prêchant l'autodéfense comme les Black Muslims d'Elijah Muhammad, dont Malcolm X est une figure ; puis, en 1966, lancé par Stokely Carmichael, le Black Power, et enfin les Black Panthers. Pour Martin Luther King, le moment où sa philosophie de la non-violence chavire coïncide avec la « Marche contre la peur », le 6 juin 1966.

« Comme nous marchions le long de cette route sinueuse dans une chaleur accablante, nous parlions beaucoup et bien des questions ont été soulevées, raconte-t-il.

« "Je ne suis plus pour ce genre de truc de la non-violence", a crié l'un des activistes les plus jeunes. "Si l'un de ces foutus salauds du Mississippi me touche, je lui fais sauter la gueule", a crié un autre.

« Une fois, pendant l'après-midi, nous nous sommes arrêtés pour chanter *We Shall Overcome*. Les voix s'élevaient avec toute la ferveur habituelle [...]. Mais quand nous en sommes arrivés à la strophe qui parle des "Noirs et des Blancs ensemble" les voix de quelques-uns des marcheurs se sont tues. Je leur ai demandé un peu plus tard pourquoi ils refusaient de chanter ce vers. La réponse a été : C'est un nouveau jour. Nous ne chanterons plus ces mots. En fait, toute la chanson devrait être changée. Ce n'est plus "Nous l'emporterons" qu'il faut dire, mais : "Nous les écraserons". »

La haine appelle la haine. Martin Luther King ne s'y trompe pas, et écrit en avril 1968, à quelques heures de sa mort : « Eh bien, je ne sais pas ce qui va arriver maintenant. Nous avons devant nous des journées difficiles. Mais peu importe ce qui va m'arriver maintenant, car je suis allé jusqu'au sommet de la montagne. Je ne m'inquiète plus. Comme tout le monde, je voudrais vivre longtemps. La longévité a son prix. Mais je ne m'en soucie guère maintenant. »

Luther King sait qu'il risque à chaque instant d'être assassiné. Mais va-t-il s'arrêter pour autant ?

Le 4 avril 1968, alors qu'il est sur le balcon de sa chambre d'hôtel à Memphis, un coup de feu est tiré. Un seul. Martin Luther King, celui qui voulait changer la discorde de sa nation en une « belle symphonie de fraternité », s'effondre.

Quelques jours plus tard, deux cent mille Américains de toutes couleurs et de toutes religions suivent, dans les rues d'Atlanta, la mule qui tire le chariot transportant son cercueil.

Il nous reste aujourd'hui la droiture et le courage peu communs d'un homme qui n'a jamais transigé avec un idéal. Idéal qu'il définissait à ses interlocuteurs par les paroles suivantes :

« Sur certaines prises de position, la couardise pose la question : "Est-ce sans danger ?"

« L'opportunisme pose la question : "Est-ce politique ?"

« Et la vanité les rejoint et pose la question : "Est-ce populaire ?"

« Mais la conscience pose la question : "Est-ce juste ?" »

Le militant du peuple africain

Mongo Beti
30 juin 1932 - 7 octobre 2001

Je rencontre Odile Tobner, femme de Mongo Beti, pour mieux comprendre ce grand écrivain camerounais, véritable génie de l'indignation.

Né Alexandre Biyidi-Awala, Mongo Beti est le nom d'écrivain qu'il s'est choisi. Mongo signifie « fils », et Beti est le nom de son groupe ethnique : fils de son peuple, de sa terre. Arrivé en France en 1951, à l'âge de dix-neuf ans, pour faire des études de lettres, il publie dès 1954 son premier roman, *Ville cruelle*, où il dénonce le système arbitraire et injuste du colonialisme.

L'art du roman, il l'a appris dès l'enfance, lors des fêtes de son village d'Akometan, au Cameroun, où chacun à tour de rôle devait raconter une histoire.

La colonisation de son pays commence en 1472, lorsque les Portugais débarquent dans l'estuaire Wouri ; c'est le début de l'esclavage qui s'intensifie avec les Néerlandais, puis les Allemands venus s'établir en 1884. Ceux-ci, en raison de leur défaite de 1914-1918, perdent le Cameroun, qui est alors divisé entre la France et le Royaume-Uni.

L'art de la résistance, voilà ce que Mongo Beti a appris dès l'enfance.

L'année de sa naissance, en 1932, des manifestations contre l'administration coloniale sont violemment réprimées à Douala. En 1945, alors qu'il fait ses études au lycée Leclerc, à Yaoundé, émeutes et grèves se succèdent. En 1948, tandis qu'il prépare son bac, Ruben Um Nyobé, le « Che » du Cameroun, le leader charismatique précurseur des indépendances en Afrique francophone, fonde l'Union des populations du Cameroun (UPC). Fasciné par cet orateur et par son propos, il fait le mur du lycée pour aller l'écouter. « Les colonialistes ne veulent pas admettre qu'un Noir soit l'égal d'un Blanc. Cette conception se manifeste dans le domaine social, dans l'échelle des salaires, dans le traitement médical, dans le logement, dans la justice et hélas, à l'église. Quelle est alors l'âme éprise de liberté qui resterait insensible devant ce fait révoltant d'un étranger qui traite les enfants de la terre comme des hommes de seconde zone ? »

La guerre d'indépendance des nationalistes de l'UPC contre l'occupation française commence dès 1951. Les sanglants événements qui secouent le Cameroun entre 1954 et 1960 sont occultés par la communauté internationale. « L'attention du monde, et en particulier des Français, est totalement confisquée par le fracas massif des guerres qui se succèdent de l'Indochine au Maghreb », écrit Mongo Beti dans *Repentance*, un discours prononcé le 9 juin 2001 à l'occasion du colloque de l'Association internationale de recherche sur les crimes contre l'humanité et les génocides (Aircrige).

De plus en plus indigné, il publie un deuxième roman qui fait scandale : *Le Pauvre Christ de Bomba*. Mongo Beti se met dans la peau de deux « gentils » colonisateurs ! Il s'agit d'un missionnaire et d'un administrateur colonial sincères, de bonne volonté, dépassés par un système hautement condamnable qu'ils ne perçoivent même pas. Cette mise en scène permet à l'auteur de porter un « certain regard », sans tomber dans la caricature. Le choc entre ces « gentils » et la population africaine est effrayant, dans le roman comme dans la vie. L'année suivante, Mongo Beti publie *Mission terminée* (prix Sainte-Beuve 1958) qui, cette fois, s'attaque aux vices dont souffre la société traditionnelle camerounaise. Puis c'est *Le Roi miraculé…* Avec sa verve et son imagination inépuisables, Mongo Beti pourrait enchaîner les romans comme un feuilletoniste du XIXe siècle. Mais, après ce roman, il se tait « littérairement » pendant plus de dix ans. La raison tient aux événements dramatiques qui jalonnent le réveil africain durant des décennies et dont on perçoit encore les tremblements.

En 1959, c'est la « pseudo-indépendance » du Cameroun. Le « Che » Ruben Um Nyobé, auquel Mongo Beti porte une admiration sans bornes, est assassiné après de longs mois de traque par les troupes coloniales françaises, le 13 septembre 1958.

« L'engagement de Ruben Um Nyobé était une pure folie parce que, vraiment, rien ne lui permettait à l'époque d'espérer un succès », dit Mongo Beti. Il est vrai que les résistants sont souvent considérés comme des fous ou des terroristes. Comme Mandela qui entre en scène à une époque inimaginable, comme Luther King, ou tous ces hommes qui, en 1940, comme le général de Gaulle, s'imaginaient vaincre le nazisme… Ruben, Lumumba, Luther King, Malcolm X, Mandela, Beti resteront pour toujours des références parce qu'ils n'ont jamais pactisé. Et ce sont eux qui, en définitive, gagneront parce qu'ils auront permis l'espoir, et inspiré les générations futures.

Après ce meurtre, la colonisation se perpétue au Cameroun grâce à un régime dictatorial. La France de De Gaulle fait croire que la décolonisation en Afrique noire est achevée et que, si des troubles persistent encore, c'est une affaire « entre ethnies ». Ce genre de désinformation se poursuit de nos jours où les guerres d'intérêts en Afrique – et elles sont nombreuses, car l'Afrique est riche – sont présentées comme des guerres ethniques.

Le général de Gaulle, bafouant au Cameroun la Déclaration des droits de l'homme du 10 décembre 1948 dont le préambule dispose « que la reconnaissance de la dignité inhérente à tous les membres de la famille humaine et de leurs droits égaux et inaliénables constitue le fondement de la liberté, de la justice et de la paix dans le monde », envoie un corps expéditionnaire combattre l'UPC, dont Ernest Ouandié a maintenant pris la tête. Le mot d'ordre est : « Tuez-les tous ! »

« Des villages entiers, des quartiers des villes ont été mis à feu, après avoir été encerclés par la troupe, afin que nul n'en réchappe, enfants, vieillards, femmes enceintes, s'exclame Mongo Beti dans *Repentance*. Du napalm a été répandu d'avion sur de pauvres paysans désarmés et en fuite.

« À Douala, en 1960, un quartier populaire appelé Kongo, connu pour être le repaire de militants nationalistes radicaux, est encerclé par des soldats africains sous le commandement d'officiers blancs, et incendié ; tous les habitants périront, sans distinction d'âge ni de sexe. » Bilan de la répression : des milliers de morts.

Ernest Ouandié tombe dans un piège, en 1970. Il est exécuté le 15 janvier 1971 sur la place publique, à Bafoussam. Mongo Beti est indigné par la manière dont les médias rendent compte de son procès et de celui d'un évêque, Mgr Ndongmo. Il rédige aussitôt *Main basse sur le Cameroun, autopsie d'une décolonisation*, où, malgré une censure impitoyable, il consigne les témoignages recueillis. Le livre paraît aux éditions Maspero en juin 1972. Il est immédiatement saisi par décret du ministre de l'Intérieur de Georges Pompidou, Raymond Marcellin.

Loin d'être démobilisé, Mongo Beti se lance dans un procès de quatre ans contre l'État français. Qu'il gagne. La presse française regarde ailleurs et n'en rend pas compte. En revanche, les persécutions administratives et les intimidations se multiplient. Convoqué au commissariat du port de Rouen, il se voit confisquer ses papiers. Il se retrouve sans nationalité, lui, le professeur agrégé de littérature française ! Nouveau procès, qu'il gagne. Et dont personne ne rend compte une fois de plus.

Une telle censure de la presse et des médias a une explication. *Main basse sur le Cameroun* lui a valu d'être exclu de toutes les rédactions. Ainsi la critique ignorera-t-elle ses nombreux romans. Paru en 1974, *Perpétue* dépeint la corruption, la dictature et la condition de la femme africaine. *Remember Ruben* (1974) raconte les bouleversements de l'Afrique au moment où le mouvement indépendantiste prend de l'ampleur sous l'impulsion de Ruben Um Nyobé, *La Ruine presque cocasse d'un polichinelle* (1979), *Les*

Deux Mères de Guillaume Ismaël Dzewatama futur camionneur (1983), *La Revanche de Guillaume Ismaël Dzewatama* (1984), *Trop de soleil tue l'amour* (1999), *Branle-bas en noir et blanc* (2000)…

À la suite de l'affaire *Main basse sur le Cameroun*, il décide de se donner les moyens de publier ce que personne ne veut lire. Avec sa femme, Odile Tobner, il fonde en 1978 la revue *Peuples noirs-Peuples africains*, qui décrira inlassablement les maux infligés à l'Afrique par les régimes néocoloniaux, et permettra aux jeunes intellectuels africains de s'exprimer. La revue survit dans des conditions très difficiles, car éditer une presse indépendante africaine en France demande énormément d'argent. De plus, les adversaires sont nombreux. Elle est stigmatisée par les anciens cadres coloniaux, reconvertis africanistes, comme « confidentielle au vitriol ». Sans doute auraient-ils préféré une revue de « grande diffusion à l'eau de rose » faisant l'éloge de leurs « apports ».

Ces petits cadres coloniaux parachutés linguistes ou maîtres d'enseignement de la littérature africaine dissuadent leurs étudiants de lire l'œuvre de Mongo Beti. Selon eux, il faut choisir entre romancier et « militant qui écrit ». Mongo Beti leur répond que, s'il écrivait des livres d'amour pour des peuples qui souffrent, ceux-ci ne s'y identifieraient pas. Il ne veut pas d'une « peau noire, littérature rose », il ne veut pas de complaisance dans une Afrique rêvée. Pour lui, la vocation de l'écrivain n'est pas de bénir le monde tel qu'il est, mais de mettre la société « mal à l'aise », de lui fournir cette mauvaise conscience dont elle a besoin pour progresser. Il faut provoquer l'indignation, source de vie et de liberté.

Après trente-deux ans d'exil en France, il retourne au Cameroun en 1991. Mais l'a-t-il vraiment quitté, lui, le fils de cette terre ? L'action, l'imaginaire de tous ses livres se sont toujours situés en Afrique.

Son désir est de créer une librairie à Yaoundé car, contrairement aux préjugés, les Africains aiment lire, particulièrement les livres politiques. S'ils ne le font pas, c'est qu'ils ne peuvent s'en acheter. Quand il s'installe au Cameroun, le livre est la denrée la plus rare du pays. Sa librairie s'appellera « La Librairie des Peuples noirs ».

Il retourne également dans son village d'Akometan afin d'aider les villageois à organiser des activités agricoles. Il espère y créer les conditions d'un développement autonome. En moins de dix ans, il se fait cultivateur de tomates, de bananes, de maïs, éleveur de porcs, exploitant forestier... Mais il ne tarde pas à découvrir que l'esprit local et le contexte sont vicieux et corrompus. Il se tue littéralement à tenter de faire vivre son entreprise. Comme l'écrit Ambroise Kom dans *Mongo Beti parle* : « Il se heurte à une population qui, à l'instar des dignitaires du régime néocolonial en place, n'aspire qu'à mener une vie de rentiers aux dépens de l'ancien exilé. »

Dans *La France contre l'Afrique, retour au Cameroun*, qu'il publie en 1993, il décrit finement la culture ambiante et l'état délabré du pays qu'il a retrouvé. Le constat est en soi une accusation des échecs de la néocolonisation.

Dans toute l'Afrique centrale, le système néocolonial établi n'encourage que la prédation absolue. Les grandes plantations de bananes du sud du Cameroun sont la propriété de capitaux français. Les villages de ces travailleurs restent dans une misère totale. Leur eau est polluée, ils travaillent soixante heures par semaine pour un salaire qui les maintient au-dessous du seuil de pauvreté. Ils sont esclaves sur leurs propres terres dont ils ont été spoliés au profit des capitalistes français.

Quant au bois, il n'est pas transformé sur place pour éviter toute plus-value. Une industrie interne de transformation du bois ruinerait les marchands de meubles européens. Les bénéfices vont à des multinationales étrangères, qui ne payent pas d'impôts. Sans compter le pétrole ! Comme le disait Loïk Le Floch-Prigent, ancien P-DG d'Elf, s'il y a des dictatures c'est que la fourniture du pétrole ne tolère « aucune incertitude » !

Et sur cette misère veillent les instances mondiales et financières. Dans *La Grande Désillusion*, en 2002, Joseph E. Stiglitz, prix Nobel d'économie, explique comment la politique de la Banque mondiale et surtout celle du Fonds monétaire international (FMI) favorisent l'oppression qui sert les intérêts d'un certain nombre de pays dominants. « Le FMI est toujours dirigé par un Européen, la Banque mondiale par un Américain. Les dirigeants sont choisis à huis clos, et l'on n'a jamais jugé nécessaire de leur demander la moindre expérience préalable du monde en développement. » L'un des pires obstacles auxquels se heurtent les pays en voie de développement réside dans les politiques actuelles du FMI.

On pourra toujours « aider au développement », ou faire semblant. Toutes les aides cumulées – l'argent des aides de l'État, des ONG et des immigrés – sont six fois moins importantes que les capitaux qui sont volés à l'Afrique par les multinationales.

Par voie de conséquence et malgré ses richesses humaines, vivrières et minières, mécaniquement l'Afrique s'appauvrit. Ce n'est pas une destinée mauvaise qui aurait programmé la pauvreté des Africains, ni un manque de « maturité » empêchant l'Afrique de s'ouvrir à la démocratie, c'est un système d'exploitation forcené mis en place et maintenu par le FMI.

Savons-nous qu'un marché réellement « équitable » supposerait une chute de notre niveau de vie en Occident, une décroissance pour un certain nombre de pays développés ? Accepterions-nous un transfert des richesses et une égalisation des niveaux de vie ? L'Occident, corrompu par la consommation à outrance, a-t-il un intérêt capital à ce que l'Afrique reste dans sa misère ?

Je suis toujours surpris que certains pays, dont le nôtre, parlent de démocratie alors qu'elle n'est pratiquée par aucune des institutions internationales qui gouvernent la planète : une répartition inéquitable des quote-parts et des voix attribuées aux pays membres du FMI et de la Banque mondiale ; un Conseil de sécurité qui se compose de cinq membres permanents, institué au sortir de la Seconde Guerre mondiale : Chine, États-Unis, Fédération de Russie, France et Royaume-Uni, et dix membres non permanents. Or seuls ces cinq pays ont un droit de veto. C'est la règle de l'« unanimité » des grandes puissances.

Toute l'œuvre de Mongo Beti crie cette douleur, cette injustice et cette misère imposée. Ses espoirs ont beau se porter sur le rôle de la presse, ici encore la lutte est terrible. Pius Njawé, fondateur et directeur du *Messager*, à Douala, l'homme qui a créé le premier journal non gouvernemental au Cameroun, a été emprisonné une dizaine de fois, notamment à la fin des années 1990.

Les dix dernières années de Mongo Beti en Afrique sont un martyre. Il avait idéalisé le désir d'émancipation de la population, il avait idéalisé la volonté d'indépendance des journalistes, et il s'est aperçu combien ses compatriotes composaient, louvoyaient. Il leur en a terriblement voulu.

Quelques mois avant sa mort, il prononçait ces mots : « Pour assainir définitivement la relation Afrique-France, et prévenir massacres et autres génocides, il convient surtout de libérer les acteurs des médias français de toutes les inhibitions, psychologiques, politiques et culturelles qui les ont paralysés jusqu'ici. Comme ailleurs, dans les pays développés et réellement démocratiques, il faudra bien que vienne le jour où un journaliste français parlera objectivement de l'Afrique, même si les faits contredisent son idéologie. »

Mongo Beti meurt le 7 octobre 2001.

Le gouvernement du Cameroun veut l'« honorer » publiquement.

Fidèle à sa mémoire, sa famille refuse publiquement.

« Je suis hyper-rapide !
Je me bats avec mon cerveau »

Mohamed Ali
Né le 17 janvier 1942

« Dans cent ans, ils diront que j'étais
blanc… c'est ce qu'ils ont fait à Jésus. »

Mohamed Ali

Cassius Clay, né à Louisville en 1942, porte le nom
d'un général blanc, Cassius Marcellus Clay. Sportif
exceptionnel, il gagne à l'âge de dix-huit ans la médaille
d'or des poids mi-lourds aux Jeux olympiques de
Rome, en 1960.

En 1962, Clay rejoint la Nation de l'Islam, et change
son nom en Cassius X, parce que la lettre X symbolise
son identité africaine perdue. C'est aussi un hommage
à Malcolm X qui le soutient avant son combat contre
Sonny Liston… Ensuite, il reçoit le nom de Muhammad Ali de la part d'Elijah Muhammad, chef des Black
Muslims. « Le changement de mon nom est l'une des
principales décisions que j'ai prises dans ma vie, dit-il.
Ce changement m'a affranchi de l'identité qui avait été
donnée à ma famille par les maîtres des esclaves. »
Cette réflexion ne va pas apaiser l'Américain moyen.

« Si j'avais changé Cassius Clay en Smith ou en Jones, déclare-t-il, personne ne se serait plaint. »

Passé professionnel en 1963, il est le « boxeur de l'année », et c'est naturellement qu'il devient l'adversaire du champion du monde Sonny Liston, réputé invincible, en 1964. À la surprise générale, il le domine en six rounds et hurle à qui veut l'entendre : « Je suis un Noir, je suis l'homme le plus fort du monde, je ne crois pas à l'intégration forcée. Et pourquoi les Noirs n'auraient-ils pas le droit de dire qu'ils sont les plus grands et les plus forts et les plus beaux ! Les Blancs, eux, l'affirment tous les jours. En Amérique, tout est blanc. Le Président est blanc, l'administrateur est blanc, le shérif est blanc, même le cirage est blanc, Dieu est blanc, Tarzan est blanc, Superman aussi, la voix céleste est blanche et les femmes se marient en blanc. Pourtant, en Amérique, 10 % des hommes sont noirs. Ils font la gloire des États-Unis en sport, en musique, dans le chant, dans la danse. À quoi cela sert-il puisque aucun Noir n'a de responsabilité dans les rouages de la nation ? On n'a pas à s'excuser d'être noir, on n'a pas à avoir l'air conciliant, on n'a pas à demander pitié aux Blancs. Au contraire, il faut revendiquer sa condition d'homme noir. »

Du 25 février 1964 au 20 juin 1967, Mohamed Ali domine la catégorie des lourds, puis commencent les problèmes judiciaires. Il refuse l'incorporation dans l'armée américaine engagée dans la guerre du Vietnam et devient objecteur de conscience, déclarant qu'il n'a « rien contre le Vietcong » et qu'« aucun Vietnamien ne m'a jamais traité de Nègre ».

Le 8 mai 1967, il passe en justice. Le 20 juin, il est condamné à une amende de dix mille dollars et à cinq ans d'emprisonnement.

On le prive de sa licence et il doit renoncer à son titre, que Joe Frazier récupère aux dépens de Jimmy Ellis. Finalement, en 1971, la Cour suprême lui reconnaît le droit de refuser le service militaire. Il peut reprendre sa carrière. Déterminé à regagner son titre, il combat Joe Frazier et subit sa première défaite. Il multiplie alors les combats contre les meilleurs boxeurs américains pour revenir à son plus haut niveau. Il lui reste une tête à faire tomber : Joe Frazier. Manque de chance : le 22 janvier 1973, Joe Frazier est littéralement détruit par George Foreman.

Il a maintenant deux adversaires à battre, au lieu d'un, pour reprendre son titre. Or, le 31 mars de la même année, le boxeur Ken Norton lui brise la mâchoire. Et de trois ! Ali choisit d'affronter ces trois boxeurs par ordre de grandeur : Norton, puis Frazier, et enfin l'imbattable George Foreman.

Ayant quitté l'école dès l'âge de dix ans, Ali manque d'instruction, mais possède un sens inné du spectacle et une réelle intelligence. La boxe est pour lui une tribune d'où il crie sa révolte. Il déclame des poèmes prédisant à quelle reprise il mettra son adversaire KO. Il annonce ses prochains combats à la presse dans un style très personnel : « Maintenant je suis un pro. J'ai eu la mâchoire cassée, j'ai été mis KO, je suis un dur. J'ai coupé des arbres, j'ai fait quelque chose de nouveau. Je me suis battu contre un alligator... J'ai lutté contre une baleine. J'ai attrapé un éclair, emprisonné la foudre, blessé une pierre, envoyé une brique à l'hosto ! Hier soir, j'ai éteint la lumière, j'étais au lit avant qu'il fasse noir. Foreman, toi et les autres, vous allez vous incliner devant moi ! »

Ali bat Norton aux points, puis Frazier... Reste le fameux George Foreman. Le physique de cet homme est impressionnant. La presse est unanime : il ne peut pas être vaincu par Ali. « Un miracle est possible, dit-on, mais pas contre Foreman, invaincu en quarante combats, dont trente-sept par KO ! Ali va prendre sa retraite après ce combat. »

La légende veut que tout boxeur, si fort et si grand soit-il, semble rétrécir face à Foreman. Chacun de ses coups fait décoller son entraîneur qui tient le punching-ball.

Mais Ali répète à qui veut l'entendre : « Je suis hyper-rapide ! Je me bats avec mon cerveau. Je suis un scientifique. Un artiste ! J'ai une stratégie ! Il est comme un taureau, moi je suis le matador ! Comment Foreman va m'approcher ? Je vais danser ! Il aura l'air idiot à me chercher. »

En 1974, Don King, son manager, organise à Kinshasa, au Zaïre (devenu république démocratique du Congo en 1997), son combat contre George Foreman. Dès son arrivée, Ali annonce la couleur : « Je suis en Afrique. L'Afrique, c'est chez moi. Au diable l'Amérique et ses valeurs. J'y habite, mais les Noirs viennent d'Afrique. Après quatre cents ans d'esclavage, je rentre chez moi me battre avec mes frères. » Il court le long du fleuve Congo, poursuivi par des gamins en liesse en criant : « Foreman, tu es trop laid ! Tu ne représentes pas les gens de couleur. Les Africains sont beaux, eux... » Et il lance : « *Ali, boma ye !* », ce qui signifie : « Ali, tue-le ! »

Foreman se présente à Kinshasa accompagné d'un berger allemand, un de ces chiens que les colons belges lâchaient sur les Noirs ! Pour tous, Foreman représente l'Amérique, le Noir à masque blanc. Ali, c'est le Zaïre, l'Afrique. Ali est le « nèg'marron ». Il sait parler aux Noirs. Il leur rend leur dignité.

Il multiplie les déclarations : « J'ai beaucoup à faire dans les quartiers noirs. Les Noirs ignorent qui ils sont. Mentalement ils ressemblent aux Blancs. Les Blancs nous ont tellement façonnés à leur image que nous ne savons plus qui nous sommes. Il faut leur apprendre qui ils sont, leur histoire, leur langue, à se prendre en charge. Il faut faire les choses sans mendier l'aide des Blancs. »

Il enfonce le clou : « Je vais me battre pour aider mes frères qui dorment sur le béton aux États-Unis. Les Noirs assistés qui ont faim, les Noirs qui ignorent leur histoire, qui n'ont aucun avenir. Avec mon titre, j'irai dans les rues avec les ivrognes, les drogués, les prostituées. Je donnerai du courage à mon peuple, à Louisville, à Indianapolis, à Cincinnati… »

Comme il parle également de faire construire un hôpital, Foreman, qui ne manque pas d'humour, remarque tranquillement : « Il pense déjà avoir besoin d'un hôpital ? »

Le match se prépare dans une ambiance à la *Gladiator*. Les photos de Mobutu Sese Seko, le sanguinaire dictateur du Zaïre – celui qui a fait tuer l'une de mes étoiles, Patrice Lumumba –, accrochées partout, vous suivent des yeux. Sous le stade de cent mille personnes il y a une prison, où sont enfermés deux mille opposants, délinquants et criminels. On

384

prétend que Mobutu en aurait fait exécuter cent au hasard.

Le 30 octobre, le match commence à 4 heures du matin au Zaïre, afin d'être diffusé à une heure raisonnable sur les écrans américains.

L'écrivain Norman Mailer relate une scène peu ordinaire. Avant le combat, dans le vestiaire d'Ali, tout le monde est abattu. Ses amis sont sûrs qu'avec sa fierté il ne voudra jamais abandonner et qu'il se fera massacrer. On croirait voir la Cène, le dernier repas du Christ. Soudain Ali les interroge : « Pourquoi êtes-vous tous si tristes ? »

Comme personne ne lui répond, il s'écrie : « Je vais danser ce soir ! Qu'est-ce que je fais ce soir ?

– Tu vas danser.

– Oui, je vais danser et il ne va rien comprendre ! Je vais danser, danser ! »

Et ils se mettent à pleurer.

Sitôt sur le ring, Ali fait crier au public : « *Ali, boma ye !* » On entend la cloche. C'est parti.

Ali traverse le ring, se balance de gauche à droite. Foreman l'observe. Ali lance un léger coup droit sur le front de Foreman qui, prudent, arme son crochet du gauche. Foreman le coince. Ali reçoit un uppercut gauche. Il tente de s'accrocher à la tête de Foreman, puis réussit à lui lancer une droite qui l'étourdit. Mais Foreman ne tombe pas. Au contraire, il se déchaîne. Ali encaisse deux coups à la tête, puis un coup droit très puissant juste sous le cœur. Foreman le punit.

La cloche retentit. Le cauchemar qu'Ali redoutait prend forme. Foreman est plus fort, il n'a pas peur. Alors Ali se reprend et crie à la foule : « *Ali boma ye !* » Cent mille personnes lui font écho : « *Ali boma ye !* »

Deuxième round... Alors que tout le monde s'attend à voir Ali danser, il boxe dos aux cordes ! « On attendait le papillon et l'on voit un escargot se réfugiant dans les cordes, sur lesquelles il s'assoit, les deux coudes protégeant l'estomac et le foie, les gants protégeant la tête », écrit Alexis Philonenko.

Un journaliste le compare à un homme « penché à sa fenêtre pour voir s'il y a quelque chose sur le toit ». Il ne paraît pas se défendre et semble prêt à céder. Les cordes, c'est presque le sol pour un boxeur. À cet instant, beaucoup croient le match truqué...

Pendant deux rounds encore, Ali ne quitte pas les cordes. De temps en temps, il profite que leurs corps soient rapprochés pour dire à Foreman qui le roue de coups et le fait valser « comme s'il était en haut d'un mât » : « George, tu me déçois. Je pensais que tu tapais plus fort. Je ne sens rien. »

Foreman, enragé, frappe et refrappe, au risque de se démettre l'épaule.

Au milieu du cinquième round, il est épuisé. C'est alors qu'Ali place une combinaison et réussit un crochet qui fait reculer Foreman !

Au sixième round, Foreman lance un formidable direct qui manque sa cible. Il trébuche dans les cordes qui lui coupent la respiration.

Passe le septième round, et arrive le huitième. Encore trente secondes... Ali lance une droite. Une autre qui passe par-dessus l'épaule de Foreman et soudain... la bonne combinaison ! Foreman s'écroule. « Deux... trois... quatre... cinq... », compte l'arbitre.

À huit, Foreman tente de se relever. « Neuf… dix ! »
Trop tard !

C'est fini, Mohamed Ali a gagné par KO !

Ali disputera encore vingt-deux combats. En 1976,
à Manille, il remporte une nouvelle victoire contre
Joe Frazier… Puis il perd son titre, le regagne. Enfin,
dans les années 1980, son corps le trahit. On diagnos-
tique une maladie de Parkinson. Le champion ne dis-
simule pas son état, il le montre au grand jour. Il ne
s'apitoie pas sur son sort, il combat pour survivre à
son corps, comme il a combattu pour convaincre les
Noirs de surmonter leur complexe d'infériorité. En
1996, malgré sa maladie, il fut le porteur de la
flamme dans le stade des Jeux olympiques d'Atlanta.
Son pays lui rendait ainsi un vibrant hommage. Il a
obligé la société américaine à se questionner sur le
racisme anti-Noirs, il a fait de son poids médiatique
une force politique. Si la notoriété a un sens, c'est
celui-là.

Celui qui osa relever le gant

Tommie Smith
Né le 6 juin 1944

Le 16 octobre 1968, Tommie Smith et John Carlos s'approchent du podium du stade de Mexico où ils doivent recevoir leurs médailles olympiques du 200 mètres. Ils tiennent leurs chaussures à la main derrière leur dos et marchent en chaussettes noires, symbole de la pauvreté des Noirs, sur la pelouse du stade.

Tommie Smith marque un temps d'arrêt puis monte sur la plus haute marche, celle de l'or, et lève les bras en l'air sous les ovations du public. De sa main gauche, il tient encore sa chaussure blanche, un gant noir recouvre son poing droit. Puis il se penche afin de recevoir sa médaille, serre la main de l'officiel et se redresse. Peter Norman se penche à son tour pour recevoir sa médaille d'argent, puis John Carlos, le bronze. On entend alors : « Premier et champion olympique : Tommie Smith, États-Unis, 19 secondes 8 dixièmes. » Les exclamations enthousiastes de la foule redoublent.

The Star-Spangled Banner, l'hymne national américain, s'élève…

« Oh, dites-moi, pouvez-vous voir dans les lueurs de l'aube… »

À ce moment, Tommie Smith et John Carlos brandissent leur poing ganté et baissent la tête. Smith porte un foulard autour du cou, Carlos un collier, référence au lynchage des Noirs.

« Et la bannière étoilée dans son triomphe flottera. »

En signe de soutien, Peter Norman, l'athlète blanc, porte un badge de l'OPHR (Projet olympique pour les droits de l'homme). Carlos et Smith partagent la même paire de gants.

« Sur la terre de la Liberté et la patrie des braves. »

Dans la foule, on commence à percevoir les huées. Une odeur de lynchage. « Sale Nègre, tu vas mourir demain à 14 heures ! » hurle un spectateur au comble de la haine.

Que pense Tommie Smith à cet instant ? Aux premières années de sa vie, sans doute. Il se revoit travailler dans les champs du Texas avec son père, au lever du soleil. Il arrive à l'école à 8 heures du matin, en sort à 16 heures, puis il retravaille dans les champs jusqu'à la nuit. Le salaire est une misère, assorti du mépris des Blancs.

Il pense à ses années de petit garçon. « Tu dois être fier d'être américain, lui dit-on, parce que l'Amérique est le meilleur pays sur cette terre. » Il s'assied dans un coin et regarde les Blancs vivre à l'aise. Et il se sent perdu... Lui et son père sont considérés comme des sous-hommes, mais puisqu'il ne connaît rien d'autre, il croit qu'il est normal, ce mépris.

Fier d'être sur ce podium ? Bien sûr. Il a tellement travaillé pour y parvenir ! Les souvenirs lui reviennent : il a quitté les champs pour l'université d'État de San

José à la fin de sa dernière année de lycée et, pendant trois ans, n'a rien fait que lire et étudier. Enfin, il comprend bien des choses auxquelles un bon Nègre n'aurait jamais dû avoir accès. La culture, l'éducation, le savoir l'ont rendu libre et lui ont permis de juger le monde dans lequel il vit.

Comme il est grand et fort – 1,88 mètre –, il est recruté dans l'équipe d'athlétisme et s'entraîne avec acharnement. Il pulvérise en 1966 le record du monde du 220 yards, puis le relais 4 × 400 mètres avec l'équipe nationale américaine. Au total, durant ses études universitaires, il égale ou dépasse treize records mondiaux ! Non seulement il est considéré comme le meilleur athlète de basket-ball et d'athlétisme pendant trois années de suite, mais il couronne le tout d'une maîtrise en sociologie : un esprit sain dans un corps sain.

En 1967, il est l'un des fondateurs, toujours à San José, du Projet olympique pour les droits de l'homme (Olympic Project for Human Rights) contre les discriminations aux États-Unis, en Afrique du Sud et dans le monde entier. Il n'hésite pas à parcourir les États-Unis pour sensibiliser la population au problème des droits civiques et humains. Pour la première fois dans l'Histoire, de jeunes athlètes noirs se mobilisent autour d'une cause commune.

Dans leur grande majorité, les Blancs réagissent par la colère. Aux Jeux olympiques de 1968, Tommie Smith et John Carlos descendent du podium sous les vociférations. Qu'un Noir baisse la tête pendant l'hymne américain et ose lever le poing, quelle folie ! Il faut savoir à quel peuple on a affaire : quarante ans plus tard, lorsque Barack Obama, au cours de sa campagne présidentielle, oublie un jour de mettre la main sur son cœur, tout le monde le remarque. C'est dire...

Il y a encore une minute, Tommie Smith avait en poche un contrat en or pour entrer dans un super-club de football américain. En quittant le stade, il sait qu'il a tout perdu. Tout, sauf le respect de lui-même, la fierté d'avoir ouvert les yeux des Noirs et dénoncé le racisme.

On lui reprend ses médailles. Il aura donc tout sacrifié, sa vie même peut-être. Il risque de ne jamais revenir vivant sur le sol américain, il ne l'ignore pas.

« Mais si, avec d'autres, nous ne nous étions pas battus, quelle vie aurais-je vécue ? demande-t-il. Mon père n'avait pas le droit de regarder un homme blanc dans les yeux. Je ne pouvais pas tolérer ça. Je voulais léguer quelque chose, un symbole visuel aux peuples noir et blanc, c'était un besoin que je ressentais très profondément. »

« Et dire que nous aurions pu avoir, ce jour-là, trois athlètes noirs sur le podium ! me rappelle l'historien Pascal Blanchard. Roger Bambuck, le grand sprinter français, s'était engagé à lever le poing lui aussi s'il montait sur le podium. Hélas ! il a terminé à la cinquième place. Quelle ampleur aurait pris le geste symbolique de Mexico ! Noirs d'Europe et d'Amérique poing levé ! Une diaspora qui aurait parlé d'une seule voix... »

On a qualifié Tommie Smith de « rebelle ». On en a dit autant de Rosa Parks, de Luther King, de Marcus Garvey, de Malcolm X, de Gandhi. Ce ne sont pourtant que des individus qui, à un moment donné, obligent les femmes et les hommes à se questionner.

Le monde sportif punit souvent ce type d'actions au lieu de les accompagner. Le président du Comité international olympique, Avery Brundage, ordonne que Smith et Carlos soient suspendus de l'équipe américaine et exclus du village olympique. Agissant ainsi, Avery Brundage respectait un « certain esprit olympique ». La fameuse phrase : « L'important est de participer », qu'on attribue généralement au baron Pierre de Coubertin, est valable pour tout le monde sauf pour les Nègres. Du reste, monsieur le baron s'indignait de cette « théorie de l'égalité des droits pour toutes les races humaines [qui] conduit à une ligne politique contraire à tout progrès colonial. Sans naturellement s'abaisser à l'esclavage ou même à une forme adoucie du servage, la race supérieure a parfaitement raison de refuser à la race inférieure certains privilèges de la vie civilisée » (*The Review of the Reviews,* avril 1901).

Ce n'est pas le souci de justice qui fait évoluer les mentalités. Si les Noirs ont le droit de participer aux Jeux olympiques de Paris pour la première fois en 1924, c'est que les Japonais veulent en être. En acceptant ces derniers, on est obligé d'accepter aussi les Noirs. Certes, des journaux sportifs comme *Miroir des sports* s'insurgent : « Il faudrait des épreuves séparées [...]. C'est injuste pour les "Blancs" qui, eux, courent dans l'esprit olympique » ! Mais les politiques français ont compris qu'ils avaient toutes chances de récolter des médailles grâce à leurs « Noirs ».

Berlin 1936. Les nazis sont au pouvoir, la « race aryenne » est glorifiée. Le Blanc de Blanc est sûr de dominer tout le monde. Mais qui rafle les médailles d'or du 100 mètres, du 200 mètres, du 4 × 100 mètres et du saut en longueur au Stade olympique ? Jesse Owens. Un Noir. Scandale à l'époque où, rappelons-le, les performances des Noirs étaient réputées inférieures.

Qu'aujourd'hui on accorde aux Noirs de meilleures aptitudes sportives que celles des Blancs relève du préjugé racial le plus commun.

Un jour, un élu me demande comment j'envisage ma carrière après le foot. Je lui réponds que je pense à une activité portant sur l'éducation contre le racisme. J'aimerais aller dans les écoles, donner aux jeunes une grille de lecture pour comprendre le phénomène du racisme, leur poser des questions, les conduire à entendre ce qu'ils disent.

« Quel genre de questions leur poseriez-vous ? me demande le député.

– Par exemple : "En quoi les Noirs sont forts ?"

– En sport, évidemment ! me répond-il spontanément.

– Vous voulez dire en natation, en patinage artistique, en ski ?

– Non, en course. En sprint, par exemple. Dans les finales, il n'y a que des Noirs.

– Ah bon ? C'est parce qu'ils sont noirs qu'ils courent si vite ?

– Oui, grâce à leur morphologie… Regardez les Jamaïcains. Ils ont raflé les médailles d'or aux JO de Pékin, les femmes aussi, d'ailleurs.

– Dans les grandes écoles, il y a une écrasante majorité de Blancs. Doit-on en déduire que les Blancs sont plus intelligents que les Noirs ? Le raisonnement me paraît logique… »

Il bafouille, s'emmêle, il est en grande difficulté. Il n'a jamais cherché à savoir pourquoi ce sont des

Jamaïcains qui ont gagné aux Jeux et non des Camerounais ou des Sénégalais. Tous les « marron foncé »
étaient soudainement devenus des Jamaïcains. Eh bien,
s'il avait un peu approfondi son sujet, il aurait appris
qu'à la Jamaïque, depuis plusieurs années, le gouvernement encourage très fortement la pratique de l'athlétisme dès le plus jeune âge dans les écoles.

L'année 2004, en France, à Saint-Ouen, est inauguré un gymnase portant le nom de Tommie Smith.
En 2005, à l'université de San José, une statue le représente sur un podium avec John Carlos. À la place où
se tenait Peter Norman, médaille d'argent, une plaque
propose au passant de l'occuper pour soutenir leur
cause.

En août 2008, lors des Jeux olympiques de Pékin,
Tommie Smith offre en cadeau d'anniversaire au
sprinter jamaïcain Usain Bolt, triple médaillé, une
des chaussures qu'il portait aux Jeux olympiques de
1968.

De dix mille jours de prison à...
la Présidence

Rolihlahla Nelson Mandela
Né le 18 juillet 1918

J'ai rencontré Nelson Mandela en 1999, à Johannes-burg, à l'occasion d'un match amical organisé après la Coupe du monde. Je me souviens qu'à l'hôtel où nous étions descendus certains ne voulaient pas croire que nous étions l'équipe de France, simplement parce qu'une grande majorité d'entre nous étaient noirs. Il faut se rappeler que le peuple sud-africain a connu la colonisation depuis 1838, année où l'empereur zou-lou Dingane fut battu à Blood River par les Boers ; puis, du début du xxe siècle jusqu'en 1993, la ségré-gation raciale et l'apartheid, cette politique de déve-loppement séparé des populations selon des critères raciaux ou ethniques.

Rolihlahla Mandela est né à la fin de la Première Guerre mondiale, le 18 juillet 1918, dans le village de Mvezo, au Transkei (Cap-Oriental). Il est issu de la famille royale des Thembus. Son père est conseiller du roi. Son prénom – ô combien prémonitoire – signifie « Celui qui crée des problèmes ». L'école anglaise de Healdtown lui en imposera un plus classique, Nelson.

Son père meurt lorsqu'il a neuf ans. Il est alors confié par sa mère au régent du peuple thembu qui l'envoie faire des études dans les seules écoles ouvertes aux Noirs, études qu'il réussit brillamment.

En janvier 1934, Nelson a seize ans et se soumet au rituel d'initiation de son peuple. Comme le veut la coutume, la circoncision fait des jeunes hommes libres et fiers. En principe… car la réalité est bien différente. La crudité du discours prononcé par un chef, pour clôturer la cérémonie, le glace et choque Nelson : « Voici nos fils, jeunes, robustes et beaux, l'orgueil de notre nation. Nous venons de les circoncire dans un rituel qui leur promet de devenir des adultes, mais je suis ici pour vous dire qu'il s'agit d'une promesse vide et illusoire. Vous irez dans les villes où vous vivrez dans des taudis […] parce que nous n'aurons pas de terre à vous donner sur laquelle vous pourriez prospérer et vous multiplier. Vous cracherez vos poumons au fond des entrailles des mines de l'homme blanc pour que l'homme blanc puisse mener une vie de richesse sans pareille. Parmi vous, il y a des chefs qui ne dirigeront jamais parce qu'ils n'auront pas le pouvoir de gouverner ; des élèves qui n'étudieront jamais… »

Ces paroles sèment dans l'esprit du jeune Mandela une graine qui n'en finira plus de germer. Désormais, il ne pense qu'à la liberté, non seulement pour lui-même, mais aussi pour les autres, puisque la libération ne pourra qu'être collective.

Mandela intègre trois ans plus tard le lycée de Fort Beaufort, puis l'université de Fort Hare, unique centre d'enseignement accessible aux Noirs d'Afrique du Sud. C'est là qu'il rencontre Oliver Tambo, qui présidera plus tard l'African National Congress (ANC) en exil. Ce Congrès national africain, depuis sa création en

1912 par des chefs de tribus et des intellectuels, réclamait des mesures en faveur du peuple africain opprimé. La rencontre de Tambo et d'autres membres du mouvement est décisive. Dès lors, Mandela s'engage. Élu membre du conseil représentatif des étudiants, il organise la résistance à l'administration blanche, ce qui lui vaut rapidement d'être exclu de l'université.

Il rentre chez lui : le régent veut lui imposer un mariage arrangé. Mandela s'enfuit à Johannesburg où un agent immobilier, Walter Sisulu, qui sera également plus tard un membre éminent de la lutte contre l'apartheid, le fait engager dans un des rares cabinets d'avocats exempts de discrimination. Mandela y rencontre des membres du parti communiste sud-africain, en lutte eux aussi contre l'apartheid, qui tentent de le convertir à leur doctrine. Mais réduire le problème de l'Afrique du Sud à la seule lutte des classes serait gravement négliger le facteur racial. Comment oublier que presque toutes les lois oppressives votées depuis 1913 ont une couleur ?

1913, le Land Act prive les Noirs de 87 % de leur territoire ; l'Urban Areas Act crée des bidonvilles afin de fournir une main-d'œuvre bon marché aux Blancs.

1926, le Color Bar Act interdit les emplois qualifiés aux Noirs.

1936, le Representation of Natives Act enlève les Noirs de la province du Cap de la liste électorale principale pour les inscrire sur une listé séparée. Leurs votes serviront à envoyer trois députés... blancs au Parlement.

Avec Walter Sisulu, Oliver Tambo et Anton Lembede, Nelson Mandela fonde en 1944 la Ligue de la jeunesse de l'ANC, dont les mots d'ordre sont : nationalisme africain, création d'une nation composée des différentes tribus, renversement de la suprématie blanche et démocratie.

Quatre ans plus tard, les élections de 1948 marquent une nouvelle étape dans l'histoire de l'Afrique du Sud. Contre toute attente, le Parti national afrikaner remporte les élections, alors qu'il a ouvertement soutenu les nazis pendant la Seconde Guerre mondiale. Son cri de ralliement, son credo, est : *apartheid*, ce qui signifie « séparation » ; et son projet, rien de moins que de codifier en lois et règlements les usages qui oppriment les gens de couleur depuis le début du siècle. Un système « diabolique dans le détail, inéluctable dans son objectif et écrasant dans son pouvoir ». La légalisation des interdits leur donne une rigidité et un extrémisme nouveaux.

Le jour de 1999 où j'ai serré la main de Mandela, j'aurais aimé qu'il m'explique comment l'apartheid a été possible, cent ans après l'abolition de l'esclavage en France et trois ans après la fin de la Seconde Guerre mondiale. Je n'arrive toujours pas à comprendre que des pays occidentaux, qui avaient vaincu le nazisme, aient pu soutenir l'Afrique du Sud raciste et n'aient pas plus activement réagi à ces lois de 1948 ! Comment le système de l'apartheid, en contradiction totale avec les principes des Nations unies, a pu jouir d'une telle « complaisance » de la part des États occidentaux, que ce soit la France (et ses droits de l'homme), la Confédération helvétique (et sa Croix-Rouge), l'Angleterre (et ses grands principes), les États-Unis... jusqu'à Israël !

Dans les semaines qui suivent l'élection du Parti afrikaner, le gouvernement interdit les relations sexuelles entre « Blancs et non-Blancs », classe les Africains par ethnie et couleur, et crée des zones urbaines séparées pour chaque groupe racial.

Face à une telle machinerie, l'ANC élargit au maximum son soutien. Elle demande à deux cents organisations blanches, noires, indiennes, métisses opposées à l'apartheid de se joindre à elle. L'ANC se transforme en une « organisation de masse » dont l'objectif premier est de mettre sur pied une vaste campagne de mobilisation. Au programme : des actions non violentes sortant du cadre de la loi. Le temps du légalisme est fini. Face aux mesures bafouant les droits de l'homme, l'ANC appelle à la désobéissance civile, à la non-coopération, aux boycotts et à la grève.

Sourd à ces appels, le Parti national afrikaner répond par une nouvelle loi qui interdit toute activité « communiste », toute réunion commune. En clair, toute protestation contre l'État est jugée criminelle.

Le 26 juin 1952 débute une série d'actions de masse, non violentes, que l'on a appelées la Campagne de défi. Le programme est suivi avec un enthousiasme, un courage et un sens de l'Histoire qui ne sont pas sans rappeler les manifestations organisées par Martin Luther King dans les mêmes années. Dès le matin du 26 juin, trente-deux militants pénètrent dans une gare de chemin de fer par l'entrée réservée aux Blancs. Ils sont aussitôt arrêtés. Durant leur voyage vers la prison, ils chantent des hymnes à la liberté. D'immenses manifestations de solidarité se déclenchent aussitôt. Une telle cohésion inquiète fortement le gouvernement qui a justement instauré l'apartheid pour diviser les couleurs. Huit mille cinq cents participants sont emprisonnés, et la répression se durcit.

Mandela est arrêté le 30 juillet 1952, avec vingt autres membres de l'ANC. Ils sont condamnés à neuf mois de travaux forcés, mais la sentence reste suspendue pendant deux ans car les juges, pourtant pointilleux et légalistes, ont jugé leur stratégie « calme et évitant toute forme de violence ».

En 1955, l'ANC prépare la rédaction de la Charte de la liberté. Des questionnaires sont expédiés dans tout le pays :

Si vous pouviez faire des lois, que feriez-vous ?

Comment vous y prendriez-vous pour faire de l'Afrique du Sud un endroit où tout le monde pourrait vivre heureux ?

Les milliers de réponses sont discutées, synthétisées. Le 26 juin, la Charte de la liberté est approuvée dans l'enthousiasme et restera un phare tout au long de la lutte de libération. Ce que la Charte envisage, c'est une modification radicale des structures politiques et économiques du pays. Elle insiste particulièrement sur la condition *sine qua non* du changement : la destruction de l'apartheid qui est l'« incarnation de l'injustice ».

Les responsables d'une telle revendication ne peuvent rester libres longtemps. Le 5 décembre 1956, Mandela et la presque totalité de la direction de l'ANC sont de nouveau arrêtés, accusés cette fois de « haute trahison ». Le procureur entend démontrer que, avec l'aide de pays étrangers, l'ANC tente de renverser le gouvernement en place « par la violence et d'imposer un État communiste à l'Afrique du Sud ». Même infondée, l'accusation présente l'intérêt de freiner le soutien que les autres pays pourraient porter à l'ANC, car nous sommes en pleine guerre froide et règne en Occident la psychose du communisme.

Pourtant, après quatre années de travail sur les dossiers, des milliers de pages de rapports, l'accusation baisse les bras et les juges, toujours aussi légalistes, relaxent les cent cinquante-cinq accusés. Ce verdict met en rage le gouvernement qui décide de durcir son action. On nommera désormais des juges aux ordres et on se dispensera des « subtilités juridiques » qui protègent les opposants.

Cette montée en violence, ce mépris de la loi dont fait preuve le Parti national afrikaner vont mener à la remise en cause internationale de ce régime. Déjà, quelques mois avant le verdict relaxant les membres de l'ANC, a éclaté la tragédie de Sharpeville, au sud de Johannesburg. Le 21 mars 1960, soixante-neuf manifestants sont morts et quatre cents femmes et enfants ont été blessés alors qu'ils manifestaient pacifiquement. Les policiers ont tiré sans sommation dans la foule. L'opinion internationale s'en est émue, des protestations ont fusé du monde entier, la Bourse de Johannesburg a chuté, les capitaux ont commencé à quitter le pays…

L'état d'urgence est proclamé. Mise hors la loi, l'ANC refuse de se soumettre et entre dans la clandestinité.

Comment se représenter ce que signifie la clandestinité pour un Noir qui subit depuis sa naissance le régime de l'apartheid ? La clandestinité, on peut le dire, constitue sa vie ordinaire, lui dont l'existence oscille depuis l'enfance entre légalité et illégalité. À peine sait-il parler qu'il connaît les règles de l'auto-défense quotidienne. Il sait très vite qu'il n'est jamais à « sa place ». Il sait qu'il a une vie à part, une vie où il se trouve constamment pris au piège, rejeté du monde, obligé de mentir pour cacher ses sentiments, condamné à jouer l'innocence, à se taire, toujours muet de rage, toujours obligé de contrôler ses impulsions et ses paroles. Ne jamais accorder sa confiance à personne, toujours être aux aguets… En somme, une vie de clandestin.

Après l'interdiction de son existence légale, l'ANC, acculée dans ses modes d'action et contrainte d'abandonner la stratégie non-violente, réagit en fondant un réseau armé, *Umkhonto we Sizwe*, « Fer de lance de la nation ». Le manifeste du 16 décembre 1961 explique à la population ce changement de conduite : « Un moment arrive dans la vie d'une nation où il ne reste plus qu'une alternative : se soumettre ou combattre. Nous n'avons pas d'autre possibilité que de riposter par tous les moyens en notre pouvoir, afin de défendre notre peuple, notre avenir et notre liberté. »

Évidemment, cette décision fournit des atouts au gouvernement oppresseur : en 1962, Mandela est arrêté pour incitation à la grève et pour avoir quitté l'Afrique du Sud sans passeport. Son procès a lieu d'octobre à novembre 1962, à Pretoria. Il tente d'emblée de récuser ce tribunal uniquement composé de Blancs : « Pourquoi est-ce que dans ce prétoire je dois comparaître devant un magistrat blanc, être confronté à un procureur blanc, escorté par des gardiens blancs ? On ne peut suggérer honnêtement et sérieusement que, dans ces conditions, la neutralité de la justice soit assurée… Je suis un homme noir dans la cour d'un homme blanc. Ceci ne devrait pas être. »

Peu importe son argumentation : il est jugé d'avance. Le 7 novembre 1962, le jury le condamne à cinq ans de travaux forcés. Sept mois plus tard, le 11 juin 1963, alors que Mandela est en prison, la police politique s'abat sur l'état-major clandestin de l'ANC, à Rivona. Mandela retrouve ses camarades sur les bancs de l'accusation pour un nouveau procès. Tous doivent répondre de sabotages et de complot révolutionnaire.

Mandela reconnaît être l'un des fondateurs de l'*Umkhonto*. Il admet avoir eu recours au sabotage, au terme d'une « analyse calme et réfléchie de la situation politique » ; avoir recruté des experts en explosifs, dont la première action fut l'attaque des bâtiments gouvernementaux à Johannesburg le 16 décembre 1961 ; avoir formé des membres du réseau à la technique de la guérilla ; avoir fait une tournée des États africains en 1962 afin de solliciter des facilités pour l'entraînement de ses soldats ; avoir étudié toutes les techniques de guerre et de révolution, de Clausewitz au « Che » ; avoir été influencé par la pensée marxiste comme l'ont été avant lui Gandhi, Nehru, Nkrumah ou Nasser, et avoir suivi lui-même des cours d'entraînement militaire « afin de combattre aux côtés de son peuple ».

S'il n'y a pas eu bain de sang dans ce conflit opposant Blancs à non-Blancs, c'est que l'ANC – rappelons-le – avait un leader tel que Mandela, qui mettait tout en œuvre pour éviter un scénario de guerre civile alors que le risque était grand.

Au total, six Noirs : Nelson Mandela, Walter Sisulu, Govan Mbeki, Raymond Mhlaba, Elias Motsoaledi, Andrew Mlangeni ; un Indien : Ahmed Mohamed

Kathrada ; et un Blanc : Dennis Goldberg sont condamnés en mai 1964 à la détention criminelle à perpétuité. Sans les protestations mondiales, dont la résolution adoptée par l'Assemblée générale de l'Onu, ils auraient été condamnés à mort.

Ils sont envoyés sur l'îlot-bagne de Robben Island, au large du Cap, l'avant-poste le plus dur de tout le système pénitentiaire sud-africain.

Durant vingt-huit années de détention, le détenu 46664, numéro attribué à Mandela, réussit à conserver et même à renforcer ses convictions. « J'étais maintenant hors de course, écrit-il dans son autobiographie *Un long chemin vers la liberté*, mais je savais que je n'abandonnerais pas la lutte. Je me trouvais dans une arène différente et plus petite, une arène dans laquelle le seul public se composait de nous-mêmes et de nos oppresseurs. Nous considérions la lutte en prison comme une version réduite de la lutte dans le monde. Nous allions combattre à l'intérieur comme nous avions combattu à l'extérieur. Le racisme et la répression étaient les mêmes ; je devrais simplement me battre dans des termes différents. »

Il conserve également son « optimisme ». Il sait que la lutte s'intensifie. En 1984, l'archevêque anti-apartheid Desmond Tutu reçoit le prix Nobel de la paix ; le gouvernement sud-africain subit une pression internationale de plus en plus forte, peu à peu certaines nations imposent des sanctions économiques à Pretoria.

C'est grâce à ce soutien international que Mandela est libéré, au bout de dix mille jours de travaux forcés, le 11 février 1990, sur ordre de Frederik De Klerk qui a remplacé P. W. Botha à la présidence de l'État en août 1989. Dès la libération du célèbre prisonnier, on assiste à un déferlement d'enthousiasme planétaire. Dans les six premiers mois, Mandela passe son temps à l'étranger. À Dar es-Salam, en Tanzanie, une foule d'un demi-million de personnes l'accueille ; au Caire, la population déborde tous les systèmes de sécurité…

Mais Mandela ne se considère pas comme libéré pour autant : la bataille doit se poursuivre, car les violences et les atrocités perdurent. Tout en soutenant la lutte armée, il demande l'ouverture de négociations ; il répète à la presse que, lorsque l'État cessera d'imposer la violence, l'ANC répondra par la paix. Lorsqu'on l'interroge sur la « peur des minorités blanches » face à la nouvelle situation, il répond qu'en prison sa colère envers les Blancs s'est apaisée alors que sa haine du système apartheid s'est accrue. Il insiste sur le fait qu'il ne veut pas détruire le pays, et que son mouvement cherche le juste milieu entre la peur des Blancs et l'espoir des Noirs.

Très vite, il se heurte au président De Klerk qui fait traîner les pourparlers en espérant que l'euphorie autour de Mandela s'éteindra. D'une part, la police ouvre le feu sur une manifestation de l'ANC, faisant douze morts ; d'autre part, De Klerk attise les rivalités entre les partisans des différents partis opposants, incite à la haine entre le parti Inkatha, mouvement de culture zouloue, et l'ANC. De fait, une véritable guerre oppose les deux partis. Des villages sont incendiés, faisant des dizaines de morts, des centaines de blessés et des milliers de réfugiés.

En réalité, les négociations entre le Parti national et l'ANC achoppent sur le principe démocratique de base : « Un homme, une voix. » Avec ses seuls cinq millions de membres, le pouvoir blanc craint qu'il ne se dissolve dans la masse des vingt-cinq millions de « non-Blancs ». Aussi propose-t-il un nouveau déguisement de l'apartheid : que l'Afrique du Sud ne se divise plus en Blancs et « non-Blancs », mais en une multitude de communautés : xhosa, zouloue, ndebele, afrikaner, anglophone... À long terme, il compte l'emporter sur la majorité noire en attirant dans son camp les Indiens et les métis.

Cependant, les sanctions économiques imposées par la Communauté européenne et les États-Unis ont pris de telles proportions, jointes aux violences dans la population qui menace de rejeter « les Blancs à la mer », que Frederik De Klerk cède. Après quatre années de négociations, les premières élections libres de l'histoire de l'Afrique du Sud ont enfin lieu.

Le 27 avril 1994, Nelson Mandela est élu président de la République de l'Afrique du Sud avec 62,65 % des voix. Cette date est devenue fériée en Afrique du Sud : le « jour de la Liberté ». Fidèle à sa promesse lors des négociations, Mandela constitue un gouvernement d'union nationale comprenant l'ANC, le Parti national et le parti Inkhata. Ses deux vice-présidents sont Thabo Mbeki, de l'ANC, et Frederik De Klerk, du Parti national.

Dans les dernières pages de son autobiographie, Mandela écrit que « l'opprimé et l'oppresseur sont tous deux dépossédés de leur humanité ». C'est en accord avec cette profession de foi qu'il crée la Commission de la vérité et de la réconciliation, dont la mission est d'enquêter sur les crimes commis pendant l'apartheid. Il en confie la présidence à Mgr Desmond Tutu. Il ne s'agit pas de passer l'éponge, mais d'accorder l'amnistie à titre individuel en échange d'aveux complets. En deux mots : la Liberté contre la Vérité ! Au plan judiciaire, le résultat est mitigé. Comme toujours, les petits, les gens du peuple – policiers, soldats ou citoyens – avouent leurs crimes, mais peu de hauts responsables, dont l'ancien président P. W. Botha, acceptent d'en faire autant. Botha, condamné à un an de prison avec sursis, gagne même en appel.

Néanmoins, cette Commission de la vérité et de la réconciliation sauve l'Afrique du Sud des risques d'affrontements sanglants et fait école en Afrique. Mandela est devenu l'« icône mondiale de la réconciliation ».

Va pour le pardon, mais qu'en est-il des indemnisations des Noirs spoliés depuis le début de la colonisation ? Peut-être suis-je d'une grande naïveté, mais si quelqu'un vous vole et qu'on l'attrape, il est contraint de vous rendre votre bien. Cette simple justice est-elle impossible sur le plan international ? Quelque chose se répète de façon lancinante dans l'Histoire. Lors de l'abolition de l'esclavage aux Antilles, les propriétaires des exploitations furent indemnisés par l'État de la libération de leurs esclaves, mais les esclaves n'eurent droit à rien ! Que se serait-il passé si Mandela avait décidé de reprendre les terres aux Blancs ? L'Europe et les États-Unis, qui ont si longtemps accepté la domination blanche sur l'Afrique du Sud, auraient-ils été d'accord ? En 2009, les Africains noirs représentent 79 % de la population, les métis 8,9 %, les Indiens et Asiatiques,

2,5 % et les Blancs 9,6 %. Le constat est que la minorité blanche, qui s'est enrichie par l'exploitation éhontée des Noirs, détient la quasi-totalité des richesses économiques du pays.

Est-ce juste ?

Voyageur interplanétaire

Cheick Modibo Diarra
Né le 21 avril 1952

> « Combien d'opportunités peuvent être manquées. Prenez cette jeune fille assise au bord du fleuve Niger, elle ne va pas à l'école parce qu'un concours de circonstances l'a fait naître dans un village pauvre, alors qu'elle est peut-être la seule sur les sept milliards d'individus de la planète à avoir la structure d'esprit qui puisse pénétrer les secrets du VIH ou du cancer. »
>
> Cheick Modibo Diarra

Dernièrement, l'un de mes fils ayant du mal à résoudre un problème de géométrie demande à un copain de l'aider.

« C'est normal que ce soit plus difficile pour toi, observe ce dernier.

– Pourquoi ?

– Parce que tu es noir ! »

Et il rapporte cette réponse à la maison, non sans désarroi.

Or il se trouve que, le soir même, mon ami malien Cheick Modibo Diarra vient dîner à la maison… Les

titres ne lui manquent pas. Chercheur à la Nasa, actuellement président de Microsoft Afrique et Moyen-Orient, il a été responsable de plusieurs missions vers les étoiles, concrétisant les rêves de beaucoup de Terriens : mission Magellan à destination de Vénus ; sonde Ulysses partie étudier le Soleil pendant dix-sept ans ; sonde Galileo vers Jupiter ; et puis toute une série de missions destinées à scruter la planète Mars : Mars Observer, Mars Pathfinder...

Comme mon fils lui raconte l'échange avec son camarade, mon ami Cheick Modibo lui explique que de tout temps, dans tous les domaines, des gens de toutes origines ont contribué aux grandes œuvres de l'humanité. Il lui cite de nombreux noms de scientifiques, de chercheurs et d'inventeurs noirs (voir pages 269-278), et ajoute quelques exemples : les pyramides d'Égypte, le masque à gaz, la transfusion sanguine, la première opération à cœur ouvert, l'ordinateur de calcul le plus rapide au monde, les feux tricolores ou le taille-crayon...

Mon fils ouvre de grands yeux.

Le voyage de Cheick Modibo Diarra commence en 1952 au Mali, dans la petite ville de Nioro, huit ans avant l'indépendance du pays. Son père est commis de l'administration coloniale. Cheick Modibo vit une enfance que les Occidentaux qualifieraient de très difficile. Lui, la ressent comme heureuse, dans la mesure où, si ses parents sont pauvres, ils se montrent émotionnellement riches. Ils possèdent surtout un solide bagage de valeurs qui contribue à rendre leur fils fort comme un roc : on ne ment pas, on se comporte avec droiture et honnêteté, on travaille de façon à donner le meilleur de soi-même.

Cheick Modibo a la chance d'être élevé par Binta, la seconde épouse de son père, qui l'aime infiniment et le laisse faire ses expériences sans mettre aucun frein à ses élans d'aventurier. Du coup, Cheick Modibo grandit sans peur, avec l'envie de créer. Toute sa vie il osera se lancer dans des aventures nouvelles. Ensuite, cette femme qui ne sait ni lire ni écrire lui fait don d'un savoir, le plus important peut-être, qui ne s'acquiert pas à l'école. Un jour qu'il revient de ses cours, tout fier d'avoir obtenu une très bonne note, elle le félicite, puis ajoute :

« Est-ce que tes camarades ont compris aussi bien que toi la leçon ? Combien en as-tu aidé ? »

Binta n'a pas fait d'études, mais elle sait que le succès individuel est une impasse. Malcolm X disait que, chaque fois qu'un individu se proclame le seul à faire ceci, ou le premier à faire cela, c'est qu'il n'a pas bien fait son travail. Il ne faut jamais être seul au sommet. Quand tu es seul, tu es fragile.

Sa remarque déconcerte d'abord le jeune garçon, puis elle lui ouvre une voie : celle de la collaboration, sans laquelle les hommes ne se transmettraient rien, sans laquelle aucune mission ne serait en train d'explorer les étoiles. Il prend désormais l'habitude d'expliquer à ses amis ce qu'ils n'ont pas compris en classe. La véritable réussite, il le découvre alors, c'est de tisser des liens. Plus tard, travaillant à la Nasa, il apprendra, ainsi que ses collaborateurs, à maîtriser l'esprit de rivalité qui anime chacun de nous, à dépasser la compétition pour favoriser l'effort commun. Ce qu'on gagne à travailler dans la rivalité, on le perd mille fois plus en efficacité. « Sans compter, dit-il, le risque de se voir marginaliser. »

Cheick Modibo a l'habitude de prendre des responsabilités, même s'il sait partager. À l'âge de sept ans, il devient chef de famille… Un drame a fait basculer sa vie et celle des siens. Deux partis s'opposent au Mali : celui du marxiste Modibo Keita, et celui dirigé par Fily Dabo Sissoko dont son père est proche. L'ayant emporté dans de très nombreuses communes, Modibo Keita décide de muter ses adversaires à des centaines de kilomètres. Le père de Cheick Modibo Diarra, s'appuyant sur un texte de loi, refuse. La riposte ne se fait pas attendre.

Le 2 février 1959, Cheick Modibo Diarra entend des clameurs venant de la rue. Du hangar proche, sur le toit duquel sa famille vient de déposer la récolte de mil, de riz et de haricots, dégouline de l'essence. Son odeur le prend à la gorge… Tout s'embrase. La famille se précipite pour sortir dans la cour, échapper au feu et à la fumée qui les encerclent, mais on leur jette des pierres pour les empêcher de fuir. Tous sont enfermés dans le hangar qui va devenir leur bûcher quand les assaillants, se préparant à détruire d'autres maisons, relâchent leur surveillance. C'est leur salut. Quelques instants plus tard, les incendiaires reviennent accompagnés de policiers qui passent les menottes à son père. Il sera condamné, ainsi que son frère, à dix ans de prison pour « crimes contre l'État ».

L'univers de Cheick Modibo s'écroule. Pendant dix ans, il ne sera plus heureux. Le pays non plus. Les denrées de base manquent, le marché noir se développe partout. Le franc malien est dévalué de 50 %.

Son frère aîné, Sidi, étant parti étudier en France, il se retrouve chargé de famille. Pendant les grandes vacances scolaires, tôt le matin, non seulement il cultive les champs de riz et de mil avec ce qui lui reste de grain, mais il se livre à des exercices intenses. Il mesure la longueur et la largeur de la terre qu'il doit labourer, il calcule sa surface. En fonction de la largeur d'un sillon, il sait combien le soc de sa charrue doit en tracer. Il détermine combien d'heures il faut pour finir ses labours, selon le temps qu'il met à tracer un sillon.

Pourquoi un Malien a-t-il la bosse des maths ? Cheick Modibo répond : « En France, quand on aime, on ne compte pas. Au Mali, et dans tous les pays pauvres, quand on aime, on compte, on recompte, on décompte, de l'aube au crépuscule ! »

Cheick Modibo Diarra ne se contente pas de compter. Son pays est en ruine, sa famille, décimée. Lui rêve de transformer son environnement, de sortir sa patrie de la misère, de réparer la vie, de fabriquer des machines très compliquées et très modernes ! La révélation de sa vocation date du jour où, au lycée, un professeur donne un cours sur l'électricité.

Le maître a un comportement étrange : tout en faisant son cours, il fait rebondir incessamment un citron contre le mur. Puis il perce le citron avec une tige de cuivre et une tige de zinc. Il leur applique une petite ampoule qui, aussitôt, s'allume ! La « pile à citron » fascine l'esprit de Cheick Modibo : s'il connaissait les réactions des matériaux, il arriverait lui aussi à fabriquer de la lumière, ou à accomplir d'autres semblables miracles.

Dès lors, il n'a qu'une idée : comprendre les mécanismes du monde qui l'entoure, en attendant ceux de l'univers. Il démonte tout ce qui lui tombe sous la main : réveils, radios, appareils photo, fers à repasser, moteurs, mobylettes, qu'il peine à remonter ensuite...

En juillet 1969, l'année où il passe le BEPC, Neil Armstrong et Buzz Aldrin marchent sur la Lune. Les professeurs apportent des photos en classe. Cheick Modibo essaie de se mettre dans la peau des explorateurs : qu'est-ce qui les a poussés à s'aventurer dans l'inconnu ?

Il s'identifie volontiers aussi à Galilée qui, après avoir bouleversé la science de son temps, s'est retrouvé accusé par l'Inquisition, obligé de se défendre en répétant : « Et pourtant elle tourne ! » Oui, la Terre tourne autour du Soleil et non le Soleil autour de la Terre. Oui, les inquisiteurs sont de tous les temps : ils ont persécuté Galilée, ils ont enfermé le père de Cheick Modibo. Ce père qui lui a appris l'intégrité politique et civique. Cheick Modibo Diarra la fera sienne et l'étendra à son travail de scientifique.

Son bac en poche, il hésite entre les lettres classiques pour devenir journaliste, ou la préparation d'une école d'ingénieurs. Finalement, c'est le ministère de l'Éducation du Mali qui tranche : le pays a besoin de scientifiques plus que d'hommes de lettres.

Arrivé à Paris en 1972, il étudie les mathématiques, la physique et la mécanique analytique à l'université Pierre-et-Marie-Curie, où il mène la vie difficile des jeunes étudiants africains. Il étouffe dans l'espace restreint et froid de la capitale, lui qui est habitué au désert, aux collines boisées. Les vibrations du métro remplacent le chant du coq. Il supporte mal les crissements des freins, la fadeur des aliments sans épices, et la psychologie des professeurs pour qui les étrangers ont une identité transparente.

La mécanique analytique, matière qui permet l'enseignement des principes de mécanique, l'ennuie profondément ; quant aux autres disciplines, il les trouve trop théoriques. À quoi bon résoudre des équations de Laplace quand Laplace lui-même les a déjà résolues au XVIIIe siècle ? Ce qu'il veut, c'est construire des engins. Découvrir des terres inconnues, ouvrir la place au futur...

En 1979, Cheick Modibo Diarra réunit toutes ses économies, quitte Paris et rejoint l'université Howard, à Washington. Il découvre un paradis. Cette université a été fondée, en 1866, pour préparer des prêtres noirs à prendre en charge quatre millions d'esclaves libérés depuis une année de leurs chaînes. Aujourd'hui, elle accueille quinze mille étudiants de tous pays. Les enseignants y sont de très haut niveau et, surtout – c'est son atout majeur –, on y étudie des systèmes dans toute leur complexité et dans toutes leurs applications possibles.

De janvier 1980 à mai 1982, tout en suivant les cours de mécanique spatiale, il rédige sa maîtrise d'ingénierie aérospatiale, sur la commande de satellites reliés à une navette par un câble. Il s'inscrit ensuite en doctorat de génie mécanique pour une thèse sur la théorie des plates-formes dans l'espace. Sa thèse soutenue, vient l'expérience appliquée après qu'il est repéré par un chasseur de têtes de la Nasa. Cheick Modibo Diarra gagne son titre de « navigateur interplanétaire ».

« Je fabrique une sonde, je mets des moteurs dessus, je la fais voler sur la trajectoire qu'on m'impose, je la place où on me le demande... pendant que je suis en train de voler, des astrophysiciens me disent : "Cheick Modibo, est-ce que tu peux tourner la sonde pour que la caméra puisse regarder dans la bonne direction et prendre des photos ?" Et ils observent ce que font les étoiles par-ci par-là... », me raconte-t-il. Il a la modestie des grands chercheurs qui savent combien il leur reste à apprendre. Or un « navigateur planétaire » doit avoir non seulement fait de l'ingénierie mécanique, mais de la mécanique spatiale, de l'astronomie, de la physique – entre autres –, et être capable de combiner tous ces éléments. Dans le monde, ils se comptent sur les doigts des deux mains.

Sa première mission date du 4 mai 1989 : destination Vénus, grâce à la sonde Magellan. Mais d'autres planètes sont visées : Ulysses part vers le Soleil, Galileo vers Jupiter (toujours en cours). Des imprévus surviennent parfois : Mars Observer n'est jamais arrivé au bout de sa mission, faire un inventaire de Mars. Le contact avec la sonde a été perdu. C'est Mars Pathfinder qui, un peu plus tard, après un voyage de 497 millions de kilomètres, se pose sur la planète rouge en juillet 1997.

Pour Cheick Modibo Diarra, l'essentiel est d'élever le niveau de la connaissance humaine, de faire parvenir une étincelle d'humanité dans l'espace, de savoir de quoi le lointain est fait. Peu lui importe d'entrer dans l'Histoire. Il a les pieds ancrés sur terre et n'oublie ni les drames ni les injustices. En 1999, il crée la Fondation Pathfinder pour l'éducation et le développement en Afrique. En 2000, il organise le

Forum sur l'éducation à Dakar. En 2002, il développe un laboratoire de recherche sur l'énergie solaire à Bamako. Il sait que l'énergie, comme l'éducation, c'est la vie, l'avenir. Il fonde le Sommet africain de la science et des nouvelles technologies (Sasnet), qui a déjà tenu plusieurs réunions en Afrique (Gabon, Mauritanie) et a apporté son soutien à divers projets d'étudiants africains.

En 2005, il participe à la création de l'Université numérique francophone mondiale, afin d'offrir un véritable enseignement là où règne la pénurie. Le 20 février 2006, il est nommé à la tête de Microsoft Afrique et Moyen-Orient. Enfin, il est ambassadeur de bonne volonté pour l'Unesco pour les sciences et les technologies.

« Le plus grand problème de l'Afrique, dit Cheick Modibo Diarra, est le manque de confiance en elle. Nous, Africains, avons toujours tendance, face à un problème, au lieu d'utiliser notre créativité, notre ingéniosité, à chercher des solutions extérieures à l'Afrique. Ces solutions sont coûteuses et ne fonctionnent pas. Il faut en finir avec l'"afro-pessimisme", redonner confiance à tous les Noirs, qu'ils soient d'Afrique, des États-Unis, des Antilles, du Canada… Nous n'avons rien à envier aux autres. »

L'explosion démographique en Afrique a pour conséquence que 53 % de la population a moins de vingt-cinq ans. Il faut faire face aux problèmes d'énergie, de santé, aux problèmes d'infrastructures, il faut éduquer. « La science est à la portée de tous, dit Cheick Modibo Diarra. Combien d'opportunités peuvent être manquées ! »

La sonde Voyageur, lancée en 1976, parcourt l'espace depuis plus de trente-quatre ans, à une vitesse de onze kilomètres par seconde. Récemment, les techniciens lui ont donné l'ordre de se retourner afin de prendre une « photo de famille » du système solaire. La photo est parlante : on distingue le Soleil, Vénus, Jupiter, Saturne, Uranus et Neptune. Mais, à cette distance, la Terre est insignifiante.

« Regardez le volume de notre minuscule système solaire ! dit Cheick Modibo Diarra. La galaxie compte deux cents milliards de soleils comme le nôtre, la planète Terre représente moins qu'un grain de sable comparé au volume du cosmos. Et pourtant, les hommes pensent qu'ils occupent une place primordiale dans l'univers, certains s'imaginent même qu'ils sont l'univers à eux tout seuls. »

La voix des sans-voix

Mumia Abu-Jamal
Né le 24 avril 1954

> « Un individu seul peut défier un empire pour sauver son honneur, sa religion, son âme. »
>
> Mahatma Gandhi

1969 : deux cent cinquante mille jeunes marchent sur la Maison-Blanche pour réclamer la fin de la guerre du Vietnam.

La même année, le jeune Mumia Abu-Jamal, quatorze ans, se rend au stadium de Philadelphie, avec trois camarades, pour protester contre un meeting organisé par George Wallace, partisan de la suprématie blanche et candidat à la présidence des États-Unis.

Ils se retrouvent aussitôt noyés dans une marée blanche d'où seules émergent leurs tignasses afro. Des spectateurs s'en prennent à eux et, sous les huées, les refoulent vers la sortie. Une fois dehors, ils sont roués de coups. Tombé à terre, Mumia tente de se redresser et crie : « Police ! Au secours ! » Pour toute réponse, un homme lui décoche un coup de pied dans la figure. Cet homme porte un uniforme…

« Je voue une éternelle reconnaissance à ce flic anonyme, dit Mumia, car son coup de pied m'a expédié tout droit chez les Panthères noires. »

Tel est l'acte fondateur, dit-on, de la résistance de Mumia Abu-Jamal, le condamné à mort politique le plus célèbre des États-Unis.

En fait, Mumia a découvert le parti des Black Panthers quelques mois auparavant, lorsqu'un camarade lui a montré un numéro du journal *The Black Panther*. Il regarde les photos de ce peuple noir en armes, qui affirme sa détermination à s'autodéfendre, à combattre ou à mourir pour sa révolution. Il en est bouleversé. Puis il découvre la librairie Robin, premier QG du parti des Black Panthers, où sont exposés des livres de Frantz Fanon, Malcolm X, Richard Wright et bien d'autres. Il fait siens Harriet Tubman, Frederick Douglass, il fait sien Huey P. Newton : « Nous avons un tel désir de vivre avec espoir et dignité que, sans eux, l'existence est impossible. » Mais il fait siens également ces mots de Nietzsche, qu'il ne reniera jamais, malgré vingt-huit ans d'enfermement dans le couloir de la mort de la prison de SCI-Greene, en Pennsylvanie : « Celui qui combat des monstres doit prendre garde de ne pas devenir monstre lui-même. Et si tu regardes longtemps un abîme, l'abîme regarde aussi en toi. »

Quelle horrible histoire l'a donc conduit dans le couloir de la mort, et l'y maintient depuis vingt-huit ans, comme au temps des lettres de cachet ? Quelle horrible faute peut-il bien avoir commise pour mériter un tel châtiment dans un pays « démocratique » ? Réponse : d'abord la couleur de sa peau, ensuite son amour de la justice et de la vérité. Cette résistance s'est inscrite dans sa chair. Car, pour de nombreux Noirs, le passé est aussi présent que l'est leur miroir.

Dès l'âge de quatorze ans, avant même son passage à tabac au meeting de George Wallace, il est fiché par le FBI pour avoir demandé que son lycée soit rebaptisé « Malcolm X » ; puis les Black Panthers le chargent de l'information dans leur section de Philadelphie. Cet engagement vaut à ce très jeune homme d'être considéré comme une personne « à interner en cas d'alerte nationale ». Dans ces années-là, 40 % de l'activité du FBI est consacrée à la surveillance des militants politiques, et 1 % seulement au crime organisé.

La même année, il trouve du travail dans une station de radio où il dénonce la corruption de la police et des politiciens locaux, la misère et le lynchage puisque la majorité des condamnés à mort sont afro-américains, alors qu'ils ne représentent que 15 % de la population aux États-Unis. À 81 %, la peine de mort est infligée pour les meurtres de Blancs, et à 19 % pour les meurtres de Noirs, d'Hispaniques, de Latinos, d'Asiatiques...

Surnommé la « Voix des sans-voix » – *Voice of the voiceless* –, il devient chroniqueur sur plusieurs stations et directeur de l'information sur What, une radio noire de Philadelphie. Mais Mumia fait trop de vagues, il éclabousse trop de gens. La haine des politiciens et de la police grandit contre lui. L'éclairage qu'il donne de l'« affaire Move » (« Changement » ou « En avant ») met le feu aux poudres.

Move est une communauté noire composée de gens qui s'auto-éduquent afin de se débarrasser du matérialisme et du clinquant de la société américaine. Ils vivent dans une grande solidarité et en référence constante à l'Afrique ; un groupe de doux dingues pour les uns, d'idéalistes en tout cas, fondé par John Africa au début des années 1970. Leur objectif est de dénoncer toutes les injustices commises contre les hommes, les animaux et les plantes… Mais cette attitude existentielle exaspère les autorités. Ces gens-là ne se comportent pas en « bons Nègres » : ils ne se taisent pas quand on leur dit de se taire ; bien au contraire, ils défendent leurs idées et harcèlent les autorités de leurs critiques.

Le maire de Philadelphie, un ex-policier qui s'est fait élire avec le slogan : « Votez Blanc », se charge de les mater. En 1977, sa police multiplie les agressions. Elle n'hésite pas à rouer de coups une femme enceinte et à la mettre en prison ; ou à jeter au sol une autre mère, dont l'enfant de trois ans meurt, le crâne enfoncé.

Inévitablement, Mumia Abu-Jamal interviewe les témoins de ces scènes, diffuse leurs propos à la radio et rédige des chroniques au vitriol, dénonçant la violence et l'injustice.

Le maire de Philadelphie durcit sa position. Le 16 mars 1978, le siège de la communauté et les quatre pâtés de maisons voisins sont encerclés. Plus aucune nourriture ne parvient aux membres de Move. On leur donne quatre-vingt-dix jours pour quitter les lieux. Le 8 août, estimant que la clause n'a pas été respectée, des bulldozers renversent les clôtures, des grues font voler les vitres en éclats, et quarante-cinq policiers pénètrent dans la maison. Hommes, femmes et enfants sont violemment battus, parfois à coups de crosse de fusil, certains sont blessés par balle.

Soudain, des coups de feu sont tirés d'une maison voisine. Le policer James Ramp est tué. Qu'importe si l'enquête révèle que c'est un collègue qui l'a touché, neuf membres de Move sont condamnés conjointement à cent ans de prison ferme avec une peine incompressible de trente ans ! Une fois encore, Mumia dénonce ce crime digne d'un passé que l'on croyait révolu, et réalise de très nombreux reportages. La police exerce une telle pression qu'il perd son emploi à la radio et se voit contraint de faire le taxi de nuit. C'est là que tout bascule…

Pour comprendre ce qui s'est passé, j'ai utilisé des documents des collectifs de soutien à Mumia, et je me suis entretenu avec Mme Julia Wright, fille de l'écrivain Richard Wright et porte-parole en France de Mumia Abu-Jamal. Julia Wright lutta aux côtés des mouvements de libération pour l'indépendance nationale en Afrique, interviewa des dirigeants comme Amilcar Cabral – leader indépendantiste de la Guinée-Bissau et du Cap-Vert –, Agostino Neto – père de l'indépendance angolaise – ou Malcolm X, accompagna la veuve de Frantz Fanon au front lors de la guerre Nigeria-Biafra (1967-1970), assura le contact en France et à Alger pour la branche internationale du parti des Panthères noires…

Voici les faits : la nuit du 9 décembre 1981, Mumia est à bord de son taxi. Afin de trouver un client, il passe à l'intersection de Locus Street et de la 13e Rue. C'est l'heure de la fermeture des bars.

Il vient de déposer un passager dans le quartier de West Philadelphia et remplit son bulletin de course quand il entend crier. Il jette un coup d'œil dans ses rétroviseurs et voit le gyrophare allumé d'une voiture de police. Rien de plus ordinaire dans ce quartier. Il continue donc à remplir le formulaire. Cette fois, il entend des coups de feu. Il regarde de nouveau dans son rétroviseur et voit des gens courir en tous sens. Soudain, il lui semble reconnaître son frère William « trébuchant et comme pris de vertige ». Il ouvre la portière et descend aussitôt.

Tandis qu'il traverse la rue pour porter secours, un policier en uniforme le braque avec son arme : une détonation, un éclair, et il se retrouve à genoux sur l'asphalte, grièvement blessé à l'estomac.

Il ferme les yeux, essaie de respirer et s'évanouit. Revenant à lui, il se découvre au milieu d'un cercle de policiers qui hurlent, l'insultent et le frappent. Par-delà les policiers qui l'entourent, il voit son frère : du sang coule sur son cou. Il voit aussi un policier allongé sur le dos.

On le brutalise encore, puis on le jette dans un panier à salade. Quelques heures passent. Un gradé ouvre la portière et le frappe au front en l'injuriant : « Sale Nègre ! », « Enculé de Nègre ! », etc.

Enfin, on le conduit à l'hôpital où, en guise de premiers soins, on le précipite à terre et on le roue de coups. Du sang plein les poumons, il ne peut parler…

Le policier tué s'appelle Daniel Faulkner, il était membre du syndicat policier l'Ordre fraternel de la police, organisation d'extrême droite proche du Ku Klux Klan. À son réveil, Mumia est accusé de son assassinat. À partir du moment où un Noir est au mauvais endroit au mauvais moment, *de facto* il est coupable. Dans nos imaginaires, le Noir est souvent plus suspect que les autres. Dans la police de Philadelphie, une rumeur circule : il faut réparer l'« injustice » selon laquelle aucun Black Panther n'a jamais été officiellement condamné et mis à mort.

En France, certains politiques disent que « ce sont les Noirs et les Arabes qui créent des problèmes ». Ils sont les premiers suspects. Dans le livre d'Eduardo Galeano, *Sens dessus dessous. L'école du monde à l'envers*, j'ai trouvé une superbe réponse au cliché du Noir agressif, du Noir délinquant : « En Amérique et en Europe, la police chasse des stéréotypes, des coupables du délit de faciès. Chaque suspect qui n'est pas blanc confirme la règle écrite, à l'encre invisible, dans les profondeurs de l'inconscience collective : le crime est noir, ou marron, ou au minimum jaune. Cette diabolisation ignore l'expérience historique du monde. Pour ne parler que de ces cinq derniers siècles, il faudrait reconnaître que les crimes de couleur blanche étaient beaucoup plus fréquents… »

Je suggère parfois à mes fils, lorsque des propos sur la prétendue violence des Noirs les ont choqués, de répondre à leur interlocuteur de réfléchir à l'Histoire. Qui a massacré des millions d'Amérindiens ? Qui a déraciné des millions d'Africains pour les mettre en esclavage ? Qui a colonisé ? Qui a envoyé à la mort soixante-quatre millions d'êtres humains pendant les deux guerres mondiales ? Qui a torturé et exterminé des millions de Juifs et de Tziganes ?… Étaient-ce des Noirs, les responsables de tous ces crimes ?

Lorsque l'on sait que c'est le juge Sabo, membre à vie de l'Ordre fraternel de la police, recordman des États-Unis des condamnations à mort de Noirs (99 %), qui va s'occuper du cas Mumia Abu-Jamal, on est en droit de penser que la messe est dite !

L'enquête est bâclée (aucune expertise balistique, balles non identifiables, absence de relevé d'empreintes…), sans compter les subornations de témoins, et la « mort » d'une prostituée, témoin à charge peu fiable.

Quant au procès d'assises, en 1982, son jury est composé de Blancs fervents partisans de la peine de mort, et d'un Noir. Avant qu'ils rendent leur verdict, une greffière entend le juge Sabo s'exclamer dans son antichambre : « Je vais les aider à brûler le Nègre. » Voilà de quoi renforcer une enquête conduite aux États-Unis montrant que 68 % des condamnés à mort n'ont pas eu de procès équitable !

Il faut savoir également qu'un tel procès coûte une fortune. Un pauvre doit se contenter souvent du pire avocat commis d'office. Comme le dit le prédicateur musulman Robert Muhammad : « En Amérique, il vaut mieux être riche et coupable que pauvre et innocent. » (La défense de Mumia a coûté plus d'un million de dollars aux divers comités qui se sont créés depuis !)

Le 3 juillet 1982, Mumia Abu-Jamal est condamné à mort.

Trois ans plus tard, alors que Mumia est dans le couloir de la mort, la communauté Move subit le martyre. Le 13 mai 1985, pour en terminer avec les manifestations en faveur des « Neuf de Move », le nouveau « premier maire noir » de Philadelphie prépare une ultime attaque. L'assaut est donné. Quinze mille balles sont tirées sur la maison. Un engin explosif C4, de provenance militaire, fourni illégalement par le FBI, est largué par hélicoptère sur le toit. L'explosion provoque l'incendie de soixante maisons aux alentours. Dans les décombres, on retrouve six adultes, dont John Africa, et cinq enfants.

Cinq ans passent.

Certains témoins subornés par la justice se rétractent. Par exemple, cette prostituée qui reconnaît avoir menti, car ayant un passé judiciaire et étant sous le coup d'une peine avec sursis, elle avait été menacée de ne jamais plus revoir sa fille si elle témoignait en faveur de Mumia. L'avocat de Mumia demande donc l'ouverture d'un nouveau procès. La Cour suprême de Pennsylvanie, loin de rejuger l'affaire, botte en touche et estime que ces preuves « arrivent trop tard ».

Puisque l'on ne peut pas avoir un nouveau procès sur le fond, pourrait-on au moins dire qu'il a été « entaché de racisme » ? Un an plus tard, la Cour suprême de Pennsylvanie reconnaît qu'il y a bien eu des éléments de racisme, mais que c'est à la Cour suprême des États-Unis de décider. Et cette dernière de confirmer le refus d'un nouveau procès. La nouvelle loi pour l'efficacité de la peine de mort et contre le terrorisme prévoit une prescription pour présenter des preuves d'innocence...

Mumia continue donc sa vie dans le couloir de la mort, rythmée par les décisions d'exécution qui se succèdent et qui chaque fois sont repoussées grâce à une internationalisation de la mobilisation initiée en France par Julia Wright : elle a pris contact avec les associations et groupes qui, traditionnellement, soutiennent la lutte des Afro-Américains tels que le

MRAP et la Ligue des droits de l'homme. Mais pour combien de temps ?

« Jamais il ne sortira du couloir de la mort », pensent certains amis de Mumia, parce qu'il restera toujours la « Voix des sans-voix ». Mumia se revendique Noir dans une Amérique blanche aux systèmes à plusieurs vitesses. Son cas accuse la justice américaine, il en révèle les dysfonctionnements, il en est la mauvaise conscience. Alors le plus simple est de laisser Mumia à la trappe.

Pourtant, il résiste au suicide psychologique. Quiconque va le voir est subjugué. Son esprit est totalement libre. Il a une perception du fait politique très pertinente, alors qu'il n'a accès qu'aux informations que laisse filtrer la prison. Il lit, écrit, travaille et, chaque semaine, communique par téléphone une chronique à une radio.

Ses conditions de vie sont effroyables. « Imaginez, écrit-il, une pièce de la taille de votre salle de bains et imaginez que vous êtes condamné à y vivre, à y manger, à y dormir, à y faire vos besoins naturels, à y rêvasser, à y pleurer et surtout, surtout, à y attendre. [...] Imaginez ce que c'est qu'attendre, attendre, et attendre ; attendre la mort. »

Et imaginez que vous soyez enfermé depuis 1981 dans cette minuscule cellule vingt-trois heures sur vingt-quatre en semaine, et vingt-quatre heures sur vingt-quatre le week-end ! Cette mort à l'américaine, Mumia l'appelle « *the American way of death* ».

Ce que le rap nous crie

Tupac Amaru Shakur
16 juin 1971 - 13 septembre 1996

« Le fils des Black Panthers, et le flambeur. Voilà les deux personnes qui sont en moi », déclare quelques semaines avant sa mort Tupac Amaru Shakur, alias Pac, ou 2Pac. Car cet homme a deux personnalités : ange et démon. Il a étudié la danse classique et écrit des textes émouvants comme *Dear Mama* :

Il n'y a pas de mots pour exprimer ce que je ressens
Tu ne nous as jamais caché tes secrets, tu es toujours restée vraie,
Et j'apprécie comment tu m'as élevé et tout l'amour que tu m'as offert.
J'espère que je pourrai effacer tes peines...

D'un autre côté, c'est une tête brûlée qui écrit des textes pleins d'un tel concentré de haine !

2Pac est né à New York. C'est sa mère, membre des Black Panthers, qui l'a appelé Tupac Amaru, du nom d'un chef inca quechua en révolte contre les colons espagnols au XVIe siècle.

Adolescent, il est dans la rue et fréquente des trafiquants en tous genres. Il vit dans ces quartiers où, à

433

dix ans, on a plus d'occasions de faire partie d'un gang que d'aller à l'école, et à vingt ans, si on n'est pas mort, c'est qu'on croupit en prison.

Olivier Cachin, spécialiste des musiques urbaines, me cite ces quelques rimes de *Message*, un rap de E. D. Fletcher :

Un enfant est né, inconscient, égaré
Aveugle aux voies de l'humanité
Dieu lui sourit, mais avec une grimace
Car Dieu seul sait à quoi il devra faire face
Tu grandis dans le ghetto, une vie en seconde classe
Et tes yeux chantent une chanson pleine de haine […]
Tu admires tous les bookmakers
Les escrocs, les macs, les dealers et les biznesseurs
Ils ont des grosses caisses, brassent des liasses
d'argent
Et toi tu veux grandir en leur ressemblant.

La violence de 2Pac et de son rap est le reflet du milieu où il a vécu. On sait ce qu'est la vie dans le ghetto. C'est dur d'y être une femme, dur d'y être différent, dur d'y être un Noir. Le Noir du ghetto doit se confronter à sa communauté et s'y faire respecter, puis au monde des Blancs, pour lequel il est invisible. Être Noir, être femme, être différent est toujours difficile, mais ici la vie porte encore moins d'espoir. L'horizon est barré, le rêve semble interdit.

Noir c'est noir, ni bleu ni violet
Être noir c'est un cercle vicieux […]
Écoute-moi je t'en prie

La réalité est ce qu'elle est
La réalité c'est noir c'est noir.

(Jungle Brothers)

Le rap retranscrit cette lutte quotidienne, et dérange.
Il braque la lumière sur des coins d'ombre qu'on ne
veut pas connaître, sur des gens qu'on voudrait invisibles et muets. Le rap ne prend pas de détours, il a
l'« œil caméra », il montre crûment la réalité. Il
raconte le ghetto à la première personne et au premier
degré. Il dit ce qui se passe dans sa cité, dans sa
famille, dans sa tête…

Mon frère, ça se passe bien pour lui
il a volé la télé de ma grand-mère
Il dit qu'elle la regarde trop,
C'est vraiment pas bon pour elle [...]
Des rats dans le salon,
des cafards dans l'arrière-cour
et des junkies dans le hall
avec une batte de base-ball [...]
Me pousse pas, je suis au bord du mur,
Je sais pas comment je fais pour ne pas tomber.

Ce qui effraie chez les rappeurs, c'est qu'ils parlent
d'eux-mêmes. Les bien-pensants n'aiment pas que
« ces » gens-là prennent la parole.
En 1990, 2Pac a dix-neuf ans. Il rencontre Shock-
G, alias Humpty Hump, le leader du groupe Digital
Underground. Ce groupe d'Oakland l'embauche comme
danseur et technicien. Il sort au printemps 1991 son
premier titre *2Pacalyse Now*. Il a trouvé sa « voie ».

À cette époque, la musique ne parlait plus de la condition des Noirs, comme s'il n'y avait plus de problèmes dans les ghettos. Or 2Pac a reçu de ses parents une culture politique. Il n'a pas oublié, il sait ce qu'il vit dans ses tripes, il sera le révolté, le défenseur de la conscience noire. Les Black Panthers ont été décimés. Lui, il reprend la parole...

Avec le rap, cette population étouffée peut à nouveau illustrer la fameuse phrase, « *I am somebody* », lancée en 1970 par le révérend Jesse Jackson, relever la tête et retrouver sa fierté :

Je suis peut-être au chômage, mais Je suis quelqu'un.
Je ne suis peut-être pas très éduqué, mais Je suis quelqu'un.
Je suis peut-être en prison, mais Je suis quelqu'un.

On existe, disent les rappeurs, pas parce que vous nous y autorisez, ni parce que vous nous donnez un rôle de mangeurs de pastèques ; *on est quelqu'un* parce qu'on a créé notre truc de « négros ».

En réaction à l'invisibilité culturelle du Noir, une identité du ghetto se crée, que l'on appelle maintenant la culture hip-hop. Ces Noirs inventent, en totale autarcie, non pas une contre-culture, mais une culture parallèle qui leur donne la vie, qui leur prouve à eux-mêmes que ce qu'ils pensent peut être partagé. On fait notre culture entre nous : c'est le hip-hop. Tous les éléments sont à égalité : la danse, avec le break-dance ou *smurf* (du nom de ce bonnet à la Schtroumpf – *smurf* en anglais – qu'on s'enfonce sur le crâne) ; le rap, avec le DJ qui crée du son en mixant des disques existants, et le MC (maître de cérémonies) qui prend le micro ; les graffitis, les *battles* (batailles de mots), la percussion buccale, le slam, la casquette Kangol, la capuche, les pantalons de jogging démesurément larges et les baskets montantes ; un langage aussi, avec des expressions, des rythmes nouveaux ; une façon de marcher…

Progressivement, tout ça prend forme. La constante du rap, c'est un rythme qui inspire le chanteur et porte le morceau, et c'est sa présence vocale, son texte. Les DJ s'aperçoivent que ce qui rend fous les gens, ce sont ces parties de trente secondes marquées par un break d'enfer. Ils ont l'idée de mettre le même disque sur deux platines et, en naviguant de l'une à l'autre, de passer et repasser le break.

La France est la deuxième patrie du hip-hop. Comment est-ce possible ? Comment toute une génération de jeunes qui ne maîtrisent absolument pas la langue anglaise a-t-elle pu se passionner pour un art fondé principalement sur les mots ? Comment le rap *made in black* a-t-il fasciné une population des cités riche de plus de trente nationalités différentes, au point qu'elle a créé sa propre version du rap et, vingt ans après, a grandi en force malgré son exclusion des radios et des télés ?

Eh bien, c'est simple : en général, le jeune banlieusard de la troisième génération n'a pas plus de place ni de respect dans l'imaginaire de la France que le Noir des années 1990 aux États-Unis. Ce jeune regarde la télé, il se cherche. Où est-il ? Nulle part.

À lire et à écouter les médias, on a l'impression que tous les maux viennent des banlieues et que, si elles n'existaient pas, nous vivrions dans un paradis.

L'adolescence de certains jeunes de banlieue est un cauchemar où ils découvrent le racisme. Cette fois, ce ne sont plus des mots ni des images de télé, mais des portes réelles qui se ferment, des contrôles d'identité. À quatorze ou quinze ans, quand ils croisent une voiture de police, systématiquement celle-ci ralentit. Les policiers les dévisagent. Une fois sur deux, ils les contrôlent. Pour les gosses issus de l'immigration, le baptême de leur vie d'adulte, c'est ce contrôle d'identité. Tel est l'accueil que leur réserve la société : « Tes papiers ! »

De nombreux jeunes des cités sont d'autant plus torturés par le problème de leur identité qu'ils sont éloignés de leurs origines. Ils n'appartiennent pas à la case « émigré », on ne les place pas dans la case « français », mais dans la case « banlieue ». Leur revendication, c'est : « Respectez-nous ! » Leur obsession : trouver « de la tune », toujours pour exister.

Vivant dans un flou identitaire, ils se sentent plus proches d'un jeune de Harlem, de Brooklyn, de South Los Angeles que de n'importe quel voisin du centre-ville. Les quelques éléments unificateurs dont ils disposent se trouvent dans la culture américaine hip-hop, le rap en particulier.

La culture rap est très clairement une guerre d'existence, d'affirmation. À la différence de la « rock attitude » – contestation du monde des adultes –, elle est un monde autre. Il ne s'agit plus de faire de la musique ou de chanter, mais de crier qui on est : des individus qui n'ont rien, un tiers-monde importé dans le monde des riches, un tiers-monde dont les parents n'ont pas été respectés, ne le sont toujours pas, un tiers-monde dont la couleur dérange, dont le numéro 93 fait peur, un monde ramené à ses seuls incendies de voitures, ses trafics et ses tournantes. Un monde vu comme l'« ennemi intérieur ».

Finalement, le rap donne des mots aux jeunes, ils sont les reporters de leur cité. Il faut les écouter. La banlieue trouve sa respiration dans le rap. Une politique culturelle intelligente devrait s'ouvrir aux rappeurs.

Il est vrai que la culture rap est vécue comme agressive et violente par le reste du monde. Mais a-t-on vraiment écouté ses paroles ? Ceux qui vivent l'injustice sont les mieux placés pour remettre les choses en ordre, il faut les écouter, même s'ils dérangent en questionnant durement la société.

Cette génération ne se reconnaît pas dans l'immigré des années 1960 soumis aux patrons. Ces jeunes ne sont plus des immigrés, ils sont français, et personne ne veut l'entendre. Les rappeurs de la première vague, NTM, MC Solaar, IAM, puis les Lunatic, Booba, Sefyu et compagnie, ont apporté une identité aux quartiers. Ils sont, comme le dit NTM, les « haut-parleurs » de toute une génération parce que, derrière un groupe de rap, il y a un quartier, un arrondissement.

Les premiers rappeurs français ont repris le thème né dans les ghettos de New York : parler de sa réalité à soi. Nous, on va parler de ce qui se passe à Sarcelles, à Bobigny, à Vitry, Lyon, Marseille ou Rouen. Ça raconte chaque fois une histoire différente parce que c'est toujours et jamais la même chose. En France, contrairement aux États-Unis où les nationalités se regroupent en quartiers, en communautés, ici elles se mélangent. Richesse que l'on trouve dans les groupes de rap qui mêlent des jeunes d'origine sénégalaise, malgache, espagnole, italienne, marseillaise… Ce n'est pas un rap de ghettos, mais de bandes ou de réseaux. Une parole d'exclus décidés à se faire entendre.

Le gamin de banlieue qui a découvert ce monde s'est dit naturellement que c'était pour lui. Pour le rap, pas besoin d'avoir étudié le solfège, tu as juste besoin de repartie, pour ne pas perdre la face dans le défi.

De bonnes âmes laïques et religieuses s'insurgent contre les paroles du rap et tentent de les faire interdire pour incitation à toutes sortes de haines. Qu'elles relisent les grands textes fondateurs de la littérature : la Genèse, l'*Odyssée*, les pièces de Shakespeare, souvent d'une violence extrême. Les artistes devraient-ils appliquer dans la vie leurs déclarations poétiques ? Le poète pacifiste André Breton ne déclarait-il pas que « l'acte surréaliste le plus simple consiste, revolver au poing, à descendre dans la rue et à tirer au hasard, tant qu'on peut, dans la foule » ? Faisons la part de la fiction, de la mise en scène dans le rap. Il s'agit de symboles illustrant une vie de rage. Il s'agit d'« exploits » codifiés. La rodomontade, *the boast*, est une tradition poétique dont le boxeur Mohamed Ali était le roi : « Je suis si rapide que quand j'éteins la lumière de ma chambre, je suis au lit avant qu'il fasse noir », s'amusait-il à dire.

Le rap, c'est la culture des mots. Après les *dirty dozen* (« douzaines dégueulasses »), où les ados s'insultent sur un rythme prédéfini et où l'humour est roi, les *battles* où ils se tirent la bourre occupent les scènes de rap. Le but est d'humilier l'autre pour montrer qu'on existe. La souffrance vécue suscite une

441

défense virile. Personne ne veut de moi, mais moi je m'impose : d'où un langage toujours outrancier.

Le charisme de 2Pac, sa fantaisie, son *flow* (manière de scander ses rimes), ses paroles travaillées en font une icône de son vivant. Obsédé de productivité, il est toujours en studio, à écrire texte sur texte. Il travaille dans l'urgence, ne s'attarde jamais sur une chanson. Les voix sont enregistrées en une seule prise. Il ne supporte pas les techniciens qui passent des jours sur un son de batterie. C'est ainsi qu'il fait six albums en cinq ans (une quinzaine d'autres paraîtront après son décès).

Mais 2Pac est en guerre contre l'univers et il rencontre bientôt des problèmes avec la justice.

En 1992, à vingt et un ans, il est arrêté après une dispute qui se termine par un échange de coups de feu, puis relâché.

En 1993, il tourne dans le film *Menace II Society*. Il s'attaque au réalisateur, on le condamne à quinze jours de prison. En octobre de la même année, il est accusé d'avoir tiré sur deux policiers. Les poursuites sont abandonnées.

Le 30 novembre 1994, ce sont deux individus qui tirent sur lui alors qu'il enregistre dans un studio de New York.

Trois mois plus tard, le 7 février 1995, il est condamné à quatre ans et demi de prison pour agression sexuelle. Son troisième album, *Me Against the World*, paraît alors qu'il est incarcéré. Le disque est numéro un des ventes. Toujours derrière les barreaux, il accuse The Notorious B.I.G., devenu son ennemi intime, Puffy Combs, Andre Harrel et son propre ami

Randy « Stretch » Walker d'avoir orchestré l'attentat de New York.

Le 30 novembre 1995, exactement un an après, Walker est assassiné dans le Queens.

« Je parle de mon shooting à New York, dit 2Pac dans une interview à propos de son dernier disque *Makaveli*, je donne les noms des négros qui m'ont tiré dessus, de ceux qui m'ont trahi... Tout ce que je ne peux pas dire, je le dis dans mes raps. »

Les gars m'ont shooté cinq fois, les vrais négros ne meurent pas
T'entends ça ? Pris dans le jeu, tu sais que je suis dangereux
Je détiens le secret de la guerre, donc les couards ont peur de moi
Ma seule peur de la mort, c'est la réincarnation
J'ai un cœur de soldat et un cerveau fait pour éduquer ta nation
Et ne plus ressentir cette douleur.

(*No more pain*)

On fait la guerre par disques interposés, sauf qu'après le disque il y a la réalité...

Une version californienne du rap, que l'on appelle *gangsta rap*, a commencé à se développer dans les années 1980. « Pour la première fois depuis longtemps, me dit Olivier Cachin, des artistes font visiter à leur public le creuset de l'enfer, ce ghetto urbain où la violence règne en maître. »

2Pac sort de prison au bout de huit mois, en octobre 1995, grâce à Marion « Suge » Knight, du label Death Row Record, qui verse une caution de

1,4 million de dollars ! Comme dans le film de Brian de Palma, *Phantom of the Paradise*, 2Pac fait un pacte avec le diable. Jamais un label de disques ne connaîtra pire réputation que Death Row Records. L'un des nombreux slogans qui font la notoriété de cette fabrique de tubes proclame : « Personne ne quitte ce label vivant. » À prendre au premier degré.

Marion « Suge » Knight est l'homme de paille de Michael Harris, un gangster condamné à vingt-huit ans de prison. Il entretient pendant trois ans, comme une utopie, ce label du *gangsta rap*.

C'est lui qui élève 2Pac au rang d'icône de la côte Ouest, en guerre violente contre ceux de la côte Est, rôle que le rappeur joue jusqu'à sa tragique et logique conclusion. L'artiste *gangsta rap* devient un *badman* qui ne craint aucune des retombées de sa violence. Les titres des albums en font foi. 2Pac : *Me Against the World* (« Moi contre le monde ») ; Notorious B.I.G. répond par : *Ready to Die* (« Prêt à mourir »). On sort du symbole des mots, on passe aux actes, le réel prend le dessus.

2Pac se lance frénétiquement dans l'enregistrement d'un monument en forme de double CD, *All Eyez on Me* (« Tous les regards sur moi »). Comme investi d'une mission, de plus en plus mégalomane et messianique, imbibé d'alcool et d'herbe, il écrit et met en boîte des dizaines de titres en quelques mois.

Le 7 septembre 1996, comme il revient en voiture avec le patron de Death Row Record, Marion « Suge » Knight, d'un combat de boxe opposant Mike Tyson à Bruce Seldon au MGM Grand, à Las Vegas, il reçoit sept balles qui l'atteignent au torse, au bassin, aux bras, à la cuisse et au poumon.

Pour certains, il aurait eu une altercation violente avec un type pendant le combat. Pour d'autres, il s'agirait d'une vengeance de The Notorious B.I.G. D'autres enfin avancent l'habituelle théorie du complot du FBI. Mais il est plus probable que le règlement de comptes soit une affaire de milieu, le milieu du milieu qui remet les compteurs à zéro.

Tout est prêt pour la légende…

2Pac reste dans le coma pendant six jours et meurt le septième, un vendredi 13, à l'âge de vingt-cinq ans. Huit semaines après sa mort sort son disque intitulé *Makaveli*. *Makaveli*, parce que en lisant *Le Prince*, de Machiavel, il était tombé sur le passage où, dit l'auteur, pour tromper ses ennemis, il faut mettre en scène sa propre mort.

C'est pourquoi certains croient que 2Pac est encore en vie…

L'étoile de l'espoir

Barack Hussein Obama
Né le 4 août 1961

> « Les Américains ont choisi l'espoir plutôt que la peur. »
>
> Barack Obama,
> Discours d'investiture, 20 janvier 2009

« Lilian, c'est merveilleux, je ne l'aurais jamais cru ! » me dit ma mère, après avoir regardé la cérémonie d'investiture de Barack Obama à la présidence des États-Unis, le 20 janvier 2009. Mes fils, eux, s'étonnent simplement qu'il n'y ait encore jamais eu de Noir président des États-Unis. Quant à moi, je suis très heureux, et soulagé. Je me dis que cette élection va changer bien des choses dans l'imaginaire des peuples et représenter un formidable encouragement à l'éducation contre le racisme.

Les deux premières étoiles d'Obama sont ses parents. Sa mère, Anne Dunham, a des origines irlandaises, écossaises et cherokees. « Ma mère était blanche comme le lait », écrit-il dans *Les Rêves de mon père*. Elle vient d'une famille modeste du Kansas qui cherchait une vie plus clémente en émigrant à Hawaii. D'esprit libre, « progressiste humaniste », elle tombe amoureuse du beau, grand et intelligent Barack Hussein Obama Sr.

Lui est d'origine luo, une ethnie du Kenya. Après de brillantes études à Nairobi, il suit un cursus d'économie à l'université d'Hawaii, où il est le premier étudiant africain.

Ses parents se marient en 1960. Premier miracle, puisque le mariage mixte est encore considéré comme un crime dans plus de la moitié des États-Unis. « Mon père aurait pu périr pendu à un arbre simplement pour avoir osé poser les yeux sur ma mère », écrit Barack Obama. Peu avant, en 1958, un couple mixte avait été condamné à un an de prison par un juge de l'État de Virginie. Loin de se laisser abattre, ce couple avait intenté une série de procès qui avaient abouti, le 12 juin 1967, à la cassation du verdict par la Cour suprême. Cette histoire a quelque chose de magique lorsque l'on sait que le mari s'appelait Loving (Aimant) et que l'arrêt mettant fin à l'interdiction du mariage mixte est poétiquement intitulé « Amour contre Virginie » (*Loving vs Virginie*). Quarante-deux ans plus tard, les tentatives de discrimination continuent. En octobre 2009, en Louisiane, un juge de paix refuse de marier un Noir et une Blanche au prétexte qu'il ne veut pas « mettre les enfants dans une situation qu'ils ne choisissent pas eux-mêmes ».

Barack Hussein Obama Jr. naît à Honolulu en 1961. Deux ans plus tard, ses parents se séparent. Ayant obtenu son diplôme d'économie, en août 1963, à la prestigieuse université de Harvard, son père repart seul au Kenya où un poste l'attend au gouvernement. Quelque temps après, sa mère se remarie avec un étudiant indonésien, Lolo Soetoro, et emménage en 1967 à Djakarta. C'est là que naît Maya, la demi-sœur d'Obama. Rapidement adapté, le petit « Barry » apprend l'indonésien, fait des batailles de cerfs-volants, goûte aux serpents et aux sauterelles grillées, mais découvre également la misère des paysans et les inégalités sociales flagrantes entre les Américains et les Indonésiens.

À l'âge de dix ans, il retourne à Hawaii pour y recevoir une éducation à l'américaine. Il est accueilli par ses grands-parents maternels qui l'inscrivent dans la meilleure école de l'île. C'est là que le jeune Barry découvre sa couleur. L'endroit a beau être le plus métissé des États-Unis, ses camarades voient en lui un Noir et se montrent très agressifs.

À Noël 1971, pour la première fois – et la dernière –, il rencontre son père qui, après diverses mauvaises fortunes au Kenya, se tuera dans un accident de voiture en 1982. En quelques jours, son père lui montre quelques pas de danse, l'invite à un concert de jazz, lui offre un ballon de basket et deux disques de musique africaine, autant de symboles de la culture noire-américaine à laquelle il espère voir adhérer son fils.

Mais le jeune Barry peine à trouver ses repères entre la Blanche et le Noir de ses origines, qui se sont aimés puis quittés ; entre le blanc et le noir de la société qui s'affrontent. Pour affirmer son identité, incapable de faire autrement, il devient un sale gosse, un *bad negro* – du moins sa caricature. Avec Ray, son ami noir le plus proche, ils se répètent sans arrêt les injures que leur font les Blancs et parlent de révolte.

Mais ces discours, au lieu de l'affermir et de le sécuriser, fragilisent Barack Obama, car il sait que sa mère, blanche, est sans préjugés de couleur, et il aime aussi profondément ses grands-parents, malgré leur « racisme ordinaire ».

En quête de lui-même, il se cherche dans les autres : Frederick Douglass qui, cinq ans après l'abolition de l'esclavage, avait été candidat à la présidence des États-Unis ; les panafricanistes Marcus Garvey et W. E. B. Du Bois, qui exhortaient les Noirs à se montrer fiers de leur couleur et fiers des civilisations de leurs ancêtres. Il lit les œuvres des auteurs noirs américains modernes, comme Richard Wright qui dénonce l'Amérique raciste, Langston Hughes, le poète de la fierté noire, ou Ralph Ellison qui écrit : « Je n'ai pas honte que mes grands-parents aient été des esclaves. La seule chose dont j'ai honte, c'est d'en avoir eu honte un jour. »

Il s'identifie particulièrement à Malcolm X, dont il épouse la révolte et la quête d'identité. Comme lui, il tente de réconcilier deux parties de lui-même, cherche à devenir aussi noir et aussi américain que lui. Puis, évidemment, il révère le pasteur Martin Luther King pour sa finesse d'esprit et son pragmatisme.

Sans Douglass, Du Bois, King, Malcolm X, la « Harlem Renaissance » menée par des écrivains et des musiciens, sans le mouvement des droits civiques, la théologie noire, le mouvement féministe noir, la critique postcoloniale, sans tous ces prédécesseurs, Obama n'aurait jamais eu accès à lui-même, et encore moins à la Présidence.

Après le lycée, il suit des études à l'Occidental College de Californie. À cette époque, il découvre la politique de terrain grâce à des amis féministes, marxistes, influencés par l'esprit des Black Panthers. Ces femmes et ces hommes qui combattent le racisme blanc par la solidarité, créent des « écoles de libération », informent sur la culture noire, aident les jeunes à entrer dans les universités, lisent leurs droits aux Noirs en cas d'arrestation… Ces activités tranchent avec l'image surmilitarisée que les médias ont transmise d'eux, alors qu'ils étaient pacifistes tout en étant prêts à se défendre. Leur engagement social sera une des étoiles d'Obama.

Son militantisme lui redonne confiance en lui-même, assez pour abandonner le « Barry » dont l'avait affublé son père « parce que cela passait mieux aux États-Unis ». Il reprend son vrai prénom « Barack », qui est africain et signifie « béni » en swahili.

À l'automne 1981, il entre à l'université Columbia de New York, d'où il sort deux ans plus tard, un diplôme de sciences politiques en poche. Plutôt que d'embrasser une confortable carrière dans une entreprise privée, il choisit de participer à la lutte pour les droits civiques comme animateur social. « Il n'y a rien de mal à gagner de l'argent, dit-il, mais orienter sa vie vers cet objectif dénote une absence d'ambition. » Pendant trois ans, il s'occupe à Chicago des résidents des quartiers pauvres frappés par le chômage, il organise des réunions, se bat pour la prévention de la délinquance et cent autres causes, mais il constate qu'il pourrait consacrer toute sa vie au militantisme de quartier sans jamais vraiment résoudre les problèmes de Chicago. Il se rend compte que, s'il veut être utile, il lui faut prendre de la hauteur, analyser comment fonctionne le système. C'est dans cette intention qu'il passe son diplôme de droit constitutionnel à l'université Harvard ; puis, fidèle à l'esprit libre et humaniste de sa mère, il entre dans un cabinet juridique spécialisé dans la défense des droits civiques.

De l'ambition, il n'en manque pas, et la suite en sera la preuve. Mais serait-il monté aussi haut s'il n'avait alors rencontré Michelle Robinson ? Issue d'une famille ouvrière, Michelle est juriste. Comme lui, elle a refusé un poste lucratif dans un cabinet d'affaires et s'est engagée dans la lutte pour les droits civiques. Leurs personnalités complémentaires donnent une dimension nouvelle à la carrière de Barack Obama. En 1996, il est élu au Sénat de l'État de l'Illinois, poste où il excelle. À l'exemple du pasteur Martin Luther King, il préfère accumuler les petites victoires que de livrer de grandes batailles qui ne voient jamais d'issue. Il réussit à amender plusieurs projets de lois républicains, et à faire passer vingt-six projets allant de la couverture médicale aux plus démunis au droit à l'éducation des enfants en bas âge, en passant par l'obligation d'enregistrer en vidéo les interrogatoires des individus suspectés de crimes.

Conviction, courage : il n'en manque pas. En 2002, il refuse de cautionner l'invasion de l'Irak. « Une guerre stupide, dit-il, fondée non sur la raison, mais sur la passion. » En 2003, il pose sa candidature pour devenir sénateur des États-Unis. Le prestigieux Sénat forme, avec la Chambre des représentants, le pouvoir législatif américain, que l'on désigne sous le terme de Congrès. Barack Obama remporte l'élection le 2 novembre 2004 avec 70 % des voix ! La plus belle victoire de l'histoire du Sénat américain, au point que le magazine *Times* titre : « The Next President » (« Le prochain président »). Il est l'un des rares Noirs, après Carol Moseley-Braun, seule sénatrice noire, en fonction de 1992 à 1998, à accéder à la charge sénatoriale. Profitant de sa notoriété, il écrit un livre dont les droits lui permettent de rembourser ses prêts étudiant, d'acheter une maison et de continuer son irrésistible ascension.

Le 10 février 2007, il se présente à l'investiture du parti démocrate. Lors des primaires, il doit affronter la redoutable Hillary Clinton. Celle-ci, se sentant menacée, se livre à de basses attaques dont le résultat sera de la perdre dans l'opinion : dénigrement de l'action de Martin Luther King sous prétexte qu'Obama s'identifie au pasteur ; remarques sur les « origines musulmanes de Barack Hussein Obama » ; allusion à ses rapports supposés avec le courant islamiste responsable de l'attentat du 11 Septembre. Comme Obama l'a toujours dit, son père était bien d'origine musulmane, mais athée ; quant à sa mère, elle professait des principes moraux comme l'honnêteté et le respect de son prochain, que l'on retrouve dans toutes les religions bien comprises. Au cours de cette odieuse campagne où tous les coups sont permis, l'alliée de Hillary Clinton, Geraldine Ferraro, déclare lors de la primaire du Mississippi : « Si Obama était un homme blanc, il ne serait pas là où il est maintenant, et s'il était une femme (quelle que soit sa race), il ne serait pas là où il est, il se trouve qu'il a beaucoup de chance d'être ce qu'il est. »

Ses adversaires restent enfermés dans leur opposition noir-blanc et leur sexisme. C'est une erreur qu'Obama ne commet pas. Fidèle à l'esprit de Frantz Fanon – « Le

Nègre n'est pas, pas plus que le Blanc » –, il refuse de se laisser enfermer dans sa couleur. « Vous ne devez pas voter pour quelqu'un parce qu'il vous ressemble », dit-il lors de sa campagne aux Américains.

La plupart des observateurs occidentaux se sont imaginé que le fait d'être métis avantageait Obama. La réalité, c'est qu'il est toujours trop noir ou pas assez. Comme son père est kenyan, il n'est pas descendant d'esclaves, certains Noirs américains ne le considèrent donc pas comme l'un des leurs : pour être un vrai Noir américain, faudrait-il présenter des aïeux esclaves ? Obama doit rappeler que Du Bois avait un père haïtien, que Malcolm X était un immigrant de première génération, et que la référence de Martin Luther King était le Mahatma Gandhi.

Finalement, après une lutte serrée, Obama l'emporte sur Hillary Clinton, et désormais se concentre sur son combat contre le candidat républicain John McCain. Sa campagne est la plus efficace machine à gagner de toute l'histoire des États-Unis : la mieux financée, la mieux médiatisée, et sans doute la plus intelligente.

Certes la crise économique le sert, mais encore fallait-il la comprendre. Lorsque le cyclone Katrina, en septembre 2005, fit plus de deux mille morts, montrant une population noire abandonnée à son sort, il sut répondre, à ceux qui accusaient le président Bush de mollesse parce que la population était noire, que « l'incompétence n'est pas liée à une discrimination raciale ». Remarquable repartie, qui élargit la question à l'irresponsabilité de l'administration républicaine en général et rassemble dans le même destin les déshérités de toutes couleurs.

Sa candidature est celle de la réconciliation. « Contrairement au dire de certains de mes critiques, blancs ou noirs, je n'ai jamais eu la naïveté de croire que nous pourrions régler nos différends raciaux en l'espace de quatre ans ou avec une seule candidature, dit-il dans son célèbre discours de Philadelphie du 18 mars 2008. Mais j'ai affirmé ma conviction profonde [...] qu'en travaillant ensemble nous arriverons à panser nos vieilles blessures raciales et qu'en fait nous n'avons plus le choix si nous voulons continuer d'avancer dans la voie d'une union plus parfaite. Pour la communauté afro-américaine, cela veut dire accepter le fardeau de notre passé sans en devenir les victimes, cela veut dire continuer d'exiger une vraie justice dans tous les aspects de la vie américaine. »

Orateur exceptionnel, il ne tombe jamais dans les clichés gestuels ni les intonations habituelles des pasteurs baptistes afro-américains, sans pour autant masquer sa couleur de peau. C'est un homme assez cultivé pour se montrer humble et savoir s'entourer de bons conseillers.

Au « *country first* » (« le pays d'abord ») de John McCain – pilote militaire, héros de la guerre du Vietnam –, qui l'accuse d'être le « candidat de l'étranger », Obama répond que grâce à ses multiples origines il incarne le rêve américain. L'Amérique de 2009, dit-il, n'est plus celle de John Wayne, mais celle de citoyens d'origine coréenne ou indienne. François Durpaire, auteur de *L'Amérique de Barack Obama*, en 2007 – livre prémonitoire qui m'a inspiré ces pages –, rappelle que le métissage d'Obama est en phase avec les évolutions à l'œuvre dans la société américaine. Tiger Woods, le grand champion de golf, est un mélange de Blanc, de Noir, d'Amérindien et d'Asiatique. Les fêtes de Noël, chez les Obama, « ressemblent à l'assemblée des Nations unies ». Maya, sa sœur indonésienne, ressemble à une Mexicaine, son beau-frère et sa nièce sont chinois… Mais Obama ne tombe pas dans le piège électoral de se dire métis, il se revendique totalement blanc et totalement noir, descendant du Kenya et descendant du Kansas. Il n'est pas afro-américain, il est africain et américain.

Il n'a pas la naïveté de prôner une société *color blind*, devenue « aveugle à la couleur », car c'est la conscience d'être noirs qui a mené certains à faire évoluer les droits. La couleur permet de mesurer le degré d'intégration dans les universités et dans les entreprises. Martin Luther King était bien placé pour savoir que sa lutte avait poussé le président Lyndon Johnson à donner la priorité aux droits civiques et à signer, en 1964, le Civil Rights Act rendant illégale toute forme de discrimination.

En définitive, John McCain est nettement battu le 4 novembre 2008 (365 grands électeurs contre 173). Ce que Martin Luther King lui-même, pas plus que Marianna, ma mère, n'auraient jamais imaginé, est arrivé : les États-Unis ont élu un Noir à la Présidence.

Et maintenant ?

Obama est arrivé à un moment de crise aiguë, non seulement au plan économique, mais aussi moral. Nous sommes confrontés à l'insupportable inégalité des peuples et à la dégradation de notre terre, qui commence « à ne plus nous supporter ».

De tout cela, Obama est conscient. Il engage la lutte contre la pollution de la planète. Le 22 septembre 2009, il déclare à l'Onu que les générations futures vont à une « catastrophe irréversible » si la communauté internationale n'agit pas « audacieusement, rapidement et ensemble » ; il milite pour la suppression des armes nucléaires, il a entamé le désengagement des troupes américaines d'Irak et cherche des solutions au bourbier afghan.

Il sait qu'il faut être à la fois impatient et patient, parce que les grands lobbys n'ont pas envie de perdre leurs profits. Il faut du courage intellectuel, social, politique. Pour tout changement, il faut se faire violence. Obama insiste beaucoup sur cet aspect de l'évolution, lui qui est au cœur de la difficile réforme, entre autres, du système de santé qu'il entend mener dans son pays, où quarante-sept millions d'habitants n'ont pas accès aux soins.

« Il faut remettre l'homme au centre, il faut accepter le métissage des corps, des rencontres, des cultures, des religions », me dit Stéphane Hessel, célèbre résistant qui participa notamment à la rédaction de la Déclaration universelle des droits de l'homme de 1948. « Il faut un nouveau militantisme pour que le XXIe siècle remplisse les promesses de droits de l'homme, de juste développement, d'États souverains qui ont été faites et non tenues au cours du XXe siècle. Les intérêts nationaux sont importants, mais si on continue à se focaliser sur eux on va passer notre vie à être des sapeurs-pompiers. »

Dans un cadre plus global, c'est l'intérêt de l'espèce humaine qui est en jeu, et cela induit une nouvelle éthique politique en train de se dessiner avec Obama. C'est ainsi que, en juin 2009, Obama prononce en Égypte un discours destiné à reprendre le dialogue entre son pays et le monde musulman. Le « cycle de méfiance et de discorde doit s'achever », dit-il après avoir salué un milliard et demi de musulmans par ces mots : « *Salam aleikoum* » (« Que la paix soit sur vous »).

Pour toutes ces actions, et particulièrement pour sa diplomatie fondée sur l'idée que les dirigeants doivent s'appuyer « sur les valeurs partagées par la majorité des peuples du monde », le prix Nobel de la paix lui est attribué le 9 octobre 2009, quarante-cinq ans après Martin Luther King. Il est le troisième président des États-Unis à en être récompensé pendant l'exercice de ses fonctions, après Theodore Roosevelt en 1906, et Woodrow Wilson en 1919.

Le racisme existe toujours aux États-Unis, Obama lui-même y est confronté. T-shirts, photographies, dessins le représentent en singe mangeant une banane, affublé de moustaches à la Hitler ou en train de repeindre en noir la Maison-Blanche ; Berlusconi, président du Conseil italien, ironise à plusieurs reprises sur son « bronzage ». Mais la liberté progresse, la présidence d'Obama est un formidable encouragement pour les femmes et les hommes qui, dans le monde, luttent contre les injustices. Le chemin est encore long, parce que l'égalité humaine est une idée encore neuve. La Déclaration des droits de l'homme et du citoyen de 1789, puis la Déclaration universelle des droits de l'homme de 1948 n'ont pris en compte que l'homme blanc. Aujourd'hui, chaque être humain revendique l'application de ces déclarations.

Non, cette carte n'est pas à l'envers...

Les cartes que nous utilisons généralement placent l'Europe en haut et au centre du monde. Elle paraît plus étendue que l'Amérique latine alors qu'en réalité elle est presque deux fois plus petite : l'Europe s'étend sur 9,7 millions de kilomètres carrés et l'Amérique latine sur 17,8 millions de kilomètres carrés.

La carte reproduite aux pages suivantes questionne nos représentations. En effet, le géographe australien Stuart McArthur, en 1978, a placé son pays non plus en bas et excentré, mais en haut et au centre. Cette carte résulte aussi des travaux de l'Allemand Arno Peters, en 1974, qui a choisi de respecter les surfaces réelles de chaque continent. Il montre, par exemple, que l'Afrique, avec ses 30 millions de kilomètres carrés, est deux fois plus grande que la Russie qui compte 17,1 millions de kilomètres carrés. Pourtant, sur les cartes traditionnelles, c'est le contraire...

Placer l'Europe en haut est une astuce psychologique inventée par ceux qui croient être en haut, pour qu'à leur tour les autres pensent être en bas. C'est comme l'histoire de Christophe Colomb qui « découvre » l'Amérique, ou encore la classification

des « races » au XIXe siècle qui plaçait l'homme blanc en haut de l'échelle et les autres en bas. Sur les cartes traditionnelles, deux tiers de la surface sont consacrés au « Nord », un tiers au « Sud ». Pourtant, dans l'espace, il n'existe ni Sud ni Nord. Mettre le Nord en haut est une norme arbitraire, on pourrait tout aussi bien choisir l'inverse.

Rien n'est neutre en termes de représentation. Lorsque le Sud finira de se voir en bas, ce sera la fin des idées reçues. Tout n'est qu'une question d'habitude.

Des mots qui libèrent l'avenir

Dr Gilles-Marie Valet

Il y a quelques années, le jeune Mathieu, treize ans, débarquait dans mon cabinet. Plusieurs exclusions de différents collèges et douze mois dans un internat réputé pour les fortes têtes n'avaient pas réussi à calmer sa violence ni à résoudre ses difficultés relationnelles. Sur les conseils d'un éducateur, sa mère s'était résignée à l'accompagner à une consultation de psychiatrie pour enfants et adolescents. Selon elle, Mathieu avait toujours été turbulent, mais les choses s'étaient aggravées à l'orée de l'adolescence.

L'enfant avait grandi dans l'idée que son père était mort quand lui-même n'était encore qu'un tout petit bébé, sans qu'on ait pu lui dire comment. Les différentes versions qui lui avaient été livrées ne lui permettaient pas de se faire une idée de l'homme qu'avait pu être ce père. À partir de sa dixième année, il se montra plus sensible aux contradictions, plus attentif aux inadvertances laissant entendre que ce dernier serait bien vivant et habiterait à quelques encablures de son domicile. Ainsi, il comprit qu'il avait été abandonné par un homme qu'il s'imagina alors comme le plus abominable des individus…

Pourquoi la famille avait-elle préféré maintenir le garçon dans l'ignorance ? Pour le préserver d'une terrible réalité ? Quoi qu'il en soit, ces non-dits, dont il avait perçu plus ou moins inconsciemment la lourdeur comme celle d'un funeste secret, avaient favorisé un mal-être dont les troubles du comportement n'étaient que la traduction.

Se croire fils de rien, fils de Dieu ou du diable, avec toute la déshumanisation que cela sous-entend, ne permet pas de se construire une identité suffisamment sereine pour se confronter aux autres.

Il y a quelques jours, Lilian Thuram me fit lire le manuscrit de *Mes étoiles noires*. Il m'apparut comme une évidence qu'un parallèle pouvait être dressé entre les enfants ignorants de leurs origines et un peuple amputé d'une partie de son histoire. Même besoin de reconnaissance, même expression, plus ou moins violente, de revendication, même sentiment d'être trompé ou trahi, associés à ce risque similaire de repli identitaire sur des aspects réducteurs de ce que sont ces êtres (la couleur de peau, le sexe, les conceptions religieuses ou philosophiques…).

Malcolm X, Cassius X, et tous ceux ou celles que l'Histoire a conduits à changer de nom, m'évoquaient mes jeunes patients nés sous X, que l'impossibilité d'accéder à la moindre bribe de leur histoire laissait dans une confusion et une difficulté de vivre.

À quelles séquelles s'expose-t-on quand la vérité sur nos origines nous est dissimulée ?

L'atteinte est surtout identitaire.

L'identité personnelle se construit progressivement, c'est un processus complexe associant le sentiment d'être unique, celui d'appartenance (à une famille, un groupe, une culture…) et celui de valoir quelque chose. Or ces sentiments se développent en fonction des expériences que va vivre l'enfant, dès son plus jeune âge, et ce simultanément dans trois dimensions : individuelle, groupale (la famille, la bande, la société) et culturelle. Ces différents cadres interagissent et, pour être en accord avec soi, il faut à la fois se sentir singulier (différent des autres et pourvu de qualités qui nous sont propres), mais également reconnu par l'autre et accepté dans ces particularités, qu'elles soient physiques, caractérielles, sexuelles… Apprécier la couleur de ses yeux ou la nature de ses cheveux, se savoir fille ou garçon, participent à cette élaboration identitaire au même titre qu'être reconnu(e) comme le fils ou la fille de ses parents, perçu(e) par les autres comme généreux(se) ou autoritaire, fidèle à certaines valeurs ou tenu(e) pour rebelle. Connaissance de soi et estime de soi, liées à la reconnaissance de ce que l'on vaut, notamment par les autres, sont ainsi les garantes de cet équilibre identitaire.

Deux processus complémentaires interviennent conjointement à cet égard : un mécanisme d'identification aux autres et un mécanisme de distinction par rapport à ceux-ci. Les parents constituent les premiers supports de ce phénomène d'identification-rejet, puis viennent les ascendants (les grands-parents, que l'on rencontre ou dont on entend parler), les proches, puis les relations sociales (les amis, les ennemis)… Les idoles, les héros des contes que l'on nous raconte durant l'enfance, comme les personnages historiques dont on apprend les exploits ou les erreurs, interviennent également dans ce panthéon à la fois personnel et hérité de l'entourage.

Qu'il vienne à manquer un pilier à cette identification, ou que ses fondations soient gangrenées par des non-dits, et c'est tout l'édifice qui s'en trouve fragilisé.

Il en va de même pour la société des hommes qui, comme un enfant, a besoin de savoir de quels ascendants elle est issue pour développer une identité qui soit équilibrée et sereine, c'est-à-dire en accord avec elle-même ou, plus précisément, avec chaque partie d'elle-même. Les enjeux d'une telle connaissance ne sont donc pas uniquement culturels ou intellectuels, mais bien psychologiques et éducatifs. Car elle permet d'évoluer sereinement, et d'éviter notamment ces replis identitaires, focalisés sur des aspects parcellaires de ceux qui constituent la société. Ces aspects, qui se voudraient caractéristiques quand ils ne sont que caricaturaux, favorisent des organisations en fonction de repères ethniques, religieux ou doctrinaires pouvant entraîner des positionnements extrémistes.

Parce que ce livre nous rappelle l'histoire d'hommes et de femmes qui ont contribué à l'Histoire de l'humanité, mais qui pour certains ont été oubliés ou exclus des manuels scolaires, il restitue un pan de l'« anamnèse » de notre société. J'ose espérer que ce travail nécessaire de reconnaissance, comme au cours d'une thérapie, participera à l'épanouissement de notre société.

Dans l'histoire de Mathieu, ce n'est pas l'absence du père qui est en cause, mais le non-dit, la forclusion autour de son nom et de sa personne. Et peu importe que cet homme soit bon ou mauvais, c'est ce silence qui empêche son fils de s'identifier ou de s'en distinguer.

Quand j'interrogeai la mère, elle eut du mal, dans un premier temps, à évoquer – à cause de la rancœur qu'elle gardait pour celui qui l'avait abandonnée avec un nourrisson sur les bras – le géniteur qui s'était montré incapable d'assumer ses responsabilités de père. Pourtant les souvenirs de leur rencontre n'étaient pas loin et, de l'homme qu'elle avait aimé, restaient quand même les vestiges de l'émotion des premiers rendez-vous, la mémoire de ce qui lui avait plu chez lui et qu'elle retrouvait parfois chez son fils, ainsi que la passion des étreintes dont ce dernier fut le fruit… Ces mots-là, enfin, Mathieu put les entendre.

Il y a quelques semaines, j'ai appris que Mathieu avait croisé ce père : ils n'avaient rien à se dire et la rencontre resta sans suite. Mais cette confrontation essentielle lui a probablement permis de franchir un cap, de pouvoir devenir père à son tour.

Les sociétés aussi doivent se confronter à leur histoire, pour passer de l'obscurantisme à l'humanisme, pour évoluer harmonieusement.

Dr Gilles-Marie Valet
Psychiatre pour enfants et adolescents

Bibliographie

ABDELOUAHAB, Farid, BLANCHARD, Pascal (dir.), *Grand-Ouest : Mémoire des outre-mers*, Presses universitaires de Rennes, 2008.

ABU-JAMAL, Mumia, *Une vie dans le parti des Black Panthers*, Le Temps des cerises, 2006.

ADÉLAÏDE-MERLANDE, Jacques, BÉLÉNUS, René, RÉGENT, Frédéric, *La Rébellion de la Guadeloupe 1801-1802*, Gourbeyre, 2002.

ADÉLAÏDE-MERLANDE, Jacques, *Delgrès ou la Guadeloupe en 1802*, Karthala, 1986.

ANTOINE, Yves, *Inventeurs et Savants noirs*, L'Harmattan, 1998.

BÂ, Amadou Hampâté, *Amkoullel, l'enfant peul. Mémoires I*, Actes Sud, 1991.

– , *Oui mon commandant ! Mémoires II*, Actes Sud, 1994.

– , *Contes initiatiques peuls*, Stock, 1994.

BANCEL, Nicolas, BLANCHARD, Pascal, BOUBEKER, Ahmed, DEROO, Éric (dir.), *Frontière d'empire, du Nord à l'Est. Soldats coloniaux et immigrations des Suds*, La Découverte, 2008.

BANCEL, Nicolas, BLANCHARD, Pascal, BOËTSCH, Gilles, DEROO, Éric, LEMAIRE, Sandrine (dir.), *Zoos humains. Au temps des exhibitions humaines*, La Découverte, 2002.

BERNAL, Martin, *Black Athena. Les racines afro-asiatiques de la civilisation classique*, PUF, 1999.

BERTHÈS, Colette, FILLAIRE, Bernard, *La Machine à tuer*, Les Arènes, 2000.

BÉTHUNE, Christian, *Le Rap, une esthétique hors la loi*, Autrement, 2003.

BETI, Mongo, *La France contre l'Afrique. Retour au Cameroun*, La Découverte, 1993.

– , *Main basse sur le Cameroun, autopsie d'une décolonisation*, Maspero, 1972.

BETI, Mongo, TOBNER, Odile, *Dictionnaire de la négritude*, L'Harmattan, 1989.

BLANCHARD, Pascal, MANCERON, Gilles, DEROO, Éric, *Le Paris noir*, Hazan, 2001.

BONNET, Charles, VALBELLE, Dominique, *Des pharaons venus d'Afrique*, Citadelles & Mazenod, 2005.

BRAECKMAN, Colette, *Lumumba, un crime d'État*, Aden, 2009.

BRAFLAN-TROBO, Patricia, *Société post-esclavagiste et management endogène. Le cas de la Guadeloupe*, L'Harmattan, 2009.

BRETAGNE, Jean-Marie, *Battling Siki*, Philippe Rey, 2008.

BRETON, André, *Martinique, charmeuse de serpents*, Pauvert, 1972.

CACHIN, Olivier, *Cent albums essentiels du rap*, Scali, 2006.

CÉSAIRE, Aimé, *Discours sur le colonialisme*, Présence africaine, 1955.

– , *Toussaint-Louverture. La Révolution française et le Problème colonial*, Présence africaine, 1962.

– , *Une saison au Congo*, Seuil, 1966 ; « Points », 2001.

CEYRAT, Antony, *Jamaïque. La construction de l'identité noire depuis l'indépendance*, L'Harmattan, 2009.

CHERKI, Alice, *Frantz Fanon, portrait*, Seuil, 2000.

CLARK, Kenneth B. (entretiens avec Malcolm X), *Nous, les Nègres*, La Découverte, 1963.

Collectif, *Soudan, Royaumes sur le Nil*, Flammarion, 1997.

Collectif sous la direction de DORIGNY, Marcel et ZINS, Max-Jean, *Les traites négrières coloniales. Histoire d'un crime*, Cercle d'Art, 2009.

Collectif sous la direction de GASSAMA, Mahkily, *L'Afrique répond à Sarkozy. Contre le discours de Dakar*, Philippe Rey, 2008.

CONDÉ, Maryse, *La Civilisation du bossale*, L'Harmattan, 1978.

– , *An tan revolisyon*, Conseil régional de Guadeloupe, 1989.

COPPENS, Yves, *Le Genou de Lucy*, Odile Jacob, 1999.

COPPENS, Yves, REEVES, Hubert, ROSNAY, Joël de, SIMONNET, Dominique, *La Plus Belle Histoire du monde*, Seuil, 1996.

CORDIER, Daniel, *Jean Moulin. Tome 2, Le Choix d'un destin*, Lattès, 1989.

DAMAS, Léon-Gontran, *Pigments*, préface de Robert DESNOS, Guy Lévy Mano, 1937 ; rééd. Présence africaine, 1962.

DAMIS, Christine, « Le philosophe connu pour sa peau noire : Anton Wilhelm Amo », in *Rue Descartes*, n° 36, 2002.

DAVIDSON, Basil, *L'Afrique avant les Blancs*, PUF, 1962.

DEGRAS, Jean-Claude, *Mortenol, le capitaine des vents*, New Legend, 2004.

DE WITTE, Ludo, *L'Assassinat de Lumumba*, Karthala, 2000.

DIARRA, Cheick Modibo, *Navigateur interplanétaire*, Albin Michel, 2000.

DIOP, Boubacar Boris, *L'Afrique au-delà du miroir*, Philippe Rey, 2007.

DIOP, Cheikh Anta, *Civilisation ou barbarie*, Présence africaine, 1981.

– , *Nations nègres et culture*, Présence africaine, 1954.

DIOP-MAES, Louise-Marie, *Afrique noire, démographie, sol et histoire*, Présence africaine, 1996.

DUBOIS, Laurent, *Les Vengeurs du Nouveau Monde. Histoire de la révolution haïtienne*, Les Perséides, 2005.

DURPAIRE, François, RICHOMME, Olivier, *L'Amérique de Barack Obama*, Demopolis, 2007.

DUVAL, Eugène-Jean, RIVES, Maurice, *Pour une parcelle de gloire oubliée. Les tirailleurs sénégalais pendant les conflits du XXᵉ siècle*, brochure déposée à la BNF en 2006.

EQUIANO, Olaudah, *Ma véridique histoire*, Mercure de France, 2008.

FABRE, Michel, *Esclaves et Planteurs*, Julliard, 1970.

– , *Richard Wright, la quête inachevée*, Lieu commun, 1986.

FANON, Frantz, *Les Damnés de la terre*, Maspero, 1961.

– , *Peau noire, masques blancs*, Seuil, 1952.

FARRAUDIÈRE, Sylvère, *L'École aux Antilles, Le rendez-vous manqué de la démocratie*, L'Harmattan, 2008.

FISHER-BLANCHET, Inez, *Capitaine de vaisseau Mortenol : croisières et campagnes de guerre, 1882-1915*, L'Harmattan, 2001.

FOFANA, Aboubakar (calligraphies), TATA CISSÉ, Youssouf (traduction), *La Charte du Mandé et autres traditions du Mali*, Albin Michel, 2003.

GALEANO, Eduardo, *Sens dessus dessous. L'école du monde à l'envers*, Homnisphères, 2004.

GAUTIER, Arlette, *Les Sœurs de Solitude, la condition féminine dans l'esclavage aux Antilles du XVIIᵉ au XIXᵉ siècle*, L'Harmattan, 1985.

GENDZIER, Irène, *Frantz Fanon*, Seuil, 1973.

GNAMMANKOU, Dieudonné, *Abraham Hanibal, l'aïeul noir de Pouchkine*, Présence africaine, 1998.

– , *Pouchkine et le Monde noir*, Présence africaine, 1999.

GNAMMANKOU, Dieudonné, MODZINOU, Yao (dir.), *Les Africains et leurs descendants en Europe avant le XXᵉ siècle*, MAT, 2006.

GOULD, Stephen Jay, *La Malmesure de l'homme*, Ramsay, 1983.

GRÉGOIRE, Abbé, *De la littérature des nègres, ou Recherches sur leurs facultés intellectuelles, leurs qualités morales et leur littérature*, Maradan, 1808.

HALEY, Alex, *Racines*, J'ai lu, 1976.

HECTOR, Michel, DORIGNY, Marcel (textes présentés par), « Hommage à Gérard Barthélemy, un ami d'Haïti », *Revue de la société haïtienne d'histoire et de géographie*, n° 236, janvier-juin 2009.

HOCHSCHILD, Adam, *Les Fantômes du roi Léopold. La terreur coloniale dans l'État du Congo (1884-1908)*, Texto, 1998.

HOLIDAY, Billie, *Lady Sings the Blues*, Parenthèses, 1956, 2002.

HOPQUIN, Benoît, *Ces Noirs qui ont fait la France*, Calmann-Lévy, 2009.

JÉRÉMIE, Joseph, *Haïti et Chicago, de Saint-Marc à Saint-Charles, Missouri*, Henri Deschamps, 1950.

KESTELOOT, Lilyan, *Histoire de la littérature négro-africaine*, Karthala, 2001.

KING, Martin Luther, *Autobiographie*, Bayard, 2008.

KI-ZERBO, Joseph, *Repères pour l'Afrique*, Panafrika/Silex/Nouvelles du Sud, 2007.

KI-ZERBO, Joseph, TAMSIR NIANE, Djibril, *Histoire générale de l'Afrique*, vol. IV, Présence africaine/Edicef/Unesco, 1991.

KOECHLIN, Stephane, *Jazz Ladies*, Hors Collection, 2006.

KOM, Ambroise (entretiens avec), *Mongo Beti parle*, Homnisphères, 2006.

LANGANEY, André, HUBERT VAN BLIJENBURGH, Ninian, SANCHEZ-MAZAS, Alicia, *Tous parents, tous différents*, Muséum national d'histoire naturelle, 1995.

LARA, Oruno D., *Mortenol ou les infortunés de la servitude*, L'Harmattan, 2001.

MALAURIE, Jean, *Ultima Thulé*, Bordas, 1990.

MALCOLM X, *Le Pouvoir noir*, La Découverte, 1965.

MANDELA, Nelson, *L'Apartheid*, Minuit, 1965, 1985.

– , *Un long chemin vers la liberté*, Fayard, 1995.

MARAN, René, *Batouala. Véritable roman nègre*, Albin Michel, 1921.

MARGOLICK, David, *Strange Fruit*, Allia, 2009.

MASON JR., Julian D., *The Poems of Phillis Wheatley*, 1966.

MICHEL, Marc, *Les Africains et la Grande Guerre. L'appel de l'Afrique (1914-1918)*, Karthala, 2003.

MOULIN, Jean, *Premier Combat*, Minuit, 1965.

NIANG, Mangoné, *La Charte du Kurkan Fuga. Aux sources d'une pensée politique en Afrique*, L'Harmattan, 2008.

NOËL, Erick, *Être noir en France au XVIIIᵉ siècle*, Tallandier, 2006.

OBAMA, Barack, *Les Rêves de mon père*, Presses de la Cité, 2008.

OBENGA, Théophile, *L'Égypte, la Grèce et l'école d'Alexandrie. Histoire interculturelle dans l'Antiquité, aux sources égyptiennes de la philosophie grecque*, L'Harmattan, 2005.

ONANA, Charles, *La France et ses tirailleurs*, Duboiris, 2003.

PASTOUREAU, Michel, *Noir, histoire d'une couleur*, Seuil, 2008.

PHILONENKO, Alexis, *Histoire de la boxe*, Bartillat, 2002.

PLUMELLE-URIBE, Rosa Amelia, *La Férocité blanche : des non-Blancs aux non-Aryens, ces génocides occultés de 1492 à nos jours*, Albin Michel, 2001.

REYNAUD PALIGOT, Carole, *La République raciale, 1860-1930*, PUF, 2006.

RIVES, Maurice, DIETRICH, Robert, *Héros oubliés*, Frères d'armes, 1993.

SALA-MOLINS, Louis, *Le Code Noir ou le calvaire de Canaan*, PUF, 1987.

SCHOELCHER, Victor, *Esclavage et Colonisation* (introduction d'Aimé CÉSAIRE), PUF, 1948.

– , *Vie de Toussaint-Louverture*, Karthala, 1982.

SCHWARZ-BART, André, *La Mulâtresse Solitude*, Seuil, 1972.

BIBLIOGRAPHIE

SENGHOR, Léopold Sédar, *Anthologie de la nouvelle poésie nègre et malgache de langue française*, précédé d'*Orphée noir*, PUF, 1948.

SERBIN, Sylvia, *Reines d'Afrique et Héroïnes de la diaspora noire*, Sépia, 2006.

SIMARD, Éric, *Rosa Parks, la femme qui a changé l'Amérique*, Oskar, 2007.

SKOUMA, Freddy Saïd, *Le Corps du boxeur*, Pauvert, 2001.

SMERALDA, Juliette, *Peau noire, cheveu crépu. L'histoire d'une aliénation*, Jasor, 2005.

SULLIVAN, Otha Richard, *African American Inventors*, John Wiley & Sons, 1998.

SULLIVAN, Otha Richard, *African American Women Scientists and Inventors*, John Wiley & Sons, 2001.

TAUBE, Michel, *L'Amérique qui tue. La peine de mort aux USA*, Michel Lafon, 2001.

THURAM, Lilian, *8 juillet 1998*, Anne Carrière, 2004.

TOUMSON, Roger, HENRY-VALMORE, Simonne, *Aimé Césaire, le Nègre inconsolé*, Vent d'ailleurs, 2002.

WRIGHT, Richard, *Black Boy*, Gallimard, 1945.

– , *Haïku : cet autre monde*, La Table ronde, 2009.

– , *Un enfant du pays*, Gallimard, 1940.

Remerciements de l'auteur

Lucie Alves, Alain Anselin, Agnès b., Serge Bahuchet, Cécile Berger, Vincent Bessières, Pascal Blanchard, Claude Boli, Pascal Boniface, Anne Bosco, Jackie Vernon Boyd, Pascal Brice, Philippe Broussaud, Jacques Bungert, James et Laurence Burnet, l'équipe de B. World Connection, Olivier Cachin, Juan Campmany, Martine Castro, Yves Coppens, Christine Coste, Thierry Demaizière, Paul Demougeot, Hugues Després, Rokhaya Diallo, Cheick Modibo Diarra, Doudou Diène, Cheik M'bake Diop, Louise-Marie Diop-Maes, Yandé Christiane Diop, Marcel Dorigny, Elsa Dorlin, Laurent Dubois, François Durpaire, Patrick Estrade, Mireille Fanon-Mendès France, Mostafa Fourar, Muriel Gauthier, Martine Geiger, Henriette Girard, Édouard Glissant, Dieudonné Gnammankou, Alfons Godall Martinez, Olivier Guilbaud, Catherine Guillebaud, Jean-Claude Guillebaud, Mary Ann Hennessey, Stéphane Hessel, Evelyne Heyer, Ninian Hubert Van Blyenburgh, Rachel Khan, Serge Kotchounian, Richard E. Lapchick, Joan Laporta Estruch, Yannis Marian, Thierry Marszaleck, Stéphane Martin, Achille Mbembe, Elikia Mbokolo, Nathalie Mercier, Anne Meudec, Philippe Miclot, Edgar Morin, Rachel Mulot, Maguy Nestoret, Sylvie Ofranc, Josep Ortado, Sif Ourabah, Ghislaine Prévos, Pierre Raynaud, Christophe Réthoré, Carole Reynaud Paligot, Maurice Rives, Anne Roussel-Versini, Marie Santiago, Isabelle Sauvé, Marta segúsegúSegú

Segú i Estruch, François Sémah, Christian Séranot-Sauron, Sylvia Serbin, Jean-Claude Tchikaya, Alban Teurlai, Odile Tobner, Tzvetan Todorov, Dominique Valbelle, Jean-Louis Valentin, Gilles-Marie Valet, Françoise Vergès et l'équipe de la Maison des Civilisations et de l'Unité Réunionnaise (MCUR), Paul Vergès, Anna Vicente, Rafael Vila San Juan, Marga Villoria, Michel Wieviorka, Julia Wright, Gihane Zaki.

Merci à Bernard pour sa patience et son écoute.
Et un grand merci à Lionel Gauthier… pour tout.

Crédits photographiques

HUBER
KARTOGRAPHIE

Index des noms de personnes

Table

RÉALISATION : NORD COMPO À VILLENEUVE-D'ASCQ
IMPRESSION : CPI BRODARD ET TAUPIN À LA FLÈCHE
DÉPÔT LÉGAL : MAI 2011. N° 103299 (62586)
IMPRIMÉ EN FRANCE

Éditions Points

Le catalogue complet de nos collections est sur
Le Cercle Points, ainsi que des interviews de vos
auteurs préférés, des jeux-concours, des conseils
de lecture, des extraits en avant-première…

www.lecerclepoints.com